马瑞芳新校新评

聊斋志异

［清］蒲松龄 著　马瑞芳 评注

商务印书馆
创于1897　The Commercial Press

图书在版编目(CIP)数据

马瑞芳新校新评《聊斋志异》:全四册/(清)蒲松龄著;马瑞芳评注.—北京:商务印书馆,2025
ISBN 978-7-100-23089-6

Ⅰ.①马⋯　Ⅱ.①蒲⋯②马⋯　Ⅲ.①《聊斋志异》—古典小说评论　Ⅳ.①I207.419

中国国家版本馆 CIP 数据核字(2023)第 187612 号

权利保留,侵权必究。

马瑞芳新校新评《聊斋志异》
(全四册)
[清]蒲松龄　著
马瑞芳　评注

商 务 印 书 馆 出 版
(北京王府井大街36号　邮政编码100710)
商 务 印 书 馆 发 行
北京市十月印刷有限公司印刷
ISBN 978-7-100-23089-6

2025年4月第1版　　　开本 850×1168　1/16
2025年4月北京第1次印刷　印张 117　插页 4
定价:480.00元

目 录

校评凡例 ·· 1
聊斋自志 ·· 1

卷一

考城隍 ·· 3
耳中人 ·· 7
尸变 ··· 9
喷水 ·· 13
瞳人语 ··· 16
画壁 ·· 20
山魈 ·· 24
咬鬼 ·· 27
捉狐 ·· 30
荍中怪 ··· 32
宅妖 ·· 35
王六郎 ··· 38
偷桃 ·· 43
种梨 ·· 47
劳山道士 ·· 50
长清僧 ··· 54
蛇人 ·· 57
斫蟒 ·· 61
犬奸 ·· 63
雹神 ·· 66
狐嫁女 ··· 69
娇娜 ·· 73
僧孽 ·· 80

1

妖术	82
野狗	86
三生	89
狐入瓶	92
鬼哭	94
真定女	97
焦螟	99
叶生	102
四十千	108
成仙	110
新郎	117
灵官	120
王兰	123
鹰虎神	127
王成	129
青凤	135
画皮	141
贾儿	146
蛇癖	151
金世成	153
董生	155
龁石	159
庙鬼	161
陆判	163
婴宁	169
聂小倩	178
义鼠	186
地震	188
海公子	191
丁前溪	194
海大鱼	197
张老相公	199

水莽草	202
造畜	207
凤阳士人	210
耿十八	214
珠儿	217
小官人	222
胡四姐	224
祝翁	228
猪婆龙	231

卷二

某公	235
快刀	237
侠女	239
酒友	245
莲香	248
阿宝	258
九山王	264
遵化署狐	268
张诚	270
汾州狐	276
巧娘	279
吴令	286
口技	288
狐联	291
潍水狐	294
红玉	297
龙三则	303
林四娘	307
江中	311
鲁公女	314

道士	319
胡氏	323
戏术	327
丐僧	329
伏狐	331
蛰龙	334
苏仙	337
李伯言	340
黄九郎	344
金陵女子	352
汤公	355
阎罗	358
连琐	360
单道士	367
白于玉	370
夜叉国	377
小髻	383
西僧	385
老饕	388
连城	392
霍生	398
汪士秀	401
商三官	405
于江	409
小二	412
庚娘	418
宫梦弼	423
鸲鹆	430

卷三

刘海石	435

谕鬼	439
泥鬼	442
梦别	445
犬灯	448
番僧	451
狐妾	453
雷曹	458
赌符	463
阿霞	467
李司鉴	471
五羖大夫	474
毛狐	476
翩翩	480
黑兽	485
余德	488
杨千总	492
瓜异	494
青梅	495
罗刹海市	503
田七郎	513
产龙	519
保住	521
公孙九娘	524
促织	531
柳秀才	538
水灾	541
诸城某甲	543
库官	545
酆都御史	548
龙无目	551
狐谐	553
雨钱	558

妾击贼	561
驱怪	564
姊妹易嫁	567
续黄粱	572
龙取水	581
小猎犬	583
棋鬼	586
辛十四娘	589
白莲教	599
双灯	602
捉鬼射狐	605
蹇偿债	608
头滚	611
鬼作筵	613
胡四相公	616
念秧	620
蛙曲	628
鼠戏	630
泥书生	632
土地夫人	634
寒月芙蕖	636
阳武侯	640
酒狂	643
赵城虎	648
螳螂捕蛇	651
武技	653
小人	656
秦生	658

卷四

| 鸦头 | 663 |

酒虫	669
木雕美人	672
封三娘	674
狐梦	681
布客	686
农人	689
章阿端	692
馎饦媪	697
金永年	699
花姑子	701
武孝廉	708
西湖主	712
孝子	719
狮子	722
阎王	724
土偶	728
长治女子	731
义犬	734
鄱阳神	736
伍秋月	738
莲花公主	743
绿衣女	749
黎氏	753
荷花三娘子	756
骂鸭	761
柳氏子	763
上仙	766
侯静山	769
钱流	772
郭生	774
金生色	778
彭海秋	783

篇名	页码
堪舆	789
窦氏	792
梁彦	796
龙肉	798
魁星	800
马介甫	802
潞令	814
厍将军	817
绛妃	820
河间生	826
云翠仙	829
跳神	835
铁布衫法	838
大力将军	840
白莲教	844
颜氏	847
杜翁	852
小谢	854
缢鬼	861
吴门画工	864
林氏	867
胡大姑	871
细侯	874
狼三则	878
美人首	881
刘亮采	883
蕙芳	886
山神	890
萧七	892
乱离二则	897
豢蛇	900
雷公	903

菱角	905
饿鬼	909
考弊司	913
阎罗	917

卷五

大人	921
向杲	924
董公子	927
周三	930
鸽异	933
聂政	938
冷生	941
狐惩淫	944
山市	947
江城	950
孙生	958
八大王	961
戏缢	967
刘姓	969
邵九娘	973
巩仙	981
二商	986
罗祖	990
沂水秀才	993
梅女	995
郭秀才	1001
死僧	1004
阿英	1006
橘树	1012
牛成章	1015

赤字	1018
青娥	1019
镜听	1026
牛癀	1029
金姑夫	1032
梓潼令	1035
鬼津	1037
仙人岛	1038
阎罗薨	1046
颠道人	1049
胡四娘	1052
僧术	1057
禄数	1060
柳生	1062
冤狱	1067
鬼令	1071
甄后	1074
宦娘	1078
阿绣	1084
杨疤眼	1090
小翠	1092
金和尚	1099
龙戏蛛	1104
商妇	1106
阎罗宴	1107
役鬼	1110
细柳	1112
画马	1118
局诈	1121
放蝶	1126
男生子	1129
钟生	1131

鬼妻	1136
黄将军	1139
三朝元老	1140
医术	1143
藏虱	1146
梦狼	1147

卷六

夜明	1155
夏雪	1157
化男	1160
禽侠	1161
鸿	1164
象	1166
负尸	1167
紫花和尚	1169
周克昌	1171
嫦娥	1174
鞠乐如	1181
褚生	1183
盗户	1187
某乙	1190
霍女	1193
司文郎	1200
丑狐	1208
吕无病	1211
钱卜巫	1218
姚安	1222
采薇翁	1225
崔猛	1228
诗谳	1234

篇目	页码
鹿衔草	1238
小棺	1239
邢子仪	1240
李生	1244
陆押官	1246
蒋太史	1249
邵士梅	1252
顾生	1255
陈锡九	1258
邵临淄	1264
于去恶	1266
狂生	1273
澂俗	1276
凤仙	1277
佟客	1283
辽阳军	1286
张贡士	1287
丐仙	1290
爱奴	1295
单父宰	1300
孙必振	1303
邑人	1305
元宝	1307
研石	1308
武夷	1309
大鼠	1310
张不量	1312
牧竖	1314
富翁	1316
王司马	1317
岳神	1319
小梅	1321

药僧	1327
于中丞	1329
皂隶	1332
绩女	1333
红毛毡	1337
抽肠	1339
张鸿渐	1340
太医	1347
牛飞	1349
王子安	1351
刁姓	1355
农妇	1356
金陵乙	1359
郭安	1362
折狱	1365
义犬	1370
杨大洪	1372
查牙山洞	1375
安期岛	1378
沅俗	1381

卷七

云萝公主	1385
鸟语	1393
天宫	1396
乔女	1401
蛤	1405
刘夫人	1407
陵县狐	1413
王货郎	1415
罢龙	1418

真生	1421
布商	1425
彭二挣	1428
何仙	1430
牛同人	1434
神女	1437
湘裙	1444
三生	1450
长亭	1453
席方平	1459
素秋	1466
贾奉雉	1473
胭脂	1480
阿纤	1490
瑞云	1495
仇大娘	1499
曹操冢	1507
龙飞相公	1509
珊瑚	1513
五通	1519
申氏	1525
恒娘	1529
葛巾	1533
黄英	1539
书痴	1545
齐天大圣	1551
青蛙神	1555
任秀	1561
冯木匠	1565
晚霞	1567
白秋练	1573

卷八

王者	1583
某甲	1587
衢州三怪	1589
拆楼人	1591
大蝎	1594
陈云栖	1596
司札吏	1602
蛐蜓	1605
司训	1606
黑鬼	1610
织成	1612
竹青	1617
段氏	1622
狐女	1626
张氏妇	1629
于子游	1631
男妾	1633
汪可受	1635
牛犊	1638
王大	1639
乐仲	1644
香玉	1650
三仙	1657
鬼隶	1660
王十	1661
大男	1666
外国人	1671
人妖	1672
韦公子	1675
石清虚	1679

曾友于	1683
嘉平公子	1689
二班	1693
车夫	1696
乩仙	1698
苗生	1700
蝎客	1704
杜小雷	1705
毛大福	1707
雹神	1710
李八缸	1713
老龙舡户	1716
青城妇	1719
鸮鸟	1720
古瓶	1722
元少先生	1724
薛慰娘	1727
田子成	1732
王桂庵	1736
寄生	1742
周生	1748
褚遂良	1751
刘全	1754
土化兔	1757
鸟使	1758
姬生	1759
果报	1763
公孙夏	1765
韩方	1770
纫针	1773
桓侯	1778
粉蝶	1782

李檀斯	1787
锦瑟	1788
太原狱	1795
新郑讼	1798
李象先	1801
房文淑	1803
秦桧	1807
浙东生	1810
博兴女	1813
一员官	1815
蒲松龄和《聊斋志异》	1818

校评凡例

一、本书目的是为读者提供一部最接近蒲松龄《聊斋志异》原著面貌，又具可读性的读本。本书注解力求简明扼要，评析力求画龙点睛，发《聊斋》之幽微奥妙。

二、本书以蒲松龄手稿本为底本，手稿不存者，顺序采用：康熙抄本、异史、二十四卷抄本、铸雪斋抄本、青柯亭刻本等。

三、手稿本篇目，完全忠实于原本面貌，原本缺损部分以康熙抄本、异史、二十四卷抄本、铸雪斋抄本、青柯亭刻本补配。手稿本误笔处根据作者行文特点和常识加以改动并在篇末注明。

四、凡以抄本、刻本为底本者，各卷、各篇均不拘泥于一种版本，而是逐篇、逐段、逐句地对各种版本择善而从，其校记选择，不一一注明，以省篇幅。

五、本书点评分侧批和篇末总评，侧批为红色字体。在汲取部分前人重要观点时，均一一注明出处。

聊斋自志

①以屈原为榜样，含忧国忧民之心。和李贺类比，含怪异之意。以干宝为坐标，最终超越之。

②朋友见闻是《聊斋》重要取材来源之一，《三借庐笔谈》说蒲松龄曾在柳泉摆茶摊，请人讲故事，回家加工成《聊斋志异》。鲁迅先生早已指出此乃"委巷之谈"。蒲松龄为养家糊口在外坐馆，哪有闲空摆茶摊？而且蒲松龄有篇末说明《聊斋》故事来源的习惯，《聊斋志异》近五百篇无一篇说明来自柳泉茶摊。

③古代作家喜欢给自己出生蒙上神奇色彩。李白是母亲梦长庚星（又名太白星）而生。蒲松龄则是父亲梦苦行僧入室而生。蒲松龄一生确实科举考试艰苦，生活困苦，《聊斋志异》写得辛苦，颇像苦行僧转世。

披萝带荔，三闾氏感而为骚〔1〕；牛鬼蛇神，长爪郎吟而成癖〔2〕①。自鸣天籁，不择好音，有由然矣〔3〕。松，落落秋萤之火，魑魅争光；逐逐野马之尘，罔两见笑〔4〕。才非干宝，雅爱搜神〔5〕；情类黄州，喜人谈鬼〔6〕。闻则命笔，遂以成编。久之，四方同人，又以邮筒相寄，因而物以好聚，所积益夥②。甚者：人非化外，事或奇于断发之乡〔7〕；睫在眼前，怪有过于飞头之国〔8〕。遄飞逸兴，狂固难辞；永托旷怀，痴且不讳〔9〕。展如之人，得毋向我胡卢耶？〔10〕然五父衢头，或涉滥听〔11〕；而三生石上，颇悟前因〔12〕。放纵之言，有未可概以人废者〔13〕。

松悬弧时〔14〕，先大人梦一病瘠瞿昙偏袒入室〔15〕，药膏如钱〔16〕，圆黏乳际〔17〕，寤而松生〔18〕，果符墨志〔19〕③。且也：少羸多病〔20〕，长命不犹〔21〕。门庭之凄寂〔22〕，则冷淡如僧；笔墨之耕耘，则萧条似钵。每搔头自念，勿亦面壁人果是吾前身耶〔23〕？盖有漏根因，未结人天之果〔24〕；而随风荡堕，竟成藩溷之花〔25〕。茫茫六道，何可谓无其理哉！独是子夜荧荧，灯昏欲蕊；萧斋瑟瑟，案冷疑冰。集腋为裘，妄续《幽冥》之录〔26〕；浮白载笔，仅成《孤愤》之书〔27〕。寄托如此，亦足悲矣！嗟乎！惊霜寒雀，抱树无温；吊月秋虫，偎栏自热。知我者，其在青林黑塞间乎〔28〕！

康熙己未春日〔29〕。

注释

〔1〕"披萝带荔"二句：是说屈原有感于祭祀鬼神仪式中女鬼对爱情的渴

望而创作《楚辞》。披萝带荔，语出《楚辞·九歌·山鬼》："若有人兮山之阿，被薜荔（bì lì）兮带女萝。"披薜荔叶、系女萝丝的女鬼，因恋人失约而忧伤。三闾氏，指屈原。屈原（约前340—前278），名平，字原，在《离骚》中自云名正则，字灵均，战国时楚国伟大诗人，做过三闾大夫。〔2〕"牛鬼蛇神"二句：是说唐代诗人李贺吟诵牛首之鬼和蛇身之神成癖。长爪郎，李商隐《李长吉小传》称李贺"细瘦，通眉，长指爪"。此代指李贺。李贺，字长吉，中唐诗人，其诗作想象力丰富，后人称"鬼才"。〔3〕"自鸣天籁"三句：是说写出自肺腑的文字，不迎合世俗，是有来由的。天籁，语出《庄子·齐物论》，自然界的美好声音，引申为表达真情实感的诗文。有由然，这样做是有来由的。〔4〕"松，落落秋萤"五句：是作者以萤火和灰尘谦指自己社会地位不高、见识浅陋，受到鬼的嘲笑。松，蒲松龄自称。秋萤之火和野马之尘，指微不足道的东西。魑魅（chī mèi）和罔两，指鬼物。魑魅争光，语出晋裴启《语林》，嵇康夜晚灯下弹琴，见一鬼入，嵇康将灯吹灭曰"吾耻与魑魅争光"。罔两，通"魍魉"，原指水神，后泛指鬼怪。罔两见笑，语出《南史·刘粹传》所附《刘损传》，损同宗刘伯龙做高官后贫窭尤甚，他召家人商量赚钱的办法，一鬼在旁抚掌大笑。伯龙叹"贫富固有命，乃复为鬼所笑也"。"鬼笑"成为后世文人喜欢用的典故。陆游《碌碌》诗："安贫无鬼笑，守道有天知。"〔5〕"才非干宝"二句：是说虽然没有干宝那样的才能，但像他一样喜欢搜奇猎异，写神怪故事。干宝（？—336），字令升，晋代历史学家、文学家，著有《搜神记》，多写鬼神怪异之事。〔6〕"情类黄州"二句：是说自己与当年被贬到黄州的苏轼有同样爱好，喜欢和人谈鬼。黄州，代指苏轼。苏轼（1036—1101），字子瞻，号东坡居士，宋代文学家，因反对王安石变法，被贬到黄州，常请人谈鬼，有人说没有鬼，他说"姑妄言之"。〔7〕"人非化外"二句：是说泱泱中华发生的事比蛮荒远地还稀奇。化外，政令和教化达不到的地方。断发，古代吴越之地有剪短头发、纹身的习俗。〔8〕"睫在眼前"二句：是说眼前发生的事，比人头能飞来飞去的国度还奇怪。飞头，据《拾遗记》，东方有解形之民，能使头飞于南海，再回复到肩上。〔9〕"遄（chuán）飞逸兴"四句：是说当灵感来临，难免有狂放之举；坚定地追求理想，总会如痴如醉。遄飞逸兴，勃发出超逸豪放的兴致。旷怀，宽阔的胸怀。〔10〕"展如之人"二句：是说诚实的人会笑我。展如，诚实。胡卢，喉间发出声音，形容笑的样子。〔11〕"然五父衢头"二句：是说道听途说的传闻可能是无稽之谈。《史记·孔子世家》记载孔子的父母野合生孔子。孔子母讳言孔子父葬处。母亲去世后，孔子殡母于五父之衢。五父衢，《括地志》："鲁城内衢道也。"在今山东曲阜西南二里。〔12〕"而三生石上"二句：是说人的遇合因缘都是前生注定。三生石，据唐代《甘泽谣》，李源与洛阳惠林寺僧圆观交情好，圆观死前，约李源十二年后在杭州天竺寺相会。李如约前往，天竺寺有牧童对李唱道："三生石上旧精魂，赏月吟风不要论。惭愧情人远相访，此身虽异性常存。"〔13〕"放纵之言"二句：是说所言虽然恣意放任，也有可取之处，不要一概因人废言。〔14〕悬弧：出生。据《礼记》，男孩出生时，门左挂一张弓，叫"设弧"，表示男孩长大后要习武。〔15〕"先大人"一句：是说蒲松龄的父亲看到一个身体病弱、右肩袒露的和尚。先大人，已故的父亲。蒲松龄的父亲蒲槃，字敏吾，举业未成，中岁为贾。病瘠，瘦弱有病。瞿昙（qú tán），本意指佛，此处指和尚。偏袒，和尚穿袈裟，常将右肩袒露出来。〔16〕药膏如钱：像铜钱大小的膏药。〔17〕圆黏乳际：圆圆地贴在乳房位置。〔18〕寤（wù）：睡醒。〔19〕果符墨志：自己出生时乳际黑色胎记和父亲梦中所见和尚胸前的膏药位置相同。〔20〕少羸（léi）：少年时很瘦弱。〔21〕长（zhǎng）命不犹：长大后命运不如普通人。〔22〕"门庭之凄寂"四句：意谓自家门庭冷落得像寺院一样，生平寄人篱下教书养家，像托着钵盂募化的僧人。〔23〕面壁人：僧人。面壁，佛教的坐禅。〔24〕"盖有漏根因"二句：意思是由于前世的缘故，自己难以得到修炼的正果。漏、根、因，皆为佛教名词。佛教称烦恼为"漏"，根、因指能生成或引起果报的原因。"有漏根因"指不能根除三界（欲、色、无色）烦恼，归于心境平静空寂。〔25〕"而随风荡堕"二句：形容自己像随风飘荡的落花一样落到篱笆上、粪坑旁。溷（hùn），粪坑。〔26〕"集腋为裘"二句：是说收集神鬼狐妖的故事积少成多，妄想让它成为《幽冥录》的续编。幽冥，指南朝刘义庆著《幽冥录》。〔27〕"浮白载笔"二句：是说把酒秉笔，写下这本抒发发愤之作的书。浮，罚人酒。白，罚酒用的大酒杯。浮白，原意是罚饮一大杯酒。载笔，秉笔书写。《孤愤》，《孤愤》之书。据《史记》，韩非子不容于邪枉之臣，著《孤愤》等十余万言。〔28〕青林黑塞：是杜甫《梦李白》"魂来枫林青，魂返关塞黑"两句诗的简写。〔29〕康熙己未：康熙十八年，即公元1679年。蒲松龄四十岁。

点评

《聊斋自志》对蒲松龄写《聊斋志异》的起因和创作过程做了简练生动的陈述。蒲松龄以屈原忧国忧民之心，韩非子"孤愤"之志，借鉴李贺诗歌诡异华丽的意境和苏轼喜人谈鬼的爱好，承传前辈志怪作家干宝、刘义庆的志怪小说传统，以鬼狐史抒发磊块愁。《聊斋志异》的写作经历了艰难的素材搜集过程，作者在艰苦的生活条件下，矢志不移地完成了写作。蒲松龄以"苦行僧转世"故事，阐释其人生不得志、寻觅知音、追求文学理想的信念。康熙十八年（1679）《聊斋志异》初步成书。此后，蒲松龄终生磨一书，直到年近古稀仍在写作和修改《聊斋志异》。

聊齋自誌

披蘿帶荔,三閭氏感而為騷;牛鬼蛇神,長爪郎吟而成癖。自鳴天籟,不擇好音,有由然矣。笑松落落,秋螢之火,魑魅爭光;逐逐野馬之塵,罔兩見笑。才非干寶,雅愛搜神;情類黃州,喜人談鬼。聞則命筆,遂以成編。久之,四方同人又以郵筒相寄,因而物以好聚,所積益夥。甚者,人非化外,事或奇於斷髮之鄉;睫在眼前,怪有過於飛頭之國。遄飛逸興,狂固難辭;永托曠懷,癡且不諱。展如之人,得毋向我胡盧耶?然五父衢頭,或涉濫聽;而三生石上,頗悟前因。放縱之言,有未可槩以人廢者。松懸弧時,先大人夢一病瘠瞿曇,偏袒入室,藥膏如錢,圓黏乳際。寤而松生,果符墨誌,且也。

卷一

考城隍

予姊丈之祖宋公,讳焘〔1〕,邑廪生〔2〕。一日,病卧,见吏人持牒〔3〕,牵白颠马来〔4〕,云:"请赴试。"公言:"文宗未临,何遽得考〔5〕?"吏不言,但敦促之。公力疾乘马从去〔6〕,路甚生疏①。

至一城郭,如王者都。移时,入府廨〔7〕,宫室壮丽。上坐十余官,都不知何人,唯关壮缪可识〔8〕②。檐下设几、墩各二〔9〕。先有一秀才坐其末,公便与连肩〔10〕。几上各有笔札。俄,题纸飞下,视之,八字,云:"一人二人,有心无心。"二公文成,呈殿上。公文中有云:"有心为善,虽善不赏。无心为恶,虽恶不罚③。"诸神传赞不已,召公上,谕曰:"河南缺一城隍〔11〕,君称其职④。"公方悟〔12〕,顿首泣曰:"辱膺宠命〔13〕,何敢多辞?但老母七旬,奉养无人,请得终其天年,唯听录用。"上一帝王像者,即命稽母寿籍〔14〕。有长须吏〔15〕捧册翻阅一过,白:"有阳算九年〔16〕。"共踌躇间,关帝曰:"不妨令张生摄篆九年〔17〕,瓜代可也〔18〕。"乃谓公:"应即赴任,今推仁孝之心,给假九年。及期当复相召。"又勉励秀才数语。二公稽首并下〔19〕。秀才握手,送诸郊野,自言长山张某,以诗赠别,都忘其词,中有"有花有酒春常在,无烛无灯夜自明〔20〕⑤"之句。

公既骑,乃别而去,及抵里,豁若梦寤。时卒已三日,母闻棺中呻吟,扶出,半日始能语⑥。问之长山,果有张生,于是日死矣。后九年,母果卒,营葬既毕,浣濯入室而没。其岳家居城中西门内,忽见公镂膺朱幩〔21〕,舆马甚众。登其堂,一拜而行。相共惊疑,不知其为神。奔讯乡中,则已殁矣。公有自记小传,惜乱后无存〔22〕,此其略耳。

①病重而亡,被通知参加阴司考试,所以会有学政未到,哪会这么快就考的想法。也不是平时考试走的路。因为走的是阴司路。

②关羽是千年前人,早已为神,宋焘仍未发觉自己已死,迷离恍惚之情写得真切。

③对"有心为善"四句的通常解释是:有心为善是虚伪,无心为恶是过错,不赏不罚是实事求是。《周先慎细讲〈聊斋志异〉》解释为:"有心为善,是为大善,大善不必奖赏;无心为恶是为小恶,小恶可以宽容。"

④诸神唯贤是举。

⑤地府还是讲天理、明是非的。此处反用白居易《寄明州于驸马使君三绝句》其一:"有花有酒有笙歌,其奈难逢亲故何。"

⑥写神情恍惚如画。

校勘

底本：手稿本。参校：康熙本、二十四卷本、异史、铸雪斋本。

注释

〔1〕讳：古时称尊长的名字时不直呼其名，而讲避讳。称其名时说"讳某"。〔2〕邑廪生：淄川县的廪膳生员。廪生，由朝廷按月发给粮米的生员。〔3〕牒：古代官府公文。〔4〕白颠马：额头上有白毛的马，古人认为是骏马。《诗经·秦风·车邻》："有车邻邻，有马白颠。"孔颖达疏："额有白毛，今之戴星马也。"颠，头顶。〔5〕"文宗"二句：是说学政还没来，怎么这么快就考试？明清时，各省管科举考试的学政每三年一换，朝廷从翰林及六部官员之进士出身者中选派。到任为"案临"，举行秀才考试。学政主持的秀才考试有岁考、科考。文宗，原指世人仰慕的文章宗匠，清代用来称呼省级学官提督学政。临，为案临。遽，急忙，仓促。〔6〕力疾：强支病体。〔7〕府廨：官衙。〔8〕关壮缪：关羽（？—219），字云长，今山西运城人。三国时蜀汉名将，《三国志》卷三十六有传。壮缪，蜀汉给关羽的谥号。明代万历年间敕封"三界伏魔大帝神威远镇天尊关圣帝君"，世称"关帝"。〔9〕几、墩：几，方形小桌子；墩，低矮的坐具。〔10〕连肩：并肩而坐。〔11〕城隍：阴司守护城池的神。〔12〕公方悟：宋公才知道自己已经死了。〔13〕辱膺宠命：很荣幸地受到您的任命。〔14〕稽母寿籍：查一下宋焘母亲的寿限。〔15〕长须吏：传说中的判官。〔16〕阳算：阳世的寿命。〔17〕摄篆：代掌职权。〔18〕瓜代："及瓜而代"的缩写词。《左传·庄公八年》："齐侯使连称、管至父戍葵丘，瓜时而往，曰：'及瓜而代。'"后世遂将官员任满由他人接替称"瓜代"。〔19〕稽首：伏地叩头，古时的大礼。〔20〕"有花有酒"二句：是说黑暗的阴司虽然阴冷，但遇到新朋友感到温暖。〔21〕镂膺朱幩（fén）：骏马配着大红缨饰，金色饰带。〔22〕乱后：明清交替之后。

点评

在《聊斋志异》手稿本及重要抄本中，《考城隍》都是第一篇。这一篇虽然算不上《聊斋》中的一流作品，却是开宗明义之作。《聊斋志异》创造神鬼狐妖的世界，五光十色，驰想天外，但这个世界总和现实世界有千丝万缕、刀割不断的联系。《考城隍》宣扬"德、才、仁、孝"。宋焘德才兼备，既能写出有仁政见解的好文章，又是个孝子。考官选拔人才完全看德才，处理事务以人为本，通情达理。不管考生还是考官,都带有理想色彩。蒲松龄十九岁被山东学政施闰章录取为山东第一名秀才,他在年轻时代对科举考试还抱有殷切希望和幻想。《聊斋》开篇《考城隍》写选拔阴司官吏,实际反映了蒲松龄阳世的期望。但明伦评:"《考城隍》,寓言也。自公卿以至牧令,皆当考之。"何垠评:"一部书如许,托始于《考城隍》,赏善罚淫之旨见矣。"

耳中人

①走火入魔。

②形象生动。

谭晋玄,邑诸生也〔1〕。笃信导引之术〔2〕,寒暑不辍。行之数月,若有所得。一日,方趺坐〔3〕,闻耳中小语如蝇,曰:"可以见矣〔4〕。"开目即不复闻;合眸定息,又闻如故。谓是丹将成,窃喜①。自是每坐辄闻。因思俟其再言〔5〕,当应以觇之〔6〕。一日,又言。乃微应曰:"可以见矣。"俄觉耳中习习然似有物出。微睨之〔7〕,小人长三寸许,貌狞恶如夜叉状〔8〕,旋转地上。心窃异之,姑凝神以观其变。忽有邻人假物,扣门而呼。小人闻之,意张皇,绕屋而转,如鼠失窟②。谭觉神魂俱失,不复知小人何所之矣。遂得颠疾,号叫不休,医药半年,始渐愈。

校勘

底本:手稿本。

注释

〔1〕诸生:明清经考试录取到县学读书的生员。〔2〕导引之术:通过呼吸吐纳使血脉流通的健身术,是道教修炼的方法之一。〔3〕趺坐:坐禅的一种方式,俗称盘腿打坐。〔4〕可以见(xiàn):可以现形了。〔5〕俟:等待。〔6〕觇:窥视。〔7〕微睨:悄悄斜视。〔8〕夜叉:佛经中形象凶恶的鬼。

点评

《聊斋》中有许多复杂曲折的故事,也有不少简短轶闻。谭生虽是读儒书的生员,但笃信旁门左道,以为可升仙入道,结果却得狂疾。这篇短文将其侥幸心理和小人形态写得生动如画。

卷一

尸变

阳信某翁者〔1〕，邑之蔡店人。村去城五六里，父子设临路店，宿行商。有车夫数人，往来负贩，辄寓其家。一日，昏暮，四人偕来，望门投止〔2〕，则翁家客宿邸满〔3〕。四人计无复之〔4〕，坚请容纳。翁沉吟思得一所，似恐不当客意。客言："但求一席厦宇〔5〕，更不敢有所择。"时翁有子妇新死，停尸室中，子出购材木未归。翁以灵所室寂，遂穿衢导客往〔6〕。入其庐，灯昏案上。案后有搭帐衣〔7〕，纸衾覆逝者〔8〕①。又观寝所，则复室中有连榻〔9〕。四客奔波颇困，甫就枕，鼻息渐粗。唯一客尚蒙眬，忽闻灵床上察察有声②，急开目，则灵前灯火照视甚了。女尸已揭衾起。俄而下，渐入卧室。面淡金色，生绢抹额〔10〕，俯近榻前③，遍吹卧客者三。客大惧，恐将及己，潜引被覆首，闭息忍咽以听之④。未几，女果来，吹之如诸客。觉出房去，即闻纸衾声⑤。出首微窥，见僵卧犹初矣。客惧甚，不敢作声，阴以足踏诸客。而诸客绝无少动⑥。顾念无计，不如着衣以窜。才起振衣〔11〕，而察察之声又作。客惧，复伏，缩首衾中。觉女复来，连续吹数数始去〔12〕。少间，闻灵床作响，知其复卧。乃从被底渐渐出手得裤，遽就着之，白足奔出⑦。尸亦起，似将逐客。比其离帏，而客已拔关出矣〔13〕。尸驰从之。客且奔且号，村中人无有警者。欲叩主人之门，又恐迟为所及，遂望邑城路极力窜去。至东郊，瞥见兰若〔14〕，闻木鱼声，乃急挝山门〔15〕。道人讶其非常，又不即纳。旋踵〔16〕，尸已至，去身盈尺，客窘益甚。门外有白杨，围四五尺许，因以树自幛。彼右则左之，彼左则右之⑧。尸益怒。然各寖倦矣〔17〕。尸顿立，客汗促气逆，庇树间。尸暴起，伸两臂隔树探扑之。客惊仆。尸捉之不得，

① 车夫见此，还不赶快离开！太累了。可怜。

② 从听觉写起。

③ 此女非鬼是尸，故而特别突出尸的特点。

④ 生动。

⑤ 又是听觉。

⑥ 死矣。

⑦ 不可能穿鞋。

⑧ 惊心动魄的生动。

9

抱树而僵。

　　道人窃听良久，无声，始渐出，见客卧地上。烛之，死，然心下丝丝有动气。负入，终夜始苏。饮以汤水而问之，客具以状对。时晨钟已尽〔18〕，晓色迷蒙，道人觇树上，果见僵女，大骇。报邑宰〔19〕，宰亲诣质验〔20〕，使人拔女手，牢不可开。审谛之〔21〕，则左右四指并卷如钩，入木没甲，又数人力拔，乃得下。视指穴，如凿孔然⑨。遣役探翁家，则以尸亡客毙，纷纷正哗。役告之故，翁乃从往，舁尸归〔22〕。客泣告宰曰："身四人出〔23〕，今一人归，此情何以信乡里？"宰与之牒〔24〕，赍送以归〔25〕。

⑨力何其大！

校勘

底本：手稿本。

注释

〔1〕阳信：县名，在山东北部。〔2〕望门投止：见到人家便来投宿。〔3〕客宿邸满：客店已住满了人。〔4〕无复之：没有其他办法可用。〔5〕一席厦宇：屋檐下一块容身之地。〔6〕穿衢导客往：穿过道路把客人领去。〔7〕搭帐衣：吊丧者送给死者的衣服。〔8〕纸衾：覆盖尸体的黄表纸。〔9〕复室：套间。连榻：能睡多人的通铺。〔10〕生绢：未曾漂染的绢。抹额：束在额头上的窄丝巾。〔11〕振衣：把衣服披在身上。〔12〕数数：连续几次。〔13〕拔关：拉开门闩。〔14〕兰若：寺院。梵语"阿兰若"简称，意思是清净无苦恼之处。〔15〕挞：用力敲。〔16〕旋踵：一会儿。〔17〕寖倦：渐渐疲倦。"寖"同"浸"。〔18〕晨钟：寺院清晨的钟声。〔19〕邑宰：县令。〔20〕质验：勘察、检验。〔21〕审谛：仔细观察研究。〔22〕舁（yú）：抬。〔23〕身："我"的代指。〔24〕牒：官府公文。〔25〕赍（jī）送以归：赠送路费让其归家。

点评

　　《聊斋》女鬼常常是美丽的，此文写的不是女鬼，是女尸，俗谓"诈尸"（意即尸体闪电般迅速起立）。内容荒诞不经，描写却细致形象、如在目前。写可怕的尸变,完全采用车夫的视觉、听觉、感受,女尸两次害人,女尸追人,皆恐怖之极。作者尤其注意描绘车夫的心理,从赤脚惊慌出逃到绕树逃生,皆写得丝丝入扣,令人毛骨悚然。

尸变
投宿同被客
店门三人就
死人生尸居
松上踩唱指
甲痕

喷水

①王士禛评:"玉叔褵褷失恃,此事恐属传闻之讹。"

②活脱一衰发人。

③衰貌而急走,矛盾。

莱阳宋玉叔先生为部曹时〔1〕,所僦第甚荒落〔2〕。一夜,二婢奉太夫人宿厅上①,闻院内扑扑有声,如缝工之喷水者。太夫人促婢起,穴窗窥视〔3〕,见一老妪,短身驼背,白发如帚②,冠一髻,长二尺许,周院环走,疏急作鹤步〔4〕③,行且喷,水出不穷。婢愕,返白,太夫人亦惊起,两婢扶窗下聚观之。妪忽逼窗,直喷棂内,窗纸破裂,三人俱仆,而家人不之知也。

东曦既上〔5〕,家人毕集,叩门不应,方骇。撬扉入,见一主二婢,骈死一室〔6〕,一婢膈下犹温,扶灌之,移时而醒,乃述所见。先生至,哀愤欲死。细穷没处,掘深三尺余,渐露白发。又掘之,得一尸,如所见状,面肥肿如生。令击之,骨肉皆烂,皮内尽清水。

> [校勘]

底本:手稿本。

> [注释]

〔1〕莱阳宋玉叔:莱阳,山东东部县名。宋玉叔即宋琬,清初著名诗人,字玉叔,号荔裳。顺治四年(1647)进士,授户部河南司主事,后任浙江、四川按察使。当时号称"南施北宋","南施"是蒲松龄的老师施闰章,"北宋"就是宋琬。部曹:明清中央各部的主事、郎中皆称"部曹"。〔2〕僦:租赁房子。〔3〕穴窗:在纸糊的窗上戳个洞。〔4〕疏急作鹤步:迈开大步像鹤一样地行走。〔5〕东曦:日光。〔6〕骈死:挨在一起死了。

> [点评]

莱阳宋玉叔即宋琬是历史名人,他幼年丧母,因此他的母亲不可能在他做官后成为"太夫人",这一点,蒲松龄的同时代人王士禛已经说得很清楚,"喷水"当然是无稽之谈。但蒲松龄用简练的笔法,把这件奇事写得煞有介事,层次分明。

噴水

算走傳聞有異詞
莱陽宋母工仙詞
何来噴水龍
鐘𢪛振地傷
心海乙涯

瞳人语

长安士方栋，颇有才名，而佻脱不持仪节〔1〕。每陌上见游女，辄轻薄尾缀之。清明前一日，偶步郊郭。见一小车，朱茀绣幰〔2〕，青衣数辈款段以从〔3〕。内一婢，乘小驷〔4〕，容光绝美。稍稍近觇之，见车幔洞开，内坐二八女郎，红妆艳丽，尤生平所未睹。目炫神夺，瞻恋弗舍，或先或后，从驰数里。忽闻女郎呼婢近车侧，曰："为我垂帘下。何处风狂儿郎，频来窥瞻〔5〕！"婢乃下帘，怒顾生曰："此芙蓉城七郎子新妇归宁〔6〕，非同田舍娘子〔7〕，放教秀才胡觑〔8〕！"言已，掬辙土扬生。生眯目不可开。才一拭视，而车马已渺。惊疑而返，觉目终不快，倩人启睑拨视，则睛上生小翳〔9〕，经宿益剧，泪簌簌不得止；翳渐大，数日厚如钱；右睛起旋螺〔10〕①。百药无效，懊闷欲绝，颇思自忏悔。闻《光明经》能解厄，持一卷浼〔11〕人教诵。初犹烦躁，久渐自安。旦晚无事，唯趺坐捻珠〔12〕。持之一年，万缘俱净。

忽闻左目中小语如蝇，曰："黑漆似，叵耐杀人〔13〕！"右目中应云："可同小遨游，出此闷气。"渐觉两鼻中蠕蠕作痒，似有物出，离孔而去。久之乃返，复自鼻入眶中。又言曰："许时不窥园亭，珍珠兰遽枯瘠死！"②生素喜香兰，园中多种植，日常自灌溉，自失明，久置不问。忽闻此言，遽问妻："兰花何便憔悴死？"妻诘其所自知。因告之故。妻趋验之，花果槁矣，大异之。静匿房中以俟之，见有小人，自生鼻内出，大不及豆，营营然竟出门去。渐远，遂迷所在。俄，连臂归，飞上面，如蜂蚁之投穴者。如此二三日。又闻左言曰："隧道迂，还往甚非所便，不如自启门。"右应云："我壁子厚，大不易。"左曰："我试辟，得与而俱。"遂觉

① 奇异的白内障。

② 一篇短小《聊斋》童话。

左眶内隐似抓裂。少顷开视，豁见几物。喜告妻，妻审之，则脂膜破小窍，黑睛荧荧，才如劈椒〔14〕。越一宿，幛尽消；细视，竟重瞳也。但右目旋螺如故。乃知两瞳人合居一眶矣。生虽一目眇，而较之双目者，殊更了了。由是益自检束，乡中称盛德焉。

异史氏曰〔15〕③："乡有士人，偕二友于途，遥见少妇控驴出其前，戏而吟曰：'有美人兮〔16〕！'顾二友曰：'驱之！'相与笑骋，俄追及，乃其子妇，心赧气丧〔17〕，默不复语。友伪为不知也者，评骘〔18〕殊亵。士人忸怩，吃吃而言曰：'此长男妇也。'④各隐笑而罢。轻薄者往往自侮，良可笑也。至于眯目失明，又鬼神之惨报矣。芙蓉城主，不知何神，岂菩萨现身耶？然小郎君生辟门户，鬼神虽恶，亦何尝不许人自新哉！"

③蒲松龄自称"异史氏"。"异史氏曰"通常是对正文发表评论，或对正文做补充。

④请君入瓮。

校勘

底本：手稿本。

注释

〔1〕佻脱不持仪节：行为轻佻，不守礼法。〔2〕朱茀绣幰（xiǎn）：红车帘，绣花车帷。〔3〕青衣数辈款段以从：几个丫鬟牵着马慢慢地跟在后边。青衣，丫鬟多穿青衣，故以此代指。款段，即款段马，行动迟缓的马。〔4〕驷：马。〔5〕窥瞻：偷窥。〔6〕芙蓉城：传说中的仙境。归宁：回娘家。〔7〕田舍娘子：庄户人家的女人。〔8〕胡觑（qù）：胡乱偷看。〔9〕翳（yì）：遮蔽眼睛的膜。〔10〕旋螺：膜结数层如螺旋。〔11〕浼（měi）：央求。〔12〕趺（fū）坐捻珠：按照佛教徒坐禅方法，交叠双脚背于双腿上，用手捻着佛珠念佛。〔13〕叵（pǒ）耐杀人：令人无法忍受。〔14〕劈椒：花椒种裂出。〔15〕异史氏曰：《聊斋志异》模仿《左传》"君子曰"及《史记》"太史公曰"的篇末论赞体例。"异史"有别于正史，说明作者写的是鬼怪故事。〔16〕有美人兮：《诗经·郑风·野有蔓草》："有美一人，清扬婉兮，邂逅相遇，适我愿兮。"意思是和偶然相遇的美人成好事。士子偏偏遇到儿妇，极尴尬。〔17〕心赧（nǎn）气丧：羞愧脸红，垂头丧气。〔18〕评骘（zhì）：品头论足。

17

> **点评**
>
> 对轻薄好色者的惩罚，就是让他眼睛瞎了。苦海无边，回头是岸。《聊斋》中不少猎艳者可成功，甚至可抱得美人归。为什么方栋受到严厉惩罚？因为他偷窥并调戏的是已婚仙女。在蒲松龄的情爱话题中，对女性婚否有严格界限。

瞳人語

目淫原自意淫來
眸子盲時萬念灰
天視未遑從我
視轉移捷徑
在靈臺

画壁

①垂髫是短发覆额，少女发型。散花天女的发型在本文中起枢纽作用。

②栩栩如生。

③散花天女的手中花本是用来考验菩萨道心是否坚定，现在成了"花为媒"。

④众仙女口齿伶俐，话语夸张有趣。

⑤散花女发型改矣！天宫亦按人间规矩乎？

⑥黑面神似鹰之觅食，极力渲染恐怖气氛。

　　江西孟龙潭〔1〕，与朱孝廉客都中〔2〕。偶涉一兰若，殿宇禅舍〔3〕，俱不甚弘敞，惟一老僧挂搭其中〔4〕。见客入，肃衣出迓〔5〕，导与随喜〔6〕。殿中塑志公像〔7〕；两壁图绘精妙，人物如生。东壁画散花天女〔8〕，内一垂髫者〔9〕①，拈花微笑，樱唇欲动，眼波将流②。朱注目久，不觉神摇意夺，恍然凝想。身忽飘飘，如驾云雾，已到壁上。见殿阁重重，非复人世。一老僧说法座上，偏袒绕视者甚众〔10〕。朱亦杂立其中。少间，似有人暗牵其裾。回顾，则垂髫儿，冁然竟去〔11〕，履即从之。过曲栏，入一小舍，朱次且不敢前〔12〕。女回首，举手中花③，遥遥作招状，乃趋之。舍内寂无人，遽拥之〔13〕，亦不甚拒，遂与狎好〔14〕。既而闭户去，嘱勿咳，夜乃复至。如此二日。

　　女伴共觉之，共搜得生，戏谓女曰："腹内小郎已许大，尚发蓬蓬学处子耶？"共捧簪珥〔15〕，促令上鬟〔16〕，女含羞不语。一女曰："妹妹姊姊，吾等勿久住，恐人不欢。"④群笑而去。生视女，髻云高簇〔17〕，鬟凤低垂，比垂髫时尤艳绝也⑤。四顾无人，渐入猥亵。兰麝熏心〔18〕，乐方未艾。忽闻吉莫靴铿铿甚厉〔19〕，缧锁锵然〔20〕。旋有纷嚣腾辨之声。

　　女惊起，与生窃窥，则见一金甲使者，黑面如漆，绾锁挈槌〔21〕，众女环绕之。使者曰："全未？"答言："已全。"使者曰："如有藏匿下界人，即共出首〔22〕，勿贻伊戚〔23〕。"又同声言："无。"使者反身鹗顾〔24〕⑥，似将搜匿。女大惧，面如死灰，张皇谓朱曰："可急匿榻下。"乃启壁上小扉，猝遁去〔25〕。朱伏，不敢少息。俄闻靴声至房内，复出。未几，烦喧渐远，心稍安；然户外辄有往来语论者〔26〕。朱

⑦杜撰不等于书空,写幻想之事却如亲身经历。朱孝廉着急的感受很真切!

⑧本来梳少女发型的散花女改梳少妇发型,说明她确实经历了新婚。新婚从何而来?从朱孝廉意念中。

⑨朱生因失去与画上天女的情爱心情不舒畅,孟生因为看到朋友上了画壁而惊叹不已。两人"历阶"而出,并非简单叙述他们一个台阶一个台阶走出,而是暗含他们非常缓慢、边思索边走出之意。

⑩"幻由人生"和"幻由人作"分别出现在老僧话语和"异史氏曰"中,寓意相近。

踢蹐既久〔27〕,觉耳际蝉鸣,目中火出,景状殆不可忍〔28〕,惟静听以待女归,竟不复忆身之何自来也⑦。

时孟龙潭在殿中,转瞬不见朱,疑以问僧。僧笑曰:"往听说法去矣。"问:"何处?"曰:"不远。"少时,以指弹壁而呼曰:"朱檀越何久游不归〔29〕?"旋见壁间画有朱像,倾耳伫立,若有听察。僧又呼曰:"游侣久待矣!"遂飘忽自壁而下,灰心木立〔30〕,目瞪足耎。孟大骇,从容问之。盖方伏榻下,闻叩声如雷,故出房窥听也。共视拈花人,螺髻翘然〔31〕,不复垂髫矣⑧。朱惊拜老僧,而问其故,僧笑曰:"幻由人生,贫道何能解〔32〕?"朱气结而不扬〔33〕,孟心骇叹而无主。即起,历阶而出〔34〕⑨。

异史氏曰:"幻由人作,此言类有道者。人有淫心,是生亵境;人有亵心,是生怖境。菩萨点化愚蒙,千幻并作,皆人心所自动耳。老婆心切〔35〕,惜不闻其言下大悟,披发入山也〔36〕。"⑩

校勘

底本:手稿本。

注释

〔1〕江西:明清设江西布政使司,治所在南昌府(今南昌市)。〔2〕孝廉:举人。科举考试乡试得中者为举人。〔3〕禅舍:僧舍,佛教徒静养之处。〔4〕挂搭:旅行的僧人暂住寺院时,将僧衣锡杖挂在寺院廊下的钩上,故称。〔5〕肃衣出迓(yà):整衣出迎。〔6〕随喜:随自己的心意做善事,亦称游览。〔7〕志公:对南朝梁高僧宝志(418—514)的尊称,其事迹见梁《高僧传》卷十。〔8〕散花天女:佛经故事中的神女。《维摩诘经》载,维摩诘室有一天女,每见诸菩萨听讲经说法,便现其身,将天花撒在菩萨身上以验证其向道之心。道心坚定者,花不着身;道心不坚定者,花着身不落。〔9〕垂髫(tiáo):披发下垂,古时十五岁以下的儿童不束发,因此称未成年少女为垂髫。〔10〕偏袒:佛教徒穿袈裟,袒露右肩。〔11〕辗(zhǎn)然:笑的样子。〔12〕次且(zī jū):同"趑趄",

21

犹豫不进。〔13〕遽：突然。〔14〕狎好：亲昵交欢。〔15〕簪珥（ěr）：发簪和耳环。〔16〕上鬟：旧时中原女子出嫁前将少女发型改梳为少妇发型，俗称"上头"。〔17〕"鬟云高簇"二句，是形容散花天女改梳少妇发型后，浓黑如云的发鬟上插着低垂的凤钗。〔18〕"兰麝熏心"二句，是说散花天女身上散发着兰花麝香等名贵香料的气息，沁人心脾。朱生沉醉在性爱快乐中。〔19〕吉莫靴：用名贵吉莫皮革制成的皮靴，行走时声音大。〔20〕缧（léi）锁锵然：捆绑犯人的锁链响着。缧，黑色的绳子。〔21〕绾（wǎn）锁挈棰：一手握锁链，一手携铁锤。〔22〕出首：告发。〔23〕勿贻伊戚：不要自惹烦恼。贻，招致。〔24〕反身鹗顾：回转身体，瞋目四顾。鹗，凶猛的鸟，俗称鱼鹰。目光敏锐，神色凶狠。〔25〕遁：逃走。〔26〕语论：议论。〔27〕踽踽（jǔ jǐ）：困顿窘迫。〔28〕殆：大概，恐怕。〔29〕檀越：即施主。寺院人对布施者的敬称。〔30〕"灰心木立"二句：是说朱生形似槁木，心如死灰，目瞪口呆，腿脚发软。"耎"同"软"。〔31〕螺髻：螺壳状的发髻，是已婚者的发型。〔32〕贫道：佛教初入中国时，僧人称道人、道士，往往自称贫道。〔33〕气结：呼吸不畅状。〔34〕历阶：一个台阶一个台阶地走出。〔35〕老婆心切：佛教用语，意思是反复叮咛，教诲心十分迫切。〔36〕披发入山：不经剃度入山修行。

点评

《画壁》写一书生的奇特艳遇。朱生喜欢壁画上的散花天女，身不由己地到壁画上跟仙女相爱。众仙女祝贺散花天女新婚并督促她"上鬟"。最后因金甲使者的"干预"，朱生回到人间，壁画上的散花天女也从少女发型变成少妇发型，神奇有趣。这个与散花天女有关的故事传达一种佛教观念：人生一切都是虚幻不实的。更重要的是，这个《聊斋志异》开篇不久的爱情故事创造出蒲松龄最喜欢采用和非常富有哲理性的构思模式："幻由人生"（或"幻由人作"）。只要你殷切盼望，你所向往的一切美好的事物都会出现。这是浪漫主义奇想，也是《聊斋》故事的特征。

画禅

微笑拈花壁上
珠趁云趁雨雨
模糊佳来幻境
由心造试问黄
梁梦有无

山魈〔1〕

①渲染气氛，写怪风由远而近，其实风不是风，是山魈生风。

②听到靴声，知不是风。才真正怕了。

③"鞠躬塞入"形容山魈身形之大，真切。写妖怪面、目、口、齿、爪，无一不到，而处处骇人耳目。

④鬼腹不同于人腹，故有石头瓦片的声响。

⑤此鬼亦缺乏耐心。

⑥巨怪之可怕，又补一笔。

孙太白尝言，其曾祖肄业于南山柳沟寺〔2〕。麦秋旋里，经旬始返。启斋门，则案上尘生，窗间丝满，命仆粪除〔3〕，至晚始觉清爽可坐。乃拂榻，陈卧具，扃扉就枕〔4〕，月色已满窗矣。辗转移时，万籁俱寂。忽闻风声隆隆，山门豁然作响，窃谓寺僧失扃。注念间〔5〕，风声渐近居庐，俄而房门辟矣①。大疑之，思未定，声已入屋。又有靴声铿铿然，渐傍寝门。心始怖②。俄而寝门辟矣。急视之，一大鬼鞠躬塞入③，突立榻前，殆与梁齐。面似老瓜皮色，目光睒闪〔6〕，绕室四顾，张巨口如盆，齿疏疏长三寸许〔7〕，舌动喉鸣，呵喇之声，响连四壁。公惧极，又念咫尺之地，势无所逃，不如因而刺之。乃阴抽枕下佩刀，骤拔而斫之，中腹，作石缶声〔8〕④。鬼大怒，伸巨爪攫公。公少缩。鬼攫得衾，忿忿而去⑤。公随衾堕，伏地号呼。家人持火奔集，则门闭如故，排窗入，见状，大骇。扶曳登床，始言其故。共验之，则衾夹于寝门之隙。启扉检照，见有爪痕如箕，五指着处皆穿⑥。既明，不敢复留，负笈而归〔9〕。后问僧人，无复他异。

校勘

底本：手稿本。

注释

〔1〕山魈：传说山中的妖怪。《抱朴子·登涉》："山精形如小儿，独足向后，名曰魈。"〔2〕肄（yì）业：修习学业。〔3〕粪除：扫除。〔4〕扃扉：关上门。〔5〕注念间：正在专心思考的时候。〔6〕目光睒闪：目光像电光一样闪烁。〔7〕齿疏疏：牙齿稀疏。〔8〕缶：陶制的器具。〔9〕负笈：背着书箱。

> **点评**
>
> 本文记述深山妖怪的荒诞传说,却写得层次分明、有声有色。气氛的渲染非常成功,妖怪形象写得面面俱到,宛如亲见。开头写月光明净,心境安适,突然笔势一转,巨鬼现身,跌宕有趣。

山魈

甍雨排阊閶飚飆方相
依稀氣象伴奴僕静聼
公倭述争有甬象工瓜豫笛

咬鬼

沈麟生云：其友某翁者，夏月昼寝，矇眬间见一女子搴帘入〔1〕，以白布裹首，缞服麻裙〔2〕，向内室去。疑邻妇访内人者。又转念，何遽以凶服入人家？正自皇惑①，女子已出。细审之，年可三十余，颜色黄肿，眉目蹙蹙然②，神情可畏。又逡巡不去〔3〕，渐逼卧榻。遂伪睡以观其变。无何，女子摄衣登床，压腹上，觉如百钧重。心虽了了，而举其手，手如缚；举其足，足如痿也〔4〕。急欲号救，而苦不能声。女子以喙嗅翁面，颧、鼻、眉、额殆遍③。觉喙冷如冰，气寒透骨。翁窘急中思得计：待嗅至颐颊〔5〕，当即因而啮之〔6〕。未几，果及颐。翁乘势力龁〔7〕其颧，齿没于肉。女负痛身离，且挣且啼。翁龁益力。但觉血液交颐，湿流枕畔。相持正苦，庭外忽闻夫人声，急呼有鬼，一缓颊〔8〕，而女子已飘忽遁去。夫人奔入，无所见，笑其魇梦之诬〔9〕。翁述其异，且言有血证焉。相与检视，如屋漏之水，流枕浃席〔10〕。伏而嗅之，腥臭异常④。翁乃大吐。过数日，口中尚有余臭云。

① 心理活动合乎情理。

② 丑鬼。

③ "喙"一般指鸟兽的嘴，用"喙"形容人，带非人特点。

④ 前写女鬼颜色黄肿，似脓疮溃烂矣。

校勘

底本：手稿本。

注释

〔1〕搴（qiān）帘：掀起帘子。〔2〕缞（cuī）服麻裙：丧服。缞，披于胸前的麻布条。麻裙，粗麻布做成的裙子。〔3〕逡巡：徘徊，迟疑。〔4〕痿：肢体麻痹。〔5〕颐颊：腮和下巴之间。颐，下巴。颊，面颊。〔6〕啮（niè）：咬紧。〔7〕龁（hé）：咬。〔8〕缓颊：松口。〔9〕魇梦：噩梦产生的幻觉。〔10〕流枕浃席：流满枕头和床席。

点评

某翁遇鬼，手足麻木，眼看就要束手待毙时，异想天开地咬鬼，鬼居然怕人咬，这鬼也实在没什么可怕了。《咬鬼》是《聊斋》少有的写鬼既狰狞可怕又令人厌恶的篇章，人鬼搏斗写得层次井然，惊心动魄。如果没有血水和嘴中的余臭，真可以算是一场魇梦。

蚊鬼

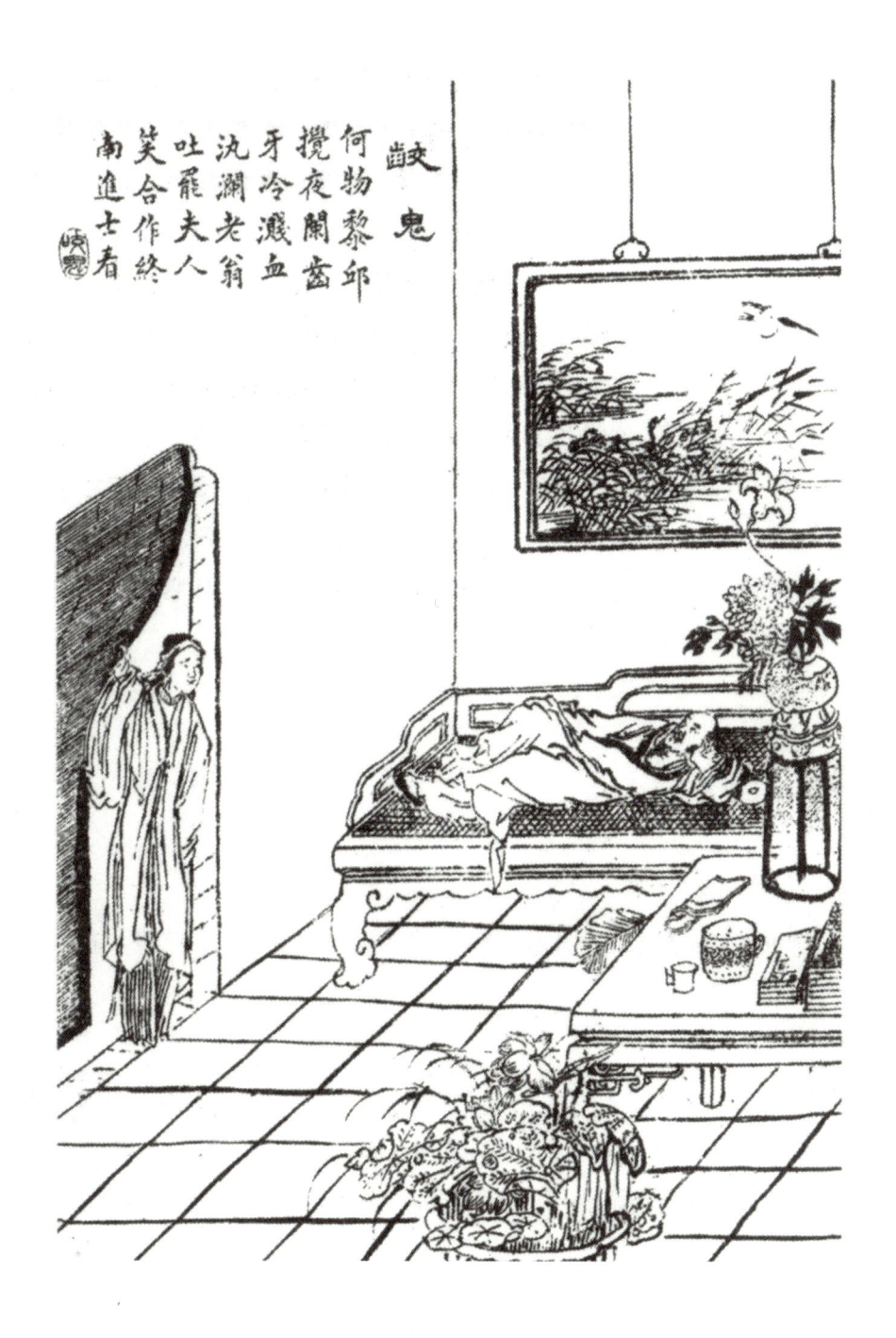

何物黎邱
攪夜闌窗
牙冷濺血
沈瀾老翁
吐罷夫人
笑合作終
南進士看

捉狐

①狐魅耶？

②果然是狐魅。

③翁叫狐变化给他看，狐果然就变给他看。

孙翁者，余姻家清服之伯父也，素有胆。一日昼卧，仿佛有物登床，遂觉身摇摇如驾云雾①。窃意无乃压狐耶〔1〕？微窥之，物大如猫，黄毛而碧嘴，自足边来。蠕蠕伏行，如恐翁寤。逡巡附体，着足，足痿，着股，股软②。甫及腹，翁骤起，按而捉之，握其项。物鸣急莫能脱。翁亟呼夫人，以带絷其腰〔2〕，乃执带之两端，笑曰："闻汝善化，今注目在此，看作如何化法。"言次，物忽缩其腹，细如管，几脱去。翁大愕，急力缚之，则又鼓其腹，粗于碗，坚不可下，力稍懈，又缩之③。公恐其脱，命夫人急杀之。夫人张皇四顾，不知刀之所在，翁左顾示以处。比回首，则带在手如环然，物已渺矣。

校勘

底本：手稿本。

注释

〔1〕压狐：受到狐狸精蛊惑。青柯亭本改为"魇狐"。〔2〕絷：拴住。

点评

人捉狐，似乎调侃；狐变化，似乎炫耀。人狐之间像兄弟比武，叔嫂斗法，各尽所能。人向狐展示大胆、不怕狐，狐向人展示善变、不怕人。想杀狐的翁一扭头，狐已逃之夭夭，只留下一段绳子在手，人还是没捉住狐。好玩儿，令人喷饭。

紀狐

已擒復逸竟成威
空指顧倉皇一
瞬中結帶如環
環不解無郇校
尉太玲瓏

莜中怪〔1〕

长山安翁者〔2〕,性喜操农功〔3〕。秋间莜熟,刈堆陇畔〔4〕。时近村有盗稼者,因命佃人乘月辇运登场〔5〕,俟其装载归,而自留逻守。遂枕戈露卧〔6〕。目稍瞑,忽闻有人践荞根,咋咋作响。心疑暴客〔7〕,急举首,则一大鬼,高丈余,赤发鬖须,去身已近。大怖,不遑他计,踊身暴起〔8〕,狠刺之。鬼鸣如雷而逝①。恐其复来,荷戈而归。迎佃人于途,告以所见,且戒勿往。众未深信。越日,曝麦于场,忽闻空际有声。翁骇曰:"鬼物来矣!"乃奔,众亦奔。移时复聚,翁命多设弓弩以俟之。翼日,果复来,数矢齐发,物惧而遁②。二、三日竟不复来。麦既登仓,禾黠杂逻〔9〕,翁命收积为垛,而亲登践实之〔10〕,高至数尺。忽遥望骇曰:"鬼物至矣!"众急觅弓矢,物已奔公。翁仆,龁其额而去。共登视,则去额骨如掌,昏不知人,负至家中,遂卒③。后不复见。不知其何怪也。

① 翁与怪第一次交手,翁因戈得胜。

② 翁与怪第二次交手,翁以弓箭得手。

③ 翁与怪第三次交手,怪趁翁孤身位于他人无法救援处且手无武器时,偷袭成功。

校勘

底本:手稿本。

注释

〔1〕莜(qiáo):荞麦。〔2〕长山:县名,在今山东邹平一带。〔3〕农功:农活儿。〔4〕刈:收割。〔5〕佃人:农村雇工。辇:小推车。〔6〕枕戈露卧:枕着武器露天睡觉。〔7〕暴客:盗贼。〔8〕踊身:跳起身。〔9〕禾黠杂逻:荞麦秆散落了一地。〔10〕登践实之:爬到垛顶用脚将麦秆踏结实。

点评

这是则传闻故事,使翁致死的怪能腾云驾雾,当非一般野兽,而是鬼怪。

翁遇怪的原因、经过、最后丧身的不幸遭遇，写得因果鲜明、详尽细致。翁和怪的争斗一波三折，起伏有致，狡猾的怪两次失手，第三次终于偷袭成功。蒲松龄写文章讲究起承转合，乃深受八股文影响。

冢中怪

秋菽覆垄
陇头堆枚牛
鸷有妖鬼来动夫
长茇空没穿竟
教顿骨变飞灾

宅妖

长山李公，大司寇之侄〔1〕也。宅多妖异。尝见厦有春凳〔2〕，肉红色，甚修润。李以故无此物，近抚按之，随手而曲，殆如肉臡，骇而却走。旋回视，则四足移动，渐入壁中。又见壁间倚白梃〔3〕，洁泽修长。近扶之，腻然而倒，委蛇入壁〔4〕，移时始没①。

康熙十七年，王生俊升设帐其家〔5〕。日暮，灯火初张，生着履卧榻上。忽见小人，长三寸许，自外入。略一盘旋，即复去。少顷，荷二小凳来，设堂中，宛如小儿辈用梁秸心所制者②；又顷之，二小人舁一棺入，长四寸许，停置凳上。安厝未已〔6〕，一女子率厮婢数人来〔7〕，率细小如前状。女子衰衣，麻绠束腰际，布裹首〔8〕。以袖掩口，嘤嘤而哭，声类巨蝇③。生睥睨良久〔9〕，毛森立，如霜被于体④。因大呼，遽走，颠床下，摇战莫能起。馆中人闻声毕集，堂中人物杳然矣。

① 无奇不有，骇人心目。怪物皆出于墙中耶？

② 形容凳子之小，比喻恰当。

③ 女子一切形状皆如常人，但她是小人，所以她的声音如此。

④ 形象生动。

校勘

底本：手稿本。

注释

〔1〕大司寇：司寇，原为西周所设掌管刑狱的官员，后指刑部尚书。此处的大司寇是长山（今山东邹平）人李化熙，明崇祯进士，曾任巡抚，入清后，官至刑部尚书。〔2〕春凳：长条形板凳。〔3〕白梃：白色的棍棒。〔4〕委蛇（wēi yí）：同"逶迤"，曲折行走的状态。〔5〕设帐：即坐馆，教师到私人家设馆授徒。〔6〕安厝：安置好灵柩。〔7〕厮婢：小厮和丫鬟。〔8〕衰衣：丧服。麻绠：用麻线织成的带子，居丧者系于腰间。〔9〕睥睨（pì nì）：不正面看而是斜着眼观察的状态。

> **点评**
>
> 　　古怪之至的传闻却以真人真姓名记录,是蒲松龄经常采用的手法。小人出殡场面尤写得生动。小人小棺小奴仆,声音也小得像蝇叫,真是小人小马小刀枪,一切都极其怪异,又像现实生活一样真切,是个精彩的缩微世界。

妖宅

仗叙大呼正学院　百声
嗤笑鬼揶揄　燄燄
燐火归何处　尊道
瑜如事术谭

王六郎

①自己有酒喝还忘不了河中溺鬼也需要酒。许姓渔夫仁人也,仁人得仁报,是《聊斋志异》常用手法之一。

②"终夜不获一鱼"手稿本为"中夜不获一鱼","唼呷有"三字手稿破损,据《异史》改补。

③《礼记·曲礼上》:"男子二十,冠而字。"朋友之间不可直呼其名,而要称呼字,表示尊重。王六郎没有字,那是因为他在二十岁之前已落水而死。

④六郎因为自己是鬼,不敢直接对朋友说明,谁知朋友却是个一切都想得开的达人。

⑤水鬼找替身是中国古代约定俗成的说法。放弃转世为人的机会,六郎舍己为人极不简单!蒲松龄对生活观察细致,婴儿形态生动如画,婴儿仰面朝天手脚乱蹬哇哇大哭,说明此儿还不会翻身更不会爬,是四个月之内的婴儿。这个幼小生命却有强大的力量,触动了王六郎心中最善良最富柔情的角落。

许姓,家淄之北郭〔1〕,业渔,每夜携酒河上〔2〕,饮且渔。饮则酹地〔3〕,祝云:"河中溺鬼得饮。"①以为常。他人渔,迄无所获〔4〕,而许独满筐。一夕,方独酌,有少年来,徘徊其侧,让之饮,既与同酌〔5〕,既而终夜不获一鱼,意颇失。少年起曰:"请于下流为君驱之。"遂飘然去。少间,复返,曰:"鱼大至矣。"果闻唼呷有声〔6〕②。举网而得数头,皆盈尺,喜极,申谢〔7〕。欲归,赠以鱼,不受,曰:"屡叨佳酝〔8〕,区区何足云报。如不弃,要当以为长耳。"许曰:"方共一夕,何言屡也?如肯永顾,诚所甚愿。但愧无以为情。"询其姓字,曰:"姓王,无字,相见可呼王六郎。"③遂别。明日,许货鱼,益沽酒,晚至河干,少年已先在,遂与欢饮。饮数杯,辄为许驱鱼。

如是半载,忽告许曰:"拜识清扬〔9〕,情逾骨肉。然相别有日矣。"语甚凄楚。惊问之,欲言而止者再,乃曰:"情好如吾两人,言之或勿讶耶?今将别,无妨明告:我实鬼也,素嗜酒,沉醉溺死④,数年于此矣。前君之获鱼,独胜于他人者,皆仆之暗驱,以报酹奠耳〔10〕。明日业满〔11〕,当有代者,将往投生。相聚只今夕,故不能无感。"许初闻甚骇,然亲狎既久,不复恐怖,因亦欷歔〔12〕,酌而言曰:"六郎饮此,勿戚也。相见遽违,良足悲恻,然业满劫脱〔13〕,正宜相贺,悲乃不伦。"遂与畅饮,因问:"代者何人?"曰:"兄于河畔视之,亭午有女子渡河而溺者〔14〕,是也。"听村鸡既唱,洒涕而别。

明日,敬伺河边,以觇其异〔15〕。果有妇人抱婴儿来,及河而堕。儿抛岸上,扬手掷足而啼⑤。妇沉浮者屡矣,忽淋淋攀岸以出,藉地少息〔16〕,抱儿径去。当妇溺时,意良不忍，思欲奔救，转念是所以代六郎者，故止不救。及妇自出，疑其言不验。抵暮，渔旧处，少年复至，曰："今又聚首，且不言别矣。"问其故，曰："女子已相代矣，仆怜其抱中儿，代弟一人，遂残二命，故舍之。更代不知何期〔17〕，或吾两人之缘未尽耶？"许感叹曰："此仁人之心，可以通上帝矣。"由此相聚如初。

数日，又来告别。许疑其复有代者。曰："非也。前一念恻隐〔18〕，果达帝天〔19〕。今授为招远县邬镇土地〔20〕，来朝赴任⑥，倘不忘故交，当一往探，勿惮修阻〔21〕。"许贺曰："君正直为神，甚慰人心⑦。但人神路隔，即不惮修阻，将复如何？"少年曰："但往，勿虑。"再三叮咛而去。

许归，即欲治装东下。妻笑曰："此去数百里，即有其地，恐土偶不可以共语。"⑧许不听。竟抵招远。问之居人，果有邬镇。寻至其处，息肩逆旅〔22〕，问祠所在。主人惊曰："得无客姓为许〔23〕？"许曰："然。何见知？"又曰："得勿客邑为淄？"曰："然。何见知？"主人不答，遽出，俄而丈夫抱子，媳女窥门，杂沓而来，环如墙堵⑨，许益惊。众乃告曰："数夜前，梦神言：'淄川许友当即来，可助以资斧〔24〕。'祇候已久〔25〕。"许亦异之，乃往祭于祠而祝曰："别君后，寤寐不去心。远践曩约〔26〕，又蒙梦示居人，感篆中怀〔27〕，愧无腆物〔28〕，仅有卮酒〔29〕，如不弃，当如河上之饮。"祝毕，焚钱纸。俄见风起座后，旋转移时始散。夜梦少年来，衣冠楚楚，大异平时，谢曰："远劳顾问，喜泪交并。但任微职，不便会面，咫尺河山〔30〕，甚怆于怀。居人薄有所赠，聊酬夙好。归如有期，尚当走送。"居数日，许欲归。众留殷恳，朝请暮邀，日更数主。许坚辞欲行。众乃折柬抱襆〔31〕，争来致赆〔32〕。不终朝，馈遗盈橐〔33〕，苍头稚子毕集，祖送出村〔34〕。欻有羊角风起〔35〕⑩，随行十余里，许再拜曰："六郎珍重！勿劳远涉。君心仁爱，

---

⑥"许疑其""来朝赴任"，手稿破损，据《异史》补。

⑦善有善报是《聊斋》不二法则。

⑧许某恪守朋友之间重然诺的传统美德。许妻的担心来自日常生活中的智慧，她却不知真情可以感动天地。

⑨"环如墙堵"是形容有好奇心的群众很多，也说明王六郎这个土地神很得民心。

⑩风即六郎，此不现形即显形。蒲松龄创造了一股带着感情色彩、描写人和神之间感情的风，还一再出现。

自能造福一方,无庸故人嘱也。"风盘旋久之,乃去。村人亦嗟讶而返。

许归,家稍裕,遂不复渔。后见招远人问之,其灵验如响云〔36〕,或言即章丘石坑庄〔37〕,未知孰是。

异史氏曰:"置身青云,无忘贫贱,此其所以神也⑪。今日车中贵介,宁复识戴笠人哉〔38〕?余乡有林下者〔39〕,家綦贫〔40〕。有童稚交〔41〕,任肥秩〔42〕,计投之必相周顾。竭力办装,奔涉千里,殊失所望;泻囊货骑〔43〕,始得归。其族弟甚谐,作《月令》嘲之云〔44〕:'是月也,哥哥至,貂帽解,伞盖不张,马化为驴,靴始收声〔45〕。'⑫念此可为一笑。"

⑪ 蒲松龄喜欢把自己的爱憎和倾向直接说出,这一点与现代小说不同。

⑫ 王士禛评:"月令乃耿隐之事。"耿隐之事见于王士禛《香祖笔记》卷三。

校勘

底本:手稿本。参校:异史、康熙本、二十四卷本。

注释

〔1〕淄之北郭:淄川县北郊。蒲松龄是淄川人。〔2〕河:流经淄川的孝妇河。〔3〕酹(lèi)地:往地上洒酒以祭奠鬼神。〔4〕迄:终于。〔5〕慨(kǎi):感叹,痛快地。〔6〕唼呷(shà xiā):鱼吞食食物的声音。〔7〕申谢:感谢。〔8〕屡叨(tāo)佳酝:总是喝您的好酒。〔9〕清扬:丰采。〔10〕酹奠:以酒祭奠溺水鬼。〔11〕业满:因果业报已经完成。〔12〕欷歔(xī xū):叹息声。〔13〕劫脱:脱离做落水鬼的劫难。劫,梵语音译"劫波"的略语。〔14〕亭午:正午。〔15〕觇(chān):观察。〔16〕藉地少息:坐在地上稍微休息一会儿。〔17〕更代:寻找到替身。〔18〕一念恻隐:一个同情怜悯弱者的念头。〔19〕帝天:古人谓上帝主宰一切。帝天是上帝居住的地方。〔20〕招远:明清时县名,属登州府。邬镇:招远的村镇名。土地:即土地神,俗称土地爷。是古人信奉的神,守护一方土地。旧时各地都盖有土地庙。〔21〕勿惮修阻:不要害怕路途遥远难走。惮,畏惧。修阻,路途遥远有阻隔。〔22〕息肩逆旅:到旅店休息。〔23〕得无:莫非。〔24〕资斧:路费。〔25〕祗(zhī)候:恭敬地等候。〔26〕曩(nǎng)约:先前的约定。〔27〕感篆中怀:感激之情铭刻在心。〔28〕腆物:丰厚的祭祀物品。〔29〕卮酒:杯酒。〔30〕咫尺河山:徐某与六

郎神像近在咫尺，却人神有别，如隔山河。〔31〕折柬抱襆（fú）：拿着礼单，抱着礼品。〔32〕致赆（jìn）：向离开的人送礼。〔33〕馈遗（kuì wèi）盈橐（tuó）：送的礼物装满袋子。馈遗，馈赠。橐，盛东西的袋子。〔34〕祖送：饯行。〔35〕欻（xū）：忽然。〔36〕灵验如响：有求必应，十分灵验。〔37〕章丘：今属济南市辖区。〔38〕戴笠人：汉谣歌有"君乘车，我戴笠，他日相逢下车揖"的句子写不忘故人。此指贫贱时结交的朋友。〔39〕林下者：居住乡里未出仕者。〔40〕綦（qí）贫：非常贫困。〔41〕童稚交：童年时的朋友。〔42〕肥秩：收入丰厚的官位。〔43〕泻橐货骑：花掉所有的钱卖掉了坐骑。〔44〕《月令》：《礼记》篇名，记述农历十二个月节令及有关事物，此处是模仿"月令"的形式，以调侃笔墨讽刺世态。〔45〕此段意思是：这个月哥哥去看望当官的朋友后回来了，原来的排场都没了，貂帽不戴了，华丽的伞盖没了，原来骑去的马换成了驴，再也不穿着靴子到处跑了。

点评

　　这是一曲讴歌仁义和友情的颂歌。小说写普通渔夫许某和溺鬼王六郎的动人友情。六郎为鬼时，感于许某的祭奠为许某驱鱼。许某不因六郎是鬼而产生任何惧怕之心或戒心，一人一鬼真诚相待。六郎不肯为了自己托生而去害两条人命，感动上天被提拔为神，虽然身份变了，但跟许某的友情不变。一人一神继续平等相处，许某继续以老大哥的身份告诫六郎要仁政爱民。六郎辖区的百姓则爱屋及乌地帮助许某。蒲松龄借这个故事歌颂人与人之间不计功利的真诚友谊。

王六郎

一念仁慈感帝天 故人情重興周旋
老漁從此生涯足 不向江頭覓酒錢

偷桃

①"童时赴郡试"指十九岁参加秀才考试。

②如堵，形容人多，用语简练。

③以听觉写热闹气氛。

④此句似乎讲不通，人的笑声怎么可能"视"而得之？需知，此前已"万声汹动"，远处几个人的说话声岂能听到？故而只能看到堂上的人在笑。这似乎很不合理的用词，其实描写周至。

⑤术人父子是一对绝妙搭档。两人对话，渲染登天之难。

⑥完全是父亲安慰、讨好儿子的口气。又是预先提醒官员们掏钱。

⑦脚跟着手向上爬，像蜘蛛沿蛛丝前进，形容妙。

⑧故弄玄虚。

　　童时赴郡试〔1〕，值春节①。旧例，先一日，各行商贾，彩楼鼓吹赴藩司〔2〕，名曰"演春"。余从友人戏瞩。是日游人如堵②。堂上四官皆赤衣〔3〕，东西相向坐。时方稚，亦不解其何官。但闻人语哗嘈，鼓吹聒耳③。

　　忽有一人率披发童，荷担而上，似有所白；万声汹动，亦不闻为何语。但视堂上作笑声④。即有青衣人大声命作剧。其人应命方兴，问："作何剧？"堂上相顾数语。吏下，宣问所长。答言："能颠倒生物〔4〕。"吏以白官。少顷复下，命取桃子。术人声诺，解衣覆笥上，故作怨状，曰："官长殊不了了！坚冰未解，安所得桃？不取，又恐为南面者〔5〕所怒。奈何！"其子曰："父已诺之，又焉辞？"术人惆怅良久，乃云："我筹之烂熟。春初雪积，人间何处可觅？唯王母〔6〕园中，四时常不凋谢，或有之。必窃之天上，乃可。"子曰："嘻！天可阶而升乎⑤？"曰："有术在。"乃启笥，出绳一团，约数十丈，理其端，望空中掷去绳即悬立空际，若有物以挂之。未几，愈掷愈高，渺入云中，手中绳亦尽。乃呼子曰："儿来！余老惫，体重拙，不能行，得汝一往。"遂以绳授子，曰："持此可登。"子受绳有难色，怨曰："阿翁亦大愦愦〔7〕！如此一线之绳，欲我附之以登万仞之高天。倘中道断绝，骸骨何存矣！"父又强鸣拍之曰："我已失口，悔无及。烦儿一行，儿勿苦。倘窃得来，必有百金赏，当为儿娶一美妇。"⑥

　　子乃持索，盘旋而上，手移足随，如蛛趁丝⑦，渐入云霄，不可复见。久之，坠一桃，如碗大。术人喜，持献公堂。堂上传视良久，亦不知其真伪⑧。忽而绳落地上，术人惊曰："殆矣！上有人断吾绳，儿将焉托！"

43

移时，一物堕。视之，其子首也。捧而泣曰："是必偷桃，为监者所觉。吾儿休矣！"又移时，一足落；无何，肢体纷堕，无复存者。术人大悲，一一拾置笥中而阖之，曰："老夫止此儿，日从我南北游。今承严命，不意罹此奇惨！当负去瘗〔8〕之。"乃升堂而跪，曰："为桃故，杀吾子矣！如怜小人而助之葬，当结草以图报耳〔9〕。"⑨坐官骇诧，各有赐金。术人受而缠诸腰，乃扣笥而呼曰："八八儿，不出谢赏，将何待？"忽一蓬头僮，首抵笥盖而出，望北稽首，则其子也。以其术奇，故至今犹记之。后闻白莲教能为此术〔10〕，意此其苗裔耶？

⑨可怜兮兮的话语，不由人不信。

校勘

底本：手稿本。参校：康熙本、异史、二十四卷本、铸雪斋本。

注释

〔1〕郡试：科举考试府一级的考试为"郡试"，如通过，就取得参加院试的资格，院试通过后，成为秀才。〔2〕藩司：布政使，清代省一级主管人事和财赋的官员。此处指布政使衙门。〔3〕堂上四官皆赤衣：四官为总督、巡抚、布政使、按察使。清代省级官员着绯袍。〔4〕颠倒生物：能颠倒按时令生长的植物。〔5〕南面者：古以南面为尊，帝王和长官都面南而坐。"南面者"即"当官的"。〔6〕王母：即"王母娘娘"，是西王母的俗称。古代传说中的女神，她的蟠桃园中的桃数千年一熟，食之可得长生。〔7〕大愦愦：太糊涂。〔8〕瘗（yì）：埋葬。〔9〕结草：据《左传·宣公十五年》，魏武子有妾，武子病重时嘱咐儿子颗：死后让妾殉葬。武子死后，颗按照父亲清醒时的嘱咐将妾嫁出。后来在一次战役中，颗见一老人结草将敌人绊倒。夜梦老人说：我是所嫁之妇的父亲，用结草报答你的恩情。后人遂用"结草"表示受恩深重、虽死也要报答的意思。〔10〕白莲教：民间秘密宗教组织，常被农民起义用作组织工具。盛行于元、明、清初。

点评

本文回忆作者年轻时参加科举考试在济南府看"演春"的见闻。作者对演春民俗的描写细致形象，对术人父子的描写生动精彩。他们逗引人们的好奇心，然后以神奇的魔术表演从天宫偷桃，术人之子的被肢解场面写得煞有介事，术人"丧子之悲"表演得真真切切。这样的大型幻术，明代钱希言《狯图》中曾有描写，但远不及《聊斋》所写生动。清代点评家但明伦认为，施行这幻术的人是邪教中人，"挟其巧幻之术，佐之以滑稽之口，将何事不可为耶？""自爱身家者，慎勿招之作剧。"

偷桃

此日官民作勝游演
春俗例舊傳流戲從
天上階升去擲地儃
姚曼倩偷

种梨

①真人不露相。《聊斋志异》常出现破衣烂衫却担负着道德教化的僧道乞丐。梨已成熟,道士还穿棉衣,说明贫穷无法换装。拔一毛而利天下不为也,天下此类人多矣。

②好事者亦颇有趣,拿开水浇灌岂能出苗?却偏偏能出。神乎其神!

③《搜神记·徐光种瓜》:"吴时有徐光者,尝行术于市里,从人乞瓜,其主勿与,便从索瓣,杖地种之,俄而瓜生,蔓延,生花,成实;乃取食之,因赐观者。鬻者及视所出卖皆亡耗矣。"
但明伦评:"已物而借他人俵散,吝啬者每每如是。"梨子没了,车把幻化梨树,车把断了,车无法推动,是对乡人的双重惩罚。

④"吝惜"乃此文文眼。何垠评:"人无吝根,道士纵有妙术,乌得而散之?乃知过为吝惜,未有不至散亡者,天之道也。"
方舒岩评:"愿得数千亿道士道行天下,举悭囊而尽破之,亦一快事。"

有乡人货梨于市,颇甘芳,价腾贵〔1〕。有道士破巾絮衣①,丐于车前。乡人咄之,亦不去;乡人怒,加以叱骂。道士曰:"一车数百颗,老衲止丐其一〔2〕,于居士亦无大损〔3〕,何怒为?"观者劝置劣者一枚令去,乡人执不肯。肆中佣保者,见喋聒不堪〔4〕,遂出钱市一枚,付道士。道士拜谢,谓众曰:"出家人不解吝惜。我有佳梨,请出供客。"或曰:"既有之,何不自食?"曰:"吾特需此核作种。"于是掬梨大啖〔5〕,且尽,把核于手,解肩上镵〔6〕,坎地深数寸,纳之而覆以土。向市人索汤沃灌。好事者于临路店索得沸瀋〔7〕②,道士接浸坎处。万目攒视〔8〕,见有勾萌出〔9〕,渐大;俄成树,枝叶扶疏〔10〕;倏而花〔11〕,倏而实,硕大芳馥,累累满树。道士乃即树头摘赐观者,顷刻向尽。已,乃以镵伐树,丁丁良久〔12〕,乃断;带叶荷肩头,从容徐步而去。③

初,道士作法时,乡人亦杂众中,引领注目〔13〕,竟忘其业。道士既去,始顾车中,则梨已空矣。方悟适所俵散皆己物也〔14〕。又细视车上一靶亡〔15〕,是新凿断者。心大愤恨。急迹之,转过墙隅,则断靶弃垣下,始知所伐梨本,即是物也。道士不知所在。一市粲然〔16〕。

异史氏曰:"乡人愦愦〔17〕,憨状可掬,其见笑于市人,有以哉。每见乡中称素封者〔18〕,良朋乞米,则怫然,且计曰:'是数日之资也。'或劝济一危难,饭一茕独〔19〕,则又忿然,又计曰:'此十人、五人之食也。'甚而父子兄弟,较尽锱铢〔20〕。及至淫博迷心,则倾囊不吝;刀锯临颈,则赎命不遑〔21〕。诸如此类,正不胜道,蠢尔乡人,又何足怪。"④

47

校勘

底本：手稿本。参校：康熙本、二十四卷本、异史、铸雪斋本。

注释

〔1〕价腾贵：价钱昂贵。〔2〕老衲：道士自称，意即"老道"。佛教教义规定，僧尼的衣服应由常人捐赠的碎片缝缀而成，名"百衲衣"。老和尚常自称"老衲"，此处借用。〔3〕居士：在家修行者。道士对乡人的尊称。〔4〕喋聒（dié guō）：絮絮叨叨，啰唆不清。〔5〕掬梨大啖（dàn）：两手捧着梨大口吃。啖，吃。〔6〕镵（chán）：掘土的小工具。〔7〕好事者：喜欢多事、爱起哄的人。沸渖（shěn）：开水。渖，汤汁。〔8〕万目攒视：众人围观。〔9〕勾萌：草木弯曲的嫩芽。〔10〕枝叶扶疏：枝叶繁茂纷披状。〔11〕倏（shū）而：很快。时间迅疾状。〔12〕丁（zhēng）丁：伐木的声音。〔13〕引领注目：伸着脖子看。〔14〕俵（biào）散：分发。〔15〕靶（bǎ）亡：车把没有了。〔16〕粲然：哈哈大笑的样子。〔17〕愦愦：昏庸糊涂。〔18〕素封：没做官无封号而富比封君的人。〔19〕茕独：孤苦无依的人。〔20〕较尽锱铢：斤斤计较，连最微小的钱财也不放过。锱、铢，古代最小的计量单位。〔21〕不遑（huáng）：没工夫。

点评

吝啬是相当普遍的社会现象。世界文豪创造了许多生动的吝啬鬼形象：巴尔扎克笔下家财巨万却收集废物来用的高布赛克，一小块糖要切成几块用的葛朗台；《儒林外史》中临死还伸着两个手指头提醒家人挑掉一根灯芯的严监生。《种梨》是个神奇的故事，作者借这个故事劝诫世人，不管多么有钱有地位的人，只要心存吝啬之念，就会像"乡人"一样愚蠢可笑，最后难免会家财为人散尽，最终竹篮打水一场空。

《种梨》的本事是《搜神记·徐光种瓜》。蒲松龄在《聊斋自志》中说"才非干宝，雅爱搜神"。他以干宝为榜样，最后却超越了自己的偶像。

《种梨》是最早传入西方的《聊斋》故事，1848年由传教士卫三畏译成英文，发表在《中国总论》上。1900年美国大学学会出版公司出版的《少男少女丛书》，将此故事以《奇妙的梨树》为题收入第三卷。迄今已印百版。

種梨

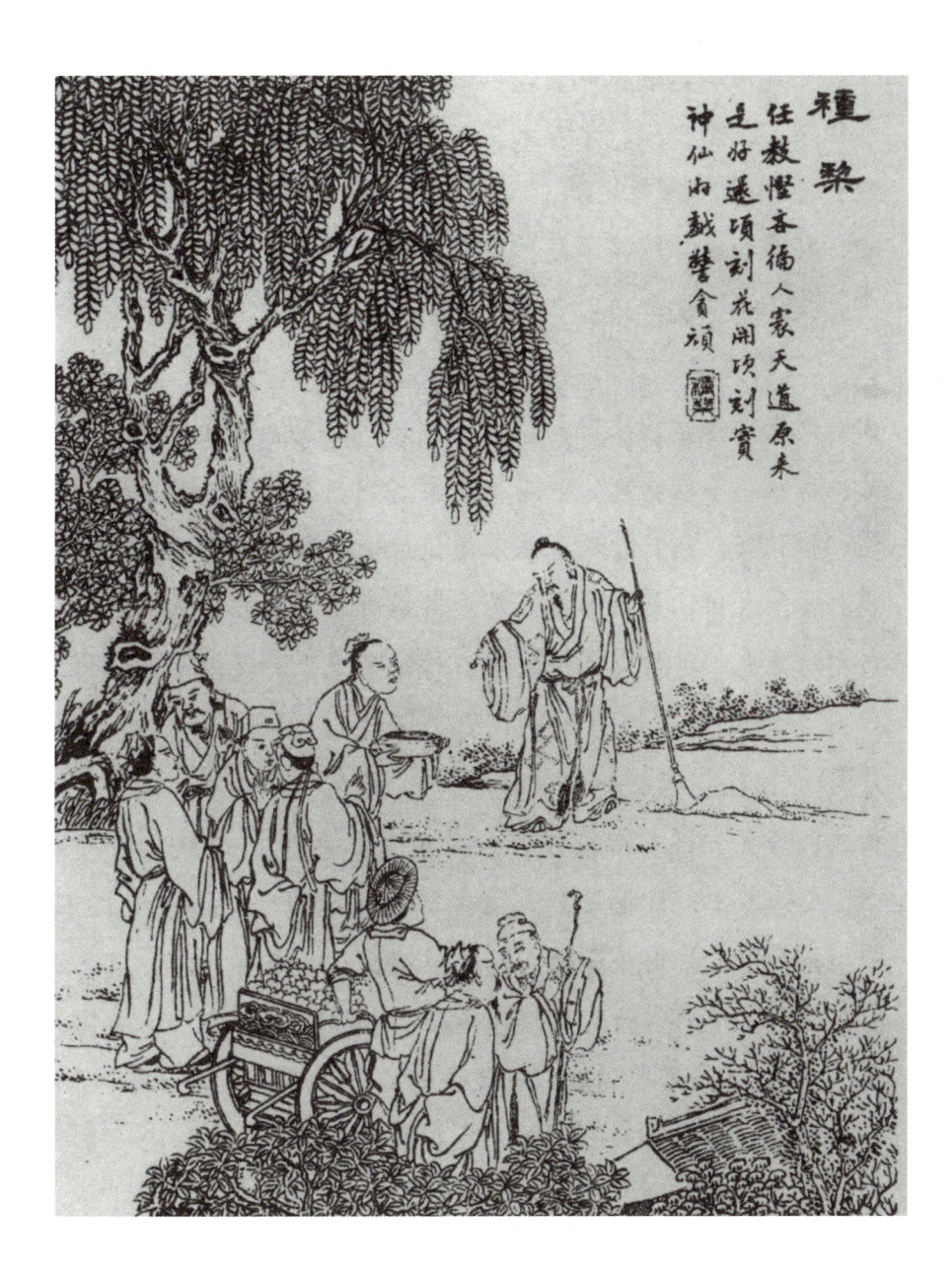

任教慳吝苦偏人　裹天道原來
是好還須剖花開項刻寶
神仙術戴警貪頑

劳山道士

①王生既是故家子又是"老儿子",自然不可能吃苦。

②"娇惰不能作苦"是众多徒有雄心却不能实现人生价值者的拦路虎。

③王生开头还对学道存幻想,砍柴虽苦,姑妄砍之。然见困难就缩头,暗生归念。

④唐《宣室志》:"杨晦八月十二夜谒王先生,先生刻纸如月,施垣上,洞照一室。"前人只言片语的异事被聊斋先生点石成金,衍化成妙趣横生、洞察人生的小说名篇。

⑤月宫饮宴,形容臻至。《聊斋》写人与物的转化最精妙,一根普通筷子掷向纸剪的月亮,居然变成月中嫦娥。不仅显现嫦娥的美丽,还表现月中嫦娥凄苦的心情,妙!

邑有王生〔1〕,行七,故家子〔2〕①,少慕道〔3〕,闻劳山多仙人〔4〕,负笈往游〔5〕。登一顶,有观宇〔6〕,甚幽。一道士坐蒲团上,素发垂领〔7〕,而神观爽迈〔8〕。叩而与语〔9〕,理甚玄妙〔10〕,请师之。道士曰:"恐娇惰不能作苦。"②答言:"能之。"其门人甚众,薄暮毕集,王俱与稽首〔11〕,遂留观中。凌晨,道士呼王去,授以斧,使随众采樵。王谨受教。过月余,手足重茧〔12〕,不堪其苦,阴有归志③。

一夕归,见二人与师共酌。日已暮,尚无灯烛,师乃剪纸如镜,黏壁间。俄顷,月明辉室,光鉴毫芒〔13〕④。诸门人环听奔走。一客曰:"良宵胜乐〔14〕,不可不同。"乃于案上取壶酒,分赉诸徒〔15〕,且嘱尽醉。王自思:七八人,壶酒何能遍给?遂各觅盎盂〔16〕,竞饮先釂〔17〕,惟恐樽尽〔18〕。而往复挹注〔19〕,竟不少减,心奇之。俄一客曰:"蒙赐月明之照,乃尔寂饮〔20〕,何不呼嫦娥来?"乃以箸掷月中,见一美人,自光中出,初不盈尺,至地遂与人等,纤腰秀项,翩翩作《霓裳舞》〔21〕,已而歌曰:"仙仙乎,而还乎,而幽我于广寒乎〔22〕!"其声清越,烈如箫管〔23〕。歌毕,盘旋而起,跃登几上。惊顾之间,已复为箸⑤。三人大笑。又一客曰:"今宵最乐,然不胜酒力矣,其饯我于月宫可乎〔24〕?"三人移席,渐入月中。众视三人,坐月中饮,须眉毕见,如影之在镜中。移时,月渐暗,门人然烛来〔25〕,则道士独坐而客杳矣。几上,肴核尚故;壁上月,纸圆如镜而已。道士问众:"饮足乎?"曰:"足矣。""足宜早寝,勿误樵苏〔26〕。"众诺而退,王窃忻慕〔27〕,归念遂息。

又一月,苦不可忍,而道士并不传教一术。心不能待,

⑥仙景固然美，仙游固然好，但须以勤劳致之。不想吃苦，不知道吃得苦中苦，方为人上人的道理，这是所有空怀壮志而终一事无成者难以逾越的屏障。

⑦学道是为了提高修养，王生偏偏学穿墙。王生为什么诸多救人济世的妙法都不想学，就想学穿墙？显然动机不纯，甚至可能思盗思淫，道士必惩戒之。

⑧"碰壁"的描绘绝妙、经典。一切取巧者观之，当思之、戒之。

辞曰："弟子数百里受业仙师，纵不能得长生术，或小有传习，亦可慰求教之心。今阅两三月〔28〕，不过早樵而暮归⑥。弟子在家，未谙此苦〔29〕。"道士笑曰："我固谓不能作苦，今果然。明早当遣汝行。"王曰："弟子操作多日，师略授小技，此来为不负也。"道士问："何术之求？"王曰："每见师行处，墙壁所不能隔，但得此法足矣。"⑦道士笑而允之。乃传以诀〔30〕，令自咒毕，呼曰："入之！"王面墙不敢入。又曰："试入之。"王果从容入，及墙而阻。道士曰："俯首骤入，勿逡巡！"王果去墙数步，奔而入，及墙，虚若无物，回视，果在墙外矣。大喜，入谢。道士曰："归宜洁持，否则不验。"遂助资斧〔31〕，遣之归。抵家，自诩遇仙，坚壁所不能阻。妻不信，王效其作为，去墙数尺，奔而入，头触硬壁，蓦然而踣〔32〕⑧。妻扶视之，额上坟起如巨卵焉〔33〕。妻揶揄之〔34〕。王惭忿，骂老道士之无良而已。

异史氏曰："闻此事未有不大笑者，而不知世之为王生者，正复不少。今有伧父〔35〕，喜疢毒而畏药石〔36〕，遂有吮痈舐痔者〔37〕，进宣威逞暴之术以迎其旨〔38〕，诒之曰〔39〕：'执此术也以往，可以横行而无碍。'初试未尝不小效，遂谓天下之大，举可以如是行矣，势不至触硬壁而颠蹶不止也〔40〕。"

校勘

底本：手稿本。参校：康熙本、二十四卷本、异史、铸雪斋本。

注释

〔1〕邑：即淄川县。〔2〕故家子：世代官宦之家的儿子。〔3〕慕道：向往道术。〔4〕劳山：位于青岛市东北方向，面海，上有下清宫、白云洞等名胜。〔5〕负笈：背着书箱。〔6〕观宇：道观。〔7〕素发垂领：白发垂到衣领。〔8〕神观爽迈：神态爽朗超逸。〔9〕叩：以首叩地隆重地拜。〔10〕理甚玄妙：话

语包含的道理微妙幽深。〔11〕稽首：跪拜。〔12〕手足重（chóng）茧：手脚磨起一层层硬皮。〔13〕光鉴毫芒：月光照清非常纤细的东西。毫，动物细毛。芒，麦芒。〔14〕良宵胜乐：良辰美景，赏心乐事。〔15〕分赉（lài）：分发赏赐。〔16〕盎盂（yú）：大小不等的酒具。盎，大腹而敛口的容器。盂，阔口的容器，类似碗。〔17〕竞饮先釂（jiào）：争先喝光杯中的酒。此处形容徒弟们不顾长幼次序抢着饮酒。《礼记·曲礼上》："长者举未釂，少者不敢饮。"〔18〕樽：酒壶。〔19〕挹（yì）注：将酒壶里的酒倒到盎盂中。〔20〕乃尔寂饮：如此寂寞无聊地喝酒。〔21〕霓裳舞：全名《霓裳羽衣舞》，唐代天宝年间流行的一种舞蹈，传说杨贵妃擅长此舞。〔22〕"仙仙乎"三句：大意是：轻盈地跳起来呀，舞起来呀，跳着舞着回家乡去呀，为什么把我幽闭在广寒宫啊！〔23〕烈如箫管：形容歌声像管乐一样清脆悠扬。〔24〕饯：饯别。〔25〕然：同"燃"。〔26〕樵苏：砍柴割草。〔27〕忻慕：向往、羡慕。〔28〕阅：经历。〔29〕谙：熟悉。〔30〕诀：施行法术的口诀。〔31〕资斧：路费。〔32〕蓦然而踣（bó）：猛然跌倒。〔33〕坟起：肿块隆起。〔34〕揶揄：嘲弄讥笑。〔35〕伧（cāng）父：鄙贱的匹夫。〔36〕喜疢（chèn）毒而畏药石：比喻喜欢阿谀奉承，不喜欢逆耳忠言。典出《左传·襄公二十三年》。〔37〕吮（shǔn）痈舐（shì）痔者：吸脓痛舔痔疮的无耻之徒。《庄子·列御寇》："秦王有病召医，破痈溃痤者得车一乘，舐痔者得车五乘，所治愈下，得车愈多。"〔38〕宣威逞暴之术：宣扬威风施行暴行的办法。〔39〕绐（dài）：骗。〔40〕颠踬：摔倒，栽跟头。

点评

《崂山道士》的故事不仅在中国家喻户晓、妇孺皆知，还早就传到西方。这则故事是仙人惩戒凡间懒惰而想取巧者的轻喜剧。《崂山道士》的故事至今也很有启发意义：如果想取得成就，必须付出艰苦劳动。就像故事中写的，老老实实砍柴，想有所成就，要从最基础的工作做起，若想取巧走捷径，没有不碰壁的。

崂山道士

顾学神仙一念疏狂
薪苏米盐苦难扶持
求授得穿墙术似此居心
己可知

长清僧

长清僧某，其道行高洁〔1〕，年七十余犹健。一日，颠仆不起，寺僧奔救，已圆寂矣〔2〕。僧不自知死，魂飘去，至河南界。河南有故绅子〔3〕，率十余骑，按鹰猎兔〔4〕。马逸〔5〕，堕毙。魂适相值，翕然而合〔6〕，遂渐苏。厮仆还问之①，张目曰："胡至此？"众扶归。入门，则粉白黛绿者纷纷顾问〔7〕。大骇曰："我僧也，胡至此②？"家人以为妄，共提耳悟之〔8〕。僧亦不自申解，但闭目不复有言。饷以脱粟〔9〕则食，酒肉则拒。夜独宿，不受妻妾奉。

数日后，忽思少步〔10〕。众皆喜。既出，少定，即有诸仆纷来，钱簿谷籍，杂请会计。公子托以病倦，悉卸绝之③。惟问："山东长清县，知之否？"共答："知之。"曰："我郁无聊赖，欲往游瞩，宜即治任〔11〕。"众谓新瘳〔12〕，未应远涉。不听，翼日遂发。

抵长清，视风物如昨。无烦问途，竟至兰若。弟子数人见贵客至，伏谒甚恭〔13〕。乃问："老僧焉往？"答云："吾师曩已物化〔14〕，问墓所，群导以往，则三尺孤坟，荒草犹未合也④。众僧不知何意。既而戒马欲归〔15〕，嘱曰："汝师戒行之僧，所遗手泽宜恪守〔16〕，勿俾损坏。"众唯唯。乃行。

既归，灰心木坐，了不勾当家务。居数月，出门自遁，直抵旧寺，谓弟子："我即汝师。"众疑其谬，相视而笑。乃述返魂之由，又言生平所为，悉符。众乃信，居以故榻，事之如平日。后公子家屡以舆马来，哀请之，略不顾瞻。又年余，夫人遣纪纲至〔17〕⑤，多所馈遗，金帛皆却之，惟受布袍一袭而已。友人或至其乡，敬造之。见其人默然诚笃，年仅而立，而辄道其八十余年事。

异史氏曰："人死则魂散，其千里而不散者，性定

① "还"字应为"环"，手稿误。

② 两句"胡至此"意思不同，首句写出初醒时的莫名其妙，二句是老僧忽见女人时的惊讶。

③ 不用"谢绝"用"卸绝"，传神！"谢绝"者，客气也；"卸绝"者，推卸责任也。

④ 荒草未合，说明去世不久。《聊斋》谈狐说鬼，但叙事极讲究时间顺序。

⑤ 方舒岩评："僧诚高矣，但不知公子之妻妾累请不还，有夫而仍无夫，毕竟何以为情也？一笑。"

故耳。予于僧,不异之乎其再生,而异之乎其入纷华靡丽之乡,而能绝人以逃世也。若眼睛一闪,而兰麝薰心,有求死不得者矣,况僧乎哉!"⑥

⑥但明伦评:"行高乃不堕落,性定乃不动摇,心性清净,可以生,可以死,可以死而再生,可以再生而若死。纷华靡丽,诸色皆空,槁木死灰,生心可住。"

校勘

底本:手稿本。参校:康熙本、二十四卷本、异史、铸雪斋本。

注释

〔1〕长清:县名,山东济南西部。〔2〕圆寂:佛教对死亡的说法,意为圆满寂灭。〔3〕故绅子:已故豪绅的儿子。〔4〕按鹰:架着猎鹰。〔5〕马逸:马受惊狂奔跑远了。〔6〕翕(xī)然而合:僧的灵魂和豪绅子的躯体迅速相合。翕然,迅速。〔7〕粉白黛绿者:打扮得花红柳绿的姬妾。粉,香粉;黛,描眉之笔。〔8〕提耳:意即耳提面命。〔9〕脱粟:粗米饭。〔10〕少步:稍微走动几步。〔11〕治任:打点行装。〔12〕新瘳(chōu):刚刚痊愈。〔13〕伏谒:拜见。〔14〕物化:化为异物,"死"的婉辞。〔15〕戒马:备马。〔16〕手泽:手上的汁沾到纸面上。《礼记·玉藻》:"父没而不能读父之书,手泽存焉尔。"后世用"手泽"通称先人留下的遗物。〔17〕纪纲:管家。

点评

此篇描绘一高僧形象。八十余岁的长清僧死后魂附三十岁的贵公子之身,先是不为花红酒绿所迷,不受娇妻美妾之诱,甘于粗茶淡饭,拒绝锦衣美食。后来干脆仍然回到寺院继续为僧。长清僧魂附他人之体,而高僧之志、高僧之行、高僧的处世方式不变,表现出信念的坚定性和人格的执着性。这也是一个带有寓意性的故事,人只要品性高洁,不管处于什么情况下,不管遇到什么难关和诱惑,都能把握自己,行为美善。

长清僧
鹳鹤知定忆前身堕劫何亲
昧风鸥鹭不昧还属寺雍如
馔建再来人

蛇人

①二青额有赤点，暗伏他日识别标志。

②草木错杂之处有细碎的声音，蛇人以丰富的蓄蛇经验判断为蛇行声。怀疑二青归来，停步以待，生动细腻。"窸窣作响"，以听觉写蛇行走的动静，传神！

③蛇人以人待蛇，蛇懂人语，人懂蛇心。人蛇相知。

④初来乍到，认生也。

⑤热情而周到的主人。

⑥宛如朋友之间推心置腹。蛇人会做思想工作，二青也从善如流。

⑦小青大概说："放心地走吧，我会照顾自己！"写两蛇友谊丝丝入扣，先是恋恋不舍，后是交首吐舌，似互相告别叮咛，蛇形人心。

⑧好友惜别，孤独凄凉之状如画。

  东郡某甲〔1〕，以弄蛇为业，尝蓄驯蛇二，皆青色。其大者呼之大青，小曰二青。二青额有赤点①，尤灵驯，盘旋无不如意，蛇人爱之异于他蛇。期年，大青死，思补其缺，未暇遑也。一夜，寄宿山寺。既明，启笥，二青亦渺。蛇人怅恨欲死，冥搜亟呼，迄无影兆。然每值丰林茂草，辄纵之去，俾得自适，寻复还。以此故，冀其自至。坐伺之，日既高，亦已绝望，怏怏遂行。出门数武〔2〕，闻丛薪错楚中窸窣作响〔3〕②，停趾愕顾，则二青来也。大喜，如获拱璧〔4〕。息肩路隅，蛇亦顿止。视其后，小蛇从焉。抚之曰："我以汝为逝矣。小侣而所荐耶？"③出饵饲之，兼饲小蛇。小蛇虽不去，然瑟缩不敢食④。二青含哺之，宛似主人之让客者⑤。蛇人又饲之，乃食。食已，随二青俱入笥中。荷去教之，旋折辄中规矩，与二青无少异，因名之小青，炫技四方，获利无算。

  大抵蛇人之弄蛇也，止以二尺为率〔5〕，大则过重，辄便更易。缘二青驯，故未遽弃。又二三年，长三尺余，卧则笥为之满，遂决去之。一日，至淄邑东山间，饲以美饵，祝而纵之。既去，顷之复来，蜿蜒笥外。蛇人挥曰："去之！世无百年不散之筵。从此隐身大谷，必且为神龙，笥中何可以久居也？"⑥蛇乃去，蛇人目送之。已而复返，挥之不去，以首触笥。小青在中，亦震震而动。蛇人悟曰："得毋欲别小青也？"乃发笥，小青径出；因与交首吐舌，似相告语⑦。已而委蛇并去。方意小青不返，俄而踽踽独来〔6〕⑧，竟入笥卧。由此随在物色，迄无佳者。而小青亦渐大，不可弄。后得一头，亦颇驯，然终不如小青良，而小青粗于儿臂矣。

  先是，二青在山中，樵人多见之。又数年，长数尺，

57

⑨二青额上赤点，前伏后应，小说章法。

⑩久别重逢，热烈拥抱。

围如碗，渐出逐人。因而行旅相戒，罔敢出其途。一日，蛇人经其处，蛇暴出如风。蛇人大怖而奔。蛇逐益急。回顾已将及矣，而视其首，朱点俨然⑨，始悟为二青。下担呼曰："二青！"蛇顿止，昂首久之，纵身绕蛇人，如昔弄状。觉其意殊不恶，但躯巨重，不胜其绕。仆地呼祷，乃释之。又以首触笥，蛇人悟其意，开笥出小青。二蛇相见，交缠如饴糖状，久之始开⑩。蛇人乃祝小青："我久欲与汝别，今有伴矣。"谓二青曰："原君引之来，可还引之去。更嘱一言：深山不乏食饮，勿扰行人，以犯天谴。"二蛇垂头，似相领受；遽起，大者前，小者后，过处林木为之中分。蛇人伫立望之，不见乃去。自此，行人如常，不知其何往也。

异史氏曰："蛇，蠢然一物耳，乃恋恋有故人之意，且其从谏也如转圜〔7〕。独怪俨然而人也者，以十年把臂之交〔8〕，数世蒙恩之主，辄思下井复投石焉；又不然，则药石相投〔9〕，悍然不顾，且怒而仇焉者，亦羞此蛇也已！"

校勘

底本：手稿本。参校：康熙本、二十四卷本、异史、铸雪斋本。

注释

〔1〕东郡某甲：东郡，秦人取魏地设东郡，清代为东昌府，今山东聊城；某甲，某个人。〔2〕武：半步。〔3〕窸窣（xī sū）：蛇爬行的声音。〔4〕拱璧：两手才能拱抱的玉璧。〔5〕以二尺为率：以二尺为标准。率，标准。〔6〕踽（jǔ）踽：独自行走的样子。〔7〕从谏也如转圜（yuán）：听从人的规劝像转动圆球那样容易。〔8〕把臂之交：挽着手臂走路的亲密朋友。〔9〕药石相投：以药物砭石治病，比喻苦口婆心相劝。

点评

人和蛇是好友，蛇和蛇是好友，人蛇之间亲如长幼，蛇蛇之间亲如兄弟。

蒲松龄描写的是蟒蛇的动人故事，他观察细致，描写巧妙。二青、小青都是纯粹的蛇，毫无神异成分，但它们身上却有着深厚的"人情"，它们重友情，明事理，知进退。蛇人的故事蕴藏着深刻的哲理，作者借这个故事劝世，正如"异史氏曰"所说，世间有些人只知道利益关系，只追求利益，即使对多年好友也可以落井下石，像这样的人，应当在蠢然一物的蛇面前感到羞耻。

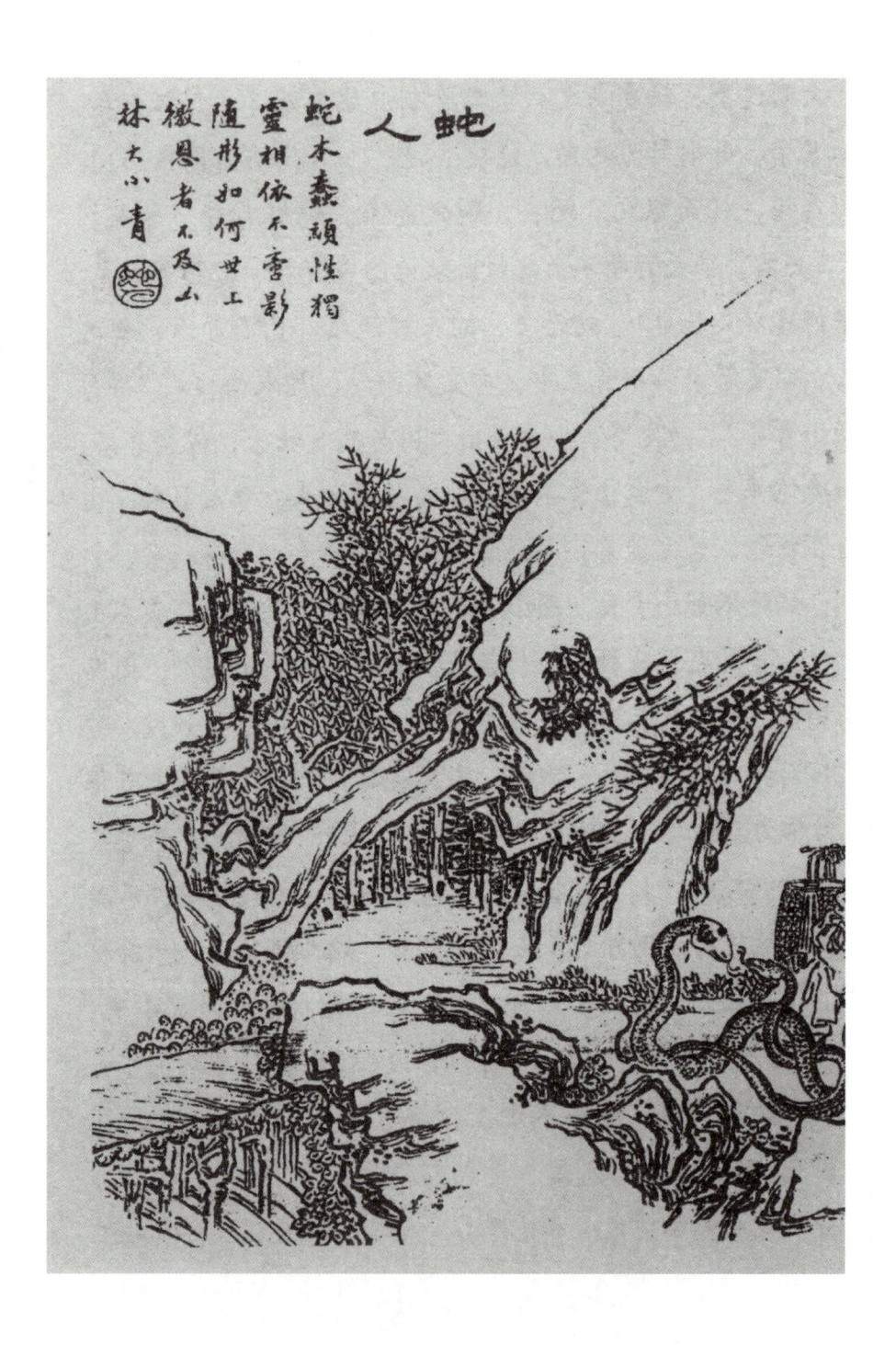

蛇人

蛇本蠢顽性独
灵相依不弃影
随形如何世上
微恩者不及此
林大小青

斫蟒

　　胡田村胡姓者，兄弟采樵，深入幽谷，遇巨蟒。兄在前，为所吞，弟初骇欲奔，见兄被噬〔1〕，遂奋怒，出樵斧斫蟒首。首伤而吞不已，然头虽已没，幸肩际不能下。弟急极无计，乃两手持兄足，力与蟒争，竟曳兄出。蟒亦负痛去。视兄，则鼻耳俱化，奄将气尽〔2〕。肩负以行，途中凡十余息始至家。医养半年方愈。至今面目皆瘢痕，鼻耳处惟孔存焉。噫！农人中乃有弟弟如此者哉〔3〕！或言："蟒不为害，乃德义所感。"信然！

校勘

　　底本：手稿本。参校：康熙本、二十四卷本、异史、铸雪斋本。

注释

　　〔1〕噬（shì）：咬。〔2〕奄（yǎn）将气尽：气息微弱，将要断气。〔3〕弟（tì）弟（dì）：悌弟，弟弟能敬顺兄长。弟（tì），通"悌"。

点评

　　胡田村是离蒲家庄不远的小村，现在叫"湖田村"，胡姓兄弟砍柴遇蟒蛇，当为蒲松龄身边的真人真事。面对强大的巨蟒，弟弟本来害怕得要逃走，但看到哥哥被吞的惨状，奋起与之争斗，终于蟒口夺兄。文章虽短，手足深情，宛然如画，弟弟无畏之状，如在目前。

斩蟒

聊斋曾闻咏
嫂华惊心出
谷远已蜿蜒人
默佑兄无恙
此是田间孝
友家

犬奸

①商人妇独自在家因性饥渴而出轨，白话短篇小说集《三言二拍》中如《蒋兴哥重会珍珠衫》多有表现，但对女性一般比较宽容。

②"云雨台"到"饮羽而生根"诸句，都是描写人犬通奸的亵语。

　　青州贾某[1]，客于外，恒经岁不归。家畜一白犬，妻引与交，犬习为常①。一日，夫至，与妻共卧。犬突入，登榻，啮贾人竟死。后里舍稍闻之，共为不平，鸣于官。官械妇，妇不肯伏，收之[2]。命缚犬来，始取妇出。犬忽见妇，直前碎衣作交状。妇始无词。使两役解部院[3]，一解人而一解犬。有欲观其合者，共敛钱赂役，役乃牵聚令交。所止处，观者常数百人，役以此网利焉。后人犬俱寸磔以死[4]。呜呼！天地之大，真无所不有矣。然人面而兽交者，独一妇也乎哉？

　　异史氏为之判曰[5]："会于濮上[6]，古所交讥；约于桑中[7]，人且不齿。乃某者，不堪雌守之苦[8]，浪思苟合之欢。夜叉伏床，竟是家中牝兽[9]；捷卿入窦[10]，遂为被底情郎。云雨台前[11]②，乱摇续貂之尾；温柔乡里，频款曳象之腰[12]。锐锥处于皮囊，一纵股而脱颖[13]；留情结于镞项，甫饮羽而生根。忽思异类之交，直属匪夷之想。龙吠奸而为奸[14]，妒残凶杀，律难治以萧曹[15]；人非兽而实兽，奸秽淫腥，肉不食于豺虎。呜呼！人奸杀，则拟女以剐；至于狗奸杀，阳世遂无其刑。人不良，则罚人作犬；至于犬不良，阴曹应穷于法。宜支解以追魂魄，请押赴以问阎罗[16]。"

校勘

　　底本：手稿本。参校：康熙本、二十四卷本、异史、铸雪斋本。

注释

　　[1]青州：明清府名，今山东省青州市。[2]收之：收她入监狱。[3]部院：

巡抚衙门。〔4〕寸磔(zhé)：千刀万剐，凌迟。〔5〕判：判决词。〔6〕濮上：古代男女幽会之处。〔7〕桑中：男女幽会的代名词，《诗经·鄘风·桑中》："期我乎桑中。"〔8〕雌守：本意为退守无主，引申为女子独居贞节自守。〔9〕牝(pìn)兽：雌性野兽。〔10〕捷卿：谐指白犬。〔11〕云雨台：男女幽会之处。〔12〕频款曳象之腰：女子频繁摆动腰肢。款，摆动；曳象之腰，以象奴牵动大象摆动粗笨腰身比喻女子粗蠢愚笨。〔13〕"锐锥"二句：脱颖而出本指人才显露能力，此处形容狗与人交。〔14〕尨(máng)吠奸而为奸：看家狗本来应当是看家，见奸夫则狂吠，现在它自己却成了奸夫。尨，多毛狗。〔15〕律难治以萧曹：难以用朝廷现成法律制裁。萧曹，萧何与曹参，西汉初年制定法律的两个丞相。〔16〕阎罗：梵语意译，亦作"阎王""阎摩王""阎王爷"，传说中幽冥世界的主宰。

点评

本文写人性之扭曲，令人触目惊心。人犬通奸的丑事已臭不可闻，衙役在押解过程中竟将此当成生财之道，大庭广众之下表现人犬"春宫"，官府爪牙更是丑恶到无以复加。而这令人恶心之事，偏偏观者如堵，活画国民之劣根性。蒲松龄从封建伦理观念出发，对性变态的卑劣女子痛加斥责，"异史氏曰"则是用骈文写成的黄段子，一句一典，卖弄才学，对变态行为玩味不已，品格不高。

犬姦

青州賈其容於外，恒經歲不歸家。畜一白犬，妻引與之犬狎為常。一日天寒，與妻共臥，犬突入登榻嚙賈人竟死。後里舍稍稍聞之，共為不平，鳴於官。械婦，不肯伏。收之命傳犬來，始取婦出。犬忽見婦直前，碎裂衣作交狀，婦始無詞。兩役解部院，一解人而解犬，有欲觀其合者共歛錢略償役之，乃牽聚令交所止。署庭觀者常數百人，役以此獨利，為後人犬俱斃以死。嗚呼，天地之大，真無所不有矣。然人而獸，父者獨一媚也。平哉，異史氏為之判曰：會於濮上，古所交訂約于桑中，人且不齒，乃其者不堪雌守之苦，浪思苟合之權...

雹神

王公筠苍莅任楚中〔1〕，拟登龙虎山谒天师〔2〕。及湖〔3〕，甫登舟，即有一人驾小艇来，使舟中人为通〔4〕。公见之，貌修伟，怀中出天师刺〔5〕，曰："闻驺从将临〔6〕①，先遣负弩〔7〕。"公讶其预知，益神之，诚意而往。天师治具相款〔8〕。其服役者，衣冠须鬣多不类常人〔9〕，前使者亦侍其侧。少间向天师细语，天师谓公曰："此先生同乡，不之识耶？"公问之。曰："此即世所传雹神李左车也〔10〕。"公愕然改容。天师曰："适言奉旨雨雹，故告辞耳。"公问："何处？"曰："章丘。"公以接壤关切，离席乞免。天师曰："此上帝玉敕〔11〕，雹有额数，何能相徇〔12〕？"公哀不已。天师垂思良久，乃顾而嘱曰："其多降山谷，勿伤禾稼可也。"又嘱："贵客在坐，文去勿武②。"

神出，至庭中，忽足下生烟，氤氲匝地。俄延逾刻③，极力腾起，才高于庭树；又起，高于楼阁。霹雳一声，向北飞去。屋宇震动，筵器摆簸。公骇曰："去乃作雷霆耶！"天师曰："适戒之，所以迟迟，不然平地一声，便逝去矣。"公别归，志其月日，遣人问章丘④。是日果大雨雹，沟渠皆满，而田中仅数枚焉。

① "闻驺从将临"是个客气的说法，不说本人将到，而说其随从。

② 礼貌周全。霹雳乍起，岂能文？幽默。

③ 霹雳之神文质彬彬，有趣。

④ 拳拳爱民之心。

校勘

底本：手稿本。参校：康熙本、二十四卷本、异史、铸雪斋本。

注释

〔1〕王公筠苍：淄川人王孟震，字筠苍，明代著名官员。楚中：古楚国故地。〔2〕龙虎山：道教名山，在江西贵溪县。天师：即张天师。道教创始人张道陵被尊为"天师"，后世沿袭此叫法。〔3〕及湖：到了鄱阳湖。〔4〕为通：

传达谒见的请求。〔5〕刺：名帖。〔6〕驺（zōu）从：随从。〔7〕负弩：即负弩前驱，背着弓箭在前边开路。〔8〕治具相款：备办酒席相待。〔9〕须鬣：胡须。〔10〕李左车：秦末汉初人，归附韩信，以奇计取燕。传说他死后成为雷神。〔11〕上帝玉敕：上帝，即玉帝；玉敕，玉帝加盖御玺的命令。〔12〕徇：徇私。

点评

  蒲松龄乐意多花些笔墨的，是千百年来与人民的切身利益有关的神灵。天师为维护百姓的利益出谋划策，雷神为避免损害老百姓的利益，将冰雹下到山谷之中，都有仁爱之心。王筠苍是真实的历史人物，因为触犯魏忠贤而罢官，他听到家乡将有冰雹，一再哀请雷神，最后还要记下日月查看到底家乡是否遭灾。身居高位却体恤百姓疾苦，身在外地却惦念家乡父老，是个关心百姓的好官。本文篇幅不长，三个人物却都写得个性鲜明。

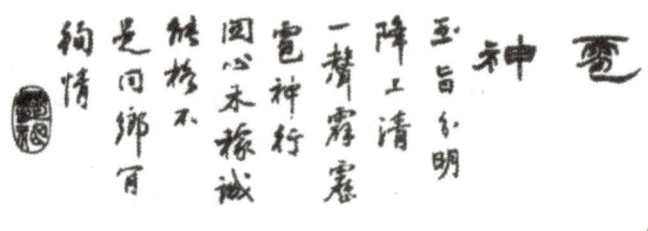

雹神

玉旨分明
降上清
一声霹雳
雹神行
阅心永振诚
继修不是同乡
可徇情

狐嫁女

历城殷天官〔1〕，少贫，有胆略。邑有故家之第，广数十亩，楼宇连亘，常见怪异，以故废无居人。久之蓬蒿渐满，白昼亦无敢入者。会公与诸生饮，或戏云："有能寄此一宿者，共醵为筵〔2〕。"公跃起曰："是亦何难！"携一席往。众送诸门，戏曰："吾等暂候之，如有所见，当急号。"公笑云："有鬼狐，当捉证耳。"遂入，见长莎蔽径，蒿艾如麻〔3〕①。时值上弦〔4〕，幸月色昏黄，门户可辨。摩娑数进〔5〕，始抵后楼。登月台，光洁可爱，遂止焉。西望月明，惟衔山一线耳〔6〕②。

坐良久，更无少异，窃笑传言之讹。席地枕石，卧看牛女〔7〕③。一更向尽，恍惚欲寐。楼下有履声，籍籍而上。假寐睨之，见一青衣人挑莲灯〔8〕，猝见公，惊而却退。语后人曰："有生人在。"下问："谁也？"答云："不识。"俄一老翁上，就公谛视，曰："此殷尚书④，其睡已酣。但办吾事，相公倜傥，或不叱怪。"乃相率入楼，楼门尽辟。移时，往来者益众，楼上灯辉如昼。公稍稍转侧，作嚏咳⑤。翁闻公醒，乃出跪而言曰："小人有箕帚女〔9〕，今夜于归〔10〕。不意有触贵人，望勿深罪。"⑥公起，曳之曰："不知今夕嘉礼，惭无以贺。"翁曰："贵人光临，压除凶煞⑦，幸矣。即烦陪坐，倍益光宠。"公喜，应之。入视楼中，陈设芳丽。遂有妇人出拜，年可四十余。翁白："此拙荆〔11〕。"公揖之。俄闻笙乐聒耳，有奔而上者，曰："至矣！"翁趋迎，公亦立俟。少选，笼纱一簇〔12〕，导新郎入。年可十七八，丰采韶秀〔13〕。翁命先与贵客为礼。少年目公。公若为傧，执半主礼⑧。次翁婿交拜，已，乃即席。

少间粉黛云从，酒馔雾霈〔14〕，玉碗金瓯，光映

---

①描景如画：高高的莎草遮住路径，遍地艾蒿密密麻麻。

②景色随步变形。从看到半圆形月亮到唯见山边隐约一点月光。

③荒宅深夜看星星，此人有名士风。

④狐未卜先知。既知道殷士儋将来做尚书，也知道其秉性潇洒。

⑤殷士儋有表演天分，似乎为人多声杂吵醒，其实根本没睡。

⑥温文尔雅，擅长词令。

⑦人谓狐凶煞，狐却说贵人替他慑服凶煞，有趣。

⑧此人倒也随遇而安，风流倜傥。丝竹盈耳，酒肉满案，香风飘逸，一幅世家少女出阁图。

⑨狐叟雅量。

几案。酒数行，翁唤女奴请小姐来。女奴诺而入，良久不出。翁自起，搴帏促之。俄婢媪辈拥新人出，环佩璆然〔15〕，麝兰散馥。翁命向上拜。起，即坐母侧。微目之，翠凤明珰〔16〕，容华绝世。既而酌以金爵〔17〕，大容数斗。公思此物可以持验同人，阴内袖中。伪醉隐几〔18〕，颓然而寝。皆曰："相公醉矣。"居无何，闻新郎告行，笙乐暴作，纷纷下楼而去。已而主人敛酒具，少一爵，冥搜不得〔19〕。或窃议卧客。翁急戒勿语，惟恐公闻⑨。

移时，内外俱寂。公始起。暗无灯火，惟脂香酒气，充溢四堵〔20〕。视东方既白，乃从容出。探袖中，金爵犹在。及门，则诸生先俟，疑其夜出而早入者。公出爵示之。众骇问，因以状告。共思此物非寒士所有，乃信之。

⑩狐狸精借物必还，若干年后殷天官为其补还金爵，亦一介不取也。人狐皆是正人君子。

后公举进士〔21〕，任于肥丘〔22〕。有世家朱姓宴公，命取巨觥〔23〕，久之不至。有细奴掩口与主人语〔24〕，主人有怒色。俄奉金爵劝客饮。谛视之，款式雕文〔25〕，与狐物更无殊别。大疑，问所从制。答云："爵凡八只，大人为京卿时〔26〕，觅良工监制。此世传物，什袭已久。缘明府辱临〔27〕，适取诸箱箧，仅存其七，疑家人所窃取，而十年尘封如故，殊不可解。"公笑曰："金杯羽化矣〔28〕。然世守之珍不可失。仆有一具，颇近似之，当以奉赠。"终筵归署，拣爵驰送之。主人审视，骇绝，亲诣谢公，诘所自来。公乃历陈颠末〔29〕。始知千里之物，狐能摄致，而不敢终留也。⑩

校勘

底本：手稿本。参校：康熙本、二十四卷本、异史、铸雪斋本。

注释

〔1〕历城殷天官：历城，县名，在济南东部；殷天官，即殷士儋，字正甫，

山东历城人，明嘉靖进士，曾任吏部尚书。《周礼》以天官冢宰（相当于宰相）居首而统摄众官，唐武后时称吏部尚书为"天官"，"天官"成为后世对吏部尚书的称呼。〔2〕醵（jù）为筵：凑钱请客。〔3〕莎（suō）：莎草，多年生草本植物。蒿艾：即艾蒿。〔4〕上弦：农历初七、初八，月如钩。〔5〕摩挲（suō）数进：摸索着进入几重院落。〔6〕衔山一线：月落西山，留下西边一线光明。〔7〕牛女：牛郎星和织女星。〔8〕莲灯：莲花形灯。常用于婚礼。〔9〕箕帚女：对自己女儿的谦称，意思是只能干些洒扫粗活儿的女儿。〔10〕于归：女子出嫁。《诗经·周南·桃夭》："之子于归，宜其室家。"〔11〕拙荆：对妻子的谦称。〔12〕笼纱：薄纱做的灯笼。〔13〕韶秀：俊秀文雅。〔14〕酒胾（zì）雾霈：热气腾腾的酒肉。胾，大块的肉。〔15〕环佩璆（qiú）然：身上的金玉首饰叮叮当当响。〔16〕翠凤明珰：翡翠凤钗，明珠耳环。〔17〕爵：古代盛酒礼器。〔18〕隐（yìn）几：伏在几案上。〔19〕冥搜：尽力寻找。〔20〕四堵：四壁，指整个房间。〔21〕进士：明清时，举人经过会试，再经皇帝殿试，考中者分三甲，一甲赐进士及第，二甲赐进士出身，三甲赐同进士出身。统称"进士"。〔22〕肥丘：可能是福建宁德之肥丘。〔23〕巨觥（gōng）：大酒杯。〔24〕细奴：小僮。〔25〕款式雕文：金爵样式和花纹。〔26〕大人：对自家父、祖的尊称。京卿：即京堂。明清时称各衙门长官为堂官，清代称都察院、通政司、大理、光禄、太常、太仆、鸿胪寺及国子监堂官为"京堂"，亦叫"京卿"。〔27〕明府：对地方官的尊称。汉代时称郡守，后世称县令。辱临，对他人光临自己家的敬称。〔28〕羽化：道教称成仙为羽化，此处谐指酒杯不翼而飞。〔29〕颠末：来龙去脉。

点评

　　蒲松龄写狐狸精与前辈作家之不同，在于他把狐狸精人性化。人狐相亲，人狐相知，人狐相助。狐嫁女的场面，似人间大户人家嫁女，狐叟一家待客的热情周到，似人间有修养的好客家庭。而狐狸精有法术，可摄取千里外金杯，可预知人的将来。殷天官为人潇洒、善于交际。他偶然闯入狐嫁女的场所，既不大惊小怪，也不惧怕畏缩，而是对异类坦然以朋友相处，成人之美，与人为善。狐嫁女，嫁得优美有趣，真是鲁迅先生说的"和易可亲，忘为异类"。

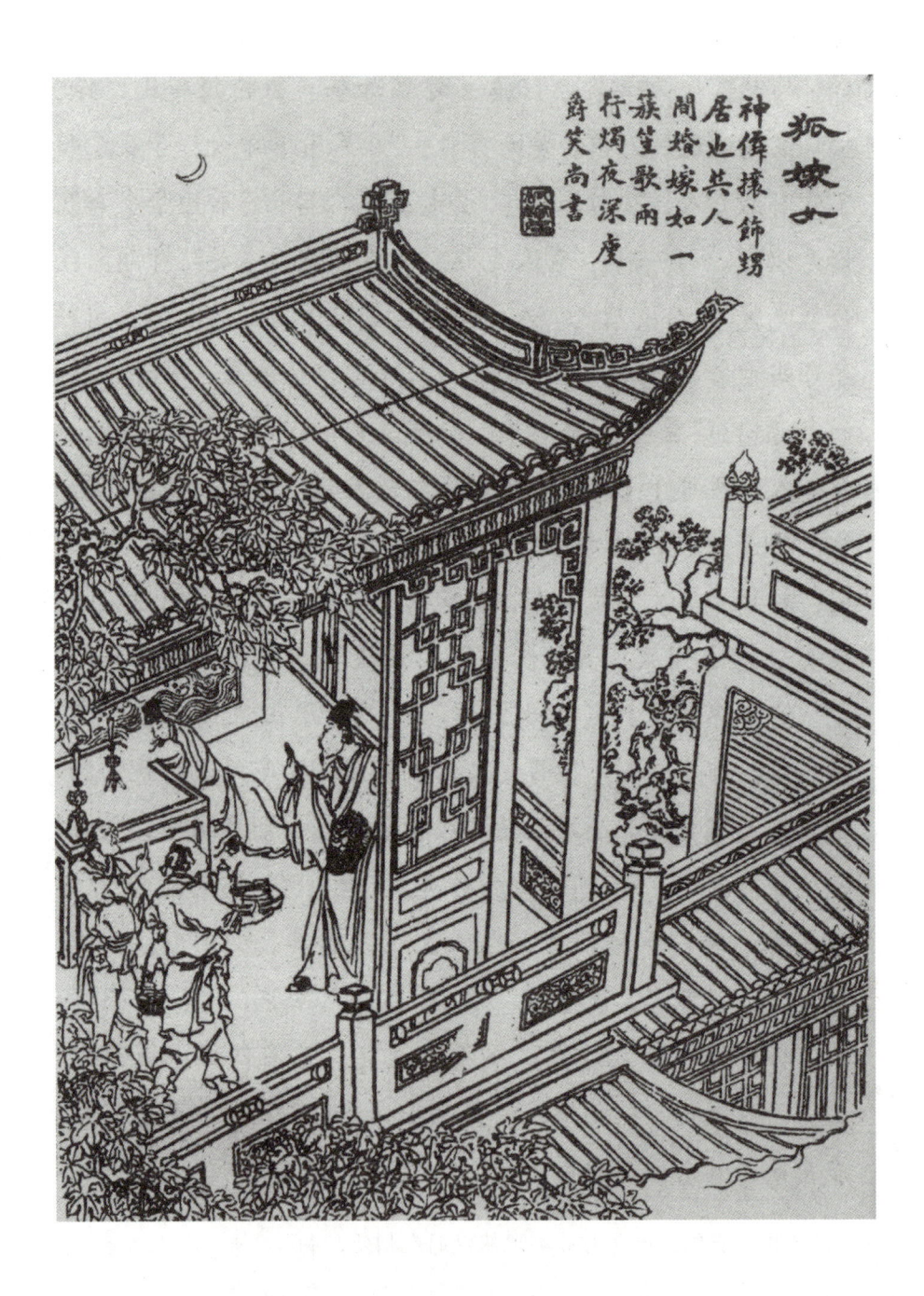

狐嫁女

神俜搋饰甥
居也共人
间娇嫁如一
蕨笙歌雨
行烛夜深度
爵笑尚书

娇娜

①这哪儿是狐狸精？分明是有教养、有身份的书香人家。唯有书名稍稍露出一点儿怪异成分。

②《聊斋》擅长塑造有学问、有身份的老狐狸精形象。皇甫叟礼貌周全、文质彬彬、谈吐高雅，从形象到举止都宛如名门大户的家长。

③香奴固然美丽，却仅是娇娜出现的导引，皇甫家美女层出不穷。

　　孔生雪笠，圣裔也〔1〕，为人蕴藉〔2〕，工诗。有执友令天台〔3〕，寄函招之。生往，令适卒。落拓不得归，寓菩陀寺，佣为寺僧抄录。寺西百余步，有单先生第。先生故公子〔4〕，以大讼萧条〔5〕，眷口寡，移而乡居，宅遂旷焉。一日，大雪崩腾〔6〕，寂无行旅，偶过其门，一少年出，丰采甚都〔7〕。见生，趋与为礼，略致慰问，即屈降临。生爱悦之，慨然从入。屋宇都不甚广，处处悉悬锦幕，壁上多古人书画①。案头书一册，签云〔8〕：《琅嬛琐记》〔9〕。翻阅一过，俱目所未睹。生以居单第，意为第主，即亦不审官阀〔10〕。少年细诘行踪，意怜之，劝设帐授徒。生叹曰："羁旅之人〔11〕，谁作曹丘者〔12〕？"少年曰："倘不以驽骀见斥〔13〕，愿拜门墙〔14〕。"生喜，不敢当师，请为友。便问："宅何久锢？"答曰："此为单府，曩以公子乡居，是以久旷〔15〕。仆皇甫氏，祖居陕，以家宅焚于野火，暂借安顿。"生始知非单。

　　当晚，谈笑甚欢，即留共榻。昧爽〔16〕，即有僮子炽炭于室。少年先起入内，生尚拥被坐。僮入白："太公来〔17〕。"生惊起。一叟入，鬓发皤然〔18〕，向生殷谢曰："先生不弃顽儿，遂肯赐教。小子初学涂鸦，勿以友故，行辈视之也〔19〕。"②已，乃进锦衣一袭，貂帽、袜、履各一事，视生盥栉已〔20〕，乃呼酒荐馔〔21〕。几、榻、裙衣，不知何名，光彩射目。酒数行，叟兴辞〔22〕，曳杖而去。餐讫，公子呈课业，类皆古文词，并无时艺〔23〕。问之，笑云："仆不求进取也。"

　　抵暮，更酌曰："今夕尽欢，明日便不许矣。"呼僮曰："视太公寝未？已寝，可暗唤香奴来。"僮去，先以绣囊将琵琶至。少顷，一婢入，红妆艳绝③。公子命弹《湘妃》〔24〕，婢以牙拨勾动〔25〕，激扬哀烈〔26〕，节拍不类凡闻。又命以巨觥行酒〔27〕，三更始罢。次日，早起共读。公子最慧，过目成咏，二三月后，命笔警绝〔28〕。相约五日一饮，每饮必招香奴。一夕，酒酣气热，目注之。公子已会其意，曰："此婢为老父所豢养。兄旷邈无家〔29〕，我夙夜代筹久矣。行当为君谋一佳偶。"生曰："如果惠好〔30〕，必如香奴者。"公子笑曰："君诚'少所见而多所怪'者矣。以此为佳，君愿亦易足也。"

居半载，生欲翱翔郊郭〔31〕，至门，则双扉外扃〔32〕。问之，公子曰："家君恐交游纷意念，故谢客耳。"生亦安之。时盛暑溽热，移斋园亭。生胸间肿起如桃，一夜如盌，痛楚吟呻。公子朝夕省视，眠食都废。又数日，创剧，益绝食饮。太公亦至，相对太息。公子曰："儿前夜思先生清恙〔33〕，娇娜妹子能疗之④。遣人于外祖母处呼令归，何久不至？"俄僮入白："娜姑至，姨与松姑同来。"父子疾趋入内。少间，引妹来视生。年约十三四，娇波流慧〔34〕，细柳生姿⑤。生望见颜色，嚬呻顿忘，精神为之一爽。公子便言："此兄良友，不啻胞也〔35〕，妹子好医之。"女乃敛羞容，揶长袖〔36〕，就榻诊视。把握之间，觉芳气胜兰。女笑曰："宜有是疾，心脉动矣。然症虽危，可治；但肤块已凝〔37〕，非伐皮削肉不可。"乃脱臂上金钏安患处〔38〕，徐徐按下之，创突起寸许，高出钏外，而根际余肿，尽束在内，不似前如盌阔矣。乃一手启罗衿，解佩刀，刃薄于纸，把钏握刃，轻轻附根而割。紫血流溢，沾染床席。而贪近娇姿，不惟不觉其苦，且恐速竣割事，偎傍不久⑥。未几，割断腐肉，团团然如树上削下之瘿〔39〕，又呼水来，为洗割处。口吐红丸⑦，如弹大，着肉上，按令旋转。才一周，觉热火蒸腾；再一周，习习作痒；三周已，遍体清凉，沁入骨髓。女收丸入咽，曰："愈矣！"趋步出。

生跃起走谢，沉疴若失，而悬想容辉，苦不自已。

---

④娇娜，意为娇美婉娜。

⑤娇娜出场，像名角登台，一露面就"挑帘红"。眼波一转，流露的是聪慧；细柳拂风般身姿，羞答答的神情，浑身散发着兰花似的香气。无怪乎孔生一见，连疼痛的呻吟都忘了。

⑥《红楼》人物甄宝玉挨打时喊姐姐妹妹就不疼，孔生因挨着美丽的女"华佗"，开刀都不觉得疼！曹侯学蒲翁耶？

⑦请注意红丸！请注意两次出现狐狸精的红丸！红丸是狐狸精千年修炼而来。传说狐狸精靠红丸长生不老，娇娜却用红丸治病救人。

自是废卷痴坐〔40〕，无复聊赖。公子已窥之，曰："弟为兄物色得一佳偶。"问："何人？"曰："亦弟眷属。"生凝思良久，但云："勿须。"面壁吟曰："曾经沧海难为水〔41〕，除却巫山不是云。"公子会其指，曰："家君仰慕鸿才，常欲附为婚姻，但止一少妹，齿太稚。有姨女阿松，年十八矣，颇不粗陋。如不见信，松姊日涉园亭，伺前厢，可望见之。"生如其教。果见娇娜偕丽人来⑧，画黛弯蛾〔42〕，莲钩蹴凤，与娇娜相伯仲也〔43〕。生大悦，请公子作伐〔44〕。公子翼日自内出〔45〕，贺曰："谐矣。"乃除别院〔46〕，为生成礼。是夕，鼓吹阗咽〔47〕，尘落漫飞，以望中仙人，忽同衾幄〔48〕，遂疑广寒宫殿未必在云霄矣。合卺之后〔49〕，甚惬心怀〔50〕。

　　一夕，公子谓生曰："切磋之惠，无日可以忘之。近单公子解讼归，索宅甚急，意将弃此而西。势难复聚，因而离绪萦怀。"生愿从之而去，公子劝还乡闾〔51〕，生难之。公子曰："勿虑，可即送君行。"无何，太公引松娘至，以黄金百两赠生。公子以左右手与生夫妇相把握，嘱闭眸勿视。飘然履空，但觉耳际风鸣。久之曰："至矣。"启目，果见故里。始知公子非人。喜扣家门。母出非望，又睹美妇，方共忻慰。及回顾，则公子逝矣。松娘事姑孝〔52〕，艳色贤名，声闻遐迩。

　　后生举进士，授延安司李〔53〕，携家之任。母以道远不行。松娘举一男，名小宦。生以忤直指罢官〔54〕，罣碍不得归〔55〕。偶猎郊野，逢一美少年，跨骊驹〔56〕，频频瞻顾。细视，则皇甫公子也。揽辔停骖〔57〕，悲喜交至。邀生去，至一村，树木浓昏，荫翳天日。入其家，则金沤浮钉〔58〕，宛然世族。问妹子，则嫁；岳母，已亡，深相感悼。经宿别去〔59〕，偕妻同返。娇娜亦至，抱生子掇提而弄曰："姊姊乱吾种矣。"⑨生拜谢曩德。笑曰："姊夫贵矣。创口已合，未忘痛耶？"妹夫吴郎亦来谒拜。信宿乃去。一日，公

⑧孔生对娇娜的感情至深，却因娇娜年小，情爱一席为松娘占去。虽与其成为姐夫小姨，深情却永埋心底。

⑨娇娜顾盼生姿，对松娘说话亲热而随便，对孔生说话调皮而亲切，回眸一笑百媚生。人物语言随交谈者身份而变，对调则不伦不类。试想如果对孔生说"姐夫乱吾种矣"，成何体统？娇娜将"好了伤疤忘了疼"变换着说，有趣！

75

⑩ 非常之变，非常之笔。"霹雳一声"四句，字字珠玑，针针见血，有千钧之力。是《聊斋》写景名段。

⑪ 孔生为救娇娜而死，娇娜的感情像火山一样爆发。以救命红丸关键一吻，从鬼门关救回孔生。撮颐度丸，接吻呵气，报之者不啻以身。

⑫ 通常情况下蒲松龄喜欢"双美一夫"。吴生已死，娇娜完全可以跟松娘共一夫，但蒲松龄故意不这样写。不落窠臼，另辟蹊径。

⑬ 腻友者，有特殊情愫的异性朋友也，"红颜知己"多少沾点儿边。娇娜和孔生的感情，不是夫妻胜似夫妻，不是情人情逾情人，不是亲人亲过亲人，是所谓"第四种感情"。男女之间没有性爱却高于性爱，关键时刻可以为对方献身，是有近代思想色彩的高尚感情。

子有忧色，谓生曰："天降凶殃，能相救否？"生不知何事，但锐自任〔60〕。公子趋出，招一家俱入，罗拜堂上〔61〕。生大骇，亟问〔62〕。公子曰："余非人类，狐也。今有雷霆之劫。君肯以身赴难，一门可望生全；不然，请抱子而行，无相累。"生矢共生死〔63〕。乃使仗剑于门，嘱曰："雷霆轰击，勿动也！"生如所教。果见阴云昼暝，昏黑如磐〔64〕。回视旧居，无复闬闳〔65〕，惟见高冢岿然，巨穴无底。方错愕间〔66〕，霹雳一声，摆簸山岳，急雨狂风，老树为拔⑩。生目眩耳聋，屹不少动。忽于繁烟黑絮之中，见一鬼物，利喙长爪，自穴攫一人出，随烟直上，瞥睹衣履〔67〕，念似娇娜。乃急跃离地，以剑击之，随手堕落。忽而崩雷暴裂，生仆，遂毙。

少间，晴霁〔68〕，娇娜已能自苏，见生死于旁，大哭曰："孔郎为我而死，我何生矣！"松娘亦出，共舁生归。娇娜使松娘捧其首，兄以金簪拨其齿，自乃撮其颐，以舌度红丸入，又接吻而呵之⑪。红丸随气入喉，格格作响。移时，醒然而苏。见眷口满前，恍如梦寤。于是一门团圞〔69〕，惊定而喜。生以幽圹不可久居〔70〕，议同旋里〔71〕。满堂交赞，惟娇娜不乐。生请与吴郎俱，又虑翁媪不肯离幼子，终日议不果。忽吴家一小奴，汗流气促而至。惊致研诘〔72〕，则吴郎家亦同日遭劫，一门俱没。娇娜顿足悲伤，涕不可止。共慰劝之，而同归之计遂决⑫。生入城勾当数日，遂连夜趣装〔73〕。既归，以闲园寓公子，恒反关之；生及松娘至，始发扃。生与公子兄妹，棋酒谈宴〔74〕，若一家然。小宦长成，貌韶秀，有狐意。出游都市，共知为狐儿也。

异史氏曰："余于孔生，不羡其得艳妻，而羡其得腻友也⑬。观其容可以忘饥，听其声可以解颐，得此良友，时一谈宴，则'色授魂与〔75〕'，尤胜于'颠倒衣裳〔76〕'矣。"

校勘

底本：手稿本。参校：康熙本、二十四卷本、异史、铸雪斋本。

注释

〔1〕圣裔：圣人孔子的后裔。〔2〕蕴藉：含蓄，有修养。〔3〕有执友令天台：有志同道合的朋友做天台县令。〔4〕故公子：世家大族后代。〔5〕大讼萧条：因打了场大官司而家庭败落。〔6〕大雪崩腾：满天大雪飞扬。〔7〕丰采甚都：神采美好闲雅。〔8〕签：书名题签。〔9〕《琅嬛琐记》：虚构的书名。琅嬛福地是传说中神仙住的地方。〔10〕不审官阀：不细问官位和门第。〔11〕羁旅：旅行在外。〔12〕曹丘：即曹丘生，汉初人，到处赞扬季布任侠义勇，季布因而享有盛名，后世遂以"曹丘"或"曹丘生"代指荐引、称扬之人。〔13〕驽骀（tái）：劣等马，喻指庸才。〔14〕门墙：师门。拜门墙即拜师之意。〔15〕久旷：长久无人住。〔16〕昧爽：拂晓。〔17〕太公：对祖父辈或父辈的尊称。〔18〕鬓发皤（pó）然：头发皆白。〔19〕行（háng）辈：同辈。〔20〕盥栉（guàn zhì）：洗脸梳头。〔21〕荐馔：送上菜肴。〔22〕兴辞：起身告辞。〔23〕时艺：明清时科举考试的八股文，称"时文"或"时艺"。〔24〕湘妃：琵琶曲《湘妃怨》。〔25〕牙拨勾动：用象牙制拨子弹拨，以手指按琴弦。〔26〕激扬哀烈：忽而高昂忽而哀怨。〔27〕巨觞行酒：用大杯喝酒。〔28〕命笔警绝：下笔写文章绝妙警策。〔29〕旷邈（miǎo）无家：孤身在外没有家室。〔30〕惠好：给予恩惠。〔31〕翱翔：遨游。〔32〕扃（jiōng）：关闭。〔33〕清恙：称人生病的敬语。〔34〕"娇波流慧"二句：是说娇娜妩媚的眼波流露的是聪慧，身材纤细如弱柳迎风。〔35〕不啻胞：无异于同胞兄弟。〔36〕揄（yú）：挥动。〔37〕肤块已凝：已成为肿块。〔38〕金钏：金镯。〔39〕瘿（yǐng）：瘤子。〔40〕废卷：无心读书。〔41〕"曾经沧海"二句：是表达对钟情女子专一而真挚的感情。语出元稹《离思五首》之二，是元稹的悼妻之作。"曾经沧海"的意思是，已见过大世面，看不起平常事物。孔生用这两句诗向皇甫公子表达他爱上娇娜，对其他女人不感兴趣。〔42〕"画黛弯蛾"两句：画的眉毛像蚕蛾的须又细又弯又长，三寸金莲穿着凤头鞋。〔43〕相伯仲：不相上下。伯仲，兄弟，长兄为伯，次者为仲。〔44〕作伐：做媒。《诗经·豳风·伐柯》："伐柯如何，匪斧不克；取妻如何，匪媒不得。"〔45〕翼日：即翌日，第二天。〔46〕除：清扫。〔47〕"鼓吹阗咽"两句：各种乐器共同发出有节奏的合鸣，音乐声震动屋梁，尘土纷飞。〔48〕衾幄：被子和床帐。〔49〕合卺（jǐn）：婚礼中夫妇饮酒的模式。一瓠剖成两瓢，新婚

夫妇各执一瓢对饮。〔50〕惬：满意。〔51〕乡间：家乡。〔52〕事姑孝：对婆母孝顺。〔53〕延安司李：延安府推官。明代时为知府的佐贰官，主管狱讼。俗称司理、司李。〔54〕生以忤直指罢官：孔生因为冒犯了出巡的监察御史被罢官。忤，触犯。直指，直指使，治大狱的使臣，一般由御史担任。〔55〕罣（guà）碍：官吏因公事获罪罢官，留在任所等待处理，不能自由行动。〔56〕骊驹：纯黑色小马。〔57〕揽辔（pèi）停骖（cān）：挽住缰绳停住马。骖，古时驾车用三匹马，两侧马为骖，中间马为服，骖引申义是驾三匹马，泛指马。〔58〕金沤（òu）浮钉：烫金的浮沤钉，浮沤钉为门上装饰的钉状突出物。门饰华美说明家庭身份高。〔59〕经宿：住了两个晚上。〔60〕锐：坚决、迅速。〔61〕罗拜：环绕下拜。〔62〕亟（jí）：急忙。〔63〕矢：发誓。〔64〕昏黑如磐：像黑色的石头。〔65〕无复闬闳（hàn hóng）：看不到大门。〔66〕错愕：仓促间感到惊愕。〔67〕瞥睹：一眼瞧见。〔68〕晴霁（jì）：晴朗。〔69〕团圞（luán）：团聚。圞，圆。〔70〕幽圹：坟墓。〔71〕旋里：回家。〔72〕惊致研诘：因吃惊而仔细盘问。〔73〕趣（cù）装：急速地整理行装。〔74〕谈宴：一边饮酒一边叙谈。〔75〕色授魂与：男女之间的精神爱恋。〔76〕颠倒衣裳：男女之间的性爱关系。

点评

娇娜是《聊斋》最著名的狐狸精之一。蒲松龄颠覆了狐狸精传统形象。传统狐狸精害人，靠迷惑男子炼制长生不老的红丸；《聊斋》狐狸精却助人。娇娜是阳光女孩般的狐狸精。她美丽聪慧、肝胆照人、纯洁可爱。中国小说史上从未有过这样独特、别致、动人的艺术形象。娇娜用狐狸精红丸妙手回春，女"华佗"引起"病人"的一往情深。孔生爱上娇娜，娇娜也感受到孔生的深情，但两人因年龄差距不能结合。一对互相钟情却不能共偕连理的青年男女如何将深情真爱进行到底？蒲松龄以如椽之笔巧设机关。孔生在关键时刻为娇娜献身，说明他心底深埋着"曾经沧海"的爱。娇娜深藏的情感喷薄而出，"孔郎为我而死，我何生矣！"她接吻而呵之，将自己炼就的救命仙丹送进孔生口中，第二次用红丸令孔生起死回生。真爱者不一定结为夫妻，真爱不一定有肌肤之亲，真爱可以感天地、泣鬼神、共生死。蒲松龄最终将娇娜和孔生的关系定位于诗意化的"腻友"关系，别出心裁。

富
鄉
不愧人間公子石
為謀家室太多情
情松撼秋毛橋
娘傳只合青天
誓九生

僧孽

张某暴卒，随鬼使去，见冥王。王稽簿[1]，怒鬼使误捉，责令送归。张下，私浼鬼使求观冥狱。鬼导历九幽，刀山、剑树[2]，一一指点。末至一处，有一僧扎股穿绳而倒悬之，号痛欲绝。近视，则其兄也。张见之惊哀，问："何罪至此？"鬼曰："是为僧，广募金钱，悉供淫赌，故罚之。欲脱此厄，须其自忏[3]。"

张既苏，疑兄已死。时其兄居兴福寺[4]，因往探之。入门便闻其号痛声。入室，见疮生股间，脓血崩溃，挂足壁上，宛冥司倒悬状。骇问其故。曰："挂之稍可，不则痛彻心腑。"张因告以所见。僧大骇，乃戒荤酒，虔诵经咒。半月寻愈。遂为戒僧[5]。

异史氏曰："鬼狱茫茫，恶人每以自解，而不知昭昭之祸，即冥冥之罚也。可勿惧哉！"

校勘

底本：手稿本。参校：康熙本、二十四卷本、异史、铸雪斋本。

注释

[1]稽簿：查生死簿。[2]九幽、刀山、剑树：九泉之下十八层地狱，其中有刀山、剑树，用以惩罚生前作恶者。[3]自忏：自我忏悔。[4]兴福寺：位于淄川西部的寺庙。[5]戒僧：遵守戒行的和尚。

点评

按照蒲松龄的观念，人作恶，必会受到阴世惩罚，这惩罚可以是在死后令其上刀山爬剑树，也可以是活着时生病长疮，而阳世人的病和疮都是由阴司按照其作恶程度控制的。张某被错捉到阴司，看到僧人哥哥在受刑，对应到阳世就是哥哥身上生疮。出家人讲六根清净，此僧却淫赌无赖。而他受到的刑罚必须由他自己改恶向善才能解脱。此篇乃以迷信故事行劝世之责。股生恶疮的情节似乎是蒲松龄特别喜爱的，《阎王》篇中有近似情节。

僧孽
倒懸說痛
悲奇疾乾
沒金錢安
在我不是此
僧能懺悔有
人說歷亦無末

妖术

于公者，少任侠，喜拳勇〔1〕，力能持高壶作旋风舞〔2〕。崇祯间〔3〕，殿试在都〔4〕，仆疫不起，患之。会市上有善卜者〔5〕，能决人生死，将代问之①。既至，未言，卜者曰："君莫欲问仆病乎？"公骇应之。曰："病者无害，君可危。"公乃自卜，卜者起卦，愕然曰："君三日当死！"公惊诧良久。卜者从容曰："鄙人有小术，报我十金，当代禳之〔6〕。"②公自念，生死已定，术岂能解，不应而起，欲出。卜者曰："惜此小费，勿悔！勿悔！"爱公者皆为公惧，劝罄橐以哀之〔7〕。公不听。③

倏忽至三日，公端坐旅舍，静以俟之，终日无恙。至夜，合户挑灯，倚剑危坐④。一漏向尽，更无死法。意欲就枕，忽闻窗隙窣窣有声。急视之，一小人荷戈入，及地则高如人。公捉剑起，急击之，飘忽未中。遂遽小，复寻窗隙，意欲遁去。公疾斫之，应手而倒。烛之，则纸人已腰断矣。公不敢卧，又坐待之。逾时，一物穿窗入，怪狞如鬼。才及地，急击之，断而为两，皆蠕动。恐其复起，又连击之，剑剑皆中，其声不奥〔8〕。审视，则土偶，片片已碎。于是移坐窗下，目注隙中。久之，闻窗外如牛喘，有物推窗棂，房壁震摇，其势欲倾。公惧覆压，计不如出而斗之，遂划然脱扃〔9〕，奔而出。见一巨鬼，高与檐齐，昏月中，见其面黑如煤，眼闪烁有黄光；上无衣，下无履，手弓而腰矢⑤。公方骇，鬼则弯矣〔10〕。公以剑拨矢，矢堕。欲击之，则又关矣〔11〕。公急跃避，矢贯于壁，战战有声。鬼怒甚，拔佩刀，挥如风，望公力劈。公猱进〔12〕，刀中庭石，石立断。公出其股间，削鬼中踝，铿然有声。鬼益怒，吼如雷，转身复斫。公又伏身入，刀落，断公裙。公已

①于公开始还相信问卜。

②卜者很神，一般人此时必须听从其话，乖乖地交银子。

③于之不听，一则是怀疑卜者，二则是相信生死由命。

④生死攸关之际，从容应对，勇气过人。

⑤形象可怕而不伦不类，颇为滑稽。

⑥鬼怪凶狠狰狞，于公神勇聪慧，一场恶战，三度交手，纸人、土偶、木偶，交替出现，好看。

⑦卜者阴险、狡诈、狠毒、利欲熏心。为十两银子将人置于死地，该杀。

及胁下，猛斫之，亦铿然有声，鬼仆而僵。公乱击之，声硬如柝〔13〕。烛之，则一木偶，高大如人，弓矢尚缠腰际，刻画狰狞；剑击处，皆有血出⑥。公因秉烛待旦。方悟鬼物皆卜人遣之，欲致人于死，以神其术也。

次日，遍告交知〔14〕，与共诣卜所。卜人遥见公，瞥不可〔15〕见⑦。或曰："皆翳形术也〔16〕，犬血可破。"公如其言，戒备而往。卜人又匿如前。急以犬血沃立处，但见卜人头面，皆为犬血模糊，目灼灼如鬼立。乃执付有司而杀之。

异史氏曰："尝谓买卜为一痴。世之讲此道而不爽于生死者几人？卜之而爽，犹不卜也。且即明明告我以死期之至，将复如何？况有借人命以神其术者，其可畏尤甚耶！"

校勘

底本：手稿本。参校：康熙本、二十四卷本、异史、铸雪斋本。

注释

〔1〕任侠：行侠仗义，乐于助人。拳勇：有力气和胆量。〔2〕持高壶作旋风舞：可以拿着高壶舞动得像旋风一样。高壶，古代练习武术的一种器具，较重，可提举、舞动，疑类似于现今之哑铃。〔3〕崇祯：明代最后一个皇帝明思宗朱由检的年号。〔4〕殿试：明清时代科举考试，举人进京参加会试，录取为贡士后要参加殿试，亦称廷试。由皇帝主持。〔5〕善卜者：算卦算得好的人。〔6〕禳（ráng）：祈禳，向上天祈求除去病灾和邪恶。〔7〕罄橐：倾囊，拿出所有的钱财。〔8〕耎（ruǎn）：指声音软闷。〔9〕劐（huò）然脱扃：猛力开门。劐，象声词。〔10〕鬼则弯矣：鬼已经弯弓射箭。〔11〕关：同"弯"，鬼再次弯弓射箭。〔12〕猱（náo）进：像猴一样地跳跃前进。〔13〕柝：木梆。〔14〕交知：知交朋友。〔15〕瞥：突然。〔16〕翳形术：隐身术。

点评

《聊斋》写妖术，给人印象最深的，是不信妖、不怕妖、不服妖的壮士于公。

于公既武艺高强、豪侠神勇,又聪慧过人、敏锐达观。他从卜者的威胁判断到卜者可能会神其术以证明自己神卜,于是严阵以待。表现出过人的照妖镜般的眼力和超人的勇气胆略。卜者派来的三怪,怪怪不同,一怪凶似一怪,骇人心目,于公不信邪,不怕鬼,全力搏杀,巧与周旋,终于将鬼怪置于死地。于公杀鬼过程写得一波三折,精彩纷呈,动人心魄。

妖術

倚劍挑燈膽氣
麤妖人幻
術敢相圖早知
生死由天
迅卓識如公信
丈夫

野狗

①笔落惊风雨，文成泣鬼神。一场空前民族大灾难，居然敢秉笔直书！

②尸体如林，写杀人之多，惨不忍睹。

③恐怖到令人透不过气。

④对屠杀良民者的影射？

　　于七之乱〔1〕，杀人如麻①。乡民李化龙自山中窜归。值大兵宵进，恐罹炎昆之祸〔2〕，急无所匿，僵卧于死人之丛，诈作尸。兵过既尽，未敢遽出。忽见阙头断臂之尸〔3〕，起立如林②。内一尸断首犹连肩上③，口中作语曰："野狗子来，奈何？"群尸参差而应曰："奈何！"俄顷，蹶然尽倒〔4〕，遂寂无声。李方惊颤欲起，有一物来，兽首人身④，伏啮人首，遍吸其脑。李惧，匿首尸下。物来拨李肩，欲得李首。李力伏，俾不可得。物乃推覆尸而移之，首见。李大惧，手索腰下，得巨石如碗，握之。物俯身欲龁，李骤起，大呼，击其首，中嘴。物嗥如鸱〔5〕，掩口负痛而奔，吐血道上。就视之，于血中得二齿，中曲而端锐，长四寸余。怀归以示人，皆不知其何物也。

校勘

底本：手稿本。参校：康熙本、二十四卷本、异史、铸雪斋本。

注释

〔1〕于七之乱：于七抗清事件。于七，名乐吾，行七，山东栖霞人，康熙元年（1662）起义失败，清廷对起义地区人民残酷镇压，栖霞、莱阳两县受害最多。〔2〕炎昆之祸：玉石俱焚。《书·胤征》："火炎昆冈，玉石俱焚。"〔3〕阙：缺。〔4〕蹶（jué）然：颠仆貌。〔5〕物嗥如鸱：怪物像猫头鹰一样嚎叫。

点评

记载怪异事物，有极其重要的思想价值。于七之乱是清初山东栖霞于七领导的农民起义，受到朝廷镇压。栖霞、莱阳两地没有参加起义的平民受株连，大批被杀。蒲松龄虚构李化龙所见怪兽吸食人脑的现象，极其恐怖可怕，但巧妙反映了清初统治者屠杀良民、尸横遍野、野狗食人的真实历史。

野狗

郊原殺氣慘陰霾
白骨縱橫孰掩埋
試聽同殼愁墊狗
可知鬼亦愛遺骸

三生

刘孝廉,能记前身事,与先文贲兄为同年〔1〕,尝历历言之。一世为缙绅,行多玷。六十二岁而没,初见冥王,待如乡先生礼〔2〕,赐坐,饮以茶。觑冥王盏中,茶色清澈,已盏中浊如醪〔3〕,暗疑迷魂汤得勿此耶?乘冥王他顾,以盏就案角泻之,伪为尽者①。俄顷,稽前生恶录〔4〕,怒命群鬼捽下,罚作马。即有厉鬼縶去。行至一家,门限甚高,不可逾。方趑趄间〔5〕,鬼力楚之〔6〕,痛甚而蹶。自顾,则身已在枥下矣。但闻人曰:"骊马生驹矣,牡也。"心甚明了,但不能言。觉大馁,不得已,就牝马求乳。逾四五年,体修伟,甚畏挞楚,见鞭则惧而逸。主人骑,必覆障泥〔7〕,缓辔徐徐,犹不甚苦;惟奴仆圉人不加鞯装以行〔8〕,两踝夹击,痛彻心腑②。于是愤甚,三日不食,遂死。

至冥司,冥王查其罚限未满,责其规避〔9〕,剥其皮革,罚为犬。意懊丧,不欲行。群鬼乱挞之,痛极而窜于野。自念不如死,愤投绝壁,颠莫能起。自顾,则身伏窦中,牝犬舐而腓字之〔10〕,乃知身已复生于人世矣。稍长,见便液,亦知秽,然嗅之而香,但立念不食耳③。为犬经年,常忿欲死,又恐罪其规避。而主人又豢养,不肯戮。乃故啮主人,脱股肉,主人怒,杖杀之。冥王鞫状〔11〕,怒其狂狷〔12〕,笞数百,俾作蛇。囚于幽室,暗不见天。闷甚,缘壁而上,穴屋而出,自视则伏身茂草,居然蛇矣。遂矢志不残生类,饥吞木实④。积年余,每思自尽不可,害人而死又可,欲求一善死之策而未得也。一日卧草中,闻车过,遽出当路,车驰压之,断为两。

冥王讶其速至,因蒲伏自剖〔13〕。冥王以无罪见杀,原之,准其满限复为人,是为刘公。公生而能言,

①阎王待之乡先生之礼,乃习惯使之然,待查到其罪行,才大怒,刘某案角倾茶伪为已饮,颇有些贼智。

②写马则俨然是马。

③写狗又俨然是狗。

④做蛇虽俨然为蛇,但已有悔恨之心。

⑤畜类转世倒聪明异常，怪哉。

⑥幽默之极，皮里阳秋。

⑦骂倒天下官员。列位看官不要小看你眼前的畜类，它们之中可能就有下一辈子俨然人上的达官贵人呢。

文章书史，过辄成诵⑤。辛酉举孝廉〔14〕。每劝人：乘马必厚其障泥；股夹之刑，胜于鞭楚也⑥。

异史氏曰："毛角之俦〔15〕，乃有王公大人在其中。所以然者，王公大人之内，原未必无毛角者在其中也⑦。故贱者为善，如求花而种其树；贵者为善，如已花而培其本：种者可大，培者可久。不然，且将负盐车，受羁靮〔16〕，与之为马。不然，且将啖便液，受烹割，与之为犬。又不然，且将披鳞介，葬鹤鹳，与之为蛇。"

校勘

底本：手稿本。参校：康熙本、二十四卷本、异史、铸雪斋本。

注释

〔1〕先文贲兄：已去世的文贲兄。文贲，疑"文贵"之误，蒲松龄族兄蒲兆昌，字文贵，据蒲松龄手撰《族谱》记载，为明代天启年间举人，入清后不求进取，喜道家学问。同年：科举考试中同一次被录取。〔2〕乡先生：官员退休乡居年高有德者。〔3〕醪（láo）：未过滤的浊酒。〔4〕稽前生恶录：考察前生的恶劣行径。〔5〕趑趄（zī jū）：徘徊不前。〔6〕楚：抽打。〔7〕障泥：披在马身上遮挡泥巴的障幅。〔8〕圉人：马夫。不加鞯装：不用马鞍。〔9〕规避：蓄意逃避。〔10〕腓字之：爱抚喂奶。腓，爱抚。字，喂奶。〔11〕鞫（jū）状：审问罪状。〔12〕狂狾（zhì）：狂犬。狾，狗发疯。〔13〕蒲伏：同"匍匐"。〔14〕辛酉：明代天启元年（1621）。〔15〕毛角之俦：身上披着毛，头上长着角的兽类。〔16〕羁靮（zhí）：马的笼头和绳索。

点评

这是个寓意性很强的讽刺小说。刘某三生的遭遇看似奇异，实际上蕴含很深的思想：那些人五人六的大人先生，只不过是畜类再世。一般传说，人在这一世作恶，下一辈子就变畜生，蒲松龄异想天开，畜牲将变成俨然民上的大人先生！"异史氏曰"直言，在马、狗、蛇这些"毛角之俦"中有大人先生，实际因大人先生身上本来就有畜类本质，是衣冠禽兽。荒诞的故事，深刻别致的内涵；荒诞的故事，细致入微的描写。

三生

六道輪迴
悲墮落三
生因果說
分明非閒
憂馬戚奇
癖記浮前
身伏榲情

狐入瓶

万村石氏之妇祟于狐,患之而不能遣。扉后有瓶,每闻妇翁来,狐辄遁匿其中。妇窥之熟,暗计而不言①。一日窜入,妇急以絮塞其口,置釜中,燂汤而沸之〔1〕。瓶热,狐呼曰:"热甚!勿恶作剧②。"妇不语,号益急,久之无声。拔塞而验之,毛一堆,血数点而已。

① 妇颇智,按习惯说法,如果跟他人商量,狐可以闻知。

② 狐祟妇,而以妇为亲爱者相戏耶,愚哉。

校勘

底本:手稿本。参校:康熙本、二十四卷本、异史、铸雪斋本。

注释

〔1〕燂(tán)汤:烧热水。

点评

石氏之妇受狐之祟,却能冷静地观察狐的行踪,找到解除困境的办法,麻利地将狐关到瓶里,果断地用热水煮沸,除恶务尽,妙哉!

狐入瓶

子人舍何
人避
婦翁
歛形常
伏小瓶中
豈知一旦罹
湯火入甕真
教酷吏同

鬼哭

谢迁之变〔1〕，宦第皆为贼窟，王学使七襄之宅〔2〕，盗聚尤众。城破兵入，扫荡群丑①，尸填墀〔3〕，血至充门而流。公入城，扛尸涤血而居〔4〕②，往往白昼见鬼，夜则床下燐飞，墙角鬼哭。一日，王生皞迪寄宿公家，闻床底小声连呼："皞迪！皞迪！"已而声渐大，曰："我死得苦！"因哭，满庭皆哭。公闻，仗剑而入，大言曰："汝不识我王学院耶？"③但闻百声嗤嗤，笑之以鼻④。公于是设水陆道场，命释道忏度之〔5〕⑤。夜抛鬼饭，则见燐火营营，随地皆出。先是，阍人王姓者疾笃，昏不知人者数日矣，是夕，忽欠伸若醒，妇以食进，王曰："适主人不知何事，施饭于庭，我亦随众唼唼〔6〕，食已方归，故不饥耳。"由此鬼怪遂绝。岂铍铙钟鼓，焰口瑜珈〔7〕，果有益耶？

异史氏曰："邪怪之物，唯德可以已之。当陷城之时，王公势正烜赫，闻声者皆股栗，而鬼且揶揄之。想鬼物逆知其不令终耶〔8〕？普告天下大人先生：出人面犹不可以吓鬼，愿无出鬼面以吓人也。"⑥

① 蒲松龄称农民起义为"贼"为"群丑"，是时代限制所然。

② 大屠杀惨状惨绝人寰。

③ 一句话，活画出惯于以势压人的丑态。

④ 绝妙。"百声嗤嗤，笑之以鼻"八个字，屡为研究者津津乐道，盖很难找到类似的语言。

⑤ 先遇鬼，后吓鬼，终于不得不巴结鬼、安抚鬼。

⑥ 明白无误写出对真正丑类的愤恨，锋利如刀。

校勘

底本：手稿本。参校：康熙本、二十四卷本、异史、铸雪斋本。

注释

〔1〕谢迁之变：指清初发生在淄川的一次农民起义。谢迁，山东高青人，顺治三年（1646）率众起义，曾攻陷淄川等县，后遭清兵围剿，拼死血战，失败后被残酷屠杀。〔2〕王学使七襄：王昌胤（1617—1657），后避讳雍正名字，改"昌荫"，字七襄，淄川人，明崇祯年间中进士，清初官至提督北直学政。故自称"王学院"。〔3〕尸填墀：尸体堆满庭院。墀，台阶。〔4〕扛尸涤血而居：

搬走尸体，清洗庭院后住下来。〔5〕命释道忏度之：让和尚道士念经超度亡灵。〔6〕啖(dàn)啖：吃。〔7〕钹铙钟鼓：佛教法会上僧众用的四件法器。焰口瑜珈：佛教法事。〔8〕逆知：预先知道。令终：善终。

点评

　　鬼哭是个怪异故事，但本篇是以真实的历史和真实的人物做叙述对象。王昌胤是降清后用同胞鲜血染红顶戴花翎的真正丑类，重权在手，威势赫赫，但是这位志得意满、自称"王学院"的人物，却受到鬼的尖刻嘲笑，不得不设置水陆道场为亡灵超度。众鬼"百声嗤嗤，笑之以鼻"已成为学者论《聊斋》民族思想时必引用的妙语。如果说小说正文还比较隐晦、比较策略，那么，"异史氏曰"就像火山爆发一样，将对民族丑类的愤恨发泄出来，直言不讳地对杀害同胞的败类发出正义警告。《鬼哭》虽短，却是《聊斋》思想性极强的篇章。

鬼哭

谢迁之变，官宦第皆为贼窟。王学使七襄之宅亦聚无数，城破兵入，扫荡群丑，尸填墀，血至充门而流。公入城，扛尸涤血而居。往往白昼见鬼，夜则床下燐飞，墙角鬼哭。一日王生睥迪寄宿公家，闻床底小声连呼睥迪，已而声渐大曰：我死浮苦阎，哭满庭皆哭。公闻，仗剑而入，大言曰：汝不识我王学院耶，但闻百声嚖哭。之以鼻公于是设水陆道场，命释道忏度之，夜抛鬼饭则见燐火熒熒，随地皆出。先是阍人王姓者疾笃昏不知人者数日，忽欠伸若醒，妇以食进，王曰：适主人不知何事，施饭于庭，我亦随众啖食，已方归，故不饥耳，由此鬼怪遂绝。堂庑钟鼓焰口瑜伽果有益耶。

真定女

真定界〔1〕，有孤女，方六七岁，收养于夫家。相居一二年，夫诱与交而孕。腹膨膨而以为病也，告之母。母曰："动否？"曰："动。"又益异之。然以其齿太稚，不敢决。未几，生男。母叹曰："不图拳母，竟生锥儿！"

校勘

底本：手稿本。参校：康熙本、二十四卷本、异史、铸雪斋本。

注释

〔1〕真定：今河北正定。

点评

一则罕见轶闻，事固然荒诞，给人印象深刻的，是母亲的两句话：拳头大的母亲，生了个锥子大的儿子。可能作者就是因为这两句话才收录之，语言精粹，有《世说》之风。

真生举
文定雖
不母產
圖此事
兔古有
聞古有
之信是情
根易萌
藁葵言
影蹤竟
無知

焦螟

董侍读默庵家为狐所扰〔1〕，瓦砾砖石，忽如雹落，家人相率奔匿，待其间歇，乃敢出操作。公患之，假怍庭孙司马第移避之〔2〕，而狐扰犹故。一日，朝中待漏〔3〕，适言其异。大臣或言："关东道士焦螟，居内城，总持敕勒之术〔4〕，颇有效。"公造庐而请之。道士朱书符，使归黏壁上。狐竟不惧，抛掷有加焉。公复告道士。道士怒，亲诣公家，筑坛作法。俄见一巨狐，伏坛下，家人受虐已久，衔恨綦甚，一婢近击之，婢忽仆地气绝。道士曰："此物猖獗，我尚不能遽服之，女子何轻犯尔尔。"既而曰："可借鞫狐词亦得〔5〕。"戟指咒移时〔6〕，婢忽起，长跪。道士诘其里居。婢作狐言："我西域产，入都者一十八辈。"道士曰："辇毂下〔7〕，何容尔辈久居？可速去！"狐不答。道士击案怒曰："汝欲梗吾令〔8〕耶？再若迁延，法不汝宥〔9〕！"狐乃蹙怖作色，愿谨奉教。道士又速之。婢又仆绝，良久始苏。俄见白块四五团，滚滚如球，附檐际而行，次第追逐，顷刻俱去。由是遂安。①

① 道士为什么仅仅是驱狐而不是杀狐？难道这些狐狸是道士派遣并以此赢利？清代点评家何垠说："道士能鞠之而不能执之，何也？恐终是道士诈术。"

校勘

底本：手稿本。参校：康熙本、二十四卷本、异史、铸雪斋本。

注释

〔1〕董侍读默庵：董讷（1639—1701），字默庵，山东平原人，康熙六年（1667）探花，历任翰林院侍读学士、兵部尚书。他受狐祟之事，其他历史书亦有记载。〔2〕怍庭孙司马：孙光祀（1624—？），号怍庭，山东平阴人，顺治十二年（1655）进士，曾任兵部右侍郎，即少司马。〔3〕朝中待漏：封建社会百官清晨入朝朝见皇帝，在朝房等待，谓"待漏"。漏，沙漏，古代计时器。〔4〕敕（chì）勒

之术：道士驱鬼的法术。因道士的符咒总有"敕令"字样，故称"敕勒之术"。〔5〕借鞫狐词：借丫鬟的嘴，审问出狐的供词。〔6〕戟指：用食指和中指相叠，形如戟，指向丫鬟。〔7〕辇毂：皇帝的车驾之下，意思是在京城。辇，皇室用的车；毂，车之中轴。〔8〕梗吾令：违抗我的命令。〔9〕法不汝宥：道法决不宽恕你。

点评

　　狐所蛊惑的对象董默庵、董借居的朋友孙光祀，都是蒲松龄同时代赫赫有名的大人物，董家受到狐祟，看来当时确有其事，但是不是道士与狐狸统同作弊，则另当别论。而蒲松龄将道士驱狐之事绘影绘声写了下来。丫鬟成为狐的"代言"，亦生动有趣。

焦螟

壇前狐已現真
形壇側有然
坪未醒猶借口
賴供良以得
閩東道士術
偏靈

叶生

①有才能者却不能通过科举考试施展才能，学富五车而屡试不中，是蒲松龄笔下读书人的普遍现象。这与他本人的遭遇有关。

②"冠军"的得来是县官的游说。乡试落榜，盖因县官已鞭长不及马腹。

③"形销骨立，痴若木偶"八个字将失意形象刻画得入木三分。叶生被功名折磨得如疯如傻。这种形神俱伤的情态，没有亲身经历很难写出。

④服药百裹无任何效力，说明病入膏肓、不久人世。

⑤项羽垓下之战，四面楚歌时说："此天之亡我，非战之罪也。"叶生也认为并非自己文章写得不好，考不中是命运捉弄人。叶生虽然说何必一定要取得功名，实际上却是生不得功名而以死魂灵继之！

　　淮阳叶生者〔1〕，失其名字，文章词赋，冠绝当时〔2〕，而所如不偶〔3〕，困于名场〔4〕①。会关东丁乘鹤来令是邑，见其文，奇之；召与语，大悦。使即官署受灯火〔5〕，时赐钱谷恤其家。值科试〔6〕，公游扬于学使〔7〕，遂领冠军②。公期望綦切〔8〕，闱后索文读之〔9〕，击节称叹。不意时数限人〔10〕，文章憎命〔11〕，榜既放，依然铩羽〔12〕。生嗒丧而归〔13〕，愧负知己，形销骨立，痴若木偶③。

　　公闻，召之来而慰之。生零涕不已。公怜之，相期考满入都〔14〕，携与俱北。生甚感佩，辞而归，杜门不出〔15〕。无何，寝疾〔16〕。公遗问不绝〔17〕。而服药百裹，殊罔所效④。公适以忤上官免，将解任去，函致生，其略云："仆东归有日，所以迟迟者，待足下耳。足下朝至，则仆夕发矣。"传之卧榻。生持书啜泣，寄语来使："疾革难遽瘥〔18〕，请先发。"使人返白，公不忍去，徐待之。

　　逾数日，门者忽通叶生至。公喜，逆而问之。生曰："以犬马病〔19〕，劳夫子久待，万虑不宁。今幸可从杖履〔20〕。"公乃束装戒旦〔21〕。抵里，命子师事生，夙夜与俱〔22〕。公子名再昌，时年十六，尚不能文〔23〕，然绝慧，凡文艺三两过〔24〕，辄无遗忘。居之期岁〔25〕，便能落笔成文，益之公力，遂入邑庠〔26〕。生以生平所拟举子业，悉录授读。闱中七题〔27〕，并无脱漏，中亚魁〔28〕。

　　公一日谓生曰："君出余绪〔29〕，遂使孺子成名。然黄钟长弃〔30〕，奈何？"生曰："是殆有命。借福泽为文章吐气，使天下人知半生沦落，非战之罪也〔31〕⑤，愿亦足矣。且士得一人知己可无憾，何必抛却白紵〔32〕，乃谓之利市哉？"公以其久客，恐误岁试〔33〕，劝令归省，惨然不乐。

公不忍强，嘱公子至都为之纳粟〔34〕。公子又捷南宫〔35〕，授部中主政〔36〕，携生赴监〔37〕，与共晨夕。逾岁，生入北闱〔38〕，竟领乡荐〔39〕⑥。

会公子差南河典务〔40〕，因谓生曰："此去离贵乡不远，先生奋迹云霄，锦还为快〔41〕。"生亦喜，择吉就道。抵淮阳界，命仆马送生归。归见门户萧条，意甚悲恻。逡巡至庭中，妻携簸具以出，见生，掷具骇走。生凄然曰："我今贵矣⑦。三四年不觌〔42〕，何遂顿不相识？"妻遥谓曰："君死已久，何复言贵？所以久淹君柩者〔43〕，以家贫子幼耳。今阿大亦已成立，行将卜窀穸〔44〕，勿作怪异吓生人。"生闻之，怃然惆怅，逡巡入室，见灵柩俨然，扑地而灭。妻惊视之，衣冠履舄如脱委焉〔45〕，大恸，抱衣悲哭⑧。子自塾中归，见结驷于门〔46〕，审所自来，骇奔告母，母挥涕告诉。又细询从者，始得颠末〔47〕。从者返，公子闻之，涕堕垂膺〔48〕。即命驾哭诸其室〔49〕；出囊营丧〔50〕，葬以孝廉礼。又厚遗其子，为延师教读，言于学使，逾年游泮〔51〕⑨。

异史氏曰："魂从知己，竟忘死耶？闻者疑之，余深信焉。同心倩女〔52〕，至离枕上之魂；千里良朋〔53〕，犹识梦中之路。而况茧丝蝇迹〔54〕，呕学士之心肝；流水高山〔55〕，通我曹之性命者哉。嗟呼！遇合难期，遭逢不偶。行踪落落〔56〕，对影长愁；傲骨嶙嶙〔57〕，搔头自爱。叹面目之酸涩〔58〕，来鬼物之揶揄〔59〕。频居康了之中〔60〕，则须发之条条可丑；一落孙山之外〔61〕，则文章之处处皆疵。古今痛哭之人〔62〕，卞和唯尔；颠倒逸群之物〔63〕，伯乐伊谁？抱刺于怀〔64〕，三年灭字；侧身以望，四海无家。人生世上，只须合眼放步，以听造物之低昂而已〔65〕。天下之昂藏沦落如叶生其人者〔66〕，亦复不少，

---

⑥ 叶生的功名不仅和权力挂钩，还和金钱挂上了钩。这次他是纳粟成监生，取得直接参加乡试的资格。这些着笔之处，揭露了科举考试骨子里的腐败。

⑦ 范进大叫"我中了！"落魄而死的叶生说"我今贵矣！"读之令人心酸。此时叶生懵懵懂懂，为什么我衣锦还乡，家人非但不高兴还害怕？他感到不对头，到底什么不对头？原来，是他自己不对头！叶妻骤见丈夫鬼魂时的惊惧神态真切、生动。先是丢掉手中簸具吓跑，后是不敢靠近，远远地离开丈夫才敢说话。

⑧ 纵然是死魂灵，毕竟是亲人重逢。而今死魂灵已去，只好抱衣哭之。哀哉，痛哉！叶生总算盖棺论定，在弟子的帮助下戴上了举人的帽子。可怜、可叹、可悲！作者其实是字字血、声声泪地叙述自己怀才不遇的真实感受，这是小说中幻想笔墨的坚实基础。

⑨ 叶生的儿子在丁公子帮助下成了秀才，新一代功名追逐开始。

⑩ "异史氏曰"这段话，其实就是蒲松龄自己的人生感悟。

顾安得令威复来〔67〕，而生死从之也哉？噫！"⑩

校勘

底本：手稿本。参校：康熙本、二十四卷本、异史、铸雪斋本。

注释

〔1〕淮阳：县名，在今河南东部。〔2〕冠绝：首屈一指。〔3〕所如不偶：命运不好。〔4〕名场：科举（乡试）考场。〔5〕使即官署受灯火：留在县衙读书。灯火，照明费用，引申为补助学习费用。〔6〕科试：即"科考"。清代考试制度，每次乡试前，各省学政到州府巡查，通过考试选拔参加乡试的秀才。〔7〕游扬于学使：向提督学政宣扬。提督学政又称"提学使""提学"，明清时掌管一省学校和科举的长官。〔8〕綦(qí)切：非常迫切。〔9〕闱后：乡试后。闱，科举考试中乡试的考场，乡试即举人考试，三年一次，在秋天举行，故又称"秋闱"。〔10〕时数限人：受命运限制。〔11〕文章憎命：好文章妨害好命运。语出唐杜甫《天末怀李白》："文章憎命达，魑魅喜人过。"〔12〕铩(shā)羽：飞鸟折羽，比喻考试落榜。铩，摧残。〔13〕嗒(tà)丧：失意沮丧，失魂落魄。〔14〕考满：官吏考核政绩的时间一到。清代官制规定，地方官员用三年考核制，由吏部进行政绩考察，谓之"大计"，根据考核等级决定赏罚。〔15〕杜门：闭门不与外界来往。〔16〕寝疾：病重不起。〔17〕遗(wèi)问：赠送礼物和问候。〔18〕疾革(jí)难遽瘥(chài)：病重一时好不了。疾革，病情危急。遽，急速。瘥，病愈。〔19〕犬马病：对自己生病的谦称。〔20〕从杖履：跟随您的左右。杖履为手杖和鞋子。〔21〕束装戒旦：收拾行李等待天明出发。〔22〕夙夜：白天黑夜。〔23〕不能文：不会写八股文。〔24〕文艺：即"闱墨"，乡试、会试后，主考挑选八股文范文供士子学习。〔25〕期(jī)岁：一年。〔26〕入邑庠(xiáng)：入县学读书成为秀才。〔27〕闱中七题：明清乡试首场考八股文试题为七道题，首场考试是决定是否中试的关键。丁公子参加乡试首场的七道题，都是叶生提前准备好的，故下文说"并无脱漏"。〔28〕亚魁：乡试第六名。〔29〕出余绪：拿出很少的一部分才学。〔30〕黄钟：成语"黄钟毁弃，瓦釜雷鸣"，以"黄钟"喻指贤才。〔31〕非战之罪：《史记·项羽本纪》载，项羽垓下兵败后说："此天之亡我，非战之罪也。"意即不是自己本事不行，而是命运不好。〔32〕"何

必抛却白纻（zhù）"二句：意思是何必一定要取得功名才算走运？白纻，未取得功名的读书人穿的夏布衣服。利市，发迹。〔33〕岁试：明清学官对所属府、州、县定期举行的考试。检查秀才的学业，岁试考到好的等级才可以参加举人考试。秀才岁试必须回家乡参加。〔34〕纳粟：交钱成为国子监监生。监生可直接参加乡试，不必参加秀才例行的岁试。〔35〕捷南宫：考中进士。清代称礼部为"南宫"，选拔进士的会试由礼部主持。〔36〕部中主政：清代六部中设主事若干员，"主事"又称"主政"，正六品。〔37〕携生赴监：带着叶生，让他到国子监读书。〔38〕北闱：明清在顺天府举行的乡试称"北闱"。〔39〕领乡荐：乡试中考中举人。唐代制度规定参加进士考试，例由地方官荐举，称"乡举"或"乡荐"。〔40〕差南河典务：派到南河河道衙门办理公务。南河为明清南河分司的简称，管辖黄河及运河南段。〔41〕锦还：衣锦还乡。〔42〕觌（dí）：见面。〔43〕久淹君柩：长期存放您的灵柩没及时安葬。〔44〕卜窀穸（zhūn xī）：选择墓地安葬。〔45〕衣冠履舄（xì）如脱委：衣服鞋帽像蝉蜕皮一样脱落于地。舄，鞋。〔46〕结驷于门：门前拴着马。驷，驷马高车。〔47〕颠末：事情的来龙去脉。〔48〕涕堕垂膺：眼泪流到胸前。〔49〕命驾：命人驾车。〔50〕出橐（tuó）：出资。橐，本意为口袋。〔51〕游泮：进学成为秀才。泮，泮宫，周代所设学校，后代指县学。〔52〕"同心倩女"二句：唐传奇《离魂记》写张倩娘与表兄王宙相恋，受到父亲阻挠。倩女离魂追随表兄，五年后夫妇回娘家，倩女的灵魂与床上的病体合而为一。〔53〕"千里良朋"二句：真挚的友谊可让相隔千里的好朋友在梦中相会。〔54〕"茧丝蝇迹"两句：工整地写文章。构思文章如同茧之抽丝，书写像苍蝇头那么小的字迹。学士，泛指读书人。〔55〕"流水"二句：得到知己赏识是我辈读书人性命交关的事。《列子·汤问》：伯牙鼓琴，不管是志在高山还是志在江河，钟子期都能听懂。〔56〕行踪落落：为人处事孤高寡合。〔57〕傲骨嶙嶙：生就不凡风骨，不肯阿世。〔58〕酸涩：穷酸，不洒脱。〔59〕鬼物之揶揄：受到鬼的挖苦。比喻受到势利小人的嘲笑。〔60〕频居康了之中：总处在落榜的境地。宋代陈正敏《遁斋闲览》：唐代柳冕应举时有许多忌讳，尤忌与"落"字同音的字，甚至将"安乐"说成"安康"。发榜时他让仆人去探看，仆人回来告诉他"秀才康了（落榜）也"。〔61〕一落孙山之外：名落孙山，考试落榜。〔62〕"古今"二句：古往今来有才能而被埋没、感受痛苦的，只有春秋时卞和这样的人。〔63〕"颠倒"二句：世人贤愚不分，哪个是能识别骏马的伯乐？〔64〕"抱刺"二句：当年祢衡把竹木的名片放在怀里，想求见名人，结果三年投递不出，上边的字都磨得看不清了。〔65〕听造物之低昂：听从造物主任意摆布。〔66〕昂藏沦落：气概不凡却总不得志。〔67〕令威：《搜神后记》写关东丁令威在灵虚山学道成仙。此处借指关东县令丁乘鹤。

点评

　　死魂灵求官，是蒲松龄的天才创造。前辈作家写女性为了爱情而游魂，蒲松龄写书生为了功名而游魂。这是对古代"游魂"题材的开拓。读书人活着不能得功名，以死继之，这是多么可怕、可怜、可悲的精神状态。叶生生前得不到功名困顿而死，是个悲剧，是社会不识真才的悲剧；死后靠了官员和金钱的帮助得到功名，也是个悲剧。但更大的悲剧在于心灵遭受的戕害。篇末"异史氏曰"抒发了蒲松龄对自己"叶生式"人生的感慨。"异史氏曰"用典很多，这段文字对理解封建时代的科举考试很有帮助。蒲松龄最后提出丁令威的名字，是有深意的。陶渊明《搜神后记》写辽东人丁令威，学道灵虚山，后来化鹤飞去。欣赏叶生的县令既姓丁，又是从关东来的，这就在暗示，真应该离开这个不识人才的时世，学仙变鹤飞走算了。

萧生

恩深知己慰平生　魂梦相随
千里行　莫道黄钟片毁弃
须知端的已成名

四十千〔1〕

新城王大司马有主计仆〔2〕，家称素封〔3〕。忽梦一人奔入，曰："汝欠四十千，今宜还矣。"问之，不答，径入内去。既醒，妻产男。知为夙孽〔4〕，遂以四十千捆置一室，凡儿衣食病药皆取给焉。过三四岁，视室中钱仅存七百。适乳姥抱儿至，调笑于侧，仆呼之曰："四十千将尽，汝宜行矣！"言已，儿忽颜色蹙变，项折目张；再抚之，气已绝矣。乃以余资置葬具而瘗之。此可为负欠者戒也〔5〕。昔有老而无子者，问诸高僧。僧曰："汝不欠人者，人又不欠汝者，乌得子？"盖生佳儿所以报我之缘，生顽儿所以取我之债。生者勿喜，死者勿悲也。

校勘

底本：手稿本。参校：康熙本、二十四卷本、异史、铸雪斋本。

注释

〔1〕四十千：古时铜钱以文为单位，一千文穿成一吊，四十千，即四十吊钱。〔2〕新城：桓台。王大司马：王象乾（1546—1630），明隆庆五年（1571）进士，官至兵部尚书，故称"大司马"。主计仆：管钱财的仆人，管家。〔3〕素封：小康之家。〔4〕夙孽：命中注定的冤孽。〔5〕负欠：欠债不还。

点评

欠债还钱，理所当然。生儿育女是正常的人生经历，儿女是家庭的希望，家庭的乐趣，本文却借助一个怪异故事阐述儿女是来讨债的。当然，逆子讨债，是传统的观念，不科学。

卯十
十一
一夢乍回驚宿債笑
啼空自惹人憐育缺
飛去雲衣謝本剃清
還四十千

成仙

① 二人 "杵臼交" 是全文提纲。

② 成生对周生既肝胆相照，又秉礼而交。成生对周生少妻一开始就有警惕心。

③ 对黑暗社会的经典性总结。这段话经常为史家和《聊斋》研究家引用。

④ 岂不知朝廷官员多为势家官耶？

⑤ 黄吏部三次用金钱开路制造冤狱，买通官府和海盗诬陷周生为第一次，这不过是牛刀小试。

　　文登周生〔1〕，与成生少共笔砚〔2〕，遂订为杵臼交〔3〕①。而成贫，故终岁依周。以齿则周为长，呼周妻以嫂。节序登堂〔4〕，如一家焉。周妻生子〔5〕，产后暴卒，继聘王氏，成以少故，未尝请见之也②。一日，王氏弟来省姊，宴于内寝。成适至，家人通白，周坐命邀之。成不入，辞去。周移席外舍，追之而还。甫坐，即有人白别业之仆为邑宰重笞者。先是，黄吏部家牧佣〔6〕，牛蹊周田〔7〕，以是相诟〔8〕。牧佣奔告主，捉仆送官，遂被笞责。周诘得其故，大怒曰："黄家牧猪奴〔9〕，何敢尔！其先世为大父服役〔10〕，促得志，乃无人耶！"气填吭臆〔11〕，忿而起，欲往寻黄。成捺而止之，曰："强梁世界〔12〕，元无皂白。况今日官宰半强寇不操矛弧者耶〔13〕③？"周不听。成谏止再三，至泣下，周乃止。

　　怒终不释，转侧达旦，谓家人曰："黄家欺我，我仇也，姑置之。邑令为朝廷官，非势家官④，纵有互争，亦须两造〔14〕，何至如狗之随嗾者〔15〕？我亦呈治其佣〔16〕，视彼将何处分。"家人悉怂恿之，计遂决。具状赴宰，宰裂而掷之。周怒，语侵宰。宰惭恚〔17〕，因逮系之。

　　辰后〔18〕，成往访周，始知入城讼理。急奔劝止，则已在囹圄矣〔19〕。顿足无所为计。时获海寇三名，宰与黄赂嘱之，使捏周同党⑤。据词申黜顶衣〔20〕，榜掠酷惨〔21〕。成入狱，相顾凄酸。谋叩阙〔22〕。周曰："身系重犴〔23〕，如鸟在笼；虽有弱弟，止足供囚饭耳。"成锐身自任。曰："是予责也。难而不急〔24〕，乌用友也！"乃行。周弟赆之〔25〕，则去已久矣。

至都，无门入控。相传驾将出猎，成预隐木市中〔26〕。俄驾过，伏舞哀号〔27〕，遂得准。驿送而下〔28〕，着部院审奏〔29〕。时阅十月余，周已诬服论辟〔30〕。院接御批，大骇，复提躬谳〔31〕。黄亦骇，谋杀周。因赂监者，绝其食饮；弟来馈问，苦禁拒之。成又为赴院声屈，始蒙提问，业已饥饿不起。院台怒，杖毙监者。黄大怖，纳数千金⑥，嘱为营脱〔32〕，以是得朦胧题免〔33〕。宰以枉法拟流〔34〕。周放归，益肝胆成〔35〕。

⑥黄吏部第二次买通狱吏，想杀人灭口；第三次又买通皇帝钦命的审案巡抚。已审明案情的巡抚见钱眼开，替黄家开脱。朝廷要员贪赃枉法，皇帝亲提的要案却糊涂结案，封建王法名存实亡。衙门口朝南开，有理没钱莫进来。

成自经讼系〔36〕，世情尽灰，招周偕隐。周溺少妇，辄迂笑之。成虽不言，而意甚决。别后，数日不至。周使探诸其家，家人方疑其在周所。两无所见，始疑。周心知其异，遣人踪迹之，寺观壑谷，物色殆遍。时以金帛恤其子。又八九年，成忽自至，黄巾氅服〔37〕，岸然道貌。周喜，把臂曰："君何往，使我寻欲遍？"笑曰："孤云野鹤，栖无定所。别后幸复顽健。"周命置酒，略通间阔，欲为变易道装。成笑不语。周曰："愚哉！何弃妻孥犹敝屣也〔38〕？"成笑曰："不然。人将弃予⑦，其何人之能弃？"问所栖止，答在劳山之上清宫。既而抵足寝〔39〕，梦成裸伏胸上，气不得息。讶问何为，殊不答。忽惊而寤，呼成不应；坐而索之，杳然不知所往。定移时，始觉在成榻，骇曰："昨不醉，何颠倒至此耶！"乃呼家人。家人火之，俨然成也。周固多髭，以手自捋，则疏无几茎。取镜自照，讶曰："成生在此，我何往？"⑧已而大悟，知成以幻术招隐。意欲归内〔40〕，弟以其貌异，禁不听前。周亦无以自明，即命仆马往寻成。

⑦成生是提醒周生：是他人（少妻）将要抛弃你，并不是你要抛弃她。

⑧成生和周生的形貌互换，起到将周生引入劳山，让其观察修道环境的作用，而周生尘念未断。

数日，入劳山，马行疾，仆不能及。休止树下，见羽客往来甚众〔41〕。内一道人目周，周因以成问。道士笑曰："耳其名矣，似在上清。"言已径去。周目送之，见一矢之外，又与一人语，亦不数言而去。与言者渐至，乃同社生〔42〕。见周，愕曰："数年不晤，人以君学道名山，今尚游戏人间耶？"周述其异。生惊曰："我

⑨ 一个哲学命题：人最难认识的人是他自己。

⑩ 成生让周生回乡，是已预知周生少妻与仆私通之事，故意坐在路边等，让周生自己去感受。

⑪ 醍醐灌顶之语。

适遇之，而以为君也。去无几时，或当不远。"周大异，曰："怪哉！何自己面目觌面而不之识⑨？"仆寻至，急驰之，竟无踪兆。一望寥阔，进退难以自主。自念无家可归，遂决意穷追。而怪险不复可骑，遂以马付仆归，迤逦自往〔43〕。遥见一僮独坐，趋近问程，且告以故。僮自言为成弟子，代荷衣粮，导与俱行。星饭露宿，逞行殊远〔44〕。三日始至，又非世之所谓上清。时十月中，山花满路，不类初冬。

僮入报客，成即遽出，始认己形。执手入，置酒宴语。见异彩之禽，驯人不惊〔45〕，声如笙簧，时来鸣于座上，心甚异之。然尘俗念切，无意留连。地下有蒲团二，曳与并坐。至二更后，万虑俱寂〔46〕，忽似瞥然一眴〔47〕，身觉与成易位。疑之，自抐领下，则于思者如故矣〔48〕。既曙，浩然思返。成固留之。越三日，乃曰："迄少寐息，早送君行。"甫交睫，闻成呼曰："行装已具矣。"遂起从之。所行殊非旧途。觉无几时，里居已在望中。成坐候路侧，俾自归⑩。

周强之不得，因踽踽至家门〔49〕。叩不能应，思欲越墙，觉身飘似叶，一跃已过。凡逾数重垣，始抵卧室，灯烛荧然，内人未寝，哝哝与人语。舐窗以窥，则妻与一厮仆同杯饮，状甚狎亵。于是怒火如焚，计将掩执〔50〕，又恐孤力难胜。遂潜身脱肩而出，奔告成，且乞为助。成慨然从之，直抵内寝。周举石挝门，内张皇甚。擂愈急，内闭益坚。成拨以剑，訇然顿辟。周奔入，仆冲户而走。成在门外，以剑击之，断其肩臂。周执妻拷讯，乃知被收时即与仆私。周借剑决其首，胃肠庭树间〔51〕。乃从成出，寻途而返。

蓦然忽醒，则身在卧榻，惊而言曰："怪梦参差，使人骇惧！"成笑曰："梦者兄以为真，真者乃以为梦⑪。"周愕而问之。成出剑示之，溅血犹存。周惊怛欲绝〔52〕，窃疑成诪张为幻〔53〕。成知其意，乃促装送之归〔54〕，荏苒至里门〔55〕，乃曰："畴昔之夜

⑫ 但明伦评："前幅写成肝胆照人，真诚磊落；后幅写成幻形度友，委曲周旋。气局纵横，笔墨恢诡。至周先以牧佣之微嫌，不能自忍，几坏身家；继则人已弃予，而犹溺之而不忍弃；颠倒至此，何从识自己面目乎？梦者以为真，真者乃以为梦。幸有良朋，反复警唤，半生懵懵，乃忽焉醒耳。'忍事最乐'一语，从阅历中得来，回顾而出之，所谓'回头是岸'也。即借此收束全文，通篇线索，一丝不走。"

⑬ 蒲松龄的发财梦动辄安在他喜欢的人身上。

〔56〕，倚剑而相待者，非此处耶！吾厌见恶浊，请还待君于此；如过晡不来〔57〕，予自去。"周至家，门户萧索，似无居人。还入弟家。弟见兄，双泪遽坠，曰："兄去后，盗夜杀嫂，刳肠去〔58〕，酷惨可悼。于今官捕未获。"周如梦醒，因以情告，戒勿究。弟错愕良久。周问其子，乃命老媪抱至〔59〕。周曰："此襁褓物，宗绪所关〔60〕，弟好视之。兄欲辞人世矣。"遂起，径出。弟涕泗追挽，笑行不顾。至野外，见成，与俱行。遥回顾曰："忍事最乐。"弟欲有言，成阔袖一举，即不可见。怅立移时，痛哭而返。⑫

周弟朴拙，不善治家人生产，居数年，家益贫。周子渐长，不能延师，因自教读。一日，早至斋，见案头有函书，缄封甚固，签题"仲氏启〔61〕"，审之，为兄迹；开视，则虚无所有，只见爪甲一枚，长二指许。心怪之。以甲置砚上，出问家人所自来，并无知者。回视，则砚石粲粲，化为黄金。大惊。以试铜铁，皆然。由此大富。以千金赐成氏子，因相传两家有点金术云⑬。

校勘

底本：手稿本。参校：康熙本、二十四卷本、异史、铸雪斋本。

注释

〔1〕文登：今山东省威海市辖区。〔2〕共笔砚：同学。〔3〕杵臼交：不计贫富的朋友。杵臼，捣米用具。典出《后汉书·吴祐传》："时公沙穆来游太学，无资粮，乃变服客佣，为祐赁舂。祐与语大惊，遂共定交于杵臼之间。"〔4〕节序登堂：成生四时八节必定去拜望周生夫妻。〔5〕周妻生子：本文据手稿本。残缺补遗自《异史》。手稿误笔"周子生子"，改"周妻生子"。〔6〕黄吏部：指黄家有人在吏部做官。〔7〕蹊(qī)：践踏。〔8〕相诟(gòu)：互相吵骂。〔9〕牧猪奴：并非是"放猪的奴仆"，而指赌徒。语出《晋书·陶侃传》："樗蒲者，牧猪奴戏耳。"〔10〕大父：祖父。〔11〕气填吭(kēng)臆：气满胸臆。吭，咽喉。〔12〕强梁世界：强权横行的世界。〔13〕矛弧：长矛枪和弓箭，杀人的

凶器。〔14〕两造：诉讼双方，原告和被告。〔15〕狗之随嗾（sǒu）：狗听从主人的唆使。嗾，口中发出的声音。〔16〕呈治：呈请处治。〔17〕惭恚（huì）：惭愧愤怒。〔18〕辰：早上七点到九点。〔19〕囹圄（líng yǔ）：监狱。〔20〕据词申黜顶衣：根据海盗的供词，向学政申请革去周生的秀才功名。按当时法律规定，秀才犯法，须革去功名后才可刑讯。〔21〕榜掠：拷打。〔22〕叩阙：向朝廷直接告状。〔23〕重犴（àn）：重罪牢房。〔24〕难而不急：朋友急难时而不抓紧出手帮助。〔25〕赆（jìn）：赠送路费。〔26〕木市：树林。〔27〕伏舞：趴在地上不停地叩头。〔28〕驿送：派驿马送公文。〔29〕部院审奏：部院本指朝廷六部和都察院长官，清代各省巡抚多带侍郎或都察院右副都御史衔，故各省巡抚亦称部院。巡抚是省级最高长官，统管全省吏治、军务、刑狱、民政大权。〔30〕诬服论辟：屈打成招被判死罪。辟，死刑。〔31〕复提躬讞（yàn）：重新调来案卷和案犯亲自审理。讞，审问。〔32〕营脱：开脱罪名。〔33〕矇眬题免：含糊其辞，请求朝廷免于处分。〔34〕枉法拟流：因贪赃枉法被流放。〔35〕肝胆：披肝沥胆，真心诚意。〔36〕讼系：周生被诬告下狱。〔37〕黄巾氅服：道士戴的黄冠和道袍。〔38〕何弃妻孥（nú）犹敝屣（xǐ）：为什么丢掉妻子儿女像丢掉破鞋子。〔39〕抵足：同榻。〔40〕归内：进妻子的内室。〔41〕羽客：道士。〔42〕同社生：同一社学的同学。社学，是低于县学的地方学校。〔43〕迤逦：缓行。〔44〕踔（chuō）行殊远：脚步踉跄，高一步低一步地走了很远。踔，跛也。〔45〕驯人不惊：非常驯服，看到人也不害怕。〔46〕万虑俱寂：尘世一切欲念都没有了。〔47〕瞥然一眴：迅速地打了一个眴。〔48〕于思：浓密的胡子。〔49〕踽踽（jǔ）：独行状。〔50〕掩执：闯入捉拿。〔51〕罥（juàn）：缠绕悬挂。〔52〕惊怛（dá）：惊奇痛苦哀伤。〔53〕诪（zhōu）张为幻：制造幻觉进行欺骗。诪，欺骗。〔54〕促装：急忙整理行装。〔55〕荏苒：不知不觉。〔56〕畴昔：往日。〔57〕晡（bū）：申时，下午三点到五点。〔58〕刳（kū）肠：剖开挖掉。〔59〕媪（ǎo）：老妇人。〔60〕宗绪：传宗接代。〔61〕仲氏：二弟。

点评

"强梁世界，元无皂白。况今日官宰半强寇不操矛弧者耶？"这句对封建官府的经典性概括，出自《成仙》。强权社会，黑白颠倒，官府是势豪的走狗和屏障，金钱有最大的话语权。周生因微不足道的小事，被黄吏部陷害下狱，而判死刑。他的好友成生找到皇帝告御状，黄吏部仍可以上下其手，先是买通狱吏想杀人灭口，后是买通巡抚逃过惩罚。丑恶的现实令成生产生归隐之思，想拉周生一起深山修道。周生却留恋红尘、眷恋少妻。待周生终于发现爱妻的背叛后，怒而杀之，愤而归隐。黑暗的社会和严酷的现实使正直人士万念俱灰。"成仙"是篇名，也是重要寓意。《成仙》以一对好友先后离世修行的复杂过程，对封建社会做了入骨三分的刻画。小说离奇曲折，梦幻真假交替，妙趣横生。其中最神奇的无过于周生与成生换脸。著名导演吴宇森导演的电影《变脸》，影片中的暴徒通过高科技与警察换了脸，演出一场惊心动魄的故事。蒲松龄笔下的"变脸"却比三百年后电影中的"变脸"容易得多，做个梦或打个盹儿，两个朋友的脸就互相换过来了。

成仙

自经以繫世情，友学道名山去。
浚四梦醒亲戚如蚊蝇，拔人偕戒上青秦。

新郎

①新妇入新家，夜里跑出来，新郎岂能不疑？相去盈尺却总追不上，已经透露出非人特点。

②语气娇痴，似言之有理。符合新妇的心理。

③语气客气，跟新妇的话如出一辙，天衣无缝。

④风波顿起，新郎以为走了新娘，其实真正走失的是新郎。新妇却在。为何出现两个新妇？哪个真，哪个假？

⑤等待三年，倒也算个合理的权宜之计。

⑥"新妇"似乎是借居坟墓的狐狸精。可能遭遇雷霆之灾了。

江南梅孝廉耦长〔1〕，言其乡孙公为德州宰〔2〕，鞫一奇案。初，村人有为子娶妇，新人入门，戚里毕贺。饮至更余，新郎出，见新妇炫装，趋转舍后，疑而尾之①。宅后有长溪，小桥通之。见新妇渡桥径去，益疑。呼之不应。遥以手招婿，婿急趁之。相去盈尺，而卒不可及。行数里，入村落。妇止，谓婿曰："君家寂寞，我不惯住。请与郎暂居妾家，数日便同归省。"②言已，抽簪叩扉，轧然有女僮出应门〔3〕。妇先入，不得已，从之。既入，则岳父母俱在堂上，谓婿曰："我女少娇惯，未尝一刻离膝下，一旦去故里，心辄戚戚。今同郎来，甚慰系念。居数日，当送两人归。"③乃为除室，床褥备具，遂居之。

家中客见新郎久不至④，共索之。室中惟新妇在，不知婿之所往。由此遐迩访问，并无耗息。翁媪零涕，谓其必死。将半载，妇家悼女无偶，遂请于村人父，欲别醮女。村人父益悲，曰："骸骨衣裳，无可验证，何知吾儿遂为异物〔4〕！纵其奄丧〔5〕，周岁而嫁，当亦未晚，胡为如是急也！"妇父益衔之，讼于庭。孙公怪疑，无所措力，断令待以三年⑤，存案，遣去。

村人子居女家，家人亦大相忻待〔6〕。每与妇议归，妇亦诺之，而因循不即行。积半年余，中心徘徊，万虑不安。欲独归，而妇固留之。

一日，合家遑遽，似有急难。仓卒谓婿曰："本拟三二日遣夫妇偕归，不意仪装未备，忽遘闵凶〔7〕。不得已，即先送郎还。"于是送出门，旋踵急返，周旋言动，颇甚草草。方欲觅途行，回视院宇无存，但见高冢，大惊。⑥寻路急归，至家，历述端末，因与投官陈诉。孙公拘妇父谕之，送女于归，使合卺焉。

117

校勘

底本：手稿本。参校：康熙本、二十四卷本、异史、铸雪斋本。

注释

〔1〕江南梅孝廉耦长：名梅庚。安徽宣城人，康熙二十年（1681）举人，擅诗画，曾任浙江泰顺知县。《清史列传》《清史稿》有传。〔2〕德州：位于山东北部。〔3〕轧然：开门的声音。〔4〕为异物：化为异物，意思是死了。〔5〕奄丧：突然死亡。〔6〕忻待：好好款待。〔7〕忽遘闵凶：突然遇到灾难。

点评

故事没有多深刻的思想性，来龙去脉交代也不够圆转。冒牌新妇一家到底是何身份？"新妇"和新郎之间到底有没有真正的爱情？"新妇"诱走新郎想做什么或为什么？一概迷离恍惚，如雾中看花。但作为一篇仅六百字篇幅的短篇小说，艺术上还比较成功。作者将三个表面上似乎不连贯、实际上有因果关系的镜头——新郎失踪、新妇家诉讼、新郎回归——简捷地连缀在一起，像电影的蒙太奇，这种写法，虽仍然像"花开两头，各表一枝"的俗套，但在讲究线性结构的古代小说里，未尝不是力求简练的试验。

新郎

歌吹青盧抱未開
洞房豈料贅嬌鶯
新郎意緒糊塗甚
夜作誰魂倩少省

灵官〔1〕

朝天观道士某喜吐纳之术〔2〕，有翁假寓观中，适同所好，遂为玄友〔3〕。居数年，每至郊祭时〔4〕，辄先旬日而去，郊后乃返。道士疑而问之。翁曰："我两人莫逆，可以实告，我狐也。郊期至，则诸神清秽〔5〕，我无所容，故行遁耳。"

又一年及期而去，久不复返，疑之。一日，忽至，因问其故。答曰："我几不复见子矣！曩欲远避，心颇怠，视阴沟甚隐，遂潜伏卷瓮下〔6〕。不意灵官粪除至此〔7〕，瞥为所睹，愤欲加鞭，余惧而逃。灵官追逐甚急。至黄河上，濒将及矣。大窘，无计，窜伏溷中〔8〕。神恶其秽，始返身去。既出，臭恶沾染，不可复游人世。乃投水自濯讫，又蛰隐穴中几百日，垢浊始净①。今来相别，兼以致祝，君亦宜引身他去，大劫将来，此非福地也。"②言已辞去，道士依言别徙。未几而有甲申之变〔9〕。

①此狐文雅而有礼。

②狐即未卜先知，为何没估计自己会惹一身臭秽而预先逃避？其对朋友的拳拳之心可贵。

校勘

底本：手稿本。参校：康熙本、二十四卷本、异史、铸雪斋本。

注释

〔1〕灵官：道教护法神。相传原为宋徽宗时人，姓王。生前学道，死后被玉皇大帝封为"先天主将"，担负天上、人间纠察之职。道观所塑灵官像为红脸、三目，翘须、獠牙，披甲执玉鞭，镇守山门。〔2〕朝天观：即北京的朝天宫，是郊祀前百官练习礼仪的地方。明宣宗皇帝建。吐纳之术：吐故纳新，道家养生术。口吐浊气，鼻吸清气，类似于腹式呼吸。〔3〕玄友：道友。道家谈玄，教友间以玄友相称。〔4〕郊祭：帝王祭祀天地的仪式。祭天前六日七日，百官在朝天宫练习礼仪。〔5〕清秽：清理现场。〔6〕卷瓮：阴沟进出口处，常用无底之小瓮支撑。〔7〕粪除：清扫。〔8〕溷：厕所。〔9〕甲申之变：明崇

祯十七年甲申（1644），李自成义军攻占北京，崇祯皇帝自缢煤山，明朝灭亡，史称甲申之变。同年，清兵入关。

点评

明崇祯十七年（1644）为甲申年，这一年，李自成义军攻陷北京，崇祯皇帝自缢煤山，明朝灭亡，同年，清兵入关，游牧民族入主中原。本文称甲申之变为"大劫"，蒲松龄有没有民族思想？从这个用词可以看出来。但他巧妙地写人狐友谊和狐的未卜先知，侧面描写大历史变故，文笔跳脱有趣。

其实甲申年前十八年，朝天宫已被火灾焚毁。据刘侗《帝京景物略》卷四《朝天宫》记载："天启六年（1626）六月二十日夜，朝天宫灾，有异状，无火而延，十三殿齐火，不以次第及，烬不移刻，无所存遗。"蒲松龄读过《帝京景物略》，他写甲申前夕人狐在朝天宫交往，是故意为之？还是疏忽所致？待考。

夏官

郊天鉅典虔
能干藩溷潜
踪瞻尚寒
畢竟此狐
乘輿不
避避
靈官

王兰

利津王兰〔1〕，暴病死，阎王覆勘〔2〕，乃鬼卒之误勾也。责送还生，则尸已败。鬼惧罪，谓王曰："人而鬼也则苦，鬼而仙也则乐①。苟乐矣，何必生？"王以为然。鬼曰："此处一狐，金丹成矣，窃其丹吞之，则魂不散，可以长存。但凭所之，罔不如意。子愿之否？"王从之。鬼导去，入一高第，见楼阁渠然〔3〕，而悄无一人。有狐在月下，仰首望空际。气一呼，有丸自口中出，直上入于月中；一吸，辄复落，以口承之，则又呼之，如是不已②。鬼潜伺其侧，俟其吐，急掇于手，付王吞之。狐惊，盛气相向，见二人在，恐不敌，愤恨而去。

王与鬼别，至其家，妻子见之，咸惧，却走。王告以故，乃渐集。由此在家寝处如平时。其友张某者，闻而省之，相见，话温凉〔4〕。因谓张曰："我与若家世夙贫，今有术，可以致富，子能从我游乎？"张唯唯。曰："我能不药而医，不卜而断③。我欲现身，恐识我者，相惊以怪，附子而行，可乎？"张又唯唯。

于是即日趣装，至山西界。富室有女，得暴疾，眩然瞀瞑〔5〕，前后药禳既穷。张造其庐，以术自炫。富翁止此女，常珍惜之，能医者，愿以千金为报。张请视之，从翁入室，见女瞑卧，启其衾，抚其体，女昏不觉。王私告张曰："此魂亡也，当为觅之。"张乃告翁："病虽危，可救。"问："需何药？"俱言："不须。女公子魂离他所，业遣神觅之矣。"约一时许，王忽来，具言已得。张乃请翁再入，又抚之。少顷，女欠伸，目遽张。翁大喜，抚问。女言："向戏园中，见一少年郎，挟弹弹雀，数人牵骏马，从诸其后。急欲奔避，横被阻止。少年以弓授儿，教儿弹。方羞诃之，便携儿马上，累骑

①鬼是鬼，仙是仙，此处创造个鬼仙，新鲜。

②从来没人写过狐仙如何炼丹。异想天开。

③岂不真成仙了？

123

④女子失魂过程亦写得迷离恍惚。

而行〔6〕。笑曰：'我乐与子戏，勿羞也。'数里入山中，我马上号且骂，少年怒，推堕路旁，欲归无路。适有一人至，捉儿臂，疾若驰，瞬息至家，忽若梦醒。"④翁神之，果贻千金。王夜与张谋，留二百金作路用，余尽摄去，款门而付其子。又命以三百馈张氏，乃复还。次日与翁别，不见金藏何所，益异之，厚礼而送之。

逾数日，张于郊外遇同乡人贺才。才饮赌不事生产〔7〕，奇贫如丐。闻张得异术，获金无算，因奔寻之。王劝薄赠令归。才不改故行，旬日荡尽，将复觅张。王已知之，曰："才狂悖不可与处〔8〕，只宜赂之使去，纵祸犹浅。"逾日，才果至，强从与俱。张曰："我固知汝复来。日事酗赌，千金何能满无底窦〔9〕？诚改若所为，我百金相赠。"才诺之，张泻囊授之。才去，以百金在橐，赌益豪。益之狭邪游〔10〕，挥洒如土。邑中捕役疑而执之，质于官，拷掠酷惨。才实告金所自来。乃遣隶押才捉张。数日创剧，毙于途。魂不忘张，复往依之，因与王会。一日，聚饮于烟墩，才大醉狂呼，王止之，不听。适巡方御史过〔11〕，闻呼搜之，获张。张惧，以实告。御史怒，笞而牒于神〔12〕。夜梦金甲人告曰："查王兰无辜而死，今为鬼仙。医亦仁术，不可律以妖魅。今奉帝命，授为清道使〔13〕。贺才邪荡，已罚窜铁围山〔14〕。张某无罪，当宥之。"御史醒而异之，乃释张。张治装旋里。囊中存数百金⑤，敬以半送王家。王氏子孙以此致富焉。

⑤手稿及康熙抄本为"百裹金"，异史、二十四卷本、铸雪斋本为"数百金"。

校勘

底本：手稿本。参校：康熙本、二十四卷本、异史、铸雪斋本。

注释

〔1〕利津：县名，在山东北部。〔2〕阎王覆勘：阎王根据生死簿的记载检查是否抓对了。〔3〕渠然：深广之貌。由"渠渠"脱化，《诗经·秦风·权舆》："夏

屋渠渠。"〔4〕话温凉：嘘寒问暖。〔5〕眩然瞀（mào）瞑：神志昏昏，闭目不醒。〔6〕累骑：两人同骑一马。〔7〕饮赌：酗酒赌博。〔8〕狂悖：为人狂妄违背事理。〔9〕无底窦：无底洞。〔10〕狭邪游：浪游嫖妓。〔11〕巡方御史：即所谓八府巡按。皇帝钦点到各地巡查的御史。〔12〕牒于神：写公文向神通报。因为王兰、贺才是鬼，不能用人间法律制裁。〔13〕清道使：皇帝出巡时，护卫人员先清扫道路，驱散众人。此清道使当为替神灵开路的小神。〔14〕铁围山：佛教传说中的荒蛮之地。

点评

　　王兰被鬼误捉而死，本是冤鬼，却在勾魂小鬼帮助下抢了狐狸精的金丹成为鬼仙，可以不药而医，不卜而断，替人间凡夫俗子排忧解难。王兰因祸得福，真应了小鬼那话，"苟乐矣，何必生？"蒲松龄创造了"鬼仙"这一奇特构思模式，给神鬼狐妖版图增添了新的身份。而贺才生前死后的厄运，皆因赌博而起，这是蒲松龄所痛恨的，故为赌徒设置这样的结局警示之。文章恢诡好玩，但王兰形象欠深度，因而不能算《聊斋》名篇。

王兰

金丹竊浮
抵生還仁
街仙心見
一斑聚飲
煙墩傷此
匪朱連斃
寔鐵圖山

鹰虎神〔1〕

①叙事有次。

②描述行为准确。

③"窜"字生动。

④状如伏鼠。

⑤道士当是看到泥塑神灵活生生立在一边才大为惊奇。

郡城东岳庙〔2〕，在南郭〔3〕。大门左右，神高丈余，俗名"鹰虎神"，狰狞可畏。庙中道士任姓，每鸡鸣，辄起焚诵〔4〕。有偷儿预匿①廊间，伺道士起，潜入寝室②，搜括财物。奈室无长物，惟于荐底得钱三百〔5〕，纳腰中，拔关而出，将登千佛山〔6〕。南窜许时③，方至山下。见一巨丈夫自山上来，左臂苍鹰，适与相遇。近视之，面铜青色，依稀似庙门中所习见者。大恐，蹲伏而战④。神诧曰："盗钱安往？"偷儿益惧，叩不已。神揪令还，入庙，使倾所盗钱，跪守之。道士课毕〔7〕，回顾，骇愕⑤。盗历历自述。道士收其钱而遣之。

校勘

底本：手稿本。参校：康熙本、二十四卷本、异史、铸雪斋本。

注释

〔1〕鹰虎神：道观门外守护神青龙神白虎神的合称，臂挂苍鹰者似为青龙神。〔2〕郡城东岳庙：郡乃府衙所在地，蒲松龄故乡淄川隶属济南府，府衙在历城。东岳庙：道教奉祀泰山神东岳天齐仁圣大帝，简称东岳庙，俗谓"天齐庙"。〔3〕南郭：府城南门外。〔4〕焚诵：焚香诵经。〔5〕荐底：草席底下。〔6〕千佛山：位于济南南郊，山上岩壁凿有千数北魏及隋开皇年间佛像，故称"千佛山"。〔7〕课：功课，指道士晨起焚香诵经的晨课。

点评

本文乃一篇短小精练的小小说。有故事，有人物，且是三个栩栩如生的人物。故事是奇异的神捉小偷，曲折有趣，人物则三人三面：道士虔诚诵经，对失盗无所知，故而惊诧；小偷心怀鬼胎，始而行为鬼祟，继而惊惶失措；鹰虎神威风凛凛，正义凛然。以上显示出作者驾驭文字的超强功底。

鹰虎神

神名鹰虎,竟何由传。
使倚克返,自技三百。
青钱原,佃事只惜。
道士善然修

王成

①故家子习惯饭来张口、衣来伸手，不会创业又无祖业可守，只能越过越穷。

②人们习惯说"勤劳致富"，王成却懒汉致富，"懒"是本文文眼。懒真能致富吗？非也。请注意蒲松龄给小说主人公的命名：王成，表面是成功的"成"，暗寓诚信的"诚"。

③王成虽懒却不贪，他并不是犹豫是否将金钗占为己有，而是琢磨金钗上的字并想如何将金钗归还原主，他的耿直冥冥中帮助了自己。

④狐祖母给王成上人生第一堂课：不要懒惰而坐吃山空。经商不可能一蹴而就，要从小买卖做起，积少成多。懒汉王成靠诚信，遇到人生第一个福星狐仙祖母，从游手好闲的懒汉进入小本经营商贩行列。

  王成，平原故家子〔1〕，性最懒①，生涯日落，惟剩破屋数间，与妻卧牛衣中〔2〕，交谪不堪〔3〕。时盛夏燠热〔4〕，村外故有周氏园，墙宇尽倾，惟存一亭；村人多寄宿其中，王亦在焉。既晓，睡者尽去；红日三竿，王始起，逡巡欲归。见草际金钗一股，拾视之，镌有细字云："仪宾府造〔5〕。"王祖为衡府仪宾〔6〕，家中故物，多此款式，因把钗踌躇。欻一妪来寻钗。王虽故贫，然性介②，遽出授之。妪喜，极赞盛德③，曰："钗值几何！先夫之遗泽也。"问："夫君伊谁？"答云："故仪宾王柬之也。"王惊曰："吾祖也。何以相遇？"妪亦惊曰："汝即王柬之之孙耶？我乃狐仙。百年前，与君祖缱绻〔7〕。君祖殁，老身遂隐。过此遗钗，适入子手，非天数耶？"王亦曾闻祖有狐妻，信其言，便邀临顾。妪从之。王呼妻出见，负败絮，菜色黯焉〔8〕。妪叹曰："嘻！王柬之孙子，乃一贫至此哉！"又顾败灶无烟，曰："家计若此，何以聊生？"妻因细述贫状，呜咽饮泣。妪以钗授妇，使姑质钱市米，三日外请复相见。王挽留之。妪曰："汝一妻犹不能自存活；我在，仰屋而居〔9〕，复何裨益？"遂径去。王为妻言其故，妻大怖。王诵其义，使姑事之。妻诺。逾三日，果至。出数金，籴粟麦各石〔10〕。夜与妇共短榻。妇初惧之；然察其意殊拳拳，遂不之疑。翌日，谓王曰："孙勿惰，宜操小生业，坐食乌可长也④？"王告以无资〔11〕。曰："汝祖在时，金帛凭所取；我以世外人，无需是物，故未尝多取。积花粉之金四十两〔12〕，至今犹存。久贮亦无所用，可将去悉以市葛，刻日赴都〔13〕，可得微息。"王从之，购五十余端以归。妪命趣装，计六七日可达燕都〔14〕。嘱曰："宜勤勿懒，宜急勿缓；迟之一日，

⑤一字千金,可作治世格言。机会对所有的人都是平等的,谁肯吃苦,谁就能抓住时机,就能取胜。不管做什么事,整天优哉游哉,懒懒散散,当一天和尚撞半天钟,舒服固然舒服,就怕一步跟不上,步步跟不上。

⑥王成不肯吃苦,贻误商机赔了钱,却得到个重要启示:不抓住时机,发财的机会就会稍纵即逝。要抓住时机,既得眼明手快,还得肯吃苦。王成偷懒赔钱"交学费",其中却蕴藏着深刻哲理。塞翁失马,焉知非福。

⑦王成丢钱不丢人格,因为善良宽厚,结交店主这一富有生活经验和商战经验的朋友,最终成为他生命中的第二个福星。金钱有价,友情无价。

悔之已晚⑤!"

王敬诺,囊货就路。中途遇雨,衣履浸濡〔15〕,王生平未历风霜,委顿不堪〔16〕,因暂休旅舍,不意淙淙彻暮,檐雨如绳。过宿,泞益甚。见往来行人,践淖没胫〔17〕,心畏苦之。待至亭午,始渐燥,而阴云复合,雨又大作。信宿乃行。将近京,传闻葛价翔贵〔18〕,心窃喜。入都,解装客店,主人深惜其晚⑥。先是,南道初通,葛至绝少。贝勒府购致甚急〔19〕,价顿昂,较常可三倍。前一日方购足,后来者并皆失望。主人以故告王,王郁郁不得志。越日,葛至愈多,价益下。王以无利不肯售。迟十余日,计食耗烦多,倍益忧闷。主人劝令贱鬻〔20〕,改而他图。从之。亏资十余两,悉脱去。早起,将作归计,启视囊中,则金亡矣。惊告主人。主人无所为计。或劝鸣官,责主人偿。王叹曰:"此我数也,于主人何尤?"主人闻而德之,赠金五两,慰之使归⑦。自念无以见祖母,踟蹰内外〔21〕,进退维谷〔22〕。适见斗鹑者〔23〕,一赌辄数千;每市一鹑,恒百钱不止,意忽动,计囊中资,仅足贩鹑,以商主人。主人亟怂恿之,且约假寓饮食,不取其直。王喜,遂行。购鹑盈儋〔24〕,复入都。主人喜,贺其速售。至夜,大雨彻曙。天明,衢水如河,淋零犹未休也。居以待晴。连绵数日,更无休止。起视笼中,鹑渐死。王大惧,不知计之所出。越日,死愈多,仅余数头,并一笼饲之;经宿往窥,则一鹑仅存。因告主人,不觉涕堕。主人亦为扼腕〔25〕。王自度金尽罔归,但欲觅死。主人劝慰之。共往视鹑,审谛之,曰:"此似英物,诸鹑之死,未必非此之斗杀之也。君暇亦无所事,请把之〔26〕;如其良也,赌亦可以谋生。"王如其教。既驯,主人令持向街头,赌酒食。鹑健甚,辄赢。主人喜,以金授王,使复与子弟决赌,三战三胜。半年许,积二十金。心益慰,视鹑如命。

先是,大亲王好鹑〔27〕,每值上元〔28〕,辄放

⑧老谋深算的商人给初出茅庐的商人拿主意。店主给王成制定斗鹌鹑、卖鹌鹑策略，以最小代价换取最大利益。

⑨绝妙战术。开锣就登场，是给"名角"垫场。其他鹌鹑是王成鹌鹑的烘托和陪衬。没有这些败将，显不出王成鹌鹑的金贵。

⑩亲王好生了得。一只小鹌鹑能多大？他居然能看出它眼中有好斗的、搏杀的脉络。真玩家也。

⑪脍炙人口的动物比赛描写。寥寥几笔，活灵活现。

⑫斗鹌鹑结束，真正的商场战斗才拉开序幕。王成进宫的目的是卖鹌鹑，现在买主来了，王成却偏偏说和鸟相依为命，谁能把命卖了？他在吊亲王胃口。

⑬店主来前交代卖鹌方针，王成照既定方针办且发挥得好，符合商战欲擒故纵原则。他夸大鹌鹑作用，他半年斗鹌鹑挣二十几两银子，却说一天挣几两；他一人在京城混，饭钱在店主那儿赊着，偏说家里十几口人靠小鹌鹑养活。这一切都是为了提高鹌鹑的身价。

民间把鹑者入邸相角〔29〕。主人谓王曰："今大富宜可立致；所不可知者，在子之命矣。"因告以故，导与俱往。嘱曰："脱败〔30〕，则丧气出耳；倘有万分一，鹑斗胜，王必欲市之，君勿应；如固强之，惟予首是瞻〔31〕，待首肯而后应之⑧。"王曰："诺。"

至邸，则鹑人肩摩于墀下〔32〕。顷之，王出御殿。左右宣言："有愿斗者上！"即有一人把鹑，趋而进。王命放鹑，客亦放。略一腾踔〔33〕，客鹑已败。王大笑。俄顷，登而败者数人。主人曰："可矣。"相将俱登⑨。王相之曰："睛有怒脉，此健羽也，不可轻敌。"⑩命取铁喙者当之。一再腾跃，而王鹑铩羽。更选其良，再易再败。王急命取宫中玉鹑。片时把出，素羽如鹭〔34〕，神骏不凡。王成意馁，跪而求罢，曰："大王之鹑，神物也。恐伤吾禽，丧吾业矣。"王笑曰："纵之，脱斗而死〔35〕，当厚尔偿。"成乃纵之。

玉鹑直奔之。而玉鹑方来，则伏如怒鸡以待之；玉鹑健喙，则起如翔鹤以击之。进退颉颃〔36〕，相持约一伏时〔37〕，玉鹑渐懈；而其怒益烈，其斗益急。未几，雪毛摧落，垂翅而逃⑪。观者千人，罔不叹羡。王乃索取而亲把之，自喙至爪，审周一过，问成曰："鹑可货否？"答云："小人无恒产〔38〕，与相依为命，不愿售也。"⑫王曰："赐尔重直〔39〕，中人之产可致〔40〕，颇愿之乎？"成俯思良久，曰："本不乐置，顾大王既爱好之，苟使小人得衣食业，又何求？"王请直，答以千金。王笑曰："痴男子，此何珍宝而千金直也？"成曰："大王不以为宝，臣以为连城之璧不过也〔41〕。"王曰："如何？"曰："小人把向市廛〔42〕，日得数金，易升斗粟〔43〕，一家十余食指，无冻馁忧，是何宝如之？"⑬王言："予不相亏，便与二百金。"成摇首。又增百数。成目视主人，主人色不动。乃曰："承大王命，请减百价。"王曰："休矣！谁肯以九百易一鹑者？"成囊鹑欲行。王呼曰："鹑人来！鹑人来！实给六百，肯则售，

131

⑭ 姜还是老的辣，店主富有商场经验，是位杰出的商战心理学家，他深知亲王挥金如土又酷爱鹌鹑。掌握对方的心理，投其所好，奇货可居。

否则已耳！"成又目主人，主人仍自若。成心愿盈溢，惟恐失时，曰："以此数售，心实怏怏；但交而不成，则获戾滋大〔44〕。无已，即如王命。"王喜，即秤付之。成囊金，拜赐而出。主人怼曰〔45〕："我言如何？子乃急自鬻也。再少靳之〔46〕，八百金在掌中矣。"⑭成归，掷金案上，请主人自取之，主人不受。又固让之，乃盘计饭直而受之〔47〕。

王治装归，至家，历述所为，出金相庆。妪命治良田三百亩，起屋作器〔48〕，居然世家。妪早起，使成督耕，妇督织；稍惰，辄诃之。夫妇相安，不敢有怨词。过三年，家益富。妪辞欲去。夫妇共挽之，至泣下。妪亦遂止。旭旦候之〔49〕，已杳矣。

异史氏曰："富皆得于勤，此独得于惰，亦创闻也。不知一贫彻骨，而至性不移，此天所以始弃之而终怜之也。懒中岂果有富贵乎哉！"⑮

⑮ 王成致富，非得之于懒，而得之于诚。

校勘

底本：手稿本。参校：康熙本、二十四卷本、异史、铸雪斋本。

注释

〔1〕平原：今山东平原县，位于山东北部。〔2〕牛衣：用麻草编成、给牛御寒用的席子。〔3〕交谪（zhé）不堪：不停地埋怨。〔4〕燠（yù）热：闷热。〔5〕仪宾：明代对亲王、郡王女婿的称呼。〔6〕衡府：明代青州衡王府。〔7〕缱绻（qiǎn quǎn）：情意缠绵深厚。〔8〕菜色黯焉：因为饥饿而面有菜色。〔9〕仰屋而居：看着房梁发愁。〔10〕籴（dí）粟麦各石：买进小麦小米各一石。石为古代计量粮食单位。〔11〕资：资本。〔12〕花粉之金：买化妆品的钱。〔13〕刻日：限定日期。〔14〕燕都：北京，周时为燕国故地。〔15〕浸濡：因水渍而湿透。〔16〕委顿：疲倦，颓丧。〔17〕践淖（nào）：踏着烂泥。〔18〕翔贵：价格飞涨。〔19〕贝勒：清代贵族的世袭封爵，比郡王低一级。〔20〕贱鬻（yù）：贱卖。〔21〕踱躞（dié duó）：焦急地走来走去。〔22〕进退维谷：进退两难。〔23〕斗鹑：斗鹌鹑。此种博戏始于唐玄宗时，西凉人进鹌

鹑，能随金鼓节奏争斗。皇宫中盛行，后渐传入民间。〔24〕儋：同"担"。〔25〕扼腕：以一只手握另一手腕，表示惋惜。〔26〕把之：训练鹌鹑。〔27〕大亲王：清代封皇帝近支为和硕亲王，大亲王为其中年龄较长者。〔28〕上元：元宵节。〔29〕入邸（dǐ）相角：进入亲王官邸斗鹌鹑。〔30〕脱败：假如失败。〔31〕"惟予首"二句：看着我的表情，只等我点头时才可以卖出。〔32〕墀（chí）：台阶。〔33〕腾踔（chuō）：飞起搏击。〔34〕素羽如鹭：羽毛雪白像鹭鸶。〔35〕脱斗而死：如果斗死了。〔36〕颉颃（xié háng）：上下飞翔搏斗。〔37〕一伏时：原意是家禽生蛋的时间，此处借指比较长的时间。《庄子·庚桑楚》："越鸡不能伏鹄卵。"〔38〕恒产：固定资产。〔39〕重直：重金。〔40〕中人之产：中等人家的财产。〔41〕连城之璧：价值极高的玉璧。〔42〕市廛（chán）：市面上。〔43〕升斗粟：少量粮食。〔44〕获戾（lì）：得罪。〔45〕恝：埋怨。〔46〕少靳之：坚决不让价，再拿他一把。靳，吝惜。〔47〕盘计：计算。〔48〕起屋作器：建造房屋，置办家具。〔49〕旭旦：清早。

点评

　　这是个懒汉致富的离奇故事。像蒲松龄那样的家庭教师一年工钱也不过二十两银子，一只小鹌鹑却相当于他工作三十年所挣，这就是商品经济的奇迹。一只小鹌鹑和六百两银子的"中人之产"绝对不成比例，却变成两相情愿的交易。《王成》写的斗鹌鹑、卖鹌鹑，好像诙谐谈笑，却蕴藏不少商业经营的章法和经商心理。比如，要看人下菜碟，揣摩经营对手的心理。像王成这样虽然懒却诚实善良，又侥幸致富的人物；像店主这样审时度势、思维敏锐，有经营头脑的人物，实际上都是时代的反映。蒲松龄在自然、生动、有趣的描写中，为我们提供了一幅清初商业经济真实、生动、丰富的画卷，强调做人要忠厚、诚信。王成如果不诚信，遇不到人生第一个福星——狐祖母；如果不宽厚，遇不到人生第二个福星——贤店主。《王成》这个非常好看、好玩的故事，具有高度的社会认知价值和思想价值。

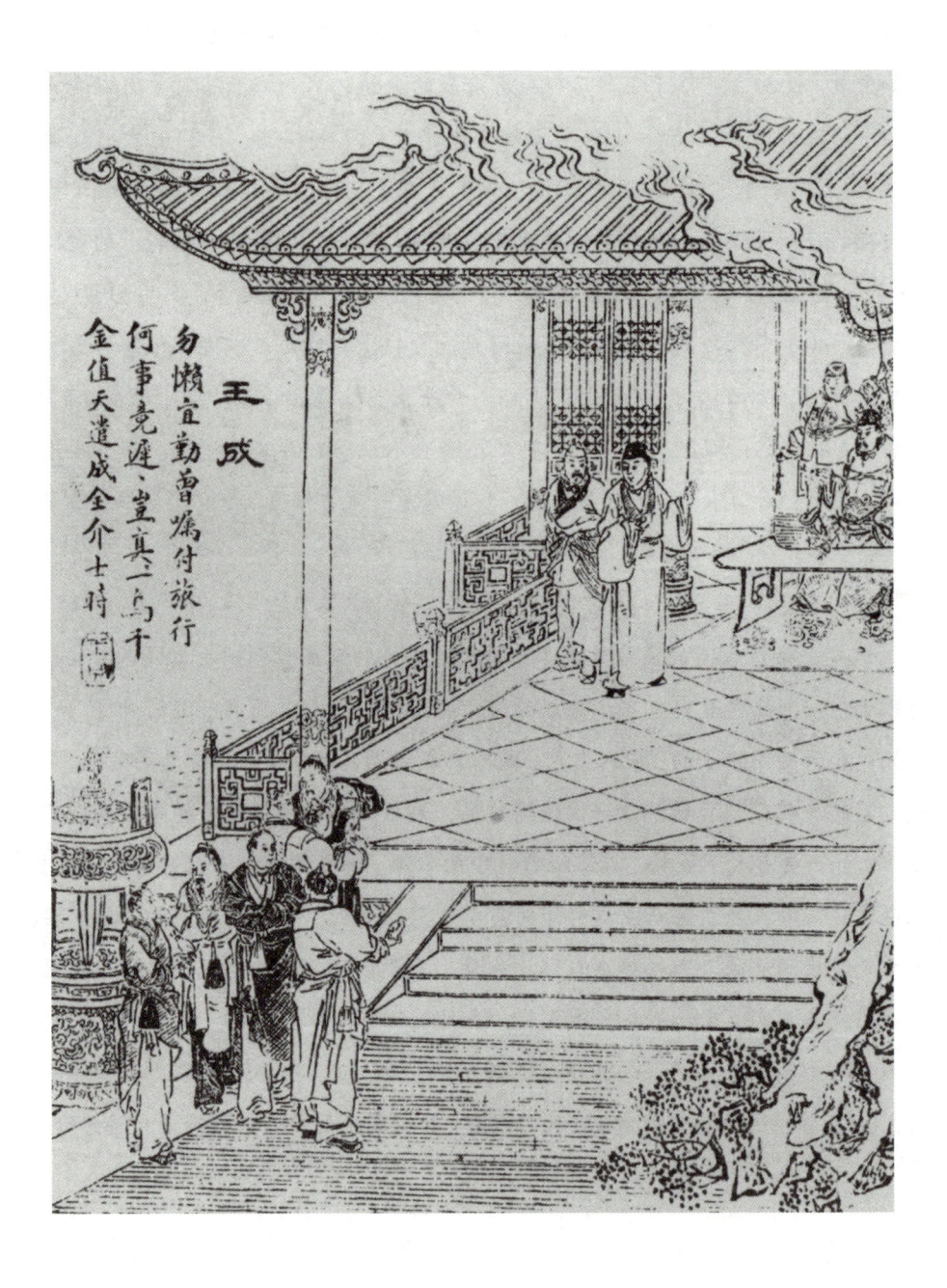

王成

勿懒宜勤曾焉付旅行
何事竟迁、岂真一马千
金值天遣成全介士将

青凤

太原耿氏[1]，故大家，第宅弘阔。后凌夷[2]，楼舍连亘[3]，半旷废之，因生怪异，堂门辄自开掩，家人恒中夜骇哗。耿患之，移居别墅，留老翁门焉。由此荒落益甚。或闻笑语歌吹声。耿有从子去病[4]，狂放不羁①，嘱翁有所闻见，奔告之。至夜，见楼上灯光明灭，走报生。生欲入觇其异[5]。止之，不听。门户素所习识，竟拨蒿蓬，曲折而入。登楼，殊无少异。穿楼而过，闻人语切切。潜窥之，见巨烛双烧，其明如昼。一叟儒冠南面坐，一媪相对，俱年四十余。东向一少年，可二十许；右一女郎，裁及笄耳[6]。酒胾满案，团坐笑语②。生突入，笑呼曰："有不速之客一人来！"群惊奔匿，独叟出，叱问："谁何入人闺闼[7]？"生曰："此我家闺闼，君占之。旨酒自饮[8]，不一邀主人，毋乃太吝？"叟审睇曰[9]："非主人也。"③生曰："我狂生耿去病，主人之从子耳。"叟致敬曰："久仰山斗[10]！"乃揖生入，便呼家人易馔[11]。生止之。叟乃酌客。生曰："吾辈通家[12]，座客无庸见避，还祈招饮。"叟呼："孝儿！"俄少年自外入。叟曰："此豚儿也[13]。"揖而坐，略审门阀。叟自言："义君姓胡[14]。"生素豪，谈议风生，孝儿亦倜傥[15]；倾吐间，雅相爱悦。生二十一，长孝儿二岁，因弟之。

叟曰："闻君祖纂《涂山外传》[16]，知之乎？"答："知之。"叟曰："我涂山氏之苗裔也[17]。唐以后[18]，谱系犹能忆之；五代而上无传焉。幸公子一垂教也。"生略述涂山女佐禹之功[19]，粉饰多词，妙绪泉涌④。叟大喜，谓子曰："今幸得闻所未闻。公子亦非他人，可请阿母及青凤来共听之，亦令知我祖德

① 耿生狂到极致，不畏鬼狐，反令鬼狐惧之。耿生之狂，既性格狂放，也爱情狂热。

② 一幅充满温情和文化氛围的家庭聚饮图。狐叟戴读书人的帽子，坐主位，家人座次井然有序。耿生闯入，不像人类闯入异类之家，倒像狂生闯入温馨读书人的家园。耿生狂态如现眼前。

③ 狐叟谈吐有致，礼数周全，一举一动合乎礼法，俨然重家世、严家教的封建家长。

④ 耿生明知对谈者是狐，故意投其所好，歌颂"涂山氏"取悦。重家族荣誉的狐叟马上让青凤来听，耿生靠口若悬河引出幕后美女。好戏开场。耿生对青凤一见钟情，毫不掩饰；青凤对耿生暗生情愫，对其狂热挑逗温柔接受，却不敢越雷池一步。在众多《聊斋》狐女中，青凤最稳重、胆小，善于隐藏感情。她在封建家长面前束手无策、畏首畏尾。

也。"孝儿入帏中。少时，媪偕女郎出。审顾之，弱态生娇，秋波流慧，人间无其丽也。叟指妇云："此为老荆。"又指女郎："此青凤⑤，鄙人之犹女也〔20〕。颇惠，所闻见辄记不忘，故唤令听之。"生谈竟而饮，瞻顾女郎，停睇不转〔21〕。女觉之，辄俯其首。生隐蹑莲钩〔22〕，女急敛足，亦无愠怒。生神志飞扬，不能自主，拍案曰："得妇如此，南面王不易也！"媪见生渐醉，益狂，与女俱起，遽搴帏去〔23〕。生失望，乃辞叟出。而心萦萦〔24〕，不能忘情于青凤也。

　　至夜，复往，则兰麝犹芳〔25〕，而凝待终宵，寂无声咳。归与妻谋，欲携家而居之，冀得一遇。妻不从，生乃自往，读于楼下。夜方凭几，一鬼披发入，面黑如漆，张目视生。生笑⑥，染指研墨自涂，灼灼然相与对视〔26〕，鬼惭而去。次夜，更既深，灭烛欲寝，闻楼后发扃，辟之閛然〔27〕。急起窥觇，则扉半启。俄闻履声细碎，有烛光自房中出。视之，则青凤也。骤见生，骇而却退，遽阖双扉。生长跽而致词曰〔28〕："小生不避险恶，实以卿故。幸无他人，得一握手为笑，死不憾耳。"女遥语曰："惓惓深情〔29〕，妾岂不知？但叔闺训严〔30〕，不敢奉命。"⑦生固哀之，云："亦不敢望肌肤之亲，但一见颜色足矣。"女似肯可，启关出，捉之臂而曳之。生狂喜，相将入楼下〔31〕，拥而加诸膝。

　　女曰："幸有夙分〔32〕，过此一夕，即相思无用矣。"问："何故？"曰："阿叔畏君狂，故化厉鬼以相吓，而君不动也。今已卜居他所〔33〕，一家皆移什物赴新居，而妾留守，明日即发矣。"言已，欲去，云："恐叔归。"生强止之，欲与为欢。方持论间，叟掩入。女羞惧无以自容，俯首倚床，拈带不语。叟怒曰："贱婢辱我门户！不速去，鞭挞且从其后！"女低头急去，叟亦出。尾而听之，呵诋万端〔34〕⑧。闻青凤嘤嘤啜泣〔35〕。生心意如割，大声曰："罪在小生，于青凤何与？倘宥凤也〔36〕，刀锯铁钺〔37〕，小生愿身受之！"良久寂然，

⑤青凤乃传说中的神鸟，前人以青凤的羽毛比喻细长的兰叶，宋释仲林《浣溪沙·兰蕙》："莫把品名闲议拟，且看青凤羽毛长，十分领取面前香。"蒲松龄为狐女命名，既含神鸟又含兰蕙之意。

⑥耿生豪放不羁。人不怕狐鬼，狐鬼却怕狂人。乾隆年间侯世承曰："最爱聊斋研墨涂面与鬼对视。豪爽俊快，天人胸襟，令人尘俗尽涤。"
⑦"叔训"是钳制青凤的思想禁锢。叔叔百般辱骂，青凤俯首恭听。青凤善辞令，她对耿生的狂热追求并非不动情，却不对耿生直说。青凤对爱情的态度是悄然接受，不是主动、热烈追求。半推半就，富"淑女性"。

⑧狐叟雅量，对侄女痛加教训，对耿生却无一言指斥。

生乃归寝。自此第内绝不复声息矣。生叔闻而奇之,愿售以居,不较值。生喜,携家口而迁焉。居逾年,甚适,而未尝须臾忘凤也。

会清明上墓归,见小狐二,为犬逼逐。其一投荒窜去,一则皇急道上。望见生,依依哀啼,耷耳辑首〔38〕,似乞其援。生怜之,启裳衿,提抱以归。闭门,置床上,则青凤也。大喜,慰问。女曰:"适与婢子戏,遘此大厄〔39〕。脱非郎君,必葬犬腹。望无以非类见憎。"生曰:"日切怀思,系于魂梦。见卿如获异宝,何憎之云!"⑨女曰:"此天数也〔40〕,不因颠覆〔41〕,何得相从?然幸矣,婢子必以妾为已死,可与君坚永约耳〔42〕。"生喜,另舍舍之。

积二年余,生方夜读,孝儿忽入⑩。生辍读,讶诘所来。孝儿伏地,怆然曰:"家君有横难,非君莫拯。将自诣恳,恐不见纳,故以某来。"问:"何事?"曰:"公子识莫三郎否?"曰:"此吾年家子也〔43〕。"孝儿曰:"明日将过,倘携有猎狐,望君之留之也。"生曰:"楼下之羞,耿耿在念,他事不敢预闻〔44〕。必欲仆效绵薄〔45〕,非青凤来不可。"孝儿零涕曰:"凤妹已野死三年矣〔46〕。"生拂衣曰:"既尔,则恨滋深耳!"执卷高吟,殊不顾瞻。孝儿起,哭失声,掩面而去。生如青凤所,告以故。女失色曰:"果救之否?"曰:"救则救之;适不之诺者,亦聊以报前横耳。"女乃喜,曰:"妾少孤,依叔成立。昔虽获罪,乃家范应尔〔47〕。"生曰:"诚然,但使人不能无介介耳〔48〕。卿果死,定不相援。"女笑曰:"忍哉!"⑪

次日,莫三郎果至,镂膺虎韔〔49〕,仆从甚赫〔50〕。生门逆之〔51〕。见获禽甚多,中一黑狐,血殷毛革〔52〕;抚之,皮肉犹温。便托裘敝,乞得缀补。莫慨然解赠。生即付青凤,乃与客饮。客既去,女抱狐于怀,三日而苏,展转复化为叟。举目见凤,疑非人间。女历言其情。叟乃下拜,惭谢前愆〔53〕⑫,喜顾女曰:

⑨青凤狐狸精面目显露,她对耿生深情也暴露无遗。

⑩孝儿从天而降,兔起鹘落,文笔洒脱。

⑪青凤"忍哉"两字,本是埋怨之词,却满面笑容说出,青凤的娇美靓颜如在面前,娇嗔语气如在耳边。

⑫当年文雅严肃的胡叟变成血殷毛革的垂危黑狐,当年被拒之千里之外的狂生变成古道热肠的救命侠客。作者笔如游龙,为曲折有趣的故事创造出人狐尽释前嫌的大团圆结局。

"我固谓汝不死,今果然矣。"女谓生曰:"君如念妾,还乞以楼宅相假,使妾得以申返哺之私〔54〕。"生诺之。叟赧然谢别而去。入夜,果举家来。由此如家人父子,无复猜忌矣。生斋居,孝儿时共谈宴。生嫡出子渐长,遂使傅之;盖循循善教,有师范焉。

校勘

底本:手稿本。参校:康熙本、二十四卷本、异史、铸雪斋本。

注释

〔1〕太原:明清府名,今山西太原市。〔2〕凌夷:即"陵夷",衰败。〔3〕连亘(gèn):连绵不断。〔4〕从子:侄儿。〔5〕觇(chān):观察。〔6〕裁及笄(jī):才到及笄之年。古代女子十五岁结发插簪,表示成年,故称女子十五岁为"及笄"之年。裁,才。〔7〕闺闼(tà):妇女的闺房。〔8〕旨酒:好酒。〔9〕审睇(dì):仔细观察。〔10〕久仰山斗:久闻大名。山斗,泰山和北斗。〔11〕易馔:撤下原来的酒菜,换新的以示敬意。〔12〕通家:世交。〔13〕豚(tún)儿:犹如说"犬子",向他人介绍儿子的谦称。〔14〕义君:指我们家族。胡者,狐也。〔15〕倜傥:豪爽洒脱。〔16〕《涂山外传》:涂山氏的外传。据《吴越春秋》,禹治水,三十未娶,到涂山,娶白狐为妻。"涂山传"即狐仙传之意。〔17〕苗裔:后代。〔18〕"唐以后"三句:自尧建立陶唐一朝之后,祖先族谱还有,陶唐之前的历史失传。五代,指黄帝、唐、虞、夏、殷。此处的"五代"专指陶唐之前。〔19〕涂山女佐禹之功:据刘向《列女传》记载,夏禹娶涂山氏之后第四天就外出治水,无暇管家,三过家门而不入,涂山氏独自哺育教诲儿子启。〔20〕犹女:侄女。〔21〕停睇不转:目不转睛地看。〔22〕隐蹑莲钩:悄悄踩青凤的小脚。〔23〕搴帏:掀起帷帐。〔24〕萦萦:牵挂。〔25〕兰麝犹芳:兰花麝香般的香气还在。〔26〕灼灼然:目光闪闪。〔27〕閛(pēng):开门的声音。〔28〕长跽(jì):直挺挺跪在地上。〔29〕惓(quán)惓:深深思念。〔30〕闺训:妇女应遵守的规则。〔31〕相将:携手。〔32〕夙分:命中注定的缘分。〔33〕卜居:选择居所。〔34〕呵诟:呵斥、辱骂。〔35〕嘤嘤:小声哭泣。〔36〕宥(yòu):原谅。〔37〕刀锯铁钺(fū yuè):砍头、腰斩等最厉害的刑具。〔38〕嗒(tà)耳辑首:垂耳缩头。〔39〕遘(gòu):遇。〔40〕天数:上天安排的命运。〔41〕颠覆:严重的挫折。〔42〕永约:终

身相守的约定。〔43〕年家：科举同年登科者两家互称"年家"。〔44〕预闻：参与其事并知详情。〔45〕效绵薄：尽力帮助他人的谦辞。绵薄：绵力薄材，才力薄弱。〔46〕野死：死于野外。〔47〕家范：治家规范。〔48〕介介：耿耿于怀。〔49〕镂膺虎韔（chàng）：马胸前有雕花金饰品带子，弓袋用虎皮制成。〔50〕仆从甚赫：仆从很多，有气势。〔51〕门逆之：门前迎接。〔52〕血殷（yān）毛革：流出的血染红皮毛。〔53〕前愆（qiān）：往日的错误。〔54〕返哺：报答养育之恩。

点评

　　这是个优美的人狐恋故事，小说里的人是狂放不羁的，狐却恪守封建道德。胡叟（狐叟）是严格按照封建礼节办事的封建家长，青凤（狐女）是逆来顺受、不敢主动争取爱情自由的封建淑女。一对钟情人被封建家长棒打鸳鸯，几乎没有再聚首的可能，但冥冥有缘，青凤以狐狸原形被狗追逐时偶遇耿生，有情人终成眷属。篇中狐有人性，亦狐亦人。人不怕鬼狐，鬼狐却怕狂人，煞是有趣。耿生最后以德报怨，狂生和狐叟的关系终至缓和，翁婿关系渐渐相容。

　　青凤是蒲松龄早期创造的别致的狐狸精形象，她娇美温柔、聪慧含蓄、端庄文静、性情婉顺，既向往爱情，又恪守闺训。表面是狐狸精，实际是典型的封建淑女。鲁迅先生说《聊斋志异》所描写的神鬼狐妖"和易可亲，忘为异类"。其实不管是狐是鬼，他们只不过是蒲松龄描写社会现实的艺术形式而已。至于耿生原有嫡妻却又钟情于青凤，这是封建男权社会的常见现象。《狐梦》中的狐女问情人"君视我孰如青凤？"拜托蒲松龄为其作小传，说明《青凤》在《聊斋志异》中有重要地位，是蒲松龄早期深得朋友喜爱的作品。

青鳳

畫樓一角月一更 明媚光中
笑語迎閒讀 一篇青鳳傳
風流總福莫狂生

画皮

①王生路遇美女立即见色起意，搭讪勾引。王生三问，美女三答，每答都是在诱惑王生。第一答勾起王生怜香惜玉之心；第二答表露欲投奔可以投奔之人，勾起王生的非分之想；第三答明确表示可听从王生的任意安排。美女步步挑逗，王生渐入圈套。

②按清代律法，凡诱拐妇人子女者，拟斩监候。故陈氏劝王生送走美女。

③厉鬼披上画皮立即变成美女，是中国古代小说经典性描绘，也是世界文学宝库少有的经典之笔。厉鬼狰狞可怕，鬼执彩笔描绘人皮，惊心动魄。厉鬼披画皮于身化为美女，转变之快如电光火石，令人眼花缭乱。

④王生像狗一样地爬出来！活画出王生的极度恐惧。见美色而渔猎之，本就是人面兽心，令兽伏而出，得其所哉！

　　太原王生，早行，遇一女郎，抱襆独奔〔1〕，甚艰于步。急走趁之〔2〕，乃二八姝丽〔3〕，心相爱乐，问："何夙夜踽踽独行？"女曰："行道之人，不能解愁忧，何劳相问？"王曰："卿何愁忧？或可效力，不辞也。"女黯然曰："父母贪赂，鬻妾朱门〔4〕。嫡妒甚〔5〕，朝詈而夕楚辱之〔6〕，所弗堪也，将远遁耳。"问："何之？"曰："在亡之人，乌有定所。"①生言："敝庐不远，即烦枉顾。"女喜，从之。生代携襆物，导与同归。女顾室无人，问："君何无家口？"答云："斋耳。"女曰："此所良佳。如怜妾而活之，须秘密，勿泄。"生诺之，乃与寝合。使匿密室，过数日而人不知也。生微告妻，妻陈，疑为大家媵妾〔7〕，劝遣之，生不听②。

　　偶适市，遇一道士，顾生而愕，问："何所遇？"答言："无之。"道士曰："君身邪气萦绕，何言无？"生又力白。道士乃去，曰："惑哉！世固有死将临而不悟者。"生以其言异，颇疑女；转思明明丽人，何至为妖，意道士借魇禳以猎食者〔8〕。无何，至斋门，门内杜〔9〕，不得入。心疑所作，乃逾垝垣〔10〕，则室门亦闭。蹑迹而窗窥之，见一狞鬼，面翠色，齿巉巉如锯〔11〕。铺人皮于榻上，执彩笔而绘之；已而掷笔，举皮，如振衣状，披于身，遂化为女子③。睹此状，大惧，兽伏而出④。急追道士，不知所往。遍迹之，遇于野，长跪乞救。道士曰："请遣除之。此物亦良苦〔12〕，甫能觅代者，予亦不忍伤其生。"乃以蝇拂授生，令挂寝门。临别，约会于青帝庙〔13〕。

　　生归，不敢入斋，乃寝内室，悬拂焉。一更许，闻门外戢戢有声〔14〕，自不敢窥也，使妻窥之。但见女子来，望拂子不敢进，立而切齿，良久乃去。少时，复来，骂曰：

⑤恶鬼振振有词，很有哲理。任何邪恶的鬼祟都不会轻易放过到手的肥肉。善良的人不要寄望于邪恶止步，只能奋起抗争。

⑥道士捉鬼场景，诙谐有趣。

⑦昔日莺声燕语，今日卧嗥如猪。恶鬼露出真面目，被美女障目者视之。

⑧真人不露相的乞丐百般羞辱陈氏，把一大团痰唾，令陈氏吃下去。这一段让人不忍卒读。陈氏是深闺女子，是不会跟丈夫之外任何男人发生纠葛的良家女子，竟然为了见异思迁的好色丈夫，光天化日，在众人围观情况下，承受这么长时间又这么花样翻新的羞辱，是怎样不可思议的精神折磨！这一切都是品行不端的丈夫造成的。

"道士吓我。终不然宁入口而吐之耶〔15〕！"⑤取拂碎之，坏寝门而入。径登生床，裂生腹，掬生心而去。妻号，婢入烛之，生已死，腔血狼藉〔16〕。陈骇涕不敢声〔17〕。

明日，使弟二郎奔告道士。道士怒曰："我固怜之，鬼子乃敢尔！"即从生弟来。女子已失所在。既而仰首四望，曰："幸遁未远。"问："南院谁家？"二郎曰："小生所舍也。"道士曰："现在君所。"二郎愕然，以为未有。道士问曰："曾否有不识者一人来？"答曰："仆早赴青帝庙，良不知〔18〕，当归问之。"去少顷而返，曰："果有之。晨间一妪来，欲佣为仆家操作，室人止之〔19〕，尚在也。"道士曰："即是物矣。"遂与俱往。仗木剑，立庭心，呼曰："孽魅〔20〕！偿我拂子来！"⑥妪在室，惶遽无色，出门欲遁。道士逐击之。妪仆，人皮划然而脱〔21〕，化为厉鬼，卧嗥如猪〔22〕⑦。道士以木剑枭其首〔23〕，身变作浓烟，匝地作堆〔24〕。道士出一葫芦，拔其塞，置烟中，飔飔然如口吸气〔25〕，瞬息烟尽。道士塞口入囊。共视人皮，眉目手足，无不备具。道士卷之，如卷画轴声，亦囊之，乃别欲去。陈氏拜迎于门，哭求回生之法，道士谢不能。陈益悲，伏地不起。道士沉思曰："我术浅，诚不能起死。我指一人，或能之，往求必合有效。"问："何人？"曰："市上有疯者，时卧粪土中。试叩而哀之。倘狂辱夫人，夫人勿怒也。"二郎亦习知之。乃别道士，与嫂俱往。见乞人颠歌道上，鼻涕三尺，秽不可近。陈膝行而前〔26〕。乞人笑曰："佳人爱我乎？"陈告之故。又大笑曰："人尽夫也〔27〕，活之为何？"陈固哀之。乃曰："异哉！人死而乞活于我，我阎摩耶〔28〕？"怒以杖击陈。陈忍痛受之。市人渐集如堵。乞人咯痰唾盈把，举向陈吻曰："食之！"⑧陈红涨于面，有难色；既思道士之嘱，遂强啖焉。觉入喉中，硬如团絮，格格而下，停结胸间，乞人大笑曰："佳人爱我哉！"遂起，行已，不顾〔29〕。尾之，入于庙中。迫而求之，不知所在；前后冥搜，殊无端兆，惭恨而归。既悼夫亡之惨，又悔食唾之羞，俯仰哀啼，但愿即死。方欲展血敛尸〔30〕，家人伫望，无敢近者。陈抱尸收肠，且理且哭，哭极声嘶，顿欲呕。觉鬲中结物，突奔而出，不及回首，已落腔中。惊而视之，乃人心也⑨。在腔中突突犹跃，热气腾蒸如烟然。大异之。急以两手合腔，极力抱挤。少懈，则气氤氲自缝中出〔31〕，乃裂缯帛急束之〔32〕。以手抚尸，渐温，覆以衾裯〔33〕，中夜启视，有鼻息矣。天明，竟活。为言："恍惚若梦，但觉腹隐痛耳。"视破处，痂结如钱，寻愈。

异史氏曰："愚哉世人！明明妖也，而以为美。迷哉愚人！明明忠也，而以为妄。然爱人之色而渔之〔34〕，妻亦将食人之唾而甘之矣。天道好还〔35〕，但愚而迷者不寤耳。可哀也夫！"⑩

⑨痰唾成了猎艳者的心脏，意味深长。凡是见色起意的男人，都有颗像痰唾一样肮脏不堪的心。

⑩王生贪恋美色被恶鬼掏走心，妻子为救他承受食唾之羞。这就是报应。异史氏有感而发，并引申出"明明忠也，而以为妄"的感叹，使本文思想深化。

校勘

底本：手稿本。参校：康熙本、二十四卷本、异史、铸雪斋本。

注释

〔1〕抱襆（fú）：抱着包袱。〔2〕趁之：赶上。〔3〕二八姝丽：十六七岁的美丽姑娘。〔4〕朱门：豪富人家。〔5〕嫡：嫡妻。〔6〕朝詈（lì）而夕楚辱之：早上辱骂，晚上又打又骂。詈，骂；楚，打。〔7〕媵（yìng）妾：丫鬟侍妾。〔8〕魇禳（yǎn ráng）：驱鬼狐的法术。镇压邪祟为魇，驱除灾祸为禳。〔9〕内杜：从里边关上。〔10〕逾垝垣（guǐ yuán）：从破墙上爬过去。〔11〕齿巉巉（chán）如锯：长长的尖利牙齿像钢锯一样。巉巉，山势险峻状，借指牙齿锋利。〔12〕"此物亦良苦"三句：是说恶鬼刚刚找到能代替自己做鬼者，可以投胎为人，我也不忍心伤了它的性命。〔13〕青帝庙：中国古代神话传说有五位天帝，青帝主宰东方。道教奉五帝为神，称东方之帝为"青帝"。〔14〕戢（jī）戢有声：沙沙的声音。戢，象声词，形容细小的声音。〔15〕终不然：终究不会这样。〔16〕腔血狼藉：胸腔里血肉模糊。〔17〕骇涕不敢声：害怕之极，啼哭

不敢出声。〔18〕良不知：实在不知道。〔19〕室人：家里人，妻子。〔20〕孽魅：作孽的妖魅。〔21〕划然："哗"的一声，人皮脱落的声音。〔22〕卧嗥（háo）如猪：趴在地上像猪一样嚎叫。〔23〕枭其首：砍下它的头。〔24〕匝地作堆：旋绕在地成一堆。〔25〕飀（liú）飀：象声词，形容风吹的声音。〔26〕膝行而前：跪着向前，表示恭敬。〔27〕人尽夫：什么男人都能做丈夫。典出《左传·桓公十五年》：雍姬为听命丈夫和救出父亲首鼠两端时，母亲告诉她："人尽夫也，父一而已，胡可比也。"〔28〕阎摩：阎王。〔29〕行已，不顾：立刻离开，头也不回。〔30〕展血敛尸：擦拭血迹，整理尸体。〔31〕氤氲（yīn yūn）：热气蒸腾。〔32〕缯（zēng）帛：丝绸。〔33〕衾裯（qīn chóu）：被子。〔34〕渔之：猎取之。见到美女像渔人见到鱼儿一样张网猎取。〔35〕天道好还：宇宙间的事物会循环往复，善有善报，恶有恶报。天道，天理。还，还报。《老子》第三十章："以道佐人主者，不以兵强天下，其事好还。"《书·汤诰》："天道福善祸淫。"

点评

《画皮》是《聊斋志异》最脍炙人口的篇章之一，多次被搬上银幕和舞台。《画皮》也是聊斋为数不多淋漓尽致写恶鬼的篇章，有黑色性，读起来有惊悚感。仔细琢磨，它是借恶鬼故事劝世，传达作者的道德观念。蒲松龄用这个怪异故事劝谕世人，人必须正心息虑，不要走邪门歪道。王生猎艳结果是自己丢了心，妻子受食唾之辱。恶鬼青面獠牙、心狠手辣。它出场时，却是二八娇娃，是文弱、受欺凌的美女。恶鬼披上美女画皮，引诱有邪念的人，多么阴险、毒辣，又多么巧妙。世界上善良的人、幼稚的人、头脑简单的人常受表面现象迷惑，要知道世界上不仅有金玉其外、败絮其中的人物，更要警惕披着美女画皮的罗刹恶鬼。"画皮"已成为现代汉语常用词汇，用来形容以鬼蜮伎俩骗人者。

清代聊斋点评家但明伦将"画皮"意义推而广之，他说："世之妖冶惑人者，固日日铺人皮执彩笔而绘者也。"蒲松龄在《罗刹海市》提出社会上的人为了向上爬，需要戴假面具，和"画皮"异曲同工。两个世纪后，瑞士心理学家荣格提出"人格面具说"，人为了求得社会的认同，必须戴隐藏本来面目的面具。蒲松龄对社会的认识，很有先验性。

畫文

舊者羅刹
家西施只
要娥眉樣
入時如此
妍皮此此骨
筒中毛
相試泰之

贾儿〔1〕

①有年纪而有社会经验的媪不敢露面，贾儿则勇于出头。

②贾儿之恶作剧起何作用？一也，他以玩闹形式将房间的窗户全部堵严，只给狐狸精留下门口逃走的唯一路径便于砍之；二也，他用顽皮孩子的捣蛋行为令狐狸精麻痹大意，对他不防备。磨刀为断尾。

③机智，就地取材。

楚某翁，贾于外。妇独居，梦与人交，醒而扪之，小丈夫也〔2〕。察其情，与人异，知为狐。未几，下床去，门未开而已逝矣。入暮，邀庖媪伴焉〔3〕。有子十岁，素别榻卧，亦招与俱。夜既深，媪、儿皆寐，狐复来，妇喃喃如梦语。媪觉，呼之，狐遂去。自是，身忽忽若有亡〔4〕。至夜，不敢息烛，戒子睡勿熟。夜阑，儿及媪倚壁少寐，既醒，失妇，意其出遗〔5〕，久待不至，始疑。媪惧，不敢往觅。儿执火遍烛之①，至他室，则母裸卧其中。近扶之，亦不羞缩。自是遂狂，歌哭叫詈〔6〕，日万状。夜厌与人居，另榻寝儿，媪亦遣去。

儿每闻母笑语，辄起火之。母反怒诃儿，儿亦不为意，因共壮儿胆〔7〕。然嬉戏无节，日效圬者以砖石叠窗上〔8〕，止之不听。或去其一石，则滚地作娇啼，人无敢气触之。过数日，两窗尽塞，无少明，已乃合泥涂壁孔，终日营营，不惮其劳。涂已，无所作，遂把厨刀霍霍磨之。见者皆憎其顽，不以人齿〔9〕。②

儿宵分隐刀于怀〔10〕，以瓢覆灯③，伺母呓语，急启灯，杜门声喊。久之无异，乃离门扬言，诈作欲搜状。欻有一物，如狸，突奔门隙。急击之，仅断其尾，约二寸许，湿血犹滴。初，挑灯起，母便诟骂，儿若弗闻。击之不中，懊恨而寝。自念虽不即毙，可以幸其不来。及明，视血迹逾垣而去。迹之，入何氏园中。至夜果绝，儿窃喜；但母痴卧如死。

未几，贾人归，就榻问讯。妇嫚骂〔11〕，视若仇。儿以状对，翁惊，延医药之，妇泻药诟骂。潜以药入汤水，杂饮之，数日渐安。父子俱喜。一夜睡醒，失妇所在，父子又觅得于别室。由是复颠，不欲与夫同室处。向夕，竟奔他室。挽之，骂益甚。翁无策，尽扃他扉。妇奔去，

146

④贾儿除狐的铺垫。

⑤慧眼观察狐之特征以便冒充。贾儿有心人。

⑥心思绵密。

⑦石破天惊。

⑧套近乎套得妙。

⑨还没上夹棍就如实招供。一笑。

则门自辟，翁患之，驱禳备至，殊无少验④。

儿薄暮潜入何氏园，伏莽中，将以探狐所在。月初升，乍闻人语。暗拨蓬科〔12〕，见二人来饮，一长鬣奴〔13〕捧壶，衣老棕色。语俱细隐，不甚可辨。移时，闻一人曰："明日可取白酒一瓻来〔14〕。"顷之俱去，惟长鬣独留，脱衣卧庭石上。审顾之，四肢皆如人，但尾垂后部⑤，儿欲归，恐狐觉，遂终夜伏。未明，又闻二人以次复来，哝哝入竹丛中。儿乃归。

翁问所往，答："宿阿伯家。"适从父入市，见帽肆挂狐尾，乞翁市之。翁不顾，儿牵父衣娇聒之〔15〕。翁不忍过拂〔16〕，市焉〔17〕。父贸易廛中，儿戏弄其侧，乘父他顾，盗钱去，沽白酒，寄肆廊〔18〕。有舅氏城居，素业猎，儿奔其家。舅他出，妗诘母疾〔19〕，答云："连日稍可〔20〕。又以耗子啮衣，怒涕不解，故遣我乞猎药耳〔21〕。"妗检椟〔22〕，出钱许，裹付儿。儿少之。妗欲作汤饼啖儿〔23〕。儿觑室无人，自发药裹，窃盈掬而怀之。乃趋告妗，俾勿举火〔24〕，"父待市中，不遑食也"。遂径出，隐以药置酒中，遨游市上，抵暮方归。父问所在，托在舅家。⑥

儿自是日游廛肆间。一日见长鬣人亦杂侪中。儿审之确，阴缀系之〔25〕。渐与语，诘其居里，答言："北村。"亦询儿，儿伪云："山洞⑦。"长鬣怪其洞居。儿笑曰："我世居洞府，君固否耶？"其人益惊，便诘姓氏。儿曰："我胡氏子。曾在何处，见君从两郎，顾忘之耶？"其人熟审之，若信若疑。儿微启下裳，少少露其假尾，曰："我辈混迹人中，但此物犹存，为可恨耳⑧。"其人问："在市欲何作？"儿曰："父遣我沽。"其人亦以沽告。儿问："沽未？"曰："吾侪多贫〔26〕，故常窃时多。"儿曰："此役亦良苦，耽惊忧。"其人曰："受主人遣，不得不尔。"因问："主人伊谁？"曰："即曩所见两郎兄弟也。一私北郭王氏妇，一宿东村某翁家。翁家儿大恶，被断尾，十日始瘥，今复往矣⑨。"言已，欲别，曰："勿误我事。"儿曰："窃之难，不若沽之易。我先沽寄廊下，敬以相赠。我囊中尚有余钱，不愁沽也。"其人愧无以报。儿曰："我本同类，何靳些须〔27〕？暇时，尚当与君痛饮耳。"遂与俱去，取酒授之，乃归。

至夜，母竟安寝，不复奔。心知有异，告父，同往验之，则两狐毙于亭上，一狐死于草中，喙津津尚有血出。酒瓶犹在，持而摇之，未尽也。父惊问："何不早告？"曰："此物最灵，一泄，则彼知之⑩。"翁喜曰："我儿，讨狐之陈平也〔28〕。"于是父子荷狐归。见一狐秃尾，刀痕俨然。自是遂安。而妇瘠殊甚，心渐明了，但益之嗽，呕痰辄数升，寻愈⑪。北郭王氏妇，向祟于狐，至是问之，则狐绝而病亦愈。翁由此奇儿，教之骑射。后贵至总戎〔29〕。

⑩ 小小年纪，这番见识从何得来？

⑪ 手稿本为"寻卒"，文意不通，今据二十四卷本改。

校勘

底本：手稿本。参校：康熙本、二十四卷本、异史、铸雪斋本。

注释

〔1〕贾（gǔ）儿：商人的儿子。〔2〕小丈夫：短小男子。〔3〕庖媪：做饭的老妈子。〔4〕忽忽若有亡：精神恍惚，像丢了魂。〔5〕出遗：外出便溺。〔6〕歌哭叫詈（lì）：又唱又哭又叫又骂。〔7〕因共壮儿胆：都称赞贾儿的胆子大。〔8〕圬（wū）者：泥瓦匠。〔9〕不以人齿：不把他当人看。〔10〕宵分：半夜。〔11〕嫚骂：乱骂。〔12〕蓬科：蓬乱的草棵。〔13〕长鬣奴：长胡子奴仆。〔14〕瓻（chī）：盛酒的容器，大者盛一石，小者盛五斗。〔15〕娇聒：频繁撒娇提要求。〔16〕过拂：过于违拗。〔17〕市：买。〔18〕寄肆廊：寄存在市场廊下。〔19〕妗：舅母。〔20〕连日稍可：近几天病情稍见好转。〔21〕猎药：拌在野兽诱饵中的毒药。〔22〕检椟：从木箱里挑拣出来。〔23〕汤饼：面条。〔24〕举火：生火做饭。〔25〕阴缀系之：悄悄尾随。〔26〕吾侪（chái）：我辈。〔27〕何靳些须：怎么吝惜这点儿东西？靳，吝惜。些须，少许。〔28〕讨狐之陈平：用巧计除狐的陈平。陈平，汉初辅佐刘邦取得天下，之后又设计擒韩信、讨诸吕。事见《史记·陈丞相世家》。〔29〕总戎：总兵。清代高级将领，

正二品。

点评

　　一个十岁男孩，在母亲被狐狸精迷惑，一家人束手无策时，竟然像排兵布阵的大将，不动声色地悄悄安排讨狐大计。他堵住窗户，磨好刀，意图是夜间杀狐。在杀狐不成、断狐尾之后，他又沿血迹侦察狐的藏身之地，整夜守候，毫不懈怠，摸清狐的行动规律，定下投毒之计，再瞒住大人，实际是瞒住有灵性的狐，备好毒酒，再巧用狐尾诱狐奴上当，终于成功地将毒酒送到祟人狐嘴上，干净利落消灭妖狐。贾儿讨狐，办得周密且严密，狐死了还不知道是怎么死的。在这个少年英雄身上，体现了古代人民最推重的仁、孝、勇的品格。这位后来官居正二品的将领，从小就有运筹帷幄的能力。普通商人的儿子能做上朝廷高级武官，事在人为。

贾儿
骏效何须
枝勒待贾
兒驱悉善
驱狐猕忐軟
運奇謀出
只要安排
酒一壺

蛇癖

①以生活中常见现象比喻少见现象,产生可信之感。

②恶心。

予乡王蒲令之仆吕奉宁〔1〕,性嗜蛇。每得小蛇,则全吞之,如啖葱状①;大者以刀寸寸断之,始掬以食。嚼之铮铮〔2〕,血水沾颐②。且善嗅,尝隔墙闻蛇香,急奔墙外,果得蛇盈尺。时无佩刀,先噬其头,尾尚蜿蜒于口际。

校勘

底本:手稿本。参校:康熙本、二十四卷本、异史、铸雪斋本。

注释

〔1〕予乡:我的家乡。王蒲令:意思是姓王的蒲县县令。据《淄川县志》,王蒲令即王启泰,顺治二年(1645)中举人,康熙二年(1663)任山西蒲县知县。

〔2〕铮铮:金属振击声,形容吃蛇声音之响脆。

点评

一般人见蛇而怖之,吕某不仅不怕蛇,还嗜蛇,见蛇即吞,真是蛇的克星。不足百字的文章,将此人嗜蛇嗜到极端,嗜到令人可怕、恶心,而且能嗅蛇的气味,真是写活了。特别是一口吞掉蛇头后,蛇尾还在嘴边摆动,令人毛骨悚然。估计所食皆非毒蛇,不然早就一命呜呼了!本篇完全是纪实之作,写得形神兼备。

蛇癖

予乡王蒲令之仆吕奉宁，性嗜蛇。每得小蛇则全吞之，如啖葱状。大者以刀寸寸断之，始掬以食。嚼之铮铮，血水沾颐。且善嗅，尝隔墙嗅蛇香，急奔墙外，果得蛇盈尺。时元佩刀，先啮其头尾，啖啜于口际。

金世成

金世成，长山人，素不检，忽出家作头陀，类颠，啖不洁以为美，犬羊遗秽于前，辄伏啖之，自号为佛。愚民妇异其所为，执弟子礼者以千万计。金诃便食矢，无敢违者。创殿阁，所费不赀。人咸乐输之。邑令南公恶其怪，既而笞之，便修圣庙，门人竞相告曰：佛遭难矣。荟萃救之，宫殿门月而成，其金钱之集无

金世成

金世成，长山人〔1〕，素不检〔2〕。忽出家作头陀〔3〕，类颠〔4〕，啖不洁以为美。犬羊遗秽于前〔5〕，辄伏啖之①。自号为佛。愚民妇异其所为，执弟子礼者以千万计。金诃使食矢〔6〕，无敢违者。创殿阁，所费不资〔7〕，人咸乐输〔8〕之。邑令南公恶其怪〔9〕，执而笞之，使修圣庙〔10〕。门人竞相告曰："佛遭难！"争募救之。宫殿旬月而成，其金钱之集，尤捷于酷吏之追呼也。

异史氏曰："予闻金道人〔11〕，人皆就其名而呼之，谓为'今世成佛'②。品至啖秽，极矣。笞之不足辱，罚之适有济〔12〕，南令公处法何良也！然学宫圮而烦妖道〔13〕，亦士大夫之羞矣。"

① 愚蒙遇到愚昧。

② "今世成佛"音谐"金世成佛"。

校勘

底本：手稿本。参校：康熙本、二十四卷本、异史、铸雪斋本。

注释

〔1〕长山：今山东邹平。离蒲松龄家乡淄川百里。〔2〕素不检：一向行为不检点。〔3〕出家作头陀：离家修行做了和尚。头陀，梵文音译，意为抖擞精神去掉尘俗烦恼。〔4〕类颠：类似疯癫。〔5〕遗秽：排泄粪便。〔6〕矢：屎。〔7〕所费不资：花了很多钱。〔8〕乐输：心甘情愿交纳。〔9〕南公：南之杰，康熙十年（1671）出任长山县令。任内曾修学宫。事见《长山县志》。〔10〕圣庙：孔庙，又称"文庙""学宫"，为儒学教官衙署所在地。〔11〕金道人：旧时对僧道的称呼剖分不严格，故和尚也可称道人。〔12〕罚之适有济：处罚他反而能帮他成事。〔13〕圮（pǐ）：倾塌。

点评

　　西方有谚：知识达不到的地方，愚昧就自命为科学。一个吃粪便的疯和尚，竟成了所谓的"佛"，只因名字谐音"金世成佛"成了"今世成佛"，从者甚众，还趋之若鹜地跟他吃粪便，真是愚蠢到顶点。圣庙倾塌本来无人问津，因为跟疯和尚拉上了关系，立即翻盖，众人交钱比酷吏催税交得还快。这件极其荒唐、病态的事件，说明传统的封建统治思想越来越受到各种其他思想包括邪魔外道的冲击，江河日下。

董生

①董生炽炭烤被，被友约去，回房间先伸手试探被窝是否热了，结果发现狐。叙事讲究。

②化用经典话语做谐语。"韶颜稚齿，神仙不殊"的姝丽面容而有狐狸尾巴，典型妖狐。

③千娇百媚，巧舌如簧，勾人魂魄。冒充青梅竹马的邻女，拉近感情；诉说不幸身世，楚楚可怜，取得怜悯；解释何以睡入被中，振振有词。

董生，字遐思，青州之西鄙人〔1〕。冬月薄暮〔2〕，展被于榻而炽炭焉〔3〕①。方将篝灯〔4〕，适友人招饮，遂扃户去。至友人所，坐有医人，善太素脉〔5〕，遍诊诸客。末顾王生九思及董曰："余阅人多矣，脉之奇，无如两君者，贵脉而有贱兆，寿脉而有促征〔6〕，此非鄙人所敢知也。然而董君实甚。"共惊问之。曰："某至此亦穷于术，未敢臆决〔7〕，愿两君自慎之。"二人初闻甚骇，既以为模棱语〔8〕，置不为意。

半夜，董归，见斋门虚掩，大疑。醺中自忆〔9〕，必去时忙促，故忘扃键〔10〕。入室未遑爇火〔11〕，先以手入衾中探其温否。才一探入，则腻有卧人〔12〕，大愕，敛手。急火之，竟为姝丽，韶颜稚齿〔13〕，神仙不殊。狂喜，戏探下体，则毛尾修然。大惧，欲遁。女已醒，出手捉生臂，问："君何往？"董益惧，战栗哀求："愿仙人怜恕。"女笑曰："何所见而仙我？"董曰："我不畏首而畏尾〔14〕②。"女又笑曰："君误矣。尾于何有？"引董手，强使复探，则髀肉如脂，尻骨童童〔15〕。笑曰："何如？醉态朦胧，不知所见伊何，遂诬人若此。"董固喜其丽，至此益惑，反自咎适然之错，然疑其所来无因。女曰："君不忆东邻之黄发女乎？屈指移居者已十年矣。尔时我未笄，君垂髫也。"董恍然曰："卿周氏之阿琐耶？"女曰："是矣。"董曰："卿言之，我仿佛忆之。十年不见，遂苗条如此。然何遽能来？"女曰："妾适痴郎四五年，翁姑相继逝，又不幸为文君〔16〕。剩妾一身，茕无所依。忆孩时相识者惟君，故来相见就。入门已暮，邀饮者适至，遂潜隐以待君归。待之既久，足冰肌栗，故借被以自温耳，幸勿见疑。"③董喜，解衣共寝，意殊自得。月余，

|④ 妖狐之真面貌，凶相毕露。甜言蜜语变为凶神恶煞。可怜、可爱变为可怕、可憎。

⑤ 狐女特擅长造谎，对王生谈董生，故意说出狐祟并"善意提醒"，似乎自己纯洁善良得很。明明祸由她起，偏偏撇清装傻，世间此类人物最可怕。

⑥ 似乎有理的歪缠。蛊惑人的拿手好戏。

⑦ 妖狐肯定又巧言令色取得阴司"谅解"，不可思议！世间此类人亦复不少，明明干尽坏事，却诿过于他人，自己逃之夭夭。

⑧ 除恶务尽，不可手软，否则留得皮囊在，难免再惑人。恨恨而去，不知哪儿去？狐亦鬼乎？

渐羸瘦，家人怪问，辄言不自知。久之，面目益支离〔17〕，乃惧，复造善脉者诊之。医曰："此妖脉也。前日之死征验矣，疾不可为也。"董大哭不去，医不得已，为之针手灸脐，而赠以药。嘱曰："如有所遇，力绝之。"董亦自危。既归，女笑要之〔18〕。怫然曰〔19〕："勿复相纠缠，我行且死！"走不顾。女大惭，亦怒曰："汝尚欲生耶！"④ 至夜，董服药独寝，甫交睫，梦与女交，醒已遗矣。益恐，移寝于内，妻子火守之。梦如故，窥女子，已失所在。积数日，董呕血斗余而死。

王九思在斋中，见一女子来，悦其美而私之。诘所自，曰："妾，遐思之邻也。渠旧与妾善〔20〕，不意为狐惑而死。此辈妖气可畏，读书人宜慎相防。"⑤ 王益佩之，遂相欢待。居数日，迷罔病瘵，忽梦董曰："与君好者狐也。杀我矣，又欲杀我友。我已诉之冥府，泄此幽愤。七日之夜，当炷香室外，勿忘却。"醒而异之，谓女曰："我病甚，恐委沟壑〔21〕，或劝勿室也〔22〕。"女曰："命当寿，室亦生；不寿，勿室亦死也。"⑥ 坐与调笑，王心不能自持，又乱之，已而悔之，而不能绝。及暮，插香户上，女来，拔弃之。夜又梦董来，让其违嘱〔23〕。次夜，暗嘱家人，俟寝后潜炷之。女在榻上，忽惊曰："又置香耶？"王言："不知。"女急起得香，又折灭之。入曰："谁教君为此者？"王曰："或室人忧病，听巫家作厌禳耳〔24〕。"女彷徨不乐。家人潜窥香灭，又炷之。女忽叹曰："君福泽良厚。我误害遐思而奔子，诚我之过，我将与彼就质于冥曹。君如不忘夙好，勿坏我皮囊也。"逡巡下榻，仆地而死。烛之，狐也。犹恐其活，遽呼家人，剥其革而悬焉。王病甚，见狐来曰："我诉诸法曹〔25〕。法曹谓董君见色而动，死当其罪；但咎我不当惑人，追金丹去，复令还生。皮囊何在？"⑦ 曰："家人不知，已脱之矣。"狐惨然曰："余杀人多矣。今死已晚，然忍哉君乎！"恨恨而去⑧。王病几危，半年乃瘥〔26〕。

校勘

底本：手稿本。参校：康熙本、二十四卷本、异史、铸雪斋本。

注释

〔1〕青州之西鄙人：青州西部边远偏僻之地。〔2〕薄暮：傍晚。〔3〕炽炭：烧红炭火。董生的炭火是用来烘烤被窝的。〔4〕篝灯：点灯。〔5〕太素脉：一种迷信的切脉法。据载，此切脉法不是切人的一般疾病，而是切人的贵贱吉凶。〔6〕贵脉而有贱兆，寿脉而有促征：富贵命但会遇到倒霉事，长寿命又会遇到伤害。〔7〕臆决：凭主观印象判断。〔8〕模棱语：含糊其辞，不明确表态。〔9〕醺：醉酒。〔10〕扃键：锁门。〔11〕未遑蒸（ruò）火：没来得及点上灯。火，灯。〔12〕腻有卧人：躺着一个皮肤滑嫩的人。〔13〕韶颜稚齿：容颜美好，年纪很轻。〔14〕畏首而畏尾：《左传·文公十七年》："畏首畏尾，身其余几。"此处用作谐语。〔15〕髀（bì）：大腿。尻（kāo）骨童童：没有尾巴。尻骨，脊椎骨末端；童童，光秃秃。〔16〕文君：新寡之意。文君，卓文君。《史记·司马相如列传》：临邛富商卓王孙之女文君新寡，司马相如琴挑之。〔17〕支离：消瘦，憔悴。〔18〕要：同"邀"。〔19〕怫（fú）然：恼怒、气愤状。〔20〕渠：他。〔21〕委沟壑：弃尸于山沟，即死亡。〔22〕室：指性生活。〔23〕让其违嘱：责备他违背了原来的叮嘱。〔24〕厌禳（yà ráng）：用巫术祈祷祛除邪恶。〔25〕法曹：阴曹地府管刑罚的官。〔26〕瘥（chài）：病愈。

点评

《画皮》写恶鬼化成美女，是《聊斋》也是古代小说经典笔墨。此篇写妖狐化成美女蛊惑男子，与《画皮》可谓春兰秋菊。《董生》的狐女是《聊斋》中淫邪妖狐的典型。她娇美异常，狐媚出众，聪明机敏，口齿伶俐，先以可怜可爱模样引诱、蛊惑董生致死，再以天真烂漫、推心置腹姿态取得王生信任，蛊惑王生致病。她编织谎话的本领出类拔萃，蛊惑男人的本领登峰造极。终因两个受害者联手抗争而得到应有下场。美丽和阴毒，聪慧和邪恶，一人两面，天衣无缝地融为一体，以"爱人"为幌子行"杀人"之事，以"狐媚"之姿行"狐魅"之实，温柔乡里，却是鬼窟，是为"狐妖"。

董生

姑念無如轉念非
壽夭早凡示先機
不教嘔盡心頭血
猶說銷魂錦繡幃

齕石①

①王士禛《池北偶谈》："予家佣人王嘉禄者，少居劳山中，独坐数年，遂绝烟火，惟啖石为饭，渴即饮溪涧中水，遍身毛生寸许。后以母老归家，渐复火食，毛遂脱落。然时时以石为饭，每取一石，映日视之，即知其味甘咸辛苦。以巨桶盛水挂齿上，盘旋如风。后母终，不知所往。"

②石头非常坚硬，芋头柔软异常，用这个比喻形容此人的畸行，有明显夸张效果。

新城王钦文太翁家〔1〕，有圉人王姓〔2〕，初入劳山学道〔3〕，久之不火食〔4〕，惟啖松子及白石。遍体生毛。既数年，念母老归里，渐复火食，犹啖石如故。向日视之，即知石之甘苦酸咸，如啖芋然〔5〕②。母死，复入山，今又十七八年矣。

校勘

底本：手稿本。参校：康熙本、二十四卷本、异史、铸雪斋本。

注释

〔1〕新城王钦文太翁：新城，今山东省淄博市桓台县，清代著名诗人王士禛故乡。王与敕（1609—1685），字钦文，王士禛之父。太翁，古代尊称他人父亲。〔2〕圉（yǔ）人王姓：姓王的马夫。〔3〕劳山：又名崂山，位于山东青岛崂山区，东临崂山湾，南滨黄海。是道教名山。〔4〕火食：吃煮熟的饭。〔5〕芋：芋头。

点评

现代科学考察，某些擅长气功者可将石头咬碎吞下，王家这位佣人按其主人王士禛记载，竟然完全以石为饭，恐怕不完全可靠。倒是蒲松龄的记载，说他食石头和松子为生，比较可能。至于其遍体生毛，估计跟著名歌剧《白毛女》中的白毛女类似，乃因长期不食盐造成。这是一则地地道道的佚闻。

酒石

曾蘭岩道入
勞山只為思觀
士跋遠壁穀弓
方堆唆石二中
濡味不多敗

庙鬼

　　新城诸生王启后者，方伯中宇公象坤曾孙〔1〕。见一妇人入室，貌肥黑不扬，笑近坐榻，意甚亵。王拒之，不去。由此坐卧辄见之，而意坚定，终不摇。妇怒，批其颊，有声，而亦不甚痛。妇以带悬梁上，捽与并缢。王不觉自投梁下，引颈作缢状。人见其足不履地，挺然立空中，即亦不能死。自是病颠，忽曰："彼将与我投河矣。"望河狂奔，曳之乃止。如此百端，日常数作，术药罔效。一日，忽见有武士绾锁而入，怒叱曰："朴诚者汝何敢扰！"即絷妇项，自棂中出〔2〕。才至窗外，妇不复人形，目电闪，口血赤如盆。忆城隍庙中有泥鬼四，绝类其一焉。于是病若失。

校勘

　　底本：手稿本。参校：康熙本、二十四卷本、异史、铸雪斋本。

注释

　　〔1〕方伯中宇公象坤：东汉以来称刺史等地方长官为"方伯"，意思是一方诸侯之长者，后泛称地方长官。王象坤，字中宇，曾任明代山东布政使。"方伯中宇公象坤"就是曾任地方大员的王象坤。〔2〕棂：窗户上的花格子。

点评

　　白昼见鬼，作恶多状，而"朴诚者"会受到神灵的保护。此文属于《聊斋》搜奇猎异之作，无深刻寓意，亦无多少艺术性。

鬼庙

泥鬼偏能幻妇人 苦相剔踢太无因
若非一意持坚定 缏锁何来金甲神

陆判

① 《聊斋》小说常在开头介绍主人翁个性，其个性决定情节走向。朱尔旦性格豪放，所以能跟判官交友；他"素钝"，因而判官为之易心。

② 朱生别出心裁地叫判官为"髯宗师"，判官居然真成他的老师，帮他改文章，甚至帮他"改心"。妙笔！

③ 传说判官凶、判官恶、判官铁面。然此判官富人情味儿。

④ 本来为大胡子遮住的嘴唇笑得露出来，还仅是微笑！

⑤ 人鬼无间，人鬼情深。

⑥ 古人重朋友情、朋友义，抵足而眠是友谊极深的表现。朱尔旦竟和面目狰狞的判官抵足而眠，豪放可见一斑。

　　陵阳朱尔旦〔1〕，字小明，性豪放，然素钝〔2〕①，学虽笃〔3〕，尚未知名。一日，文社众饮〔4〕，或戏之云："君有豪名，能深夜赴十王殿〔5〕，负得左廊判官来〔6〕，众当醵作筵〔7〕。"盖陵阳有十王殿，神鬼皆以木雕，妆饰如生。东庑有立判〔8〕，绿面赤须，貌尤狞恶。或夜闻两廊拷讯声，入者毛皆森竖〔9〕，故众以此难朱。朱笑起，径去。居无何，门外大呼曰："我请髯宗师至矣〔10〕②！"众皆起。俄负判入，置几上，奉觞酹之三〔11〕。众睹之，瑟缩不安于座〔12〕，仍请负去。朱又把酒灌地，祝曰："门生狂率不文〔13〕，大宗师谅不为怪。荒舍非遥，合乘兴来觅饮，幸勿为畛畦〔14〕。"乃负之去。

　　次日，众果招饮。抵暮，半醉而归，兴未阑〔15〕，挑灯独酌。忽有人搴帘入，视之，则判官也③。朱起曰："意吾殆将死矣！前夕冒渎〔16〕，今来加斧锧耶〔17〕？"判启浓髯微笑曰④："非也。昨蒙高义相订〔18〕，夜偶暇，敬践达人之约〔19〕。"朱大悦⑤，牵衣促坐，自起涤器爇火。判曰："天道温和，可以冷饮。"朱如命，置瓶案上，奔告家人治肴果。妻闻，大骇，戒勿出。朱不听，立俟治具以出〔20〕。易盏交酬〔21〕，始询姓氏。曰："我陆姓，无名字。"与谈古典，应答如响。问："知制艺否？"曰："妍媸亦颇辨之〔22〕。阴司诵读，与阳世略同。"陆豪饮，一举十觥。朱因竟日饮，遂不觉玉山倾颓〔23〕，伏几醺睡。比醒，则残烛昏黄，鬼客已去。自是三两日辄一来，情益洽，时抵足卧〔24〕⑥。

　　朱献窗稿〔25〕，陆辄红勒之〔26〕，都言不佳。一夜，朱醉，先寝，陆犹自酌。忽醉梦中觉脏腑微痛，

163

醒而视之，则陆危坐床前〔27〕，破腔出肠胃，条条整理。愕曰："夙无仇怨，何以见杀？"陆笑云："勿惧，我为君易慧心耳。"从容纳肠已，复合之，末以裹足布束朱腰。作用毕〔28〕，视榻上亦无血迹，腹间觉少麻木。见陆置肉块几上，问之。曰："此君心也。作文不快，知君之毛窍塞耳⑦。适在冥间，于千万心中，拣得佳者一枚，为君易之，留此以补阙数〔29〕。"乃掩扉去。天明解视，则创缝已合，有线而赤者存焉。自是文思大进，过眼不忘。数日，又出文示陆。陆曰："可矣。但君福薄，不能大显贵，乡科而已〔30〕。"问："何时？"曰："今岁必魁〔31〕。"未几，科试冠军〔32〕，秋闱果中经元〔33〕。同社生素揶揄之；及见闱墨〔34〕，相视而惊，细询始知其异。共求朱先容〔35〕，愿纳交陆。陆诺之。众大设以待之〔36〕。更初，陆至，赤髯生动，目炯炯如电。众茫乎无色，齿欲相击⑧，渐引去。朱乃携陆归。饮既醺，朱曰："湔肠伐胃〔37〕，受赐已多，尚有一事欲相烦，不知可否？"陆便请命。朱曰："心肠可易，面目想亦可更。山荆，予结发人〔38〕，下体颇亦不恶，但头面不甚佳丽。尚欲烦君刀斧，如何？"陆笑曰："诺，容徐图之〔39〕。"过数日，半夜来叩关。朱急起延入，烛之，见襟裹一物，诘之。曰："君曩所嘱，向艰物色。适得一美人首，敬报君命。"朱拨视，颈血犹湿。陆立促急入，勿惊禽犬。朱虑门户夜扃。陆至，以手推扉，扉自辟，引至卧室，见夫人侧身眠。陆以头授朱抱之；自于靴中出白刃如匕首，按夫人项，着力如切腐状，迎刃而解，首落枕畔⑨。急于生怀取美人头合项上，详审端正，而后按捺。已而移枕塞肩际，命朱瘗首静所〔40〕，乃去。朱妻醒，觉颈间微麻，面颊甲错〔41〕；搓之，得血片，甚骇。呼婢汲盥〔42〕。婢见面血狼藉，惊绝，濯之，盆水尽赤。举首则面目全非，又骇极。夫人引镜自照，错愕不能自解。朱入告之。因反复细视，则长眉掩鬓，笑靥承颧〔43〕，画中人也。

⑦古人认为心的聪愚决定写文章好坏。现代医学发现，心脏确实能影响人的智力。

⑧朱尔旦同学叶公好龙。夏虫不足语冰，庸人不足以交畏友。

⑨现代医学尚未攻克头颅移植，在三百多年前小说家笔下却易如反掌。换头是异想天开，蒲松龄却把朱妻换头体会写得感同身受。她先感觉脖子麻，后从脸上搓下血片，叫丫鬟打水洗脸。丫鬟先惊，朱妻后惊。再由朱尔旦发现脖子上下肉色各异，证明确实头颈不一。好看煞！

解领验之，有红线一周，上下肉色，判然而异。

先是，吴侍御有女甚美〔44〕，未嫁而丧二夫，故十九犹未醮也〔45〕。上元游十王殿〔46〕，时游人甚杂，内有无赖贼窥而艳之，遂阴访居里，乘夜梯入，穴寝门，杀一婢于床下，逼女与淫，女力拒声喊，贼怒，亦杀之。吴夫人微闻闹声，呼婢往视，见尸骇绝。举家尽起，停尸堂上，置首项侧。一门啼号，纷腾终夜。诘旦〔47〕，启衾，则身在而失其首。遍挞侍女，谓所守不恪〔48〕，致葬犬腹。侍御告郡，郡严限捕贼，三月而罪人弗得。渐有以朱家换头之异闻吴公者。吴疑之，遣媪探诸其家；入见夫人，骇走，以告吴公。公视女尸故存，惊疑无以自决。猜朱以左道杀女〔49〕，往诘朱。朱曰："室人梦易其首，实不解其何故。谓仆杀之，则冤也。"吴不信，讼之。收家人鞫之，一如朱言，郡守不能决。朱归，求计于陆，陆曰："不难，当使伊女自言之。"吴夜梦女曰："儿为苏溪杨大年所贼〔50〕，无与朱孝廉。彼不艳于其妻。陆判官取儿头与之易之，是儿身死而头生也。愿勿相仇。"醒告夫人，所梦同，乃言于官。问之，果有杨大年。执而械之，遂伏其罪。吴乃诣朱，请见夫人，由此为翁婿。乃以朱妻首合女尸而葬焉。

朱三入礼闱〔51〕，皆以场规被放〔52〕，于是灰心仕进。积三十年。一夕，陆告曰："君寿不永矣。"问其期，对以五日。"能相救否？"曰："惟天所命〔53〕，人何能私？且自达人观之，生死一耳〔54〕，何必生之为乐，死之为悲？"⑩朱以为然。即治衣衾棺椁，既竟，盛服而没。翌日，夫人方扶柩哭，朱忽冉冉自外至⑪。夫人惧，朱曰："我诚鬼，不异生时。虑尔寡母孤儿，殊恋恋耳。"夫人大恸，涕垂膺。朱依依慰解之。夫人曰："古有还魂之说，君既有灵，何不再生？"朱曰："天数不可违也。"问："在阴司作何务？"曰："陆判荐我督案务〔55〕，授有官爵，亦无所苦。"夫

⑩朱生能和判官交为好朋友，说明此人善于适应环境。无论在人间还是在冥世，皆可快活。陆判之言甚合其意，故以为然。

⑪冉冉，用词准确，魂游，不是常人行走。

人欲再语，朱曰："陆公与我同来，可设酒馔。"趋而出。夫人依言营备。但闻室中笑饮，亮气高声，宛若生前。半夜窥之，窅然已逝〔56〕。自是三数日辄一来，时而留宿缱绻，家中事就便经纪〔57〕。子玮方五岁，来辄捉抱；至七八岁，则灯下教读。子亦慧，九岁能文，十五入邑庠，竟不知无父也。从此来渐疏，日月至焉而已〔58〕。又一夕，来谓夫人曰："今与卿永诀矣。"问："何往？"曰："承帝命为太华卿〔59〕，行将远赴，事烦途隔，故不能来。"母子持之哭。曰："勿尔！儿已成立，家计尚可存活，岂有百岁不拆之鸾凤耶〔60〕！"顾子曰："好为人，勿堕父业。十年后一相见耳。"径出门去，于是遂绝。

后玮二十五举进士，官行人〔61〕。奉命祭西岳，道经华阴〔62〕，忽有舆从羽葆〔63〕，驰冲卤簿〔64〕。讶之，审视车中人，其父也。下马哭伏道左，父停舆曰："官声好，我目瞑矣。"玮伏不起。朱促舆行，火驰不顾〔65〕。去数步，回望，解佩刀遣人持赠，遥语曰："佩之当贵。"玮欲追从，见舆马人从飘忽若风，瞬息不见，痛恨良久。抽刀视之，制极精工，镌字一行，曰："胆欲大而心欲小〔66〕，智欲圆而行欲方。"⑫玮后官至司马，生五子，曰沉，曰潜，曰沕，曰浑，曰深。一夕，梦父曰："佩刀宜赠浑也。"从之。浑仕为总宪〔67〕，有政声。

异史氏曰："断鹤续凫〔68〕，矫作者妄；移花接木，创始者奇；而况加凿削于肝肠，施刀锥于颈项者哉！陆公者，可谓媸皮裹妍骨矣〔69〕。明季至今〔70〕，为岁不远，陵阳陆公犹存乎？尚有灵焉否也？为之执鞭〔71〕，所忻慕焉。"

⑫ 为人准则。"胆欲大"语出《淮南子》，原作"心欲小而志欲大"。《旧唐书·孙思邈传》借用。

校勘

底本：手稿本。参校：康熙本、二十四卷本、异史、铸雪斋本。

注释

〔1〕陵阳：今安徽省青阳县陵阳镇。〔2〕钝：思维迟钝，笨拙。〔3〕笃：专一。〔4〕文社：读书人切磋文章的民间组织。〔5〕十王殿：民间传说供奉阎罗王、秦广王、楚江王、宋帝王、五官王、卞城王、泰山王、平等王、都市王、转轮王的殿堂。〔6〕判官：民间传说阴司掌管生死簿的官员。〔7〕醵（jù）：凑钱。〔8〕东庑（wǔ）：东廊。〔9〕毛皆森竖：因恐惧而毛发耸立。〔10〕髯宗师：宗师，受人尊敬、奉为师表者。明清时尊学政为"宗师"。髯宗师，大胡子宗师。〔11〕奉觞酹之：举杯敬酒，以酒浇地。〔12〕瑟缩：因恐惧而蜷缩。〔13〕门生：科举时代考中的读书人对主考官自称"门生"或"门人"。〔14〕畛畦（zhěn qí）：原意为田间小路，引申为界限。〔15〕未阑：意犹未尽。〔16〕冒渎：冒犯、亵渎。〔17〕斧锧（zhì）：古时杀人刑具。锧，腰斩时用的铁砧板。〔18〕高义：深情厚谊。〔19〕达人：豁达豪放之人。〔20〕立俟（sì）治具：站着等待菜和果品准备好。〔21〕易盏交酬：整理重换酒杯，互相敬酒。〔22〕妍媸（yán chī）：美丑。〔23〕玉山倾颓：形容形体俊美的人醉倒。〔24〕抵足卧：同榻而眠。〔25〕窗稿：文稿，读书人常在窗前读书写文章，故同学称"同窗"，文章叫"窗稿"。〔26〕红勒：用红笔修改。〔27〕危坐：端端正正坐着。〔28〕作用：此处指施行换心。〔29〕阙数：欠缺的数目。〔30〕乡科而已：仅仅能在乡试的科考中取得好成绩。〔31〕魁：第一名。〔32〕科试冠军：秀才例行科考得第一名。〔33〕秋闱果中经元：秋天举行的乡试，考中五经取士其中一经的第一名。〔34〕闱墨：科举考试后，主考官选择乡试、会试取中试卷，编刻成书，供士子学习，明代称"小录"，清代称"闱墨"。〔35〕先容：事先做介绍。〔36〕大设：丰盛的宴会。〔37〕湔（jiān）肠伐胃：洗肠剖胃，指换心。〔38〕结发人：原配妻子。〔39〕徐图：慢慢处理。〔40〕瘗首静所：把头埋在僻静地方。瘗，掩埋。〔41〕面颊甲错：面颊血迹结痂像乌龟壳。〔42〕汲盥：打水洗脸。〔43〕笑靥（yè）承颧（quán）：微笑时面颊上有两个酒窝。〔44〕侍御：御史。〔45〕醮（jiào）：出嫁。〔46〕上元：元宵节。〔47〕诘旦：清晨。〔48〕不恪：不谨慎。〔49〕左道：邪门歪道。〔50〕贼：杀害。〔51〕礼闱：会试，即进士考试，由礼部主持。〔52〕以场规被放：因违犯考场规则被驱逐。〔53〕惟天所命：上天主宰命运。〔54〕生死一耳：生和死没什么不同。〔55〕督案牍：管理文书。〔56〕窅（yǎo）然：遥远难见。〔57〕经纪：处理事务。〔58〕日月至焉而已：个把月偶尔来一次。〔59〕太华卿：华山山神。〔60〕鸾凤：鸾鸟与凤凰，比喻夫妻。〔61〕行人：明代设行人司，选若干进士

任职，职掌颁诏、册封、祭祀等。〔62〕华阴：县名，华山在其境内。〔63〕舆从羽葆：舆，车马；从，随从；羽葆，帝王官员仪仗中以鸟羽为饰的华盖。〔64〕卤簿：仪仗队。〔65〕火驰：飞驰。〔66〕"胆欲大"二句：胆子要大但心思要细，计谋要圆融但行为要端正。〔67〕总宪：明清时都察院左都御史，负责监察重大案件并考核官吏。〔68〕断鹤续凫（fú）：鹤腿长把它截短，野鸭腿短把它接长。〔69〕媸皮裹妍骨：丑陋的相貌，美好的内心。〔70〕明季：明朝末年。〔71〕执鞭：赶马车。

点评

　　文章写得不好的读书人可以换颗伶俐心，面貌不够美丽的女人可以换颗美人首。二十一世纪仍然不能解决的医学难题，在三百多年前小说家的笔下，儿戏般完成。朱生换心，朱妻换头，写得有情趣有哲理。离奇之至的故事创造两个神采飞扬的人物，大胆豪放的朱尔旦和重情重义的陆判。一人一鬼深情厚谊，人对鬼深信不疑，鬼对人赤诚以待，人鬼之间毫无隔阂、相扶相将、推心置腹、亲如兄弟。《聊斋》在"黑色性"的阴司故事中增添了温熙的人性光辉。

婴宁

①此处"贼"非"小偷",淄川口语称心爱者"小狼贼"。

②婴宁故意丢爱情信物。婴宁和花息息相关,蒲松龄让花自始至终伴随婴宁,花甚至决定婴宁的命运。婴宁爱花成癖。她就是远离尘嚣、在深山自由开放的山花;是王母娘娘的瑶池和露栽种的天上碧桃;是超凡脱俗的天上仙葩被贬到污浊不堪的人世来了。

③吴生信口开河,照他的话寻找,岂非大海捞针?但根据蒲松龄"幻由人生"哲学,只要你执着地追求,你所期望的一切定能实现。王子服按虚构的地址,竟找到日思夜想的遗花姑娘。

王子服,莒之罗店人〔1〕,早孤,绝惠〔2〕,十四入泮〔3〕。母最爱之,寻常不令游郊野。聘萧氏,未嫁而夭,故求凰未就也〔4〕。会上元,有舅氏子吴生,邀同眺瞩〔5〕。方至村外,舅家有仆来,招吴去。生见游女如云,乘兴独遨。有女郎携婢,拈梅花一枝,容华绝代,笑容可掬。生注目不移,竟忘顾忌。女过去数武,顾婢曰:"个儿郎目灼灼似贼!①"遗花地上②,笑语自去。生拾花怅然,神魂丧失,怏怏遂返。至家,藏花枕底,垂头而睡,不语亦不食。母忧之,醮禳益剧〔6〕。肌革锐减〔7〕,医师诊视,投剂发表〔8〕,忽忽若迷。母抚问所由〔9〕,默然不答。

适吴生来,嘱密诘之。吴至榻前,生见之泪下。吴就榻慰解,渐致研诘。生具吐其实,且求谋画。吴笑曰:"君意亦复痴。此愿有何难遂?当代访之。徒步于野,必非世家。如其未字〔10〕,事固谐矣;不然,拚以重赂〔11〕,计必允遂。但得痊瘳,成事在我。"生闻之,不觉解颐〔12〕。吴出告母,物色女子居里,而探访既穷,并无踪绪。母大忧,无所为计。然自吴去后,颜顿开,食亦略进。数日,吴复来。生问所谋,吴绐之曰〔13〕:"已得之矣。我以为谁何人,乃我姑氏女,即君姨妹行。今尚待聘,虽内戚有婚姻之嫌〔14〕,实告之,无不谐者。"生喜溢眉宇,问:"居何里?"吴诡曰〔15〕:"西南山中,去此可三十余里。"③生又付嘱再四,吴锐身自任而去。

生由此饮食渐加,日就平复。探视枕底,花虽枯,未便凋落。凝思把玩,如见其人。怪吴不至,折柬招之〔16〕。吴支托不肯赴召〔17〕。生恚怒〔18〕,悒悒不欢,母虑其复病,急为议姻,略与商榷,辄摇首不愿,

169

④婴宁生活在"山光悦鸟性"的深山。没有人事纷繁，只有山月松风；没有尔虞我诈，只有绿竹红花；没有驷马坦途，只有鸟飞之路。这里佳木葱茏，像婴宁的生命力；空气澄净，像婴宁纯洁的心性；豆棚瓜架，像婴宁天然去雕饰；片片飞坠的红花，像婴宁的活泼率真。蒲松龄将婴宁置于山林深处，与清涧、野鸟并存。人和环境谐和无间。

⑤婴宁周围的一切都单纯、温暖、洁净而富有生机。寂无人行的深山，花木四合的草舍，野鸟飞绕的绿竹等，共同构成婴宁生活的氛围。园中所有景物似乎都在说："我也是一个婴宁！"

惟日盼吴。吴迄无耗，益怨恨之。转思三十里非遥，何必仰息他人〔19〕？怀梅袖中，负气自往，而家人不知也。伶仃独步，无可问程，但望南山行去。约三十余里，乱山合沓〔20〕，空翠爽肌〔21〕，寂无人行，止有鸟道〔22〕④。遥望谷底，丛花乱树中，隐隐有小里落。下山入村，见舍宇无多，皆茅屋，而意甚修雅。北向一家，门前皆丝柳，墙内桃杏尤繁，间以修竹，野鸟格磔其中〔23〕。意其园亭，不敢遽入。回顾对户，有巨石滑洁，因据坐少憩。俄闻墙内有女子，长呼"小荣"，其声娇细。方伫听间，一女郎由东而西，执杏花一朵，俯首自簪；举头见生，遂不复簪，含笑拈花而入。审视之，即上元途中所遇也。心骤喜。但念无以阶进〔24〕，欲呼姨氏，顾从无还往，惧有讹误。门内无人可问，坐卧徘徊，自朝至于日昃〔25〕，盈盈望断〔26〕，并忘饥渴。时见女子露半面来窥，似讶其不去者。忽一老媪扶杖出，顾生曰："何处郎君，闻自辰刻便来〔27〕，以至于今。意将何为？得勿饥耶？"生急起揖之，答云："将以盼亲〔28〕。"媪聋聩，不闻。又大言之，乃问："贵戚何姓？"生不能答。媪笑曰："奇哉！姓名尚自不知，何亲可探？我视郎君亦书痴耳！不如从我来，啖以粗粝〔29〕；家有短榻可卧，待明朝归，询知姓氏，再来探访不晚也。"生方腹馁思啖〔30〕，又从此渐近丽人，大喜，从媪入。见门内白石砌路，夹道红花，片片堕阶上。曲折而西，又启一关，豆棚花架满庭中。肃客入舍〔31〕，粉壁光明如镜；窗外海棠枝朵，探入室中；裀籍几榻〔32〕，罔不洁泽⑤。甫坐，即有人自窗外隐约相窥。媪唤："小荣！可速作黍〔33〕。"外有婢子嗷声而应〔34〕。坐次〔35〕，具展宗阀〔36〕。媪曰："郎君外祖，莫姓吴否？"曰："然。"媪惊曰："是吾甥也！尊堂〔37〕，我妹子。年来以家窭贫〔38〕，又无三尺男〔39〕，遂至音问梗塞。甥长成如许，尚不相识。"生曰："此来即为姨也，匆遽遂忘姓氏。"媪曰："老身秦姓，并无诞育。弱息仅存，亦为庶产。渠母改醮〔40〕，遗我鞠养〔41〕，颇亦不钝，但少教训，嬉不知愁。少顷，使来拜识。"

未几，婢子具饭，雏尾盈握〔42〕，媪劝餐，已，婢来敛具〔43〕，媪曰："唤宁姑来。"婢应去。良久，闻户外隐有笑声。媪又唤曰："婴宁，汝姨兄在此。"门外嗤嗤笑不已❻。婢推之以入，犹掩其口，笑不可遏。媪嗔目曰："有客在，咤咤叱叱，是何景象！"女忍笑而立，生揖之。媪曰："此王郎，汝姨子。一家尚不相识，可笑人也！"生问："妹子年几何矣？"媪未能解。生又言之，女复笑不可仰视。媪谓生曰："我言少教诲，此可见矣。年已十六，呆痴裁如婴儿。"生曰："小于甥一岁。"曰："阿甥已十七矣。得非庚午属马者耶〔44〕？"生首应之。又问："甥妇阿谁？"答云："无之。"曰："如甥才貌，何十七岁犹未聘？婴宁亦无姑家，极相匹敌，惜有内亲之嫌。"生无语，目注婴宁，不遑他瞬。婢向女小语云："目灼灼，贼腔未改！"女又大笑，顾婢曰："视碧桃开未？"遽起，以袖掩口，细碎连步而出；至门外，笑声始纵。媪亦起，唤婢襆被〔45〕，为生安置，曰："阿甥来不易，宜留三五日，迟迟送汝归。如嫌幽闷，舍后有小园，可供消遣；有书可读。"

次日，至舍后，果有园半亩，细草铺毡，杨花糁径〔46〕，有草舍三楹〔47〕，花木四合其所。穿花小步，闻树头苏苏有声，仰视，则婴宁在上。见生来，狂笑欲堕。生曰："勿尔，堕矣！"女且下且笑，不能自止；方将及地，失手而堕，笑乃止。生扶之，阴捘其腕〔48〕。女笑又作，倚树不能行，良久乃罢。生俟其笑歇，乃出袖中花示之。女接之，曰："枯矣！何留之？"曰："此上元妹子所遗，故存之。"问："存之何意？"曰："以示相爱不忘也。自上元相遇，凝思成疾，自分化为异物〔49〕，不图得见颜色，幸垂怜悯。"女曰："此大细事。至戚何所靳惜〔50〕？待郎行时，园中花，当唤老奴来，

❻嬉不知愁是婴宁性格的核心，爱笑，无拘无束地笑，无法无天地笑。婴宁把封建时代少女不能笑、不敢笑、不会笑的条条框框全部打破。她毫不羞涩地笑，自由自在地笑，任何场合都可以笑。一切封建礼教对她如东风吹马耳！

⑦婴宁在芳华鲜美的桃树下爱情逗趣,古代小说绝无仅有。婴宁的幽默是聪明才智、勃勃生机的表现。表面看婴宁似乎缺心眼儿。王子服示爱,她故作不知,认为保存就是爱花,要折一巨捆送他。王子服说"夜共枕席",她说"不惯与生人睡"。有人说她"傻大姐",实际上婴宁再聪明不过。"憨"是"慧"的隐身衣。婴宁假作不懂王子服的话,是让他把爱情表达得更直接、热烈。她一会儿说他们关系近,是"至戚",一会儿说关系远,是"葭莩之情",或远或近,都为了捉弄王子服。

⑧婴宁将"夜共枕席"讲给老母听。王子服惊出一身汗。其实丫鬟不在,老母是聋子。婴宁只是要让王子服面红耳赤、手足无措,看他笑话。调皮机智的婴宁。

⑨王子服已故姨妈靠面庞特征确定。姨父崇于狐由吴生说明。婴宁与王子服一点儿血缘关系没有。妨碍二人成亲的"内戚"之嫌烟消云散。情节细针密线,天衣无缝。

折一巨捆负送之。"生曰:"妹子痴耶?""何便是痴?"曰:"我非爱花,爱拈花之人耳。"女曰:"葭莩之情〔51〕,爱何待言。"生曰:"我所谓爱,非瓜葛之爱〔52〕,乃夫妻之爱。"女曰:"有以异乎?"曰:"夜共枕席耳。"女俯思良久,曰:"我不惯与生人睡。"⑦语未已,婢潜至,生惶恐遁去。

少时,会母所。母问:"何往?"女答以园中共话。媪曰:"饭熟已久,有何长言,周遮乃尔〔53〕?"女曰:"大哥欲我共寝。"⑧言未已,生大窘。急目瞪之。女微笑而止。幸媪不闻,犹絮絮究诘,生急以他词掩之。因小语责女。女曰:"适此语不应说耶?"生曰:"此背人语。"女曰:"背他人,岂得背老母。且寝处亦常事,何讳之?"生恨其痴,无术可以悟之。食方竟,家中人捉双卫来寻生〔54〕。先是,母待生久不归,始疑,村中搜觅几遍,竟无踪兆。因往询吴。吴忆曩言,因教于西南山村行觅。凡历数村,始至于此。生出门,适相值,便入告媪,且请偕女同归。媪喜曰:"我有志,匪伊朝夕〔55〕。但残躯不能远涉,得甥携妹子去,识认阿姨,大好。"呼婴宁,宁笑至。媪曰:"有何喜,笑辄不辍?若不笑,当为全人。"因怒之以目,乃曰:"大哥欲同汝去,可便装束。"又饷家人酒食,始送之出,曰:"姨家田产丰裕,能养冗人〔56〕。到彼且勿归,小学诗礼〔57〕,亦好事翁姑〔58〕。即烦阿姨为汝择一良匹〔59〕。"二人遂发,至山坳,回顾,犹依稀见媪倚门北望也。

抵家,母睹妹丽,惊问为谁,生以姨女对。母曰:"前吴郎与儿言者,诈也。我未有姊,何以得甥?"问女,女曰:"我非母出。父为秦氏,没时,儿在襁中,不能记忆。"母曰:"我一姊适秦氏,良确;然殂谢已久〔60〕,那得复存?"因审诘面庞志赘〔61〕,一一符合⑨。又疑曰:"是矣。然亡已多年,何得复存?"疑虑间,吴生至,女避入室。吴询得故,惘然久之,忽曰:"此女名婴宁耶？"生然之。吴亟称怪事。问所自知，吴曰："秦家姑去后，姑丈鳏居，祟于狐，病瘵死〔62〕。狐生女名婴宁，绷卧床上〔63〕，家人皆见之。姑丈殁〔64〕，狐犹时来，后求天师符黏壁间〔65〕，狐遂携女去。将勿此耶？"彼此疑参。但闻室中吃吃，皆婴宁笑声。母曰："此女亦太憨生〔66〕。"吴请面之。母入室，女犹浓笑不顾。母促令出，始极力忍笑，又面壁移时，方出。才一展拜，翻然遽入，放声大笑。满室妇女，为之粲然〔67〕。

吴请往觇其异，就便执柯〔68〕。寻至村所，庐舍全无，山花零落而已。吴忆姑葬处，仿佛不远，然坟垅湮没，莫可辨识，诧叹而返。母疑其为鬼。入告吴言，女略无骇意。又吊其无家，亦殊无悲意，孜孜憨笑而已〔69〕。众莫之测，母令与少女同寝止。昧爽即来省问，操女红〔70〕，精巧绝伦。但善笑，禁之亦不可止；然笑处嫣然，狂而不损其媚。人皆乐之，邻女少妇，争承迎之。母择吉将为合卺，而终恐为鬼物，窃于日中窥之〔71〕，形影殊无少异。至日，使华妆行新妇礼，女笑极不能俯仰，遂罢。生以其憨痴，恐漏泄房中隐事，而女殊密秘，不肯道一语。每值母忧怒，女至，一笑即解。奴婢小过，恐遭鞭楚，辄求诣母共话。罪婢投见，恒得免。而爱花成癖，物色遍戚党〔72〕；窃典金钗，购佳种，数月，阶砌藩溷〔73〕，无非花者⑩。

庭后有木香一架〔74〕，故邻西家。女每攀登其上，摘供簪玩〔75〕。母时遇见，辄诃之。女卒不改。一日，西人子见之，凝注倾倒。女不避而笑。西人子谓女意已属，心益荡。女指墙底，笑而下。西人子谓示约处，大悦。及昏而往，女果在焉。就而淫之，则阴如锥刺，痛彻于心，大号而蹲〔76〕。细视，非女，则一枯木卧墙边，所接乃水淋窍也〔77〕。邻父闻声，急奔研问〔78〕，呻而不言。妻来，始以实告。爇火烛窍，见中有巨蝎，如小蟹然。翁碎木捉杀之。负子至家，半夜寻卒。邻人讼生，

⑩ 婴宁本来生活在远离人世、山花烂漫的山中。来到人间后，她想用大自然美丽的鲜花给自己造个模拟的、纯洁而又有野趣的生存空间。

⑪ 婴宁巧计惩罚西人子，连县令都谅解这也许有点儿过分的恶作剧。其婆母却结结实实训她一顿，说她"过喜而伏忧"。封建家长仍允许笑，"但须有时"，实际是要在强大封建阴影中强颜欢笑。于是，笑姑娘永不再笑，故意逗她也不笑。一个如此纯洁的少女来到如此肮脏的社会，哭还哭不及呢，哪能笑得出？

⑫ 婴宁天真烂漫，是"真性情"化身。风刀霜剑的恶浊社会，能容许这样超然宁静吗？不可能！婴宁只不过是生命力的象征和自由的象征，是芳草美人的比喻。

讦发婴宁妖异〔79〕。邑宰素仰生才，稔知其笃行士〔80〕，谓邻翁讼诬，将杖责之。生为乞免，逐释而出〔81〕。母谓女曰："憨狂尔尔，早知过喜而伏忧也⑪。邑令神明，幸不牵累，设鹘突官宰〔82〕，必逮妇女质公堂，我儿何颜见戚里？"女正色，矢不复笑。母曰："人罔不笑，但须有时。"而女由是竟不复笑，虽故逗亦终不笑⑫，然竟日未尝有戚容。

一夕，对生零涕。异之，女哽咽曰："曩以相从日浅，言之恐致骇怪。今日察姑及郎皆过爱，无有异心，直告或无妨乎？妾本狐产。母临去，以妾托鬼母。相依十余年，始有今日。妾又无兄弟，所恃者惟君。老母岑寂山阿〔83〕，无人怜而合厝之〔84〕，九泉辄为悼恨。君倘不惜烦费，使地下人消此怨恫〔85〕，庶养女者不忍溺弃〔86〕。"生诺之，然虑坟冢迷于荒草，女但言无虑。刻日，夫妻舆榇而往〔87〕。女于荒烟错楚中〔88〕，指示墓处，果得媪尸，肤革犹存。女抚哭哀痛。舁归，寻秦氏墓合葬焉。是夜，生梦媪来称谢，寤而述之。女曰："妾夜见之，嘱勿惊郎君耳。"生恨不邀留。女曰："彼鬼也，生人多，阳气胜，何能久居？"生问小荣，曰："是亦狐。最黠〔89〕。狐母留以视妾，每摄饵相哺，故德之常不去心。昨问母，云已嫁之。"由是岁值寒食〔90〕，夫妻登秦墓，拜扫无缺。女逾年生一子。在怀抱中，不畏生人，见人辄笑。亦大有母风云。

异史氏曰："观其孜孜憨笑，似全无心肝者，而墙下恶作剧，其黠孰甚焉。至凄恋鬼母，反笑为哭，我婴宁殆隐于笑者矣〔91〕。窃闻山中有草，名'笑矣乎〔92〕'，嗅之，则笑不可止。房中植此一种，则合欢、忘忧并无颜色矣〔93〕。若解语花〔94〕，正嫌其作态耳〔95〕。"

校勘

底本：手稿本。参校：康熙本、二十四卷本、异史、铸雪斋本。

注释

〔1〕莒（jǔ）：今山东省莒县。〔2〕绝惠：绝顶聪明，"惠"通"慧"。〔3〕入泮：童生入县学成秀才。泮，古代学宫前有泮水，故学宫称泮宫。〔4〕求凰：古时称男子娶妻为凤求凰。〔5〕眺瞩：游览。〔6〕醮禳：祭神祈祷消灾。〔7〕肌革锐减：身体很快消瘦。〔8〕投剂发表：用中药汤剂发散体内邪气。〔9〕抚问所由：慰问并询问生病原因。〔10〕未字：未订婚。字，旧时女子订婚或出嫁。〔11〕拚（pàn）：豁上。〔12〕解颐：露出笑容。〔13〕绐（dài）：哄骗。〔14〕内戚有婚姻之嫌：姨表亲血缘相近，大清律禁止通婚。〔15〕诡曰：谎称。〔16〕折柬：裁纸写信。〔17〕支托：支吾推托。〔18〕恚（huì）怒：非常愤怒。〔19〕仰息：依赖。〔20〕合沓：重重叠叠。〔21〕空翠：青色的潮湿的雾气。〔22〕鸟道：险峻狭窄的小路。〔23〕格磔（zhé）：鸟鸣声。〔24〕阶进：探访的理由或凭借。〔25〕日昃（zè）：太阳偏西。〔26〕盈盈望断：望穿秋水，望眼欲穿。〔27〕辰刻：相当于早上七到九点。〔28〕盼亲：探亲。〔29〕粗粝（lì）：粗米饭。〔30〕腹馁思啖：肚子饿想吃饭。〔31〕肃客入舍：请客人进房间。〔32〕裀（yīn）藉：坐褥。〔33〕做黍：做黄米饭。〔34〕嚼（jiào）声：高声。〔35〕坐次：落座之后。〔36〕具展宗阀：详细说明家族身世。〔37〕尊堂：你的母亲。〔38〕窭（jù）贫：非常贫穷。手稿为"屡贫"，当为误笔。此据二十四卷抄本。〔39〕三尺男：泛指男性。〔40〕渠：他（她）。改醮：改嫁。〔41〕鞠养：抚养。〔42〕雏尾盈握：肥嫩的雏鸡。〔43〕敛具：收拾餐具。〔44〕庚午属马：庚午年生属相为马。〔45〕襆被：抱被子。〔46〕杨花糁（sǎn）径：柳絮散落到小路上。〔47〕三楹：三间。〔48〕捘（zùn）：捏。〔49〕自分化为异物：自认为要死掉。异物，鬼。〔50〕至戚：最近的亲戚。靳惜：吝惜。〔51〕葭莩（jiā fú）之情：疏远的亲戚。葭莩，芦苇的薄膜。常用来比喻关系淡薄。〔52〕瓜葛：拐弯抹角的亲戚。瓜与葛皆有牵连很长的蔓。〔53〕周遮：唠唠叨叨。〔54〕双卫：两头驴子。〔55〕匪伊朝夕：不止一日。〔56〕冗人：闲人。〔57〕小学诗礼：稍微学习一点礼节。〔58〕翁姑：公婆。〔59〕良匹：好的配偶。〔60〕徂（cú）谢：死亡。〔61〕面庞志赘：脸的轮廓和面目痣赘特点。〔62〕病瘵死：被狐狸精蛊惑病重瘦弱而死。〔63〕绷：布裹婴儿。〔64〕殁：死亡。〔65〕天师符：张天师的神符。〔66〕太憨生：太娇痴。生，语气助

词。〔67〕粲然：开口笑的样子。〔68〕执柯：作媒。〔69〕孜孜：不停地。〔70〕女红（gōng）：缝纫、刺绣、纺织等。〔71〕窃于日中窥之：古代传说鬼在太阳下边没有影子。〔72〕戚党：亲族。〔73〕阶砌藩溷：台阶、篱笆、厕所。〔74〕木香：荼蘼花的别称。〔75〕摘供簪玩：摘下花插到发髻上取乐。〔76〕踣（bó）：跌倒。〔77〕水淋窍：雨水在枯木上滴出的窟窿。〔78〕研问：仔细询问。〔79〕讦（jié）：告发。〔80〕稔（rěn）知：熟知。〔81〕逐释而出：无罪释放，轰出公堂。〔82〕鹘（hú）突：糊涂。〔83〕岑寂山阿：孤独埋葬在山间。〔84〕合厝（cuò）：合葬。〔85〕怨恫（tōng）：怨痛。〔86〕溺弃：旧时重男轻女，有将刚出生的女孩投入水盆淹死的陋习。〔87〕舆榇（chèn）：用车载着棺材。〔88〕错楚：丛杂的树木。〔89〕黠（xiá）：聪慧，狡猾。〔90〕寒食：古代节日，清明节前一两天。〔91〕隐于笑：把真实感情隐藏在笑后边。〔92〕笑矣乎：笑菌的别名。〔93〕合欢：马缨花。忘忧：忘忧草。〔94〕解语花：比喻善于辞令的美女。据《开元天宝遗事》记载，唐明皇称杨贵妃为"解语花"。〔95〕作态：故作姿态。

点评

　　古代小说人物哪个哭得最美？林黛玉。哭得花瓣为她落地，小鸟飞走不忍听。哪个笑得最美？婴宁。婴宁面对陌生男子，毫无羞涩地笑，自由自在地笑，任何场合都可以笑，连结婚拜堂都笑得不能行礼。这位娇娇脱俗、了无脂粉气的少女来自毫无污染的深山，来自大自然。婴宁本是狐女，由鬼母养大，跟红尘毫无关联。婴宁爱花，她山花般明媚、绿竹般葱翠、山涧般澄净、山鸟般灵秀，是古代文学中最美的形象之一。这位爱笑爱花的少女把钳制女性的"闺训"一股脑儿丢进大海。那么，在"三从四德"肆威的时世，能容许"婴宁们"存在吗？不可能。于是，婴宁这位幻想的自由女神终于一个跟头从自由飞翔的天空栽到荆天棘地的地面。笑姑娘永不再笑，意味深长。婴宁，音谐"撄宁"。撄宁，是道家追求的修养境界，指心神宁静，不受外界事物干扰。《庄子·大宗师》："其为物，无不将也，无不迎也，无不毁也，无不成也，是为撄宁。"

> 婴宁
> 拈花微笑不欺倾城
> 情到浓时转不情
> 一味天真何烂漫
> 只宜呼作太憨生

聂小倩

①宁采臣的三个性格特点：慷慨豪爽；不欺暗室；"无二色"，即不对妻子之外女人动心。这三个特点对小说情节发展起主导作用。

②野寺景物带寂寞荒凉之美。《聊斋》写景简练而有神韵。

③燕赤霞虽是一闪而过的人物，却对宁采臣和聂小倩的人生起重要作用。燕生的剑客身份至关重要。

④三女对话活画人物神采。妖妇骄纵蛮横，妖姁世故圆滑，小倩温柔婉转。

⑤月光下人物看不太清，"仿佛艳绝"写得有分寸，有蕴味。

⑥妖姁夸奖，背面敷粉写小倩。

　　宁采臣，浙人〔1〕，性慷爽，廉隅自重〔2〕，每对人言："生平无二色〔3〕。"①适赴金华〔4〕，至北郭，解装兰若。寺中殿塔壮丽，然蓬蒿没人〔5〕，似绝行踪。东西僧舍，双扉虚掩，惟南一小舍，扃键如新〔6〕。又顾殿东隅，修竹拱把〔7〕，阶下有巨池，野藕已花②，意甚乐其幽杳〔8〕。会学使案临〔9〕，城舍价昂，思便留止，遂散步以待僧归。日暮，有士人来，启南扉。宁趋为礼，且告以意。士人曰："此间无房主，仆亦侨居。能甘荒落，且晚惠教，幸甚。"宁喜，藉藁代床〔10〕，支板作几，为久客计。是夜，月明高洁，清光似水，二人促膝殿廊〔11〕，各展姓字。士人自言："燕姓，字赤霞。"③宁疑为赴试诸生〔12〕，而听其音声，殊不类浙。诘之，自言："秦人〔13〕。"语甚朴诚。既而相对词竭，遂拱别归寝。

　　宁以新居，久不成寐。闻舍北喁喁〔14〕，如有家口，起，伏北壁石窗下微窥之，见短墙外一小院落，有妇可四十余；又一媪衣䞓绯〔15〕，插蓬沓〔16〕，鲐背龙钟〔17〕，偶语月下〔18〕。妇曰："小倩何久不来？"媪云："殆好至矣。"妇曰："将无向姥姥有怨言否？"曰："不闻，但意似蹙蹙〔19〕。"妇曰："婢子不宜好相识！"④言未已，有一十七八女子来，仿佛艳绝⑤。媪笑曰："背地不言人，我两个正谈道，小妖婢俏来无迹响。幸不訾着短处〔20〕。"又曰："小娘子端好是画中人〔21〕，遮莫老身是男子〔22〕，也被摄魂去。"⑥女曰："姥姥不相誉，更阿谁道好？"妇人女子又不知何言。宁意其邻人眷口，寝不复听。又许时，始寂无声。

　　方将睡去，觉有人至寝所，急起审顾，则北院女子也。惊问之，女笑曰："月夜不寐，愿修燕好〔23〕。"宁正容曰："卿防物议〔24〕，我畏人言，略一失足，廉耻道丧。"⑦女云："夜无知者。"宁又咄之。女逡巡若复有词，宁叱："速去！不然，当呼南舍生知。"女惧，乃退。至户外复返，以黄金一铤置褥上〔25〕⑧，宁掇掷庭墀〔26〕，曰："非义之物，污我囊橐〔27〕！"女惭，出，拾金自言曰："此汉当是铁石。"诘旦，有兰溪生携一仆来候试，寓于东厢，至夜暴亡。足心有小孔，如锥刺者，细细有血出。俱莫知故。经宿，一仆死，症亦如之。向晚，燕生归，宁质之，燕以为魅。宁素抗直〔28〕，颇不在意。

宵分〔29〕，女子复至，谓宁曰："妾阅人多矣，未有刚肠如君者。君诚圣贤，妾不敢欺。小倩，姓聂氏，十八夭殂〔30〕，葬寺侧。辄被妖物威胁，历役贱务，觍颜向人，实非所乐。今寺中无可杀者，恐当以夜叉来〔31〕。"宁骇，求计，女曰："与燕生同室可免。"问："何不惑燕生？"曰："彼奇人也，不敢近。"问："迷人若何？""狎昵我者〔32〕，隐以锥刺其足，彼即茫若迷，因摄血以供妖饮；又或以金，非金也，乃罗刹鬼骨〔33〕，留之能截取人心肝；二者，凡以投时好耳。"宁感谢，问戒备之期，答以明宵。临别泣曰："妾堕玄海〔34〕，求岸不得。郎君义气干云〔35〕，必能拔生救苦。倘肯囊妾朽骨，归葬安宅〔36〕，不啻再造〔37〕。"宁毅然诺之，因问葬处。曰："但记取白杨之上，有乌巢者是也。"言已出门，纷然而灭。

明日，恐燕他出，早诣邀致，辰后具酒馔，留意察燕。既约同宿，辞以性癖耽寂〔38〕。宁不听，强携卧具来。燕不得已，移榻从之，嘱曰："仆知足下丈夫，倾风良切〔39〕，要有微衷，难以遽白。幸勿翻窥箧幞〔40〕；违之，两俱不利。"⑨宁谨受教。既而各寝。燕以箱箧置窗上，就枕移时，齁如雷吼〔41〕。宁不能寐。近一更许，窗外隐隐有人影；俄而近窗来窥，目光睒闪〔42〕。宁惧，方欲呼燕，忽有物裂箧而出，耀若匹

⑦宁采臣铁骨铮铮、正气凛然，话语掷地做金石响，以小倩评价反证。

⑧美丽是聂小倩祟人本钱，经受不住美色诱惑的人，聂小倩摄取他们的血给恶鬼饮用。如果不受美色吸引，聂小倩还有第二手——黄金，其实是罗刹鬼骨，谁接受就被截取心肝。聂小倩这两手有现实性。某些被推上审判台的高官，曾为人民做出贡献，最后成为反贪对象，都因过不了美色金钱关。宁采臣提前三百年，用"铁石心肠"给拒腐蚀做出榜样。

⑨人鬼恋故事出现侠肝义胆角色，小说成为影视剧宠儿与此不无关系。

练〔43〕，触折窗上石棂，飙然一射〔44〕，即遽敛入〔45〕，宛如电灭。燕觉而起，宁伪睡以觇之。燕捧箧捡征〔46〕，取一物，对月嗅视，白光晶莹，长可二寸，径韭叶许。已而数重包固，仍置破箧中，自语曰："何物老魅，直尔大胆，致坏箧子。"遂复卧。宁大奇之，因起问之，且以所见告，燕曰："既相知爱，何敢深隐。我，剑客也。若非石棂，妖当立毙；虽然，亦伤。"问："所缄何物？"曰："剑也。适嗅之，有妖气。"宁欲观之，慨出相示，荧荧然一小剑也。于是益厚重燕。

明日，视窗外，有血迹。遂出寺北，见荒坟累累，果有白杨，乌巢其颠。迨营谋既就〔47〕，趣装欲归。燕生设祖帐〔48〕，情义殷渥〔49〕，以破革囊赠宁，曰："此剑袋也。宝藏可远魑魅。"宁欲从授其术。曰："如君信义刚直，可以为此。然君犹富贵中人，非此道中人也。"⑩宁乃托有妹葬此，发掘女骨，敛以衣衾，赁舟而归。宁斋临野，因营坟葬诸斋外，祭而祝曰："怜卿孤魂，葬近蜗居，歌哭相闻〔50〕，庶不见凌于雄鬼〔51〕。一瓯浆水饮〔52〕，殊不清旨〔53〕，幸不为嫌！"祝毕而返。后有人呼曰："缓待同行！"回顾，则小倩也。欢喜谢曰："君信义，十死不足以报。请从归，拜识姑嫜〔54〕，媵御无悔〔55〕。"审谛之〔56〕，肌映流霞，足翘细笋，白昼端相，娇艳尤绝。遂与俱至斋中，嘱坐少待，先入白母。母愕然。时宁妻久病，母戒勿言，恐所骇惊。言次，女已翩然入⑪，拜伏地下。宁曰："此小倩也。"母惊顾不遑〔57〕。女谓母曰："儿飘然一身，远父母兄弟。蒙公子露覆〔58〕，泽被发肤〔59〕，愿执箕帚〔60〕，以报高义。"母见其绰约可爱，始敢与言，曰："小娘子惠顾吾儿，老身喜不可已。但生平止此儿，用承祧绪〔61〕，不敢令有鬼偶。"⑫女曰："儿实无二心。泉下人既不见信于老母，请以兄事，依高堂〔62〕，奉晨昏〔63〕，如何？"母怜其诚，允之。即欲拜嫂，母辞以疾，乃止。女即入厨下，代母尸

⑩ 剑客之语暗示宁采臣将来做官。

⑪ "翩然入"，妙词。

⑫ 宁母想看又不敢看，不敢看又必须得看的神态，描绘得真切传神。宁母亦擅辞令，拒绝得有理有力有节。

饗〔64〕，入房穿榻，似熟居者。日暮，母畏惧之，辞使归寝，不为设床褥。女窥知母意，即竟去，过斋欲入，却退，徘徊户外，似有所惧。生呼之，女曰："室有剑气畏人。向道途之不奉见者，良以此故。"宁悟为革囊，取悬他室。女乃入，就烛下坐，移时，殊不一语。久之，问："夜读否？妾少诵《楞严经》〔65〕，今强半遗忘。浼求一卷〔66〕，夜暇，就兄正之。"宁诺。又坐，默然。二更向尽，不言去。宁促之，愀然曰〔67〕："异域孤魂，殊怯荒墓。"宁曰："斋中别无床寝，且兄妹亦宜远嫌。"女起，容颦蹙而欲啼〔68〕，足俇儴而懒步〔69〕，从容出门，涉阶而没。宁窃怜之，欲留宿别榻，又惧母嗔。女朝旦朝母，捧匜沃盥〔70〕，下堂操作，无不曲承母志⑬。黄昏告退，辄过斋头，就烛诵经，觉宁将寝，始惨然去。

先是，宁妻病废〔71〕，母劬不可堪〔72〕；自得女，逸甚，心德之。日渐稔，亲爱如己出，竟忘其为鬼，不忍晚令去，留与同卧起。女初来未尝食饮，半年渐啜稀饱〔73〕。母子皆溺爱之，讳言其鬼，人亦不之辨也。无何，宁妻亡，母阴有纳女意，然恐于子不利。女微窥之，乘间告母曰〔74〕："居年余，当知儿肝鬲〔75〕。为不欲祸行人，故从郎君来，区区无他意，止以公子光明磊落，为天人所钦瞩〔76〕，实欲依赞三数年〔77〕，借博封诰〔78〕，以光泉壤〔79〕。"母亦知无恶，但惧不能延宗嗣。女曰："子女惟天所授。郎君注福籍〔80〕，有亢宗子三〔81〕，不以鬼妻而遂夺也。"母信之，与子议，宁喜，因列筵告戚党。或请觏新妇，女慨然华妆出，一堂尽眙〔82〕，反不疑其鬼，疑为仙⑭。由是五党诸内眷〔83〕，咸执贽以贺〔84〕，争拜识之。女善画兰梅⑮，辄以尺幅酬答，得者藏什袭以为荣〔85〕。

一日，俯颈窗前，怊怅若失〔86〕。忽问："革囊何在？"曰："以卿畏之，故缄置他所。"曰："妾受

⑬聂小倩在妖物胁迫下，"以投时好"祟人，是恶的、丑的、可憎的。她受宁采臣感化，弃暗投明，跟宁采臣回家。近朱者赤，像璞玉雕琢后光彩渐露。她勤劳善良、任劳任怨，察言观色、善于辞令。对宁母像孝敬亲生母亲；对宁采臣，既像恭敬长兄，又如小鸟依人。

⑭故事开头写聂小倩美，是女鬼祟人之美；结尾聂小倩仍然美，仍然是鬼，人们却怀疑她是仙。只要一心向善，邪鬼可以改造成人妻，是《聂小倩》给我们的启示。

⑮小倩既读佛经又会绘画，透露出她是读书人家出身。兰、梅皆为花中"四君子"，说明聂小倩秉性。

⑯蒲松龄用两个细节写小倩人性激活鬼性消失。第一个细节,小倩从不食人间烟火,到跟常人吃饭无异;第二个细节,小倩从惧怕燕生剑袋到主动把剑袋挂到卧室,跟惧怕剑袋的恶鬼彻底划清界限。女鬼聂小倩人性日渐表露,鬼性日渐湮没,终于脱胎换骨。写得有层次。

生气已久,当不复畏,宜取挂床头。"宁诘其意,曰:"三日来,心怔忡无停息〔87〕,意金华妖物恨妾远遁,恐旦晚寻及也。"宁果携革囊来。女反复审视,曰:"此剑仙将盛人头者也。敝败至此,不知杀人几何许!妾今日视之,肌犹粟慄〔88〕。"乃悬之⑯。次日,又命移悬户上。夜对烛坐,约宁勿寝。欻有一物,如飞鸟堕。女惊匿夹幕间〔89〕。宁视之,物如夜叉状,电目血舌,眈闪攫拏而前〔90〕,至门,却步,逡巡久之,渐近革囊,以爪摘取,似将抓裂。囊忽格然一响,大可合篑〔91〕;恍惚有鬼物,突出半身,揪夜叉入,声遂寂然,囊亦顿缩如故。宁骇诧。女亦出,大喜曰:"无恙矣!"共视囊中,清水数斗而已。

后数年,宁果登进士。女举一男,纳妾后,又各生一男,皆仕进有声〔92〕。

校勘

底本:手稿本。参校:康熙本、二十四卷本、异史、铸雪斋本。

注释

〔1〕浙人:浙江人。〔2〕廉隅(yú):品德端正。〔3〕生平无二色:妻子之外不娶妾、不嫖娼。〔4〕金华:明清府名,今浙江金华市。〔5〕蓬蒿没人:蓬草蒿草高得可遮蔽人。〔6〕扃(jiōng)键:门窗插销。〔7〕拱把:两手合围那么粗。〔8〕幽杳:幽静清寂。〔9〕学使案临:学使即学政,每省学政三年一任,到任后先到各县巡查,称"案临"。〔10〕藉藁(gǎo)代床:用铺草代替床。〔11〕促膝:二人对坐膝相近,形容亲密交谈。〔12〕诸生:秀才。〔13〕秦:周朝国名,代指今陕西一带。〔14〕喁(yú)喁:低语声。〔15〕緅(yè)绯:褪色红衣服。〔16〕蓬沓:银梳(梳篦)。〔17〕鲐(tái)背:驼背。鲐,形似纺锤的鱼。〔18〕偶语:相对私语。〔19〕蹙(cù)蹙:忧愁不安之状。〔20〕訾(zǐ):批评指责。〔21〕端好:的确。〔22〕遮莫:假如。〔23〕燕好:男欢女爱。〔24〕物议:众人的议论。〔25〕铤(dìng):量词,用以计算金银。〔26〕庭墀(chí):庭院空地,也指台阶。〔27〕囊橐(tuó):袋子。〔28〕抗直:刚直。

〔29〕宵分：半夜。〔30〕夭殂（cú）：未成年而死。〔31〕夜叉：梵语音译，佛经中形象丑恶的鬼。〔32〕狎昵：亲昵，亲近。〔33〕罗刹：梵语音译，吃人血肉的恶鬼。〔34〕玄海：无底的苦海。手稿本"玄"字缺末笔，避康熙皇帝名讳。〔35〕干云：高入云霄。〔36〕归葬安宅：葬到好的墓地。〔37〕不啻再造：无异于重生。〔38〕性癖耽寂：性格孤僻，喜欢寂静。〔39〕倾风良切：十分钦慕您的风采。〔40〕箧（qiè）襆：装东西的筐和被子。〔41〕齁（hōu）：熟睡的鼾声。〔42〕目光睒（shǎn）闪：眼睛一闪一闪。〔43〕耀若匹练：像白练一样耀眼，形容强光。〔44〕飙（biāo）然一射：猛然射出。〔45〕即遽敛入：马上收回来。〔46〕捡征：查验。〔47〕迨营谋既就：等到料理完事务。〔48〕设祖帐：送行。祖帐，古代送人远行，在郊外路旁设帷帐举行酒筵。〔49〕情义殷渥：情义殷切、温暖、深厚。〔50〕歌哭相闻：能听到对方的动静。〔51〕庶不见凌于雄鬼：不再受阴司男鬼恶鬼的欺负。〔52〕一瓯浆水饮：一杯祭奠的薄酒。〔53〕殊不清旨：很不甘甜。〔54〕姑嫜：公婆。〔55〕媵御：充当侍妾、丫鬟。〔56〕审谛：仔细观察。〔57〕惊顾不遑：带着惧怕神情，想看又不敢看。〔58〕露覆：受到雨露般恩泽。〔59〕泽被发肤：恩泽施于己身。〔60〕愿执箕帚：愿意做妻妾服侍他。执箕帚，拿着簸箕、扫帚从事洒扫。〔61〕祧（tiāo）绪：世代相承的统绪，即传宗接代。祧，祖庙。〔62〕依高堂：依偎在母亲身边。高堂，母亲。〔63〕奉晨昏：一早一晚侍奉母亲。〔64〕尸饔（yōng）：做饭、料理饮食。〔65〕《楞严经》：佛经名，全称《大佛顶如来密因修证了义诸菩萨万行首楞严经》。〔66〕浼（měi）求一卷：请求给一卷经诵读。〔67〕愀（qiǎo）然：忧愁状。〔68〕颦蹙：眉头紧皱，发愁的样子。〔69〕怔儴（kuāng ráng）而懒步：因为惶恐而走路不稳的样子。〔70〕捧匜（yí）沃盥：两手端着盛水的用具侍奉梳洗。〔71〕病废：因病不能干家务。〔72〕劬（qú）不可堪：劳累苦不堪言。〔73〕稀饻（yǐ）：稀饭。〔74〕乘间：利用机会。〔75〕肝鬲：内心。〔76〕钦瞩：敬佩瞩望。〔77〕依赞：依靠并辅助。〔78〕封诰：五品以上官员妻封诰命夫人。〔79〕泉壤：九泉之下，墓穴。〔80〕注福籍：命中注定的福禄记在生死簿上。〔81〕亢宗子：光宗耀祖的儿子。〔82〕眙（chì）：惊视。〔83〕五党：五服内所有亲戚。可能是"三党"之误。三党为父族、母族、妻族。〔84〕执贽：拿着礼物。〔85〕什袭：层层包裹珍藏。〔86〕怊（chāo）怅若失：怅惘的神态。〔87〕怔忡：心神不宁。〔88〕肌犹粟慄：因恐惧肌肤起鸡皮疙瘩。〔89〕夹幕：帷幕。〔90〕睒闪攫拿：鬼眼闪闪，张牙舞爪。〔91〕合篑（kuì）：两个竹筐那么大。〔92〕仕进有声：做官声誉好。

点评

  《聂小倩》是人们耳熟能详的著名故事，多次被拍成影视剧。书生宁采臣慷慨豪爽、洁身自好。他的凛然正气，保护了自己，也感化了聂小倩。聂小倩本来是受妖物驱使、诱惑并杀害人间男子的女鬼，受到宁采臣的感化，弃恶向善，在宁采臣的帮助下，逃脱妖物的魔掌，最终将恶鬼消灭。聂小倩从祟人之鬼变成活人之妻，脱胎换骨。王士禛说蒲松龄："料应厌作人间语，爱听秋坟鬼唱时。"《聂小倩》这个"鬼唱"有深刻的现实意义，文中恶鬼以女色、黄金诱人以吸其血，对今天的社会仍有寓言性和象征性意义。

聶小倩

洗具光明磊
落腸不達
劍俠乎何傷
良宵自說
奇緣者多
半青燐
汪慕楊

义鼠

杨天一言：见二鼠出，其一为蛇所吞；其一瞪目如椒〔1〕，意似甚恨怒，然遥望不敢前①。蛇果腹蜿蜒入穴〔2〕，方将过半，鼠奔来，力嚼其尾，蛇怒，退身出。鼠故便捷，欻然遁去，蛇追，不及而返。及入穴，鼠又来，嚼如前状②。蛇入则来，蛇出则往，如是者久。蛇出，吐死鼠于地上。鼠来嗅之，啾啾如悼息③，衔之而去。友人张历友为作《义鼠行》〔3〕。

① 初遇强敌，惊惶难免。

② 如梦初醒，奋力抗争。敌进我退，敌退我扰，敌疲我打。像大将。

③ 如丧兄弟，如失佳偶。

校勘

底本：手稿本。参校：康熙本、二十四卷本、异史、铸雪斋本。

注释

〔1〕瞪目如椒：眼睛瞪得像圆圆的花椒粒儿。〔2〕果腹：吃饱了肚子。〔3〕张历友：蒲松龄好友，名张笃庆，字历友，著有《昆仑山房集》。《义鼠行》："何期来义鼠，见此大义明。意气一为动，勇力忽交并。狐兔悲同类，奋身起斗争。螳臂当车轮，怒蛙亦峥嵘。此鼠义且黠，捐躯在所轻。"

点评

老鼠一向为人所厌恶，蒲松龄不仅写出《阿纤》故事中美丽的鼠精，还写真实的小老鼠。这一义鼠，"义"自不必说，同类被伤时，拼全力抢救；"智"似乎更超过"义"，对庞然大物，它讲究战术，蛇入洞不能咬到自己时，立即咬其尾，蛇返回可能伤到自己时，立即逃之夭夭，循环往复，直到制服蛇，不得不吐出到口美食，而小小老鼠还要来一番类似追悼会的仪式，这小老鼠跟迪士尼的米老鼠有一比。

義鼠

同類傷殘恨豈有
平發響術伏身粒愧他
蕭立然其輩不及
么麼義氣情

地震

①时间、地点、共同目击者准确。

②正在饮酒，故从眼前桌子、酒杯写起，继之以听觉，写房梁错折之声。

③面面俱到，景物、人物、物象、声音。

④这是一个在礼法森严的封建社会极不寻常、极为罕见的镜头。把人们在大灾大难面前惊惶之至的神态，淋漓尽致地表现出现。

　　康熙七年六月十七日戌刻〔1〕，地大震。余适客稷下〔2〕①，方与表兄李笃之对烛饮〔3〕，忽闻有声如雷，自东南来，向西北去。众骇异，不解其故。俄而几案摆簸，酒杯倾覆；屋梁椽柱，错折有声②。相顾失色，久之，方知地震，各疾趋出，见楼阁房舍，仆而复起；墙倾屋塌之声，与儿啼女号，喧如鼎沸。人眩晕不能立，坐地上，随地转侧。河水倾泼丈余，鸭鸣犬吠满城中③。逾一时许，始稍定。视街上，则男女裸聚④，竞相告语，并忘其未衣也。后闻某处井倾仄〔4〕，不可汲；某家楼台南北易向；栖霞山裂，沂水陷穴广数亩。此真非常之奇变也。

　　有邑人妇，夜起溲溺〔5〕，回则狼衔其子，妇急与狼争。狼一缓颊〔6〕，妇夺儿出，携抱中。狼蹲不去。妇大号。邻人奔集，狼乃去。妇惊定作喜，指天画地，述狼衔儿状，已夺儿状。良久，忽悟一身未着寸缕，乃奔。此当与地震时男妇两忘者，同一情状也。人之惶急无谋，一何可笑！

校勘

底本：手稿本。参校：康熙本、二十四卷本、异史、铸雪斋本。

注释

〔1〕康熙七年六月十七日戌刻：公元1668年阴历六月十七日晚七时至九时。〔2〕稷下：战国时齐国都城临淄（今淄博市临淄区）西门稷门附近为当代各学派活动中心，有"稷下学派"之称。但蒲松龄笔下的"稷下"一般指他常去的济南。〔3〕李笃之：可能是长山县李笃之，字符根，明代崇祯九年（1636）山东乡试第三名举人。嘉庆《长山县志》有传。〔4〕倾仄：倾斜。〔5〕溲溺：解小

便。〔6〕缓颊：松口。

点评

  蒲松龄以生花妙笔真实记录了中国古代历史上最大一次地震，史载，这次震级达八点五级的特大地震造成重大人员、财产损失。据《清时期中国历史地震图集》（中国地图出版社1990年版），此次地震震中为莒州、郯城，有感半径八百多公里。王士禛《池北偶谈·谈异》记载"山东之沂、莒、郯三州县尤甚"，死伤数千人。蒲松龄以亲身感受由近及远、由点及面、由局部到整体对这次地震做实录。有着眼于地域性损害的镜头，有着眼于地震烈度的镜头，有地震对整个山东影响的俯瞰。像摄像机"摇镜头"，将非常之变中的自然景观、人文现象尽收笔底。一篇短文写得层次分明、详略得当，精彩！

地震

井傾山裂夜
非常摧撼下停
驟忽拳籠統
似史官書地震
編年紀月事尤詳

海公子

①香花美景，赏心悦目。

②美人如花，好事天降。

③此句仿张岱《湖心亭看雪》："湖中焉得更有此人。"

④鸟语花香忽变凄风苦雨，乐极生悲。

⑤手臂被捆的情况下能如此自救，倒有些急智。

东海古迹岛，有五色耐冬花〔1〕，四时不凋。而岛中古无居人，人亦罕到之。登州张生好奇〔2〕，喜游猎，闻其佳胜，备酒食，自掉扁舟而往〔3〕。至则花正繁，香闻数里，树有大至十余围者①。反复留连，甚惬所好〔4〕，开尊自酌〔5〕，恨无同游。忽花中一丽人来，红裳眩目，略无伦比②。见张，笑曰："妾自谓兴致不凡，不图先有同调。"〔6〕③张惊问："何人？"曰："我胶倡也〔7〕，适从海公子来。彼寻胜翱翔〔8〕，妾以艰于步履〔9〕，故留此耳。"张方苦寂，得美人，大悦，招坐共饮。女言辞温婉，荡人神志，张爱好之。恐海公子来，不得尽欢，因挽与乱〔10〕。女忻从之。

相狎未已〔11〕，忽闻风肃肃，草木偃折有声〔12〕④。女急推张起，曰："海公子至矣。"张束衣愕顾，女已失去。旋见一大蛇，自丛树中出，粗于巨筩〔13〕。张惧，障身大树后，冀蛇不睹。蛇近前，以身绕人并树，纠缠数匝〔14〕，两臂直束胯间，不可少屈。昂其首，以舌刺张鼻。鼻血下注，流地上成洼，乃俯就饮之。张自分必死，忽忆腰中佩荷囊内有毒狐药，因以二指夹出，破裹，堆掌中。又侧颈自顾其掌，令血滴药上，顷刻盈把⑤。蛇果就掌吸饮。饮未及尽，遽伸其体，摆尾若霹雳声，触树，树半体崩落，蛇卧地如梁而毙矣。张亦眩莫能起，移时方苏，载蛇而归。大病月余方瘥。疑女子亦蛇精也。

校勘

底本：手稿本。参校：康熙本、二十四卷本、异史、铸雪斋本。

注释

〔1〕耐冬：又名绛雪，山茶花之一种。花期可长达半年，隆冬时，白雪绿树红花，故得名"耐冬"。〔2〕登州：府名，今山东蓬莱。〔3〕自掉扁舟：自驾一叶扁舟。掉，棹。〔4〕慊（qiè）：惬意。〔5〕开尊自酌：举杯自斟自饮。〔6〕不图：不料，没想到。〔7〕胶倡：胶州的娼妓。胶州，今山东胶州市，离蓬莱不远。〔8〕寻胜翱翔：寻访胜景自在漫游。〔9〕艰于步履：走不动。〔10〕挽与乱：挽：牵拉。乱，淫乱。〔11〕相狎（xiá）：互相亲昵。在《聊斋》故事中，"狎"常指性爱。〔12〕偃折：倒下，折断。〔13〕筩（tǒng）：同"筒"。〔14〕数匝：数周。

点评

张生喜爱游逛而且好色，他在人迹罕至的荒岛上遇到美女，毫无警惕，立涉欲河。世上哪有白吃的午餐？天降情人原来是诱其上钩的美女蛇，"海公子"巨蟒才是荒岛真正的主人。张生急中生智，用毒狐药自救，总算捡回一条命，其轻佻好色之品性，大约也不会因此有所收敛。让渔色者受到惩戒，可能是写作此文的初衷。

海公子

乘興遊
山獨攀
杯耐冬花下飲
人未盡知奇游
生奇禍幸得
修生海上田

丁前溪

①好义是本篇精髓。丁前溪游侠好义，而杨妻一闺中弱女同样好义。

②不同凡响。

③揣测得合理。

④有骨气，有见识，有气度，因丈夫受过他人招待，将心比心，设身处地，自己就无私地全力招待不相识的人。

⑤让杨用自己习惯的"技术"取得金钱，并不自己掏钱，并非小气，而是对杨某的尊重，让他认为是靠自己的能力，而不是靠人施舍。

丁前溪，诸城人〔1〕，富有钱谷，游侠好义〔2〕①，慕郭解之为人〔3〕。御史行台按访之〔4〕。丁亡去，至安丘〔5〕，遇雨，避身逆旅〔6〕。雨日中不止。有少年来，馆谷丰隆〔7〕。既而昏暮，止宿其家，莝豆饲畜〔8〕，给食周至。问其姓字，少年云："主人杨姓，我其内侄也。主人好交游，适他出，家惟娘子在。贫，不能厚客给〔9〕，幸能垂谅。"问："主人何业？"则家无资产，惟日设博场〔10〕，以谋升斗〔11〕。次日，雨仍不止，供给弗懈。至暮，刍刍〔12〕，刍束湿，颇极参差。丁怪之。少年曰："实告客，家贫无以饲畜，适娘子撤屋上茅耳。"②丁益异之，谓其意在得直〔13〕③。天明，付之金，不受，强付，少年持入。俄出，仍以反客，云："娘子言：我非业此猎食者〔14〕。主人在外，尝数日不携一钱，客至吾家，何遂索偿乎？"④丁赞叹而别。嘱曰："我诸城丁某，主人归，宜告之。暇幸见顾。"数年无耗。

值岁大饥，杨困甚，无所为计，妻漫劝诣丁〔15〕，从之。至诸，通姓名于门者，丁茫不忆，申言始忆之〔16〕。蹑履而出〔17〕，揖客入，见其衣敝踵决〔18〕，居之温室，设筵相款，宠礼异常。明日，为制冠服，表里温暖。杨义之，而内顾增忧，褊心不能无少望〔19〕，居数日，殊不言赠别。杨意甚亟，告丁曰："顾不敢隐，仆来时米不满升。今过蒙推解固乐〔20〕，妻子如何矣！"丁曰："是无烦虑，已代经纪矣〔21〕。幸舒意少留，当助资斧。"走伻招诸博徒〔22〕，使杨坐而乞头〔23〕，终夜得百金，乃送之还。⑤

归见室人，衣履鲜整，小婢侍焉。惊问之，妻言："自君去后，次日即有车徒赍送布帛菽粟，堆积满屋，云是丁客所赠。又婢十指〔24〕，为妾驱使。"杨感不自已。由此小康，不屑旧业矣。

异史氏曰："贫而好客，饮博浮荡者优为之，最异者，独其妻耳。受之施而不报，岂人也哉？然一饭之德不忘，丁其有焉。"

校勘

底本：手稿本。参校：康熙本、二十四卷本、异史、铸雪斋本。

注释

〔1〕诸城：县名，在山东东部，清属青州府。〔2〕游侠：古代重义轻生、扶贫济弱、重然诺者。〔3〕郭解：《史记·游侠列传》中的人物。〔4〕御史行台按访之：监察御史察访丁的情况。〔5〕安丘：县名，在山东半岛。〔6〕逆旅：旅馆。〔7〕馆谷丰隆：供应客人的饮食很丰富。〔8〕莝（cuò）豆：将草料和料豆弄碎。〔9〕厚客给：很好地给客人以招待。〔10〕博场：赌场。〔11〕升斗：升、斗均为小的计量单位，连用则比喻微薄的收入。〔12〕刬（cuò）刍：铡草。〔13〕意在得直：目的是想得到客人丰厚的报酬。〔14〕非业此猎食者：不是靠招待客人收取报酬过日子。〔15〕漫劝：漫不经心、有一搭无一搭地劝。〔16〕申言：一再说。〔17〕躧履（xǐ）而出：趿拉着鞋出来。〔18〕衣敝踵决：衣服破烂，鞋子露着脚后跟。〔19〕褊心不能无少望：小心眼儿，不能不对主人施舍报有一些希望。〔20〕推解：推食解衣，意思是热情招待，赤诚相等。〔21〕已代经纪：已经帮忙计划好了。〔22〕走伻（bēng）：派人前往。伻，使者。〔23〕乞头：抽头。〔24〕婢十指：即丫鬟一人。

点评

这是一首"侠义"的颂歌，描写了朴素而真诚的人与人关系。杨某之妻是一贫家弱女，她贫而有志，贫而有礼，贫而好客，在家庭极其艰难的情况下，尽全力热诚招待一位素不相识的他乡异客，甚至雨中撤下房顶茅草给客人喂牲口，还不求任何报答。本来就酷爱"游侠"事迹的丁前溪受一饭之恩，铭记于心，在杨家生活困难时，他的侠义心肠表露得淋漓尽致，他对衣衫褴褛的杨某盛情相待、热情资助，对其全家周到关怀。文章全是写实，一点怪异色彩没有，一点传奇情节没有，却写得自然亲切又感人肺腑。

丁前溪

高情蒋志具盘飧，侠士
由来解报恩。我学龙门
书小传，依稀凛凛饭王孙。

海大鱼

海滨故无山。一日，忽见峻岭重叠，绵亘数里〔1〕，众悉骇怪。又一日，山忽他徙，化而乌有。相传海中大鱼，值清明节，则携眷口往拜其墓，故寒食时多见之。

校勘

底本：手稿本。

注释

〔1〕绵亘（gèn）：连绵不断。

点评

海上本来没有山，突然山岭重叠，绵延数里，又突然全部消失，不是海市蜃楼，是大群鱼的脊梁！而这大群鱼竟然是为给先辈扫墓而来，而且恰好是在人间扫墓的时间。鱼尽孝道，且按时按节，真真千古奇谭。一篇不足六十字的短文简练生动地画出一幅奇特的带人文色彩的自然景观。

浮百金乃送之还埠见空人衣履鲜整小婢侍焉惊问之妻言曰若去后次日即有车徒赍送布帛粟堆积满屋云是丁客所赠又婢十指为妻驱使杨感不自己由此小康不屑旧业矣
异史氏曰身贫而好客饮博浮荡者优为之最异者独其妻耳受之施而不报岂人也哉然一饭之德不忘丁其有焉

海大鱼

海滨故无山一日忽见峻岭重叠绵亘数里众老骇怪又一日山忽他徙化而为有相传海中大鱼值清明节则携眷一往祭其墓盖寒食时多见之

张老相公

①尊称相公，估计是商旅之人。他有丰富的社会经验，预先嘱咐家人不动腥荤。

②悼念妻子，痛恨巨鼋，痛恨之余，为妻女报仇，为黎民除害。

③巧用巨鼋的条件反射，偷梁换柱。

张老相公①，晋人〔1〕。适将嫁女，携眷至江南，躬市奁妆〔2〕。舟抵金山〔3〕，张先渡江，嘱家人在舟勿煿膻腥〔4〕。盖江中有鼋怪〔5〕，闻香辄出，坏舟吞行人，为害已久。张去，家人忘之，炙肉舟中。忽巨浪覆舟，妻女皆没。张回棹，悼恨欲死②。因登金山，谒寺僧，询鼋之异，将以仇鼋。僧闻之，骇言："吾侪日与习近〔6〕，惧为祸殃，惟神明奉之；祈勿怒，时斩牲牢〔7〕，投以半体〔8〕，则跃吞而去。谁复能相仇哉！"张闻，顿思得计。便招铁工起炉山半，冶赤铁，重百余斤。审知所常伏处，使二三健男子，以大钳举投之③，鼋跃出，疾吞而下。少时波涌如山；顷之浪息，则鼋死已浮水上矣。行旅寺僧并快之，建张老相公祠，肖像其中，以为水神，祷之辄应。

校勘

底本：手稿本。参校：康熙本、二十四卷本、异史、铸雪斋本。

注释

〔1〕晋人：山西人。〔2〕躬市奁（lián）妆：亲自置办嫁妆。〔3〕金山：在江苏镇江西北。原屹立于长江中，清光绪后因长江水流变迁，与南岸相接成陆山。〔4〕勿煿（bó）膻腥：不要煎炒肉类、鱼类。煿，煎炒。〔5〕鼋（yuán）：大鳖。〔6〕习近：邻近。〔7〕牲牢：祭祀用的牛、羊、猪，称为"太牢"，整个为"牲"。〔8〕投以半体：将半只牛（或羊、猪）投以江中。

点评

张老相公生活经验丰富，他早就知道鼋闻腥膻而出的特点，嘱家人在江上勿动腥膻，家人却忽略，导致妻女俱亡。张老相公在极度悲愤中寻找报仇的办法，当地人谈鼋色变，张老相公却从僧人介绍中，悟出李代桃僵、诱鼋上当的妙计，用烧红的赤铁代替牲牢，在鼋经常出没的地方投掷。张老相公聪明地投巨鳖所好，以赤铁代猪羊，瞒天过海，为民除害，为己报仇，智除巨鼋，是个有勇有谋、善于动脑筋的长者兼智者形象。

張老相公

響竜巧得鐵龍
計山半鑪工冶
鐵得行旅寺僧稱快
口磬者長奉相公祠

水莽草

水莽，毒草也。蔓生似葛，花紫类扁豆，误食之立死，即为水莽鬼。俗传此鬼不得轮回〔1〕，必再有毒死者始代之。以故楚中桃花江一带〔2〕，此鬼尤多云。

楚人以同岁生者为同年〔3〕，投刺相谒〔4〕，呼庚兄庚弟〔5〕，子侄呼庚伯，习俗然也。有祝生造其同年某〔6〕，中途燥渴思饮。俄见道旁一媪，张棚施饮，趋之。媪承迎入棚，给奉甚殷。嗅之，有异味，不类茶茗，置不饮，起而出。媪急止客，便唤："三娘，可将好茶一杯来。"俄有少女，捧茶自棚后出。年约十四五，姿容艳绝，指环臂钏〔7〕，晶莹鉴影。生受盏神驰①，嗅其茶，芳烈无伦，吸尽再索。觑媪出，戏捉纤腕，脱指环一枚。女颊颊微笑，生益惑。略诘门户。女曰："郎暮来，妾犹在此也。"②生求茶叶一撮，并藏指环而去。

至同年家，觉心头作恶，疑茶为患，以情告某。某骇曰："殆矣！此水莽鬼也！先君死于是。是不可救，且为奈何？"生大惧，出茶叶验之，真水莽草也。又出指环，兼述女子情状。某悬想曰〔8〕："此必寇三娘也！③生以其名确符，问何故知。曰："南村富室寇氏女，夙有艳名，数年前，误食草莽而死，必此为魅。或言受魅者，若知鬼之姓氏，求其故裆煮服可痊〔9〕。"

某急诣寇所④，实告以情，长跪哀恳。寇以其将代女死故，靳不与。某忿而返。以告生，生亦切齿恨之，曰："我死，必不令彼女脱生！"⑤某异送之，将至家门而卒。母号啼，葬之。遗一子甫周岁。妻不能守柏舟节〔10〕，半年改醮去。母留孤自哺，劬瘁不堪〔11〕，朝夕悲啼。

一日，方抱儿哭室中，生悄然忽入。母大骇，挥涕问之。答云："儿地下闻母哭，甚怆于怀，故来奉晨昏

①祝生家有妻室，却见美人而神驰，风流不羁之人。

②女郎顾左右而言他，答非所问，祝生沉迷于美色而不知。

③女子不回答祝生问门户的问题，却由祝生之友揭开。笔法变幻。

④没名没姓的"某"倒是个侠肝义胆人物。

⑤祝生嫉恶如仇，不令寇氏脱生，不仅报复自己被祟，还要截断水莽鬼祟人的路径。而寇氏被捉回来居然心甘情愿地做起贤妇，怪哉。

耳[12]。儿虽死，已有家室，即同来分母劳，其勿悲。"母问："儿妇何人？"曰："寇氏坐听儿死，儿甚恨之。死后欲寻三娘，而不知其处，近遇某庚伯⑥，始相指示。儿往，则三娘已投生任侍郎家[13]，儿驰去，强捉之来。今为儿妇，亦相得，颇无苦。"

移时，门外一女子入，华妆艳丽，伏地拜母。生曰："此寇三娘也。"虽非生人，母视之，情怀差慰。生便遣三娘操作，三娘雅不习惯，然承顺殊怜人[14]。由此居故室，遂留不去。女请母告诸家。生意勿告，而母承女意，卒告之。

寇家翁媪，闻而大骇，命车疾至，视之，果三娘，相向哭失声。女劝止之。媪视生家良贫，意甚忧悼。女曰："人已鬼，又何厌贫？祝郎母子，情意拳拳，儿固已安之矣。"因问："茶媪谁也？"曰："彼倪姓。自惭不能惑行人，故求儿助之耳。今已生于郡城卖浆者之家。"因顾生曰："既婿矣，而不拜岳，妾复何心？"生乃投拜。女便入厨下，代母执炊，供翁媪。媪视之凄心，既归，即遣两婢来，为之服役；金百斤、布帛数十匹，酒馔不时馈送，小阜祝母矣[15]。寇亦时招归宁。居数日，辄曰："家中无人，宜早送儿还。"或故稽之[16]，则飘然自归。翁乃代生起夏屋[17]，营备臻至[18]。然生终未尝至翁家。⑦

一日，村中有中水莽毒者，死而复苏，相传为异。生曰："是我活之也。彼为李九所害，我为之驱其鬼而去之。"母曰："汝何不取人以自代？"曰："儿深恨此等辈，方将尽驱除之，何屑此为？且儿事母最乐，不愿生也。"⑧由是中毒者，往往具丰筵，祷祝其庭，辄有效。

积十余年母死。生夫妇亦哀毁[19]，但不对客，惟命儿缞麻擗踊[20]，教以礼义而已。葬母后又二年余，为儿娶妇。妇，任侍郎之孙女也。先是，任公妾生女，数月而殇。后闻祝生之异，遂命驾其家，订翁婿焉。至是，

⑥祝生同年"某"说明其父食水莽草而死，即此"庚伯"，小说细针密线。

⑦寇三娘对祝生温柔承顺，寇家对祝生千方百计巴结，而祝生始终不登岳家之门，乃因他对做鬼之事耿耿于怀。

⑧"己所不欲，勿施于人"是祝生的信条，自己被水莽鬼所祟而死，绝对不做祟人之鬼。再生为人固然是好事，却不能再孝母，宁可做鬼。孝心可感天地。

遂以孙女妻其子，往来不绝矣。

⑨好人好报，上帝明察秋毫，聊斋笃信不移。

一日，谓子曰："上帝以我有功人世⑨，策为四渎牧龙君〔21〕。今行矣。"俄见庭下有四马，驾黄幨车，马四股皆鳞甲〔22〕。夫妻盛装出，同登一舆。子及妇皆泣拜，瞬息而渺。是日，寇家见女来，拜别翁媪，亦如生言。媪泣，挽留。女曰："祝郎先去矣。"出门遂不复见。其子名鹗，字离尘，请诸寇翁，以三娘骸骨与生合葬焉。

校勘

底本：手稿本。参校：康熙本、二十四卷本、异史、铸雪斋本。

注释

〔1〕轮回：佛教名词。佛教认为，人因为其善恶行为，在"六道"即天、人、阿修罗、地狱、饿鬼、畜牲中流转。传说水莽鬼不能轮回，也就是不能再转世为人。〔2〕桃花江：湖南中部偏北江名。〔3〕同岁生者为同年：同年本来是对同一年考中科举功名者的称呼，湖南地方以同年生的人为同年。〔4〕投刺相谒：递名片拜望。〔5〕庚兄庚弟：年兄年弟。〔6〕造：造访。〔7〕指环臂钏：戒指、手镯。〔8〕悬想：猜想状。〔9〕故裆：穿过的旧衣服。〔10〕柏舟节：女子在丈夫死后矢志不嫁的品格。语出《诗经·鄘风·柏舟》序："柏舟，共姜自誓也。卫世子共伯早死，其妻守义，父母欲夺而嫁之，誓而弗许，故作是诗以绝之。"诗中有"之死矢靡它"语。〔11〕劬瘁不堪：劳累、憔悴到难以忍受。〔12〕奉晨昏：封建时代子女要早上到父母房中问安，晚上到父母房中安置床寝。〔13〕侍郎：明清中央吏、户、礼、兵、刑、工六部副职官员，明为正三品，清为从二品。〔14〕承顺：温柔接受，孝顺的姿态。〔15〕小阜：稍稍使其富裕。〔16〕稽之：推迟。〔17〕夏屋：厦屋，高大的房屋。〔18〕营备臻至：各种事都操持得很周密。〔19〕哀毁：因为父母之丧而呈形销骨立之状。〔20〕缞麻擗踊：披麻戴孝、捶胸顿足地嚎哭。〔21〕四渎牧龙君：管理四渎的龙王。据《尔雅》，四渎是长江、黄河、淮河、济水。〔22〕马四股皆鳞甲：马的四条腿都长了鳞甲，马实是龙。

点评

　　《聊斋》很少写鬼与鬼之间的爱情故事。《莲香》中的李氏还说过：泉下少年郎不少，然两鬼相处有什么意趣？《水莽草》却写了一对鬼魂相爱的故事，其中心并不是爱情，而是细腻地写祝生其人。他嫉恶如仇，对害人的水莽鬼，以眼还眼、以牙还牙，且推己及人，帮助其他受害者；他孝敬老母，做了鬼仍然惦记老母，尽心尽力；他疼爱儿子，以鬼的身份将其抚养成人并教以礼义。这样一个善良的鬼最后被上帝封为神，顺理成章。鬼可以成神，善念使之然。

水莽艸
同是清茶奉玉觴出之少女
便甘芳一時雖解相如渴何
奈連人見故禱

造畜

魇昧之术〔1〕，不一其道，或投美饵，绐之食之，则人迷罔，相从而去，俗名曰"打絮巴"，江南谓之"扯絮"〔2〕。小儿无知，辄受其害。又有变人为畜者，名曰"造畜"。此术江北犹少，河以南辄有之。扬州旅店中，有一人牵驴五头，暂絷枥下〔3〕，云："我少选即返〔4〕。"兼祝："勿令饮啖〔5〕。"遂去。驴暴日中，蹄啮殊喧〔6〕①。主人牵着凉处。驴见水，奔之，遂纵饮之。一滚尘，化为妇人。怪之，诘其所由，舌强而不能答〔7〕②。乃匿诸室中。既而驴主至，驱五羊于院中，惊问驴之所在。主人曳客坐，便进餐饮③，且云："客姑饭，驴即至矣。"主人出，悉饮五羊，辗转皆为童子。阴报郡，遣役捕获，遂械杀之〔8〕。

① 实际是人不甘于做畜的反映。

② 骤然恢复人形后，还停留在畜牲的意识状态。生动。

③ 机智的店主。蒲松龄笔下的店主常是智者。

> **校勘**

底本：手稿本。参校：康熙本、二十四卷本、异史、铸雪斋本。

> **注释**

〔1〕魇昧之术：用巫术害人。〔2〕打絮巴、扯絮：是江南对害人巫术的几种说法。据贵州籍《聊斋》点评家但明伦记载，这种巫术确实存在："在吾乡则谓之'高脚骡子'。其在途也，妇女多至二三百口，托词贩卖，实术拐也。间有逃出者，问之，曰：'被迷时，觉天地昏暗，或两旁皆虎豹，或皆江河，只中间一线道，遂不觉随之走也。'此皆川、楚人为之。"可供对照。〔3〕絷：拴。枥：马槽。〔4〕少选：一会儿。〔5〕勿令饮啖：不要给它们喂水喂食。〔6〕蹄啮殊喧：又踢又咬，动静很大。〔7〕舌强：舌根发硬，说不出话。〔8〕械杀之：乱棍打死。械，刑杖。

点评

　　拐卖人口获利，古今中外都有，此文实际是对拐卖妇女儿童恶劣现象的变形化描写。一则荒诞不经的传闻，却写得有声有色。人变成畜时的不安分，畜变回为人的迷离，皆写得似合情理。店主见义勇为，智斗巫者，更是生动如画。

　　前人作品中已有类似描写。唐传奇薛渔思《板桥三娘子》写黑店主令旅客吃其荞麦饼后变成驴，占有客人财物，被许州客识破，反而将店主变为驴。事见《太平广记》卷二百八十六。

造
畜

羣驅首敘又羣
羊涉水眞成雜
毒方過洗不去
誰作俑可憐
歸推變奇映

凤阳士人

①这个故事既有其渊源，又有创造。唐传奇《张生》《独孤遐叔》写士子出游多年，临近家门时，产生幻觉，梦到妻子和陌生男子饮酒，愤怒地投以砖石。回到家中，妻子也做了同样的梦。蒲松龄易夫为妻，表达妻子对远游在外的丈夫的思念和担忧心情。

②数人同梦也是唐传奇的创造，唐传奇《三梦记》曾写道："人之梦，异于常者有之，或彼梦有所往而此遇之者，或此有所为而彼梦之者，或两相通梦者。"本文即是三人同梦。

③构思绵密，倘若丽人不讨回鞋子，士人妻梦醒后脚上多出一双鞋，何其煞风景。

凤阳一士人〔1〕①，负笈远游。谓其妻曰："半年当归。"十余月，竟无耗问，妻翘盼綦切〔2〕。一夜，才就枕，纱月摇影，离思萦怀，方反侧间〔3〕，有一丽人，珠鬟绛帔〔4〕，搴帷而入，笑问："姊姊得无欲见郎君乎？"妻急起应之。丽人邀与共往，妻惮修阻〔5〕，丽人但请勿虑。即挽女手出，并踏月色，约行一矢之远。觉丽人行迅速，女步履艰涩，呼丽人少待，将归着复履〔6〕。丽人牵坐路侧，自乃捉足，脱履相假。女喜着之，幸不凿枘〔7〕。复起从行，健步如飞。

移时，见士人跨白骡来②，见妻大惊，急下骑，问："何往？"女曰："将以探君。"又顾问丽人伊谁。女未及答，丽人掩口笑曰："且勿问讯。娘子奔波匪易。郎君星驰夜半，人畜想当俱殆。妾家不远，且请息驾，早旦而行，不晚也。"顾数武之外，即有村落，遂同行，入一庭院，丽人促睡婢起供客，曰："今夜月色皎然，不必命烛，小台石榻可坐。"士人縶骞檐梧〔8〕，乃即坐。丽人曰："履大不适于体，途中颇累赘否？归有代步，乞赐还也。"女称谢付之。③俄顷，设酒果，丽人酌曰："鸾凤久乖〔9〕，圆在今夕，浊醪一觞，敬以为贺。"士人亦执盏酬报。主客笑言，履舄交错〔10〕。士人注视丽者，屡以游词相挑〔11〕。夫妻乍聚，并不寒暄一语。丽人亦美目流情，妖言隐谜〔12〕。女惟默坐，伪为愚者。久之渐醺，二人语益狎。又以巨觥劝客，士人以醉辞，劝之益苦。士人笑曰："卿为我度一曲，即当饮。"丽人不拒，即以牙板抚提琴而歌曰〔13〕："黄昏卸得残妆罢，窗外西风冷透纱。听蕉声，一阵一阵细雨下。何处与人闲磕牙？望穿秋水，不见还家，潸潸泪似麻。又是想他，又是恨他，手拿着红绣鞋儿占鬼卦〔14〕。"

歌竟，笑曰："此市井里巷之谣，不足污君听。然因流俗所尚，姑效颦耳。"音声靡靡，风度狎亵，士人摇惑，若不自禁④。

少间，丽人伪醉离席，士人亦起，从之而去。久之，不至。婢子乏疲，伏睡廊下。女独坐，块然无侣，中心愤恚，颇难自堪。思欲遁归，而夜色微茫，不忆道路。辗转无以自主，因起而觇之。裁近其窗，则断云零雨之声，隐约可闻。又听之，闻良人与己素常猥亵之状，尽情倾吐。女至此，手颤心摇，殆不可遏，念不如出门窜沟壑以死。⑤

愤然方行，忽见弟三郎乘马而至⑥，遽便下问。女具以告。三郎大怒，立与姊回，直入其家，则室门扃闭，枕上之语犹喁喁也。三郎举巨石如斗，抛击窗棂，三五碎断。内大呼曰："郎君脑破矣！奈何！"女闻之愕然，大哭，谓弟曰："我不谋与汝杀郎君，今且若何？"三郎撑目曰〔15〕："汝呜呜促我来；甫能消此胸中恶，又护男儿、怨弟兄，我不惯与婢子供指使！"返身欲去。女牵衣曰："汝不携我去，将何之？"三郎挥姊仆地，脱体而去。

女顿惊寤，始知其梦。

越日，士人果归，乘白骡⑦。女异之而未言。士人是夜亦梦，所见所遭，述之悉符，互相骇怪。既而三郎闻姊夫远归，亦来省问。语次，谓士人曰："昨宵梦君归，今果然，亦大异。"士人笑曰："幸不为巨石所毙。"三郎愕然问故，士以梦告。三郎大异之。盖是夜，三郎亦梦遇姊泣诉，愤激投石也。三梦相符，但不知丽人何许耳。

④丽人身上带有明显的青楼色彩。初次见面就眉目送情，妖言调笑，唱靡靡之音，而且当着妻子的面和丈夫调情。这样的"丽人"出现在深闺妻子的梦中，说明妻子内心深处一直担心丈夫有外遇。但从不出闺门的女性梦到风尘女性，实属罕见。

⑤士子妻对丈夫情思拳拳，对丈夫的寻花问柳一筹莫展、柔弱无依。

⑥士人妻弟入梦。三人同梦。

⑦白骡，世间颇少，而士子偏偏有，偏偏梦中也骑这头骡子。梦是梦，又似乎不是梦，迷离恍惚，神秘朦胧。

校勘

底本：手稿本。参校：康熙本、二十四卷本、异史、铸雪斋本。

注释

〔1〕凤阳：府名，在今安徽。〔2〕翘盼慕切：殷切地盼望。〔3〕方反侧间：正翻来覆去地睡不着时。〔4〕珠鬟绛帔：满头珠翠，披着红色披风。〔5〕修阻：路远难走。〔6〕复履：软底鞋。此前士子妻仅穿睡鞋。〔7〕龃䶨：不合脚，夹脚。〔8〕縶骞檐梧：把骡拴到屋檐下柱子上。〔9〕鸾凤久乖：夫妻很长时间没在一起。〔10〕履舃（xì）交错：各种鞋子杂乱地放满一地。舃，鞋。〔11〕游词相挑：说些轻薄调戏的话挑逗。〔12〕妖言隐谜：含有挑逗意味的话语。〔13〕牙板：手稿本此二字笔画不清，"牙板"据二十四卷本，应是拨弄琴弦的象牙板。提琴：弹拨乐器的一种。〔14〕占鬼卦：旧时闺中妇女在丈夫外出时用绣鞋占卜何时归来。〔15〕撑目：瞪大眼睛。表示极度气愤。

点评

鲁迅先生曾说，《聊斋》亦颇有从唐传奇化出者。《凤阳士人》即从唐传奇数人同梦等借鉴而来。这是个颇有特色的深闺梦。士子妻对远游在外的丈夫怀着刻骨思念的同时，担心其寻花问柳，遂做出"丽人"勾引丈夫的怪梦。士子和妻弟也同时做了这个怪梦。梦中四人，形象鲜明：士子妻善良柔弱，士子薄情寡义，丽人风流放荡，三郎性格暴烈。明明是写梦，又写得像现实生活一样逼真，丽人的家宴，士子妻对三郎哭诉，都酷似现实生活。梦中丽人所歌俗曲，《金瓶梅》也曾引用，是写妻子对丈夫的思念，偏偏由丽人歌之，并成为勾搭丈夫的手段，是尴尬人唱尴尬曲。而用"白骡"将梦境和现实生活联系起来，结尽而不尽，令人回味。

鳳陽女人

弟兄夫婦先西
東月下悵人
感慨中顚倒逺
雄感夢想不
同夢在夢偏同

耿十八

新城耿十八病危笃〔1〕，自知不起。谓妻曰："永诀在旦晚耳〔2〕，我死后，嫁守由汝〔3〕，请言所志。"妻默不语。耿固问之，且云："守固佳，嫁亦恒情〔4〕。明言之，庸何伤〔5〕？行与子诀，子守，我心慰；子嫁，我意断也〔6〕。"妻乃惨然曰："家无儋石〔7〕，君在犹不给，何以能守？"耿闻之，遽捉妻臂作恨声曰："忍哉！"言已而没，手握不可开。妻号。家人至，两人攀指力擘之〔8〕，始开。①

耿不自知其死，出门，见小车十余两〔9〕，两各十人，即以方幅书名字黏车上。御人见耿，促登车。耿视车中已有九人，并己而十，又视黏单上，己名最后。车行咋咋〔10〕，响震耳际，亦不自知何往。俄至一处，闻人言曰："此思乡地也。"闻其名，疑之②。又闻御人偶语云："今日剿三人〔11〕。"耿又骇。及细听，其言悉阴间事，乃自悟曰："我岂不作鬼物耶？"顿念家中，无复可悬念，惟老母腊高〔12〕，妻嫁后，缺于奉养。念之，不觉涕涟。③

又移时，见有台，高可数仞，游人甚夥，囊头械足之辈〔13〕，呜咽而下上，闻人言为"望乡台〔14〕"④。诸人至此，俱踏辕下，纷然竞登。御人或挞之，或止之，独至耿，则促令登。登数十级，始至颠顶。翘首一望，则门闾庭院，宛在目中。但内室隐隐，如笼烟雾⑤。凄恻不自胜。回顾，一短衣人立肩下，即以姓氏问耿，耿俱以告。其人亦自言为东海匠人，见耿零涕，问："何事不了于心？"耿又告之。匠人谋与越台而遁，耿惧冥追〔15〕，匠人固言无妨；耿又虑台高倾跌，匠人但令从己。遂先跃，耿果从之，及地，竟无恙，喜无觉者。视所乘车，犹在台下。二人急奔，数武，忽自念名字黏

①是强烈的爱情还是强烈的占有欲？或深深的怨恨？真是死不撒手。

②开始怀疑自己是死是活。心理描写细致。

③这样的想法很合理。

④京剧《探阴山》有对望乡台的描写。

⑤看不清才妙，如看到其妻，妻哭还是不哭？

车上，恐不免执名之追，遂反身近车，以手指染唾，涂去己名，始复奔，哆口坌息〔16〕，不敢少停。少间，入里门，匠人送诸其室。蓦睹己尸，醒然而苏。觉乏疲躁渴，骤呼水。家人大骇，与之水，饮至石余。乃骤起，作揖拜状。既而出门，拱谢方归。归则僵卧不转。家人以其行异，疑非真活，然渐觇之，殊无他异。稍稍近问，始历历言本末。问："出门何故？"曰："别匠人也。""饮水何多？"曰："初为我饮，后乃匠人饮也。"投之汤羹，数日而瘥。由此厌薄其妻〔17〕，不复共枕席云。

校勘

底本：手稿本。参校：康熙本、二十四卷本、异史、铸雪斋本。

注释

〔1〕病危笃：病重将死。〔2〕永诀在旦晚：短时间之内永别。〔3〕嫁守：是改嫁还是守节。〔4〕恒情：人之常情。〔5〕庸何伤：有什么妨害？〔6〕意断：断绝念想。〔7〕家无儋（dàn）石：家里没有多少粮食，儋石，可容一石的陶质容器。〔8〕擘（bāi）：分开。〔9〕两："辆"的古字。〔10〕咋（zé）咋：车轮转动声。〔11〕剳（zhá）：铡。〔12〕腊高：年龄大。〔13〕囊头械足：布袋套着头，脚上拖着镣。〔14〕望乡台：按迷信说法，阴司有望乡台，鬼魂可以从那里看到阳世的情况。〔15〕冥追：阴司追捕。（16）哆（chì）口坌（bèn）息：张口气喘。〔17〕厌薄：厌恶，鄙视。

点评

黄泉路上有去无回，耿十八居然能跑回来，《聊斋》点评家认为是他的孝心所致。然世间孝子多矣，能有几个从阴司跑回来？而耿十八硬是采用近于儿戏的办法，比如用唾沫把自己的名字抹掉，就从阴司跑了回来，真是咄咄怪事。小说开头，耿十八逼问妻能否在自己死后守节，小说结尾，复活的耿十八再不肯和妻子共枕席，劝谕寡妇守节，可能是作者命意。小说情节离奇古怪，人物心理却相当真切，耿十八开始不知自己已死，待知道自己已入冥世时，首先想到母亲没人管，此孝心令人同情。

耿十八本来贫穷却夫妻和美，他死而复生，夫妻不再和美。作为一个终生乡居且长时间处于贫穷状态的平民作家，蒲松龄对贫苦百姓的生存状态深有体会。

耿十八

雙飛曾說鳥同林，
起琵琶別抱心回首。
望鄉台上望不堪重
讀白頭吟。

珠儿

常州民李化[1]，富有田产，年五十余无子，一女名小惠，容质秀美，夫妻最怜爱之。十四岁暴病夭殂，冷落庭帏，益少生趣。始纳婢，经年余，生一子，视如拱璧，名之珠儿。儿渐长，魁梧可爱，然性绝痴，五六岁尚不辨菽麦[2]，言语謇涩[3]。李亦好而不知其恶。会有眇僧募缘于市[4]，辄知人闺闼，于是相惊以神，且云能生死祸福人。几十百千，执名一索，无敢违者。诣李募百缗[5]，李难之，给十金，不受；渐至三十金。僧厉色曰："必百缗，缺一文不可！"李亦怒，收金遽去。僧忿然起曰："勿悔！勿悔！"无何，珠儿心暴痛，巴刮床席[6]，色如土灰。李惧，将八十金诣僧求救①。僧笑曰："多金大不易！然山僧何能为？"李归而儿已死。李恸甚，以状诉邑宰[7]。宰拘僧讯鞫，亦辨给无情词[8]。笞之，似击鞔革[9]。令搜其身，得木人二、小棺一、小旗帜五。宰怒，以手叠诀举示之[10]。僧乃惧，自投无数[11]。宰不听，杖杀之。李叩谢而归。

时已曛暮，与妻坐床上。忽一小儿，侲傈入室，曰："阿翁行何疾？极力不能得追。"视其体貌，当得七八岁。李惊，方将诘问，则见其若隐若现，恍惚如烟雾，宛转间已登榻坐。李推下之，堕地无声。曰："阿翁何乃尔！"瞥然复登[12]。李惧，与妻俱奔。儿呼阿父、阿母，呕哑不休。李入妾室，急阖其扉，还顾，儿已在膝下。李骇问何为。答曰："我苏州人，姓詹氏。六岁失怙恃[13]，不为兄嫂所容，逐居外祖家。偶戏门外，为妖僧迷杀桑树下，驱使如伥鬼[14]，冤闭穷泉[15]，不得脱化[16]。幸赖阿翁昭雪，愿得为子。"②李曰："人鬼殊途，何能相依？"儿曰："但除斗室，为儿设床褥，日浇一杯冷浆粥[17]，余都无事。"李从之。儿喜，

①僧是妖僧，以邪术诈骗，李化视钱如命，实际他的钱来路不正。

②詹氏子和珠儿同病相连，都被妖僧所害。詹氏子感李化救助之恩，愿代替珠儿做李化子。

217

遂独卧室中。

晨来出入闺阁如家生。闻妾哭子声，问："珠儿死几日矣？"答以七日。曰："天严寒，尸当不腐。试发冢起视，如未损坏，儿当得活。"李喜，与儿去，开穴验之，躯壳如故。方此忉怛〔18〕，回视，失儿所在。异之，舁尸归，方置榻上，目已瞥动，少顷，呼汤，汤已而汗，汗已遂起。群喜珠儿复生，又加之慧黠便利，迥异曩昔。但夜间僵卧，毫无气息，共转侧之，冥然若死。众大愕，谓其复死；天将明，始若梦醒。群就问之，答云："昔从妖僧时，有儿等二人，其一名为哥子。昨追阿父不及，盖在后与哥子作别耳。今在冥间，与姜员外作义嗣〔19〕，亦甚优游，夜分，固来邀儿戏。适以白鼻骒〔20〕送儿归。"母因问："在阴司见珠儿否？"曰："珠儿已转生矣。渠与阿翁无父子缘，不过金陵严子方，来讨百十千债负耳。"③初，李贩于金陵，欠严货价未偿，而严翁死，此事无人知者。李闻之大骇。母问："儿见惠姊否？"儿曰："不知。再去当访之。"

又二三日，谓母曰："惠姊在冥中大好，嫁得楚江王小郎子〔21〕。珠翠满头髻。一出门，便十百作呵殿声〔22〕。"母曰："何不一归宁？"曰："人既死，都与骨肉无关切。倘有人细述前生，方豁然动念耳〔23〕。昨托姜员外，夤缘见姊〔24〕，姊姊呼我坐珊瑚床上〔25〕，与言父母悬念，渠都如眠睡。儿云：'姊在时，喜绣并蒂花，剪刀刺手爪，血渍绫子上〔26〕，姊就刺作赤水云。今母犹挂床头壁，顾念不去心。④姊忘之乎？'姊始凄感，云：'会须白郎君，归省阿母。'"母问其期，答言不知。

一日，谓母："姊行且至，仆从大繁，当多备浆酒。"少间，奔入室曰："姊来矣！"移榻中堂，曰："姊姊且憩坐〔27〕，少悲啼。"诸人悉无所见。儿率人焚纸酹饮于门外〔28〕，反曰："驺从暂令去矣〔29〕。姊言：'昔日所覆绿锦被，曾为烛花烧一点如豆大⑤，尚在否？'"

③又一宿命：珠儿虽为妖僧所害，实际他本身是来向李化讨债的。李化丧子复得，变愚笨为聪慧。一大波折。

④⑤写鬼而点缀生活细节如画。说明借体归来的确实是女儿。

母曰："在。"即启笥出之。儿曰："姊命我陈旧闺中。乏疲，且小卧，翌日再与阿母言。"

东邻赵氏女，故与惠为绣阁交。是夜，忽梦惠幞头紫帔来相望〔30〕，言笑如平生。且言："我今异物，父母觌面，不啻河山〔31〕。将借妹子与家人共话，勿须惊恐。"质明〔32〕，方与母言。忽仆地闷绝。逾刻始醒，向母曰："小惠与阿婶别几年矣，顿鬖鬖〔33〕白发生！"母骇曰："儿病狂耶？"女拜别即出。母知其异，从之。直达李所，抱母哀啼。母惊，不知所谓。女曰："儿昨归，颇委顿，未遑一言。儿不孝，中途弃高堂，劳父母哀念，罪何可赎！"母顿悟，乃哭。已而问曰："闻儿今贵，甚慰母心。但汝栖身王家，何遂来？"女曰："郎君与儿极燕好〔34〕，姑舅亦相抚爱〔35〕，颇不谓妒丑。"惠生时好以手支颐，女言次，辄作故态，神情宛似。⑥未几，珠儿奔入，曰："接姊者至矣。"女乃起，拜别泣下，曰："儿去矣。"言讫，复踣，移时乃苏。

后数月，李病剧，医药罔效。儿曰："旦夕恐不救也！二鬼坐床头，一执铁杖子，一挽苎麻绳，长四五尺许，儿昼夜哀之，不去。"母哭，乃备衣衾。既暮，儿趋入曰："杂人妇且避去，姊夫来视阿翁。"俄顷，鼓掌而笑。母问之，曰："我笑二鬼，闻姊夫来，俱匿床下，如龟鳖。"又少时，望空道寒暄，问姊起居。既而拍手曰："二鬼奴哀之不去，至此大快！"乃出至门外，却回，曰："姊夫去矣。二鬼被锁马鞯上。阿父当即无恙。姊夫言归白大王，为父母乞百年寿也。"⑦一家俱喜。至夜病良已，数日寻瘥。

延师教儿读，儿甚慧，十八岁入邑庠〔36〕，犹能言冥间事。见里中病者，辄指鬼祟所在，以火爇之，往往得瘥。后暴病，体肤青紫，自言"鬼神责我绽露〔37〕"。由是不复言。

⑥不可思议的借体见母，以惠儿生前特征性动作证明，细致。

⑦惠儿丈夫乃楚江王之子，楚江王即十殿阎罗之一，鬼魂世界同样可以势压人。

校勘

底本：手稿本。参校：康熙本、二十四卷本、异史、铸雪斋本。

注释

〔1〕常州：府名，今江苏常州市。〔2〕不辨菽麦：分辨不清大豆与小麦，形容愚昧无知。菽，大豆，麦，小麦。〔3〕言语謇涩：说话困难，不连贯。〔4〕眇僧：瞎眼和尚。募缘：化缘，僧道求布施。〔5〕百缗（mín）：一百贯钱。缗，串，贯。〔6〕巴刮：抓。〔7〕邑宰：县令。〔8〕辨给无情词：花言巧语给自己辩解，不说实话。〔9〕鞔（mán）革：皮鼓。〔10〕以手叠诀：用道教正一派道法的手势和法术（如天师诀）借助神灵驱邪镇妖。举示之：用道教法术把僧人以木人、小棺等邪术如何诅咒人展现出来。〔11〕自投无数：叩头无数。〔12〕瞥然：飞速地。〔13〕失怙恃：死了父母。〔14〕伥鬼：为虎所吃，反过来帮虎吃人。〔15〕穷泉：九泉。〔16〕脱化：超脱，转世为人。〔17〕日浇一杯冷浆粥：每天浇到地上一碗稀粥作为祭奠。〔18〕忉怛（dāodá）：悲痛状。〔19〕义嗣：理所当然的继承人，嫡子。〔20〕白鼻騧（guā）：白鼻黑嘴的马。〔21〕楚江王：中国佛教认为的十殿阎罗之一。〔22〕呵殿声：侍从前呵后殿的声音。〔23〕豁然动念：突然想起来。〔24〕夤缘：拉拢关系。〔25〕珊瑚床：装饰有珊瑚的高档床。〔26〕浼（wò）：污染。〔27〕憩坐：坐下休息。〔28〕焚纸酹饮于门外：在门外烧黄表纸并以酒浆祭奠。〔29〕驺（zōu）从：达官贵人出行时带的大量随从。驺，养马的人。〔30〕幞（fú）头紫帔（pèi）：头包软巾、身披紫色披风。〔31〕不啻河山：无异于有山岳河流相隔。〔32〕质明：天刚亮。〔33〕鬖（sān）鬖：毛发蓬松下垂状。〔34〕燕好：夫妇恩爱。〔35〕姑舅：婆婆和公公。〔36〕邑庠（xiáng）：通过考试成为县学生员（秀才）。〔37〕绽露：泄露。

点评

李化的傻儿子珠儿被妖僧所杀，别人聪明伶俐的儿子借体还魂成了珠儿，还帮助李家把早年夭折的女儿请回来，而夭折的女儿居然在冥世成亲，还颇有势力，眼看要死的父亲又靠阴世女婿的势力，摆脱了死亡。真是鬼话连篇累牍，怪事层出不穷。作者用其生花妙笔把几件本来互不相关的事丝丝入扣地联系在一起，写得曲折生动，虚实相生。李化夫妻和惠儿人鬼间的亲情尤其感人。篇名为"珠儿"，其实真正的珠儿的灵魂早已消失，给读者留下深刻印象的，是他的取代者、既世事洞明又机敏过人的詹氏子。在数百篇《聊斋》故事中，这是少有的经儿童视角写作的篇章。

珠兒

索債人先返兒塵感
恩魂又附尸來珠兒
真似珠如意不陽幽

明任壯圖

小官人

太史某翁〔1〕，忘其姓氏，昼卧斋中，忽有小卤簿，出自堂陬〔2〕。马大如蛙，人细于指。小仪仗以数十队。一官冠皂纱，着绣黼〔3〕，乘肩舆，纷纷出门而去。公心异之，窃疑睡眼之讹。顿见一小人返入舍，携一毡包大如拳，竟造床下。白言："家主人有不腆之仪〔4〕，敬献太史。"言已，对立，即又不陈其物。少间，又自笑曰："戋戋微物〔5〕，想太史亦无所用，不如即赐小人。"太史颔之。欣然携之而去。后不复见。惜太史中馁〔6〕，不曾诘所自来。

校勘

底本：手稿本。参校：康熙本、二十四卷本、异史、铸雪斋本。

注释

〔1〕太史：一般用来称呼史官，明清时代也用来称呼翰林。〔2〕堂陬（zōu）：厅堂角落。〔3〕绣黼：古代礼服。黼，黻也，礼服上黑白相间的花纹。〔4〕不腆之仪：薄礼。〔5〕戋戋（jiān）：微小。〔6〕中馁：内心缺乏勇气。

点评

马像青蛙，人像手指，礼包如拳，是地地道道的"小人小马小礼物"。麻雀虽小，五脏俱全，人虽小，派头不小，人五人六穿着古代官服，像官员一样出行，像官员一样互相送礼，也像官员一样上下其手。送礼者巧舌如簧，死皮赖脸，把礼物占为己有。似乎是写一梦魇，却像现实生活一样生动。

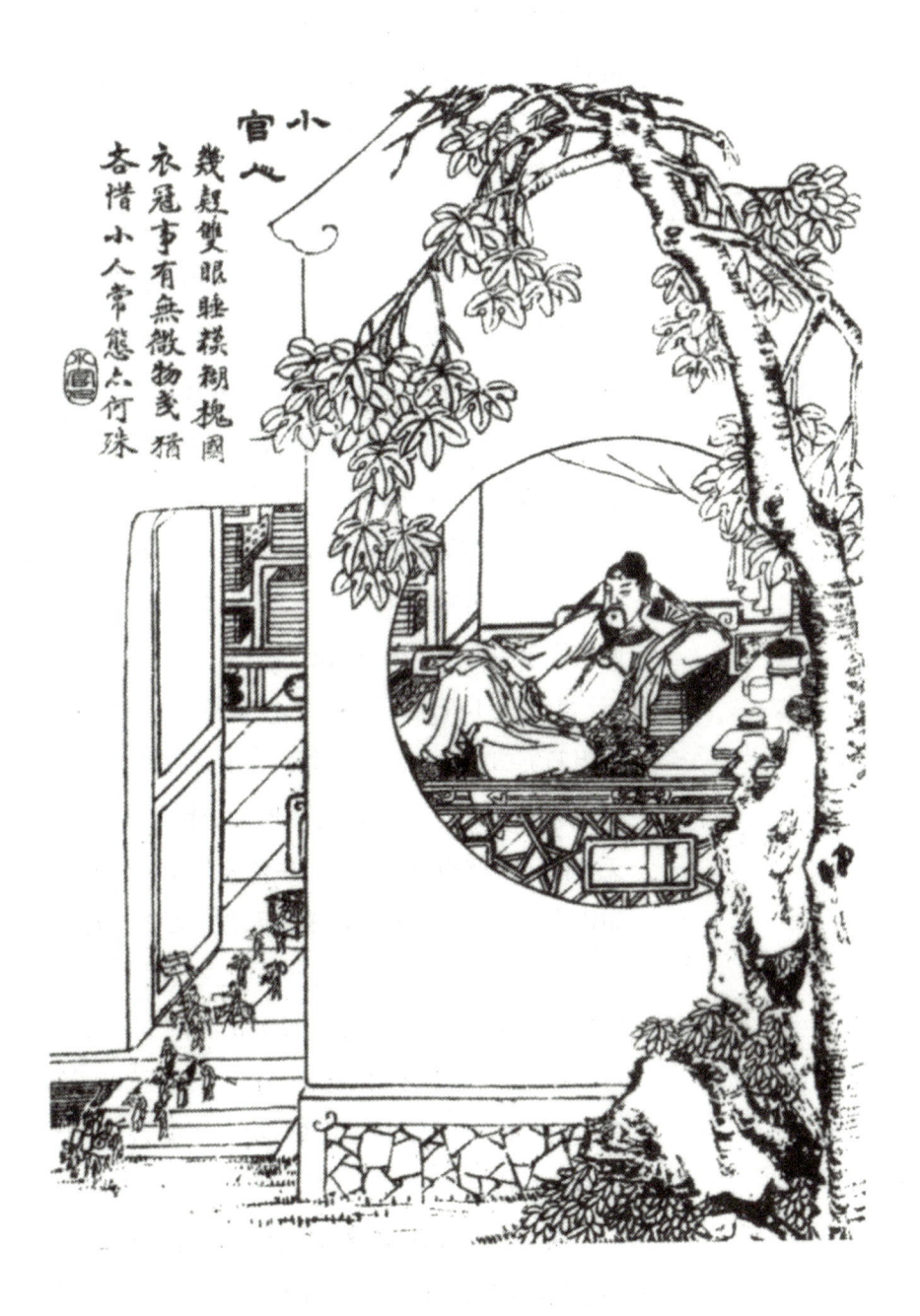

小官人

幾翹雙眼駐槃觀槐國
衣冠事有無微物或猜
杏惜小人常態太何殊

胡四姐

① 芍药和碧桃都是十分美丽的花，用两种不同的花形容同一个人，说明其姿容极其美艳。

② 胡三姐说四姐之美远远超过她，三姐已经美艳如花，四姐该如何？作者别出心裁，写四姐像晨雾中初绽的荷花，像蒙蒙细雨中的杏花。且写四姐迷人的微笑，最后加"媚丽欲绝"的总评。四姐之美写得力透纸背。"荷粉露垂，杏花烟润"八字，被《红楼梦》后四十回照抄到新娘子薛宝钗身上。

③ 善良多情，大义灭亲。胡四姐是个跟传统观念完全不同的狐狸精。

尚生，泰山人〔1〕，独居清斋〔2〕。会值秋夜，银河高耿〔3〕，明月在天，徘徊花阴，颇存遐想〔4〕。忽一女子逾垣来，笑曰："秀才何思之深？"生就视，容华若仙。惊喜拥入，穷极狎昵。自言："胡氏，名三姐。"问其居第，但笑不言。生亦不复置问，惟相期永好而已。自此临无虚夕。一夜，与生促膝灯幕，生爱之，瞩盼不转〔5〕。女笑曰："眈眈视妾何为〔6〕？"曰："我视卿如红药碧桃①，虽竟夜视，不为厌也。"三姐曰〔7〕："妾陋质，遂蒙青盼如此，若见吾家四妹，不知如何颠倒。"生益倾动，恨不一见颜色，长跽哀请。

逾夕，果偕四姐来。年方及笄，荷粉露垂，杏花烟润，嫣然含笑，媚丽欲绝②。生狂喜，引坐。三姐与生同笑语，四姐惟手引绣带，俯首而已。未几，三姐起别，妹欲从行，生曳之不释，顾三姊曰："卿卿烦一致声〔8〕。"三姐乃笑曰："狂郎情急矣！妹子一为少留。"四姐无语，姊遂去。二人备尽欢好，既而引臂替枕，倾吐生平，无复隐讳。四姐自言为狐，生依恋其美，亦不之怪。四姐因言："阿姊狠毒，业杀三人矣，惑之，罔不毙者。妾幸承溺爱，不忍见灭亡，当早绝之③。"生惧，求所以处。四姐曰："妾虽狐，得仙人正法，当书一符黏寝门，可以却之。"遂书之。既晓，三姐来，见符却退，曰："婢子负心，倾意新郎，不忆引线人矣。汝两人合有夙分〔9〕，余亦不相仇，但何必尔？"乃径去。

数日，四姐他适，约以隔夜。是日，生偶出门眺望，山下故有槲林〔10〕，苍莽中，出一少妇，亦颇风韵。近谓生曰："秀才何必日沾沾恋胡家姊妹？渠又不能以一钱相赠。"即以一贯授生，曰："先持归，贳良酝〔11〕，我即携小肴馔来〔12〕，与君为欢。"生怀钱归，

④狐狸精意味着妖媚，意味着对传统道德的背叛。中国人习惯把淫荡迷人的女人叫"狐狸精"，胡三姐和骚狐，是这类狐狸精的代表。她们只要欲，不要情，害人，而不是爱人。

果如所教④。少间，妇果至，置几上燔鸡咸彘肩各一〔13〕，即抽刀子缕切为肴〔14〕。酾酒调谑〔15〕，欢洽异常。继而灭烛登床，狎情荡甚。既曙始起，方坐床头，捉足易舄，忽闻人声。倾听，已入帏幕，则胡姊妹也。妇乍睹，仓惶而遁，遗舄于床。二女遂叱曰："骚狐！何敢与人同寝处！"追去，移时始返。四姐怨生曰："君不长进，与骚狐相匹偶，不可复近！"遂悻悻欲去。生惶恐自投，情词哀恳；三姊从旁解免，四姐怒稍释，由此相好如初。

一日，有陕人骑驴造门，曰："吾寻妖物，匪伊朝夕〔16〕，乃今始得之。"生父以其言异，讯所由来。曰："小人日泛烟波〔17〕，游四方，终岁十余月，常八九离桑梓〔18〕，被妖物蛊杀吾弟。归甚悼恨，誓必寻而殄灭之〔19〕。奔波数千里，殊无迹兆，今在君家。不剪，当有继吾弟亡者。"时生与女密迩〔20〕，父母微察之，闻客言，大惧，延入，令作法。出二瓶，列地上，符咒良久，有黑雾四团，分投瓶中。客喜曰："全家都到矣。"遂以猪脬裹瓶口〔21〕，缄封甚固。生父亦喜，坚留客饭。生心恻然〔22〕，近瓶窃视，闻四姐在瓶中言："坐视不救，君何负心？"生意感动。急启所封，而结不可解。四姐又曰："勿须尔！但放倒坛上旗，以针刺脬作空，予即出矣。"生如其情。果见白气一丝，自孔中出，凌霄而去。客出，见旗横地，大惊曰："遁矣！此必公子所为。"摇瓶俯听，曰："幸止亡其一。此物合不死，犹可赦。"乃携瓶别去。

后生在野，督佣刈麦〔23〕，遥见四姐坐树下。生近就之，执手慰问。且曰："别后十易春秋，今大丹已成〔24〕。但思君之念未忘⑤，故复一拜问。"生欲与偕归。女曰："妾今非昔比，不可以尘情染，后当复见耳。"言已，不知所在。

⑤胡四姐是狐狸精时跟尚生相爱，成仙后仍然对尚生念念不忘，她身上体现了爱的"永恒"。

又二十年余，生适独居，见四姐自外至，生喜与语。女曰："我今名列仙籍，不应再履尘世。但感君情，特

225

报撤瑟之期〔25〕。可早处分后事，亦勿悲忧。妾当度君为鬼仙⑥，亦无苦也。"乃别而去。至日生果卒。

尚生乃友人李文玉之戚好〔26〕，尝亲见之。

⑥重情重义，相爱一时，关心一世。

校勘

底本：手稿本。参校：康熙本、二十四卷本、异史、铸雪斋本。

注释

〔1〕泰山：汉初设泰山郡。今山东省泰安市。〔2〕清斋：清冷书斋。〔3〕银河高耿：众多星高悬天上，十分明亮。〔4〕遐想：想入非非。〔5〕瞩盼不转：目不转睛、全神贯注地看。〔6〕眈眈：贪婪地注视。〔7〕三姐曰：手稿本为"三曰"，漏"姐"字。〔8〕致声：说一声。〔9〕凤分：命中注定的缘分。〔10〕槲（hú）：常绿灌木。〔11〕贳（shì）良酝：买好酒。〔12〕肴馔：菜肴。〔13〕燔（fán）鸡：烧鸡。麤（zhì）肩：猪肘。〔14〕缕切为脔（luán）：细细地切成小块肉。〔15〕酾（shāi）酒调谑：斟酒调笑戏谑。〔16〕匪伊朝夕：不是一朝一夕。〔17〕泛烟波：江湖行走。〔18〕桑梓：桑与梓为古代家中常种的树，代指故乡。〔19〕殄（tiǎn）灭：消灭。〔20〕密迩：关系密切。〔21〕猪脬（pāo）：猪的膀胱。〔22〕恻然：悲惨状。〔23〕刈麦：割麦。〔24〕大丹：狐狸精通过炼丹成仙，大丹类似于道家内丹，有长生不老效用。〔25〕撤瑟之期：死期。《仪礼·既夕礼》："有疾，疾者齐，养者皆齐，撤琴瑟。"本意是撤去琴瑟，令病者安静，后引申为死亡。〔26〕李文玉戚好：李文玉，生平不详。戚好，亲戚友好。

点评

《聊斋》中狐狸精跟男士相爱，经常是惊鸿一瞥，翩若游龙，而姿色出众，柔美可爱的胡四姐却追求爱的永恒。胡四姐有绝美的外貌和温柔多情、善良周到、自珍自重的个性。她一旦跟尚生相爱，就视尚生安危为己任，将"牵线人"三姐害人的狠毒揭露出来，将骚狐驱逐走。驱狐陕人不分青红皂白，在向胡三姐复仇时，将胡四姐一并捉拿，尚生帮她逃走，胡四姐铭记在心，即使成仙，仍然对尚生笃爱不移，关怀备至。胡四姐是狐仙，也是理想化的女性。

胡卯娘

絮果蘭因事莫論
情天心劫惴蒙恩
咸再履仕塵日風月
都情見鳳根

祝翁

①但明伦评:"余见有老死而遗其妻者,儿辈分爨,计日输养,寒热仰人,互相推诿,且有多求一食一衣而莫之应者,真无复生趣矣。祝翁呼与同行,真是晓事,真是快事。"冯镇峦评:"此数语观之令人泣下,凡事暮年老亲,非孝子顺妇,鲜不蹈此病。"

②酸心语,刺心语。

③稀奇古怪之事,却总是用真实人物记载。

济阳祝村有祝翁者[1],年五十余病卒,家人入室理缞绖[2],忽闻翁呼甚急。群奔集灵寝,则见翁已复活,群喜慰问。翁但谓媪曰:"我适去,拚不复返[3]。行数里,转思抛汝一副老皮骨在儿辈手,寒热仰人,亦无复生趣,不如从我去。故复归,欲偕尔同行也。"①咸以其新苏妄语,殊未深信。翁又言之。媪云:"如此亦复佳。但方生,如何便得死?"翁挥之曰:"是不难。家中俗务,可速作料理。"媪笑,不去,翁又促之。乃出户外,延数刻而入,绐之曰:"处置安妥矣。"翁命速妆,媪不去,翁催益急。媪不忍拂其意,遂裙妆以出,媳女皆匿笑[4]。翁移首于枕,手拍令卧。媪曰:"子女皆在,双双挺卧,是何景象?"翁搥床曰:"并死有何可笑!"②子女辈见翁躁急,共劝媪姑从其意。媪如言,并枕僵卧,家人又共笑之。俄视媪笑容忽敛,又渐而两眸俱合,久之无声,俨如睡去。众始近视,则肤已冰而鼻无息矣。视翁亦然,始共惊怛。

康熙二十一年,翁弟妇佣于毕刺史[5]之家,言之甚悉。③

异史氏曰:"翁其夙有畸行与[6]?泉路茫茫,去来由尔,奇矣!且白头者欲其去,则呼令去,抑何其暇[7]也!人当属纩之时[8],所最不忍诀者,床头之昵人耳[9]。苟广其术,则卖履分香[10],可以不事矣。"

校勘

底本:手稿本。参校:康熙本、二十四卷本、异史、铸雪斋本。

注释

〔1〕济阳：县名，在济南北部。〔2〕缞绖（cuī dié）：丧服。〔3〕拚（pàn）不复返：一去不回头。拚，豁出去。〔4〕匿笑：偷偷地笑。〔5〕毕刺史：毕际有，字载绩，淄川人。官至通州知州，蒲松龄从康熙十八年开始在毕家坐馆三十年，毕际有是他的东家。〔6〕夙有畸行：平素有不同寻常的行为。〔7〕暇：从容，悠闲。〔8〕属纩（zhǔ kuàng）：临终。〔9〕昵人：亲近的人，指妻妾。〔10〕卖履分香：曹操临终有《遗令》吩咐诸妾"汝等时登铜雀台，望吾西陵墓田"，"余香可分与诸夫人，诸舍中无为，学作履组卖也"。"分香卖履"典故比喻临死难以割舍妻妾。

点评

这是一则奇闻，泉路茫茫，岂可任由来去？但不可思议的奇闻触及了人生最隐秘的一个角落。恩爱夫妻恨不能同年同月同日死，为什么？仅仅是为了恩爱？主要还为了儿女是否孝顺。一副老皮骨掉到不孝儿女手中，寒不得衣，饥不得食，嘘寒问暖指望哪个？生活之惨淡兼以精神之凄凉，面对不孝儿女，宁死勿生，是人生残酷的事实，是智者明智的选择。看透人生，说死就死，死得干净利落，死得无牵无挂，死得潇洒飘逸，是农村老翁如此睿智，还是蒲松龄借以讽世？令人深思。

祝翁
缱绻恩私
悲永诀由来
恍惚冥悟泳
纵今白首同归
土藏偕分香
贵暖心

猪婆龙

猪婆龙产于西江〔1〕，形似龙而短，能横飞，常出沿江岸扑食鹅鸭。或猎得之，则货其肉于陈、柯。此二姓皆友谅之裔〔2〕，世食婆龙肉，他族不敢食也。一客自江右来〔3〕，得一头，絷舟中。一日泊舟钱塘〔4〕，缚稍懈，忽跃入江。俄倾，波涛大作，估舟倾沉〔5〕。

校勘

底本：手稿本。参校：康熙本、二十四卷本、异史、铸雪斋本。

注释

〔1〕猪婆龙：扬子鳄。西江：长江下游以西。〔2〕友谅之裔：陈友谅的后人。陈友谅，元末农民起义领袖。〔3〕江右：即西江。古人的地理概念以东为左，以西为右。〔4〕钱塘：钱塘江，流经安徽、浙江。〔5〕估舟：商船。

点评

这是一则轶闻。写出了猪婆龙的形态、习性。能够吃它的两姓，是农民义军的后裔，寥寥几笔，隐含着对陈友谅的尊敬之心。

家人又共笑之，俄视媪笑容忽敛，又渐亦不晦，俱合又之颇疑。仪如去，众始近视，则肤已冰而鼻无息矣，试翁亦然，始共惊怛。𣸣熙十一年，翁弟妇佣于毕刺史之家，言之甚悉。

异史氏曰：翁其风有时行与泉路中乎？去来由啬奇矣。此回颔芳欲其去则令去，柯其暇也人当属缯之时，所最不忠诉者，脉颔之瞳人耳，奇广其术则赁徒奔咅可以不事矣。

猪婆龙

猪婆龙产于西江，形似龙而短，能横飞，常出浮江上，撑食鹅鸭，或猎得之则货其肉于陈柯此二姓皆友谅之裔，世食婆龙肉云。

卷二

某公

陕右某公，辛丑进士[1]，能记前身。尝言前生为士人，中年而死，死后见冥王判事[2]，鼎铛油镬[3]，一如世传。殿东隅，设数架，上搭猪、羊、犬、马诸皮①。簿吏呼名，或罚作马，或罚作猪，皆裸之，于架上取皮被之[4]。俄至公，闻冥王曰："是宜作羊。"鬼取一白羊皮来，捺覆公体[5]。吏白："是曾拯一人死[6]。"王捡籍覆视[7]，示曰："免之。恶虽多，此善可赎。"鬼又褫其毛革[8]，革已黏体，不可复动，两鬼捉臂按胸，力脱之，痛苦不可名状，皮片片断裂，不得尽净②，既脱，近肩处，犹黏羊皮大如掌。公既生，背上有羊毛丛生，剪去复出。

①阎王殿成时装店，一笑。

②以极其真实的细节，写极其荒诞的内容。

校勘

底本：康熙本。参校：二十四卷本、异史、铸雪斋本、青柯亭本。

注释

[1]辛丑：顺治十八年（1661）。[2]判事：处理公务。[3]鼎铛（chēng）油镬（huò）：鼎、铛、镬，皆烹饪用具，有足为鼎，无足为镬，平底而浅为铛，油镬为油锅。阴司用来盛沸油，将前世恶人油炸之。[4]被："披"的古字。[5]捺覆公体：向下按着覆盖到其身上。[6]是：指示代词，即"此人"。[7]捡籍覆视：拣出生死簿重新察看。[8]褫（chǐ）：剥去。

点评

这是篇劝世故事。今世作恶，来世变畜牲，而一善可赎数恶。蒲松龄一生未曾冲开"举人"关口，某些蟾宫折桂者身上却有着"畜牲"的基因，幽默诙谐之中寓意颇深。

陕邑某公　憑将善恶判陰曹　縛殺人羊
数莫逃　賴有救生功可贖　不曾戴角
祗披毛

快刀

① 草菅人命，不问罪行轻重，一概杀害。

② 视死如归，只求利索。杀人者和被杀者竟然成了临时盟友。

③ "圆转"写头滚情形，"大赞"写壮士豪言，有声有色。据民间传说，金圣叹临刑塞给刽子手一信，行刑后打开看，是一块小石头和一张小纸条，上边写：好快刀。

明末，济属多盗〔1〕，邑各置兵，捕得辄杀之①。章丘盗尤多。有一兵佩刀甚利，杀辄导窾〔2〕。一日捕盗十余名，押赴市曹〔3〕。内一盗识兵，逡巡告曰："闻君刀最快，斩首无二割②。求杀我！"兵曰："诺。其谨依我，无离也〔4〕。"盗从之刑所，出刀挥之，豁然头落。数步之外，犹圆转而大赞曰："好快刀！"③

> 校勘

底本：康熙本。参校：二十四卷本、异史、铸雪斋本、青柯亭本。

> 注释

〔1〕济属：济南地区。〔2〕杀辄导窾（kuǎn）：杀人时总能顺着骨头缝下刀，一刀头断。窾，空隙。〔3〕市曹：市内商业区，常为古代行刑处。〔4〕无：勿，不要。

> 点评

头颅离开躯体后还能不能说话？按照现代医学观点，绝对不能。《快刀》里的"盗"却能，而且是夸奖杀自己的刀真快！随便捉人，随便杀人，被杀者只求速死，如愿以偿就大夸"好快刀"。令人潸然泪下的黑色幽默。残忍到极点的场面令人不忍卒读。豪气冲天、不怕死的壮士形象跃然纸上。

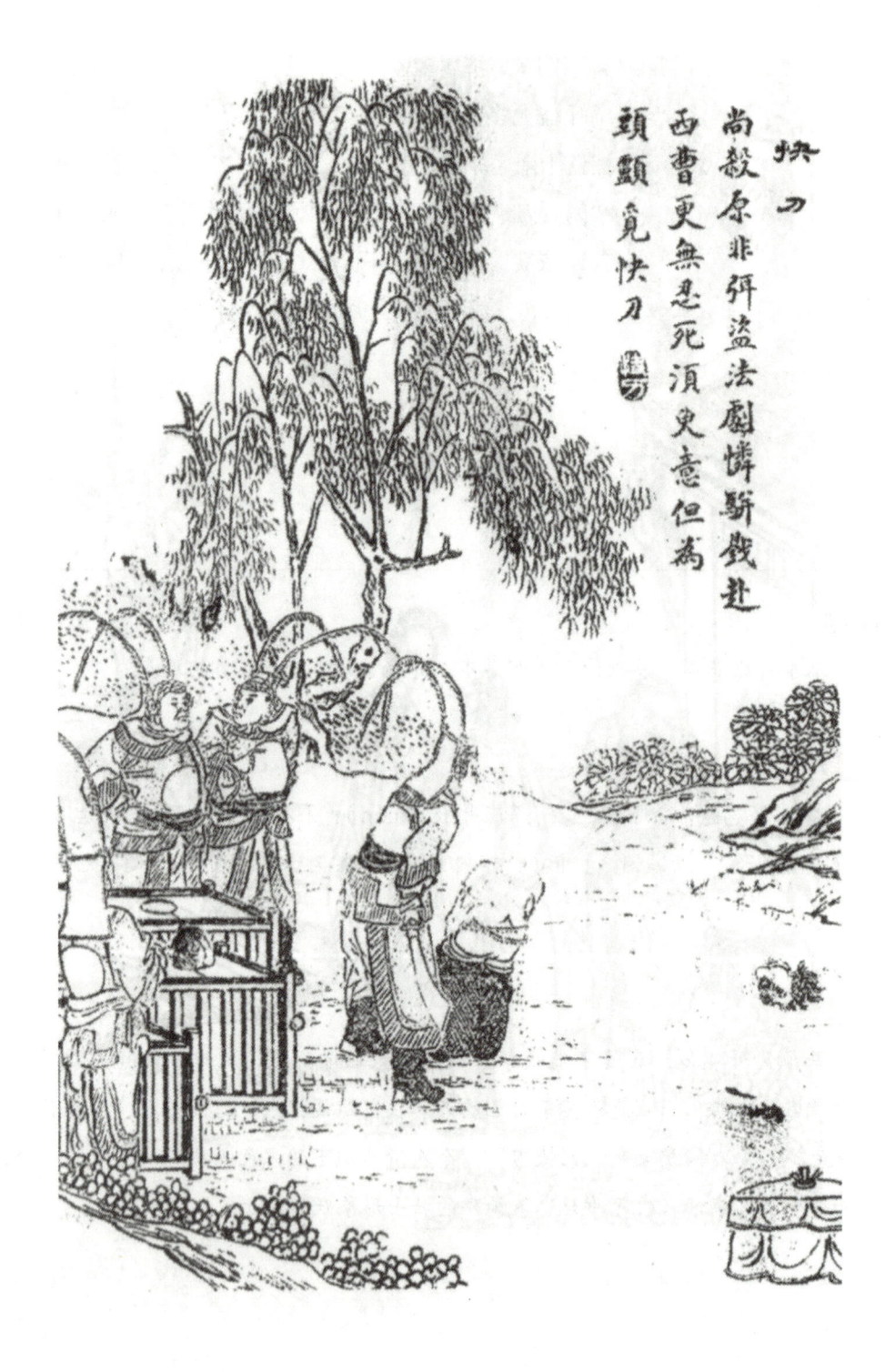

快刀

尚觳原非犴狱法 剧怜斯役赴
西曹 更无恧死须史意 但为
头颅觅快刀

侠女

顾生，金陵人〔1〕，博于材艺〔2〕，而家綦贫，又以母老，不忍离膝下，惟日为人书画，受贽以自给〔3〕。行年二十有五，伉俪犹虚〔4〕。

对户旧有空第，一老妪及少女税居其中〔5〕。以其家无男子，故未问其谁何。一日，偶自外入，见女郎自母房中出，年约十八九，秀曼都雅〔6〕，世罕其匹；见生，不甚避，而意凛如也〔7〕①。生入问母，母曰："是对户女郎，就吾乞刀尺〔8〕②，适言其家亦止一母。此女不似贫家产，问其何为不字〔9〕，则以母老为辞。明日当往拜其母，便风以意〔10〕，倘所望不奢，儿可代养其老。"

明日造其室，其母一聋媪耳。视其室，并无隔宿粮。问所业，则仰女十指〔11〕。徐以同食之谋试之，媪意似纳；而转商其女，女默然，意殊不乐。母乃归，详其状而疑曰："女子得非嫌吾贫乎？为人不言亦不笑，艳如桃李，而冷如霜雪，奇人也！"母子猜叹而罢。

一日，生坐斋头，有少年来求画，姿容甚美，意颇儇佻〔12〕。诘所自，以"邻村"对。嗣后三两日辄一至，稍稍稔熟，渐以嘲谑，生狎抱之，亦不甚拒，遂私焉〔13〕。由此往来昵甚。会女郎过，少年目送之，问为谁，对以"邻女"。少年③曰："艳丽如此，神情一何可畏！"少间，生入内。母曰："适女子来乞米，云不举火者经日矣。此女至孝，贫极可悯，宜少周恤之〔14〕。"生从母言，负斗粟款门而达母意〔15〕。女受之，亦不申谢。日常至生家，见母作衣履，便代缝纫；出入堂中，操作如妇。生益德之，每获馈饵，必分给其母，女亦略不置齿颊〔16〕。

母适疣生隐处〔17〕，宵旦号咷。女时就榻省视，

① 侠女对男子冷如冰霜。跟其他《聊斋》女主角出场对男子脉脉含情迥然不同。

② 靠做女红维持生活，却连刀尺都没有，其贫可想象。但她气质不凡。有生活经验的顾母判断此女非穷人出身。两个猜叹者都有小算盘：顾母想娶儿媳，顾生爱慕少女。这是描写侠女的重要笔墨，也是作者设置悬念的开始。此小说像侦探故事一样，一再设置悬念，最后一一解开。

③ 来个心怀不轨猜度者。

为之洗创敷药，日三四作④。母意甚不自安。而女不厌其秽。母曰："唉！安得新妇如儿，而奉老身以死也？"言讫悲哽〔18〕。女慰之曰："郎子大孝，胜我寡母孤女什百矣〔19〕。"母曰："床头蹀躞之役〔20〕，岂孝子所能为者？且身已向暮，旦夕犯雾露〔21〕，深以祧续为忧耳〔22〕。"言间，生入。母泣曰："亏娘子良多！汝无忘报德。"生伏拜之。女曰："君敬我母，我未之谢也，君何谢焉？"⑤于是益敬爱之。然其举止生硬，毫不可干。

一日，女出门，生目注之。女忽回首，嫣然而笑⑥。生喜出意外，趋而从诸其家，挑之，亦不拒，欣然交欢。已，戒生曰："事可一而不可再！"生不应而归。明日，又约之，女厉色不顾而去⑦。日频来，时相遇，并不假以词色〔23〕。稍游戏之，则冷语冰人。忽于空处问生："日来少年谁也？"生告之。女曰："彼举止态状，无礼于妾频矣。以君之狎昵，故置之。请更寄语：再复尔，是不欲生也已！"生至夕，以告少年，且曰："子必慎之，是不可犯。"少年曰："既不可犯，君何犯之？"生白其无。怒曰："如无，则猥亵之语〔24〕，何以达君听哉？"生不能答。少年曰："亦烦寄告：假惺惺，勿作态！不然，我将遍播扬。"生甚怒之，情见于色，少年乃去。

一夕，方独坐，女忽至，笑曰："我与君情缘未断，宁非天数！"生狂喜而抱于怀。欻闻履声籍籍〔25〕，两人惊起，则少年推扉入矣。生惊问："子胡为者？"笑曰："我来观贞洁之人耳！"顾女曰："今日不怪人耶？"女眉竖颊红，默不一语，急翻上衣，露一革囊，应手而出，则尺许晶莹匕首也。少年见之，骇而却走。追出户外，四顾杳然。女以匕首望空抛掷，戛然有声，灿若长虹⑧。俄一物堕地作响，生急烛之，则一白狐，身首异处矣。大骇。女曰："此君之娈童也〔26〕。我固恕之，奈渠定不欲生何！"收刀入囊。生曳令入。曰："适以妖物败兴，请俟来宵。"出门径去。

④亲生女、贤儿媳不过如此。

⑤落落大方，无小家子气，有丈夫气。不口头感谢，实际要以身谢之。

⑥悬念一：少女待人忽冷忽热，是不近人情，还是另有隐衷？

⑦悬念二：少女一向拒顾生千里之外，为何突然主动示爱，还宣布"可一而不可再"？她对顾生忽近忽远，忽迎忽拒，到底为何？

⑧悬念三：文弱少女哪来高超武艺？

卷二

次夕，女果至，遂共绸缪〔27〕。诘其术，女曰："此非君所知。宜须慎秘，泄恐不为君福。"又订以嫁娶。曰："枕席焉〔28〕，提汲焉〔29〕，非妇伊何也？业夫妇矣，何必复言嫁娶乎？"⑨生曰："将勿憎吾贫耶？"曰："君固贫，妾富耶？今宵之聚，正以怜君贫耳。"临别嘱曰："苟且之行〔30〕，不可以屡。当来，我自来；不当来，相强无益。"后相值，每欲引与私语，女辄走避，然衣绽炊薪〔31〕，悉为纪理，不啻妇也。

积数月，其母死，生竭力营葬之。女由是独居。生意其孤寂可乱，逾垣入，隔窗频呼，迄不应。视其门，则空室扃焉⑩。窃疑女有他约。夜复往，亦如之。遂留佩玉于窗间而去之。越日，相遇于母所。既出，而女尾其后曰："君疑妾耶？人各有心，不可以告人。今欲使君无疑，而乌可得？然一事烦急为谋。"问之，曰："妾体孕已八月矣。恐旦晚临盆〔32〕。妾身未分明〔33〕，能为君生之，不能为君育之⑪。可密告老母，觅乳媪〔34〕，伪为君讨螟蛉者〔35〕，勿言妾也。"生诺，以告母，母笑曰："异哉此女！聘之不可，而顾私于我儿！"喜，从其谋以待之。又月余，女数日不至。母疑之，往探其门，萧萧闭寂；叩良久，女始蓬头垢面自内出。启而入之，则复阖之。入其室，则呱呱者在床上矣〔36〕。母惊问："诞几时矣？"答云："三日。"捉绷席而视之，则男也，且丰颐而广额〔37〕。喜曰："儿已为老身育孙子，伶仃一身，将焉所托？"⑫女曰："区区隐衷〔38〕，不敢掬示老母〔39〕。俟夜无人，可即抱儿去。"母归与子言，窃共异之，夜往抱子归。

更数夕，夜将半，女忽款门入，手提革囊，笑曰："大事已了，请从此别。"急询其故。曰："养母之德，刻刻不去于怀。向云'可一而不可再'者，以相报不在床笫也〔40〕。为君贫不能婚，将为君延一线之续。本期一索而得〔41〕，不意信水复来〔42〕，遂至破戒而再。今君德既酬⑬，妾志亦遂，无憾矣。"问："囊中何物？"

⑨在讲贞节、讲婚姻是终身大事的时代，侠女只求婚姻实质，不求婚姻形式，不能不算是极前卫的思想。

⑩悬念四：少女从不招蜂引蝶，深夜外出为何？

⑪悬念五：少女拒绝顾母求婚，却甘为顾生未婚生子，生子后令顾家抱走，天下哪有生而不养之母？她为何这样做？

⑫顾母擅长词令，委婉劝嫁。

⑬此前五个悬念设置，令侠女如神龙见首不见尾，增添神秘色彩，也使故事峰回路转、摇曳多姿。篇末经侠女倾诉，悬念迎刃而解，人物形象完成。一个可歌、可泣，有胆、有识形象矗立在读者面前。

曰："仇人头耳。"捡而视之，须发交而血模糊也，骇绝。复致研诘，曰："向不与君言者，以机事不密，惧有宣泄。今事已成，不妨相告：妾浙人，父官司马，陷于仇，被籍吾家〔43〕。妾负老母出，隐姓名，埋头项〔44〕，已三年矣。所以不即报者，徒以有老母在；母亡，一块肉又累腹中，因而迟之又久。曩夜出非他，道路门户未稔，恐有讹误耳。"言已，出门。又嘱曰："所生儿，善视之。君福薄无寿，此子可光门闾〔45〕。夜深不得惊老母，我去矣！"⑭方凄然欲询所之，女一闪如电，瞥尔间遂不复见〔46〕。生叹惋木立，若丧魂魄。明以告母，相为嗟异而已。后三年，生果卒。子十八举进士，犹奉祖母以终老云。

异史氏曰："人必室有侠女，而后可以畜娈童也。不然，尔爱其艾豭〔47〕，则彼爱尔娄猪〔48〕矣！"

⑭ 侠女和顾生关系立足于"不孝有三，无后为大"观念，带浓重报恩色彩。二人并非两情相悦的恋人关系。

校勘

底本：康熙本。参校：二十四卷本、异史、铸雪斋本、青柯亭本。

注释

〔1〕金陵：今南京。〔2〕博于材艺：善于书法和绘画。〔3〕受贽：接受润笔费。贽，原为初次见长者的见面礼。〔4〕伉俪：夫妻，此处专指妻子。〔5〕税居：租房居住。〔6〕秀曼都雅：秀丽闲雅。秀、都，皆是"美"的意思。〔7〕凛如：正气凛然，严肃可畏。〔8〕乞刀尺：借剪刀和尺子。〔9〕不字：不嫁人。〔10〕风以意：委婉透露自己意图。〔11〕仰女十指：依靠女郎做针线活为生。〔12〕儇佻（xuān tiāo）：轻佻。〔13〕遂私焉：结成同性恋伙伴。〔14〕周恤：周济，抚恤。〔15〕款门：敲门。〔16〕略不置齿颊：一句感谢和客气的话都不说。齿颊，牙齿和面颊，引申为说话。〔17〕疽（jū）生隐处：阴部长肿块。疽，中医指部分皮肤黏膜肿胀或成毒疮。隐处，阴部。〔18〕悲哽：悲伤哽咽。〔19〕什百：十倍百倍。〔20〕床头蹀躞（dié xiè）役：病床前侍奉母亲的琐细杂事。蹀躞，本意为小步快走，引申为烦琐小事。〔21〕旦夕犯雾露：不知道什么时会得病而死。旦夕，短时间内。犯雾露，借指病死。〔22〕祧（tiāo）

续:同"祧绪",子孙传宗接代。〔23〕不假以词色:不给温和的话语和脸色。〔24〕猥亵:淫秽,下流。〔25〕履声籍籍:脚步声响亮纷乱。〔26〕娈童:旧时被同性玩弄的年轻美男,同性恋伙伴。〔27〕绸缪:男女缠绵,难分难解。〔28〕枕席:男女同床。〔29〕提汲:从井中提水,引申为做家务。〔30〕苟且之行:婚前性行为。〔31〕衣绽炊薪:缝补衣服做饭。〔32〕临盆:分娩。〔33〕妾身未分明:指此女与顾生没有夫妇名分。〔34〕乳媪:奶妈。〔35〕螟蛉:养子。〔36〕呱(gū)呱者:婴儿。呱呱,婴儿哭声。〔37〕丰颐而广额:下巴丰满,前额宽阔,面庞端正,一脸福相。〔38〕隐衷:隐私。〔39〕掬示:捧出来给人看。〔40〕床笫(zǐ):本意床上的竹席,引申为男女房中事。〔41〕一索而得:一次同房即可怀孕。〔42〕信水:月经。〔43〕籍吾家:抄了我的家。〔44〕埋头项:隐藏踪迹。〔45〕光门闾:光耀门楣。〔46〕瞥尔间:刹那间。〔47〕艾豭(jiā):公猪。〔48〕娄猪:母猪。《左传·定公十四年》记卫灵公的夫人南子与公子朝私通,二人被讽刺为娄猪与艾豭。

点评

孝女为父报仇是古代作家热衷的题材。唐传奇《原化记·崔慎思》和《集异记·贾人妻》都是这类小说。《侠女》的情节基本与《崔慎思》同,但蒲松龄虽借鉴唐传奇简单的故事,却并未照猫画虎,而是青出于蓝。在创造性叙述中,精雕细琢地创造了侠女的动人形象。这是一个冷静地追求自己人生价值而将一切封建法度置之度外的"超女",即超级女杰。故事设置一系列悬念,将侠女似乎不可理解的行为置之于篇中其他人物的猜度和读者的猜想中,最终以侠女自述而解开。情节曲折有致,人物棱角分明。

侠女

恩仇了,飘然
去玉貌花容
何受寻春俊
寻常儿女态
隐娘肝胆
小嬛心

酒友

车生者，家不中资而耽饮〔1〕，夜非浮三白〔2〕不能寐也，以故床头尊常不空。一夜睡醒，转侧间，似有人共卧者，意是覆裳堕耳〔3〕。摸之则茸茸有物，似猫而巨，烛之，狐也，酣醉而犬卧〔4〕。视其瓶则空矣。因笑曰："此我酒友也。"不忍惊，覆衣加臂〔5〕，与之共寝，留烛以观其变①。半夜狐欠伸，生笑曰："美哉睡乎！"②启覆视之，儒冠之俊人也。起拜榻前，谢不杀之恩。生曰："我癖于曲蘖〔6〕，而人以为痴；卿，我鲍叔也〔7〕。如不见疑，当为糟丘之良友〔8〕。"③曳登榻，复共寝。且言："卿可常临，无相猜疑。"狐诺之。生既醒，则狐已去。乃治旨酒一盛专伺狐〔9〕。

抵夕，果至，促膝欢饮。狐量豪善谐，于是恨相得晚。狐曰："屡叨良酝，何以报德？"生曰："斗酒之欢，何置齿颊〔10〕！"狐曰："虽然，君贫士，杖头钱大不易〔11〕，当为君少谋酒资。"明夕，来告曰："去此东南七里，道侧有遗金，可早取之。"诘旦而往，果得二金，乃市佳肴，以佐夜饮。狐又告曰："院后有窖藏〔12〕，宜发之。"如其言，果得钱百余千，喜曰："囊中已自有，莫漫愁沽矣〔13〕。"狐曰："不然。辙中水胡可以久掬④？合更谋之。"异日，谓生曰："市上荞价廉，此奇货可居。"从之，收荞四十余石，人咸非笑之。未几，大旱，禾豆尽枯，惟荞可种；售种，息十倍，由此益富，治沃田二百亩。但问狐，多种麦则麦收，多种黍则黍收，一切种植之早晚，皆取决于狐。日稔密〔14〕，呼生妻以嫂，视子犹子焉〔15〕。后生卒，狐遂不复来。

① 潇洒之士。王士禛评："车君酒脱可喜。"

② 出言有趣。

③ 但明伦评："耽饮而家不中资，宜以酒为命矣。乃瓶之罄而无吝心，狐既醉而无杀心，引为鲍叔，共老糟丘。杖头钱不空，其愿已足。可谓醉里菩提，酒中仙子。人以为痴，其痴正不易及。"

④ 语言生动之极，大智慧之语。

校勘

底本：康熙本。参校：二十四卷本、异史、铸雪斋本、青柯亭本。

注释

〔1〕家不中资而耽饮：家庭经济状况不到中等而嗜酒。〔2〕浮三白：喝三杯酒。〔3〕覆裳：覆盖在被子上的衣服。〔4〕犬卧：像狗一样趴着。〔5〕覆衣加臂：给盖上衣服，让其枕着胳膊。〔6〕曲蘖：原意是酿酒的引子，此指酒。〔7〕鲍叔：春秋时齐国人，与管仲是好友，无论管仲怎么样，他都极其信任。二人一起经商，管仲家贫，多要钱，鲍叔毫不为怪。在齐国的政治斗争中，二人处于对立阵营，鲍叔支持的齐桓公取胜，鲍叔又把管仲推荐给齐桓公。管仲感叹："生我者父母，知我者鲍叔。""我鲍叔也"，就是"我的知己"。〔8〕糟丘：酒糟堆成的小丘。〔9〕旨酒一盛：美酒一杯。〔10〕齿颊：牙齿与腮颊，引申为说话。〔11〕杖头钱：买酒的钱。〔12〕窖藏：地窖里埋藏的财物。〔13〕莫漫愁沽：不会为没钱买酒发愁。〔14〕稔密：熟悉亲密。〔15〕犹子：如同自己儿子。

点评

人们常说"酒肉朋友"，酒友常是贬义词，蒲松龄的"酒友"却有晋人特点。晋时吏部郎毕卓夜入邻舍盗饮新酿的酒，被人捉住，等发现是毕吏部，马上释放。但明伦评："此狐是毕吏部一流人物，引为酒友，终身可以无憾。"车生和狐因嗜酒的共同爱好产生友谊，因琢磨如何一起喝得更长久、更痛快加深友谊，车生以狐为鲍叔，结果狐成了他发家致富的依靠，一人一狐，洒脱可爱，情致翩翩。

酒友

仙人也向
醉鄉游，
郭風流今
尚留知己感
恩情益厚，
杖頭錢更
為君謀

莲香

桑生名晓，字子明，沂州人〔1〕，少孤〔2〕，馆于红花埠〔3〕。桑为人静穆自喜〔4〕，日再出〔5〕，就食东邻，余时坚坐而已。东邻生偶至，戏曰："君独居，不畏鬼狐耶？"笑答曰："丈夫何畏鬼狐〔6〕？雄来吾有利剑，雌者尚当开门纳之。"邻生归，与友谋，梯妓于垣而过之。弹指叩扉，生窥问其谁，妓自言："鬼也。"生大惧，齿震震有声，妓逡巡自去。邻生早至生斋，生述所见，且告将归。邻生鼓掌曰："何不开门纳之？"① 生顿悟其假，遂安居如初。

积半年，一女子夜来叩斋。生意友人之复戏也，启门延入，则倾国之姝〔7〕。惊问所来。曰："妾名莲香，西家妓女。"埠上青楼故多〔8〕，信之。息烛登床，绸缪甚至。自此三五夕辄一至。

一夕，独坐凝思，一女子翩然入②。生意其莲，承逆与语〔9〕，觌面殊非：年仅十五六，彈袖垂髫〔10〕，风流秀曼，行步之间，若还若往③。大愕，疑为狐。女曰："妾良家女，姓李氏，慕君高雅，幸赐垂盼。"生喜，握其手，冷如冰④，问："何凉也？"曰："幼质单寒，夜蒙霜露，那得不尔。"既而罗襦衿解，俨然处子。女曰："妾为情缘，葳蕤之质〔11〕，一旦失守。不嫌鄙陋，愿常侍枕席。房中得无有人否？"生云："无他，止一邻娼，顾亦不常〔12〕。"女曰："谨当避之。妾不与院中人等〔13〕，君秘勿泄。彼来我往，彼往我来可耳。"鸡鸣欲去，赠绣履一钩〔14〕⑤，曰："此妾下体所着，弄之足寄思慕。然有人慎勿弄也。"受而视之，翘翘如解结锥〔15〕，心甚爱悦。越夕无人，便出审玩。女飘然忽至，遂相款昵。自此每出履，则女必应念而至，异而诘之，笑曰："适当其时耳。"

① 朋友遣妓扮鬼是真鬼、真狐出现的引线。假如无朋友相戏"前科"，莲香猝然登门，岂不被拒之门外？假鬼为真狐垫场。

② 写莲香着眼于美，写李氏着眼于韵。"翩然"，形象。

③ "若还若往"，形容魂游形态，妙词。

④ 手冷如冰可见有鬼气。《聊斋》善写女鬼的奇幻之美、奇妙之美，让人意想不到、捉摸不透的美。蒲松龄用对比手法写一狐一鬼，莲香是有倾国倾城之貌的美人儿，与常人无异；李氏则特别瘦弱、单薄，虽有人的形体，行动却像一股烟、一片云，飘来飘去。

⑤ 李氏履是故事发展道具，也是鬼的魔力象征。

一夜，莲香来，惊云："郎何神气萧索〔16〕？"生言："不自觉。"莲便告别，相约十日。去后，李来恒无虚夕。问："君情人何久不至？"因以所约相告。李笑曰："君视妾较莲香何如？"曰："可称两绝⑥，但莲卿肌肤温和⑦。"李变色曰："君谓双美，对妾云尔。渠必月殿仙人〔17〕，妾定不及。"因而不欢。乃屈指计，十日之期已满，嘱勿漏，将窃窥之。次夜，莲香果至，笑语甚洽。及寝，大骇曰："殆矣！十日不见，何益惫损〔18〕？保无有他遇否？"生询其故，曰："妾以神气验之，脉析析如乱丝〔19〕，鬼症也。"

　　次夜，李来，生问："窥莲香何似？"曰："美矣！妾固疑世间无此佳人，果狐也⑧。去，吾尾之，南山而穴居。"生疑其妒，漫应之。逾夕，戏莲香曰："余固不信，或谓卿狐者。"莲亟问："是谁之云？"笑曰："我自戏卿。"莲曰："狐何异于人？"曰："惑之者病，甚则死，是以可惧。"莲曰："不然。如君之年，房后三日〔20〕，精气可复，纵狐何害？设旦旦而伐之〔21〕，人有甚于狐者矣！天下痨尸瘵鬼〔22〕，宁皆狐蛊死耶〔23〕？虽然，必有议我者。"生力白其无，莲诘益力，生不得已，泄之。莲曰："我固怪君惫也，然何遽至此？得勿非人乎？君勿言，明宵当如渠之窥妾者。"

　　是夜李至，裁三数语，闻窗外嗽声，急亡去。莲入曰："君殆矣！是真鬼物⑨，昵其美而不速绝，冥路近矣！"⑩生意其妒，默不语。莲曰："固知君不能忘情，然不忍视君死，明日当携药饵，为君一除阴毒。幸病蒂犹浅，十日恙当已。请同榻以俟痊可。"次夜，果出刀圭药啖生〔24〕，顷刻，洞下两三行〔25〕，觉脏腑清虚，精神顿爽。心德之，然终不信为鬼。莲香夜夜同衾偎生；生欲与合，辄拒之。数日后，肤革充盈〔26〕。欲别，殷殷嘱绝李，生谬应之。

　　及闭户挑灯，辄捉履倾想。李忽至，数日隔绝，颇有怨色。生曰："彼连宵为我作巫医〔27〕,请勿为怼〔28〕,情好在我。"李稍怿〔29〕。生枕上私语曰:"我爱卿甚,乃有谓卿鬼者。"李结舌良久,骂曰:"必淫狐之惑君听也。若不绝之,妾不来矣。"遂呜呜饮泣。生百词慰解,乃罢。隔宿,莲香至,知李复来,怒曰:"君必欲死耶？"生笑曰:"卿何相妒之深？"莲益怒,曰:"君种死根,妾为若除之,不妒者将复何如？"⑪生托词以戏曰:"彼云前日之病,为狐祟耳。"莲乃叹曰:"诚如君言,君迷不悟,万一不虞〔30〕,妾百口何以自解？请从此别。百日后当视君于卧榻中。"⑫留之不可,怫然径去。

　　由是与李夕夜必偕。约两月余,觉大困顿。初犹自宽解,日渐羸瘠〔31〕,惟饮馎粥一瓯〔32〕。欲归就奉养,尚恋恋不忍遽去。因循数日,沉绵不可复起。邻生见其病瘥,日遣馆僮馈给食饮。生至是始疑李,因谓李曰:"吾悔不听莲香之言,一至于此。"言讫而瞑。移时复苏,张目四顾,则李已去,自是遂绝。生羸卧空斋,思莲香如望岁〔33〕。

　　一日,方凝想间,忽有搴帘入者,则莲香也。临榻哂曰〔34〕:"田舍郎〔35〕⑬,我岂妄哉！"生哽咽良久,自言知罪,但求拯救。莲曰:"病入膏肓〔36〕,实无救法,姑来永诀,以明非妒。"生大悲曰:"枕底一物,烦代碎之。"莲搜得履⑭,持就灯前,反复展玩。李女欻入,卒见莲香〔37〕,返身欲遁。莲以身蔽门。李窘极不知所出。生责数之,李不能答。莲笑曰:"妾今始得与阿姨面相质〔38〕⑮。曩谓郎君旧疾,未必非妾致,今竟何如？"李俯首谢过。莲曰:"佳丽如此,乃以爱结仇耶？"李投地陨泣,乞垂怜救。莲扶起,细诘生平。曰:"妾,李通判女〔39〕,早夭,瘗于墙外。已死春蚕,遗丝未尽,与郎偕好,妾之愿也。致郎于死,良非素心。"莲曰:"闻鬼物利人死,以死后可常聚,然否？"曰:"不然。两鬼相逢,并无

⑪李氏只会娇嗔,莲香却会辩解。

⑫莲香襟怀坦荡,对桑生充满关切之情,又因桑生执迷不悟,不得不放任其得鬼病。

⑬语言生动。一句"田舍郎"活画恨铁不成钢神态。

⑭李氏履又起作用。

⑮莲香与人为善,且社会经验丰富,会处事。古时以"阿姨"称呼正室的姐妹,此处莲香既以正室自居,也将李氏看作姐妹。

乐趣。如乐也,泉下少年郎岂少哉!"莲曰:"痴哉!夜夜为之,人且不堪,而况于鬼!"李问:"狐能死人,何术独否?"莲曰:"是采补者流〔40〕,妾非其类。故世有不害人之狐,断无不害人之鬼,以阴气盛也。"生闻其语,始知狐鬼皆真,幸习常见惯,颇不为骇,但念残息如丝,不觉失声大痛。莲顾问:"何以处郎君者?"李赧然逊谢〔41〕。莲笑曰:"恐郎强健,醋娘子要食杨梅也〔42〕。"李敛衽曰〔43〕:"如有医国手〔44〕,使妾得无负郎君,便当埋首地下,敢复靦然人世耶〔45〕!"莲解囊出药,曰:"妾早知有今,别后采药三山,凡三阅月〔46〕,物料始备,瘵蛊至死〔47〕,投之无不苏者。然症何由得,仍用何引,不得不转求效力。"问:"何需?"曰:"樱口中一点香唾耳〔48〕⑯。我以丸进,烦接口而唾之。"李晕生颐颊,俯首转侧而视其履。莲戏曰:"妹所得意惟履耶?"李益惭,俯仰若无所容。莲曰:"此平时熟技,今何吝焉?"遂以丸纳生吻,转促逼之。李不得已,唾之。莲曰:"再!"又唾之,凡三四唾,丸已下咽。少间,腹殷然如雷鸣。复纳一丸,自乃接唇而布以气。生觉丹田火热,精神焕发。莲曰:"愈矣!"李听鸡鸣,彷徨别去。

莲以新瘥,尚须调摄〔49〕,就食非计〔50〕,因将外户反关,伪示生归,以绝交往,日夜守护之。李亦每夕必至,给奉殷勤,事莲犹姊,莲亦深怜爱之。居三月,生健如初。李遂数夜不至。偶至,一望即去;相对时,亦悒悒不乐。莲常留与共寝⑰,必不肯。生追出,提抱以归,身轻若刍灵〔51〕。女不得遁,遂着衣偃卧〔52〕,蜷其体不盈二尺〔53〕。莲益怜之⑱,阴使生狎抱之,而撼摇亦不得醒。生睡去,觉而索之,已杳。后十余日,更不复至。生怀思殊切,恒出履共弄。莲叹曰:"袅娜如此,妾见犹怜〔54〕⑲,何况男子。"生曰:"昔日弄履则至,心固疑之,然终不料其鬼。今对履思容,实所怆恻。"因而泣下。

⑯ 莲香要李氏用香唾给桑生做药引,既是治病需要,也是拿李氏开涮。莲香占尽先机,时不时用情言巧语提提李氏和桑生永无休止亲热的小辫子。李氏既缺乏社会经验又自知理亏,无话可对,只好害羞。莲香和李氏都互有妒意,但表现不同:李氏对莲香嫉妒是露骨的背后切齿;莲香对李氏妒忌是轻巧的当面调侃。

⑰ 莲香对李氏是温和、友善、姐妹般的态度,即所谓的"不妒之德"。王士禛评曰:"贤哉莲娘,巾帼中吾见亦罕,况狐耶!"

⑱ 莲香有狐仙法力,更有善良宽容的品性。

⑲ 二女因为救护桑生而妒意尽消。这是蒲松龄喜欢的"二美共一夫"模式。

⑳ 解结椎般的履成李女和章女之间的联系纽带。

㉑ 借体还魂是《聊斋》常用的法术之一。如果所借之体面貌不及原来的女鬼，还会有巧妙的换颜术。

先是，富室章姓有女，字燕儿，年十五，不汗而死，终夜复苏，起顾欲奔。章扃户，不听出。女自言："我通判女魂，感桑郎眷注〔55〕，遗舄犹存彼处〔56〕。我真鬼耳，锢我何益？"以其言有因，诘其至此之由。女低徊反顾，茫不自解。或有言桑生病归者，女执辨其诬。家人大疑。东邻生闻之，逾垣往窥，见生方与美人对语，掩入逼之，张皇间已失所在。邻生骇诘，生笑曰："向固与君言，雌者则纳之耳。"邻生述燕儿之言，生乃启关，将往侦探，苦无由。章母闻生果未归，益奇之，故使佣媪索履。生遽出以授。燕儿得之喜。试着之，鞋小于足者盈寸⑳，大骇。取镜自照，忽恍然悟己之借躯以生也者，因陈所由，母始信之。女镜面大哭曰〔57〕："当日形貌，颇堪自信，每见莲姊，犹增惭怍〔58〕。今反若此，人也不如其鬼也！"把履号咷，劝之不解。蒙衾僵卧。食之，亦不食，体肤尽肿；凡七日不食，卒不死，而肿渐消；觉饥不可忍，乃复食。数日，遍体瘙痒，皮尽脱。晨起，睡舄遗堕，索着之，则硕大无朋矣〔59〕。因试前履，肥瘦吻合，乃喜。复自镜，则眉目颐颊，宛肖生平，益喜。盥栉见母，见者尽眙㉑。

莲香闻其异，劝生媒通之，而以贫富悬邈〔60〕，不敢遽进。会媪初度〔61〕，因从其子婿行，往为寿。媪睹生名，故使燕儿窥帘志客〔62〕。生最后至，女骤出，捉袂，欲从与俱归。母呵谯之〔63〕，始惭而入。生审视宛然，不觉零涕，因拜伏不起。媪扶之，不以为侮。生出，浼女舅执柯〔64〕。媪议择吉赘生。生归告莲香，且商所处。莲怅然良久，便欲别去。生大骇，涕下。莲曰："君行花烛于人家，妾从而往，亦何形颜？"生谋先与旋里，而后迎燕，莲乃从之。生以情白章，章闻其有室，怒加诮让〔65〕。燕儿力白之，乃如所请。

至日，生往亲迎〔66〕，家中备具，颇甚草草。及归，则自门达堂，悉以罽毯贴地〔67〕，百千笼烛，灿列如锦。莲香扶新妇入青庐〔68〕，搭面既揭〔69〕，欢若生平。

莲陪鬯饮〔70〕，因细诘还魂之异。燕曰："尔日悒郁无聊〔71〕，徒以身为异物，自觉形秽㉒。别后愤不归墓，随风漾泊〔72〕，每见生人则羡之。昼凭草木，夜则信足沉浮。偶至章家，见少女卧床上，近附之，未知遂能活也。"莲闻之，默默若有所思。逾两月，莲举一子，产后暴病，日就沉绵，捉燕臂曰："敢以孽种相累，我儿即若儿。"燕泣下，姑慰藉之，为召巫医，辄却之。沉痼弥留〔73〕，气如悬丝。生及燕儿皆哭。忽张目曰："勿尔！子乐生，我自乐死。如有缘，十年后可复相见。"言讫而卒。启衾将敛，尸化为狐。生不忍异视，厚葬之。子名狐儿，燕抚如己出。每清明，必抱儿哭诸其墓。

后生举于乡〔74〕，家渐裕，而燕苦不育。狐儿颇慧，然单弱多疾。燕每欲生置媵〔75〕。一日，婢忽白："门外一妪，携女求售。"燕呼入，卒见，大惊曰："莲姊复出耶！"生视之，真似，亦骇，问："年几何？"答云："十四。""聘金几何？"曰："老身止此一块肉，但俾得所〔76〕，妾亦得啖饭处，后日老骨不委沟壑，足矣。"生优价而留之。燕握女手，入密室，摄其颔而笑曰："汝识我否？"答言："不识。"诘其姓氏，曰："妾韦姓，父徐城卖浆者〔77〕，死三年矣。"燕屈指停思，莲死恰十有四载；又审视女，仪容态度，无一不神肖者。乃拍其顶而呼之曰："莲姊，莲姊！十年相见之约，当不欺吾。"女忽如梦醒，豁然曰："咦！"因熟视燕儿。生笑曰："此似曾相识燕飞来也〔78〕。"㉓女泫然曰："是矣。闻母言，妾生时便能言，以为不祥，犬血饮之，遂昧宿因〔79〕。今日殆如梦寤。娘子其耻于为鬼之李妹耶？"共话前生，悲喜交至。

一日，寒食，燕曰："此每岁妾与郎君哭姊日也。"遂与亲登其墓，荒草离离〔80〕，木已拱矣〔81〕。女亦太息。燕谓生曰："妾与莲姊两世情好，不忍相离，宜令白骨同穴。"生从其言，启李冢得骸，舁归而合葬之。亲朋闻其异，吉服临穴〔82〕，不期而会者数百人。

㉒《聊斋》创造许多凄美女鬼形象。豆蔻年华丧失生命，待在阴冷黑暗的坟墓。灵魂是美丽少女，躯体却白骨俨然。她们无法忍受孤独寂寞，充满哀伤忧愁，惧怕寒冷、惧怕黑暗，胆怯柔弱。她们青春还在，求生意识还在。不甘沉沦，到人世飘游，寻找温暖，追求光明，想摆脱孤独、摆脱黑暗，回归人间。

㉓《聊斋》引用古人诗句恰到好处。此小说引古语最多，运用准确无误。此处将晏殊原句"似曾相识燕归来"改为"似曾相识燕飞来"，妙用！

余庚戌南游[83],至沂,阻雨,休于旅舍。有刘生子敬,其中表亲出同社王子章所撰《桑生传》,约万余言,得卒读,此其崖略耳[84]。

异史氏曰:"嗟乎!死者而求其生,生者又求其死,天下所难得者,非人身哉?奈何具此身者,往往而置之,遂至觍然而生不如狐,泯然而死不如鬼。"

校勘

底本:康熙本。参校:二十四卷本、异史、铸雪斋本、青柯亭本。

注释

[1]沂州:今山东临沂市。[2]少孤:自幼丧父。[3]馆于红花埠:寓居在红花埠。红花埠,今临沂郯城县南、新沂市以北。[4]静穆自喜:以沉静肃穆自矜。[5]日再出:一天出去两次。[6]丈夫:男子汉大丈夫。[7]倾国之姝:倾国倾城的绝色美女。[8]青楼:妓院。[9]承逆:迎接。[10]嚲(duǒ)袖:双肩瘦削。[11]葳蕤(wēi ruí):娇嫩柔弱。本意为细嫩的小草,此指处女。[12]顾:但是。[13]院中人:妓院中人。[14]绣履一钩:一只绣鞋。旧时女子缠足,鞋形前端翘起如钩。[15]翘翘如解结锥:鞋非常小,又尖又细的鞋头翘起,尖端好像解结锥。解结锥,骨制解结用具,形如锥。[16]萧索:衰颓。[17]月殿仙人:广寒宫的仙女。[18]愈损:疲惫消瘦受到损害。[19]脉析析如乱丝:脉象不规则。析,散乱,离散。[20]房:男女房事。[21]旦旦而伐之:像天天砍伐树木一样,天天以淫欲伤害躯体。[21]痨尸瘵(zhài)鬼:因肺结核而死者。[23]蛊(gǔ):虫害,引申为诱惑。[24]刀圭药:一小勺药粉。刀圭,中药量器名。[25]洞下两三行:痛快地腹泻两三次。[26]肤革充盈:脸色滋润,身体健康。肤革,肌肤。[27]巫医:巫师和医师。[28]怼:怨恨。[29]怿(yì):喜欢。[30]不虞:意外,死亡。[31]羸瘠(léi jí):瘦弱。[32]饘(zhān)粥:黏粥。饘,浓。瓯:小容器。[33]望岁:像农民盼望粮食成熟,形容度日如年。[34]哂(shěn):讥笑。[35]田舍郎:乡巴佬。[36]病入膏肓:病情危急无法可治。中医以心尖脂肪为膏,心脏与隔膜之间为肓。[37]卒:猝。[38]面相质:当面对质。[39]通判:官名,明清设于各府掌管农田水利粮运的官员。[40]采补者流:吸纳世间男子精气炼丹的狐狸精。[41]赧然逊谢:因羞愧而红着脸道歉。[42]"醋娘子"一句:意思是酸上加酸。醋娘子,爱妒忌的女人。杨梅,酸味水果。[43]敛衽:

254

整理衣服，表示郑重。〔44〕医国手：医术高明、能起死回生的人。〔45〕靦然：厚着脸皮。〔46〕三阅月：三个月。〔47〕瘵蛊：久治不愈的肺痨（肺结核）。〔48〕樱口：樱桃小口。〔49〕调摄：调理保养。〔50〕就食非计：到他人处吃饭不合适。〔51〕刍灵：草人。〔52〕偃卧：安静地仰卧。〔53〕蜷（quán）：肢体弯曲缩成一团。〔54〕妾见犹怜：形容女子非常美丽，女性见了也喜欢。《世说新语·贤媛》：桓温平蜀，以李势妹为妾，其妻拔刀前往，李势妹正在窗下梳头，姿貌端丽，神色闲正，语言凄婉，桓妻掷刀前抱之："阿子，我见汝亦怜，何况老奴。"〔55〕眷注：垂爱关注。〔56〕遗舄（xì）：李氏留在桑生那儿的绣鞋。〔57〕镜面：以镜照面。〔58〕惭怍：惭愧。〔59〕硕大无朋：大得无与伦比。〔60〕悬邈：悬殊。〔61〕初度：生日。〔62〕窥帘志客：从帘内偷看客人并加以辨别。〔63〕诃谯：呵斥，责备。〔64〕浼女舅执柯：央求女方的舅舅做媒。〔65〕诮让：责问。〔66〕亲迎：古代婚礼的六礼之一，新郎至女家迎接新娘。〔67〕罽（jì）毯：毛毯。〔68〕青庐：古代北方少数民族结婚举行婚礼用的青色帐幕，此处指洞房。〔69〕搭面：新娘盖头的红巾。〔70〕卺（jǐn）饮：喝合卺酒。〔71〕尔日：那天。〔72〕漾泊：漂泊荡漾。〔73〕弥留：临死。〔74〕举于乡：参加乡试中举。〔75〕置媵：买妾。〔76〕俾得所：有归宿。〔77〕徐城：今江苏宿迁一带。〔78〕似曾相识燕飞来：借用晏殊名句"无可奈何花落去，似曾相识燕归来"，形容故友重逢。〔79〕宿因：前世的因缘。〔80〕离离：浓密状。〔81〕木已拱：墓旁的树木已两手合抱那么粗。〔82〕吉服临穴：穿着礼服到墓地参加葬礼。〔83〕庚戌：康熙九年（1670）。这一年，蒲松龄开始他一生唯一一次南游，到江苏宝应县给同乡孙蕙做幕宾。沂州是他从淄川到宝应的必经之地。《莲香》是"途中寂寞姑言鬼"得来的素材。〔84〕崖略：大概。

点评

《莲香》是蒲松龄早期的作品，描写桑生和一狐一鬼相恋的故事。狐女莲香坦荡老练，温柔持重；鬼女李氏年轻幼稚，嫉妒尖刻。两女如春兰秋菊，此去彼来，彼去此来，曲曲折折，回环有趣。二女始而互相嫉妒，继而在帮助桑生的过程中互相欣赏、依恋，最终妒意全消。女鬼李氏为了与恋人长相守，借体重生；狐女莲香为了尘世之恋放弃修炼成仙，转世为凡人。《莲香》的题材来源是蒲松龄三十一岁南游江苏宝应做幕宾时于路途中住旅店得到的素材，也是蒲松龄"鬼狐有情"构思的源头。蒲松龄在此文中创造了狐仙肌肤温暖、可以救人，而女鬼手足如冰、必定祟人的模式，以及两位女主角与一位男主角爱情故事，所谓"青龙白虎并行"的构思样式，在其以后创作小说如《巧娘》《青梅》《小谢》等篇时屡写不厌。

蓮香

七〇沉痾逝
故我十年
厴約論前
生閒中細
讀来生傳
狐鬼爭妍
最有情

阿宝

①孙子楚的枝指和痴，决定故事的走向。而与孙子楚"痴"相对应，阿宝突出特点是绝色。男痴女美，是操纵故事情节发展的双刃剑。

②痴的第一步：断指。阿宝未对孙子楚钟情，也不想选他做夫婿，富小姐调侃穷书生，拿损害血肉之躯开玩笑，任何人都不会当真，孙子楚却偏偏认真，令阿宝奇怪，但仍没打算托以终身，而是再开玩笑，要孙子楚去掉痴。对孙子楚的求婚和断指，阿宝都采取取笑态度。此时"情痴"不过是孙子楚"剃头挑子一头热"。

③"娟丽无双"总写阿宝之美。人们纷纷若狂，孙子楚灵魂出窍，是侧面描写。

④痴的第二步：离魂。借他人之言做点醒语。

粤西孙子楚〔1〕，名士也，生有枝指〔2〕。性迂讷〔3〕，人诳之，辄信为真。或值座有歌妓，则必遥望却走。或知其然，诱之来，使妓狎逼之，则赧颜彻颈〔4〕，汗珠珠下滴。因共为笑，遂貌其呆状，相邮传做丑语〔5〕，而名之"孙痴"①。

邑大贾某翁〔6〕，与王侯埒富〔7〕，姻戚皆贵胄。有女阿宝，绝色也。日择良匹，大家儿争委禽妆〔8〕，皆不当翁意。生时失俪〔9〕，有戏之者，劝其通媒。生殊不自揣〔10〕，果从其教。翁素耳其名，而贫之。媒媪将出，适遇宝，问之，以告，女戏曰："渠去其枝指，余当归之。"媪告生，生曰："不难。"媒去，生以斧自断其指②，大痛彻心，血溢倾注，滨死〔11〕。过数日，始能起，往见媒而示之。媪惊，奔告女。女亦奇之，戏请再去其痴。生闻而哗辨〔12〕，自谓不痴，然无由见而自剖。转念阿宝未必美如天人，何遂高自位置如此？由是曩念顿冷。

会值清明，俗于是日，妇女出游，轻薄少年亦结队随行，恣其月旦〔13〕。有同社数人，强邀生去。或嘲之曰："莫欲一观可人否〔14〕？"生亦知其戏己，然以受女揶揄故，亦思一见其人，忻然随众物色之〔15〕。遥见有女子憩树下，恶少年环如墙堵。众曰："此必阿宝也。"趋之，果宝。审谛之，娟丽无双③。少顷，人益稠，女起，遽去。众情颠倒，品头题足，纷纷若狂。生独默然。及众他适，回视生，犹痴立故所，呼之，不应。群曳之曰："魂随阿宝去耶？"亦不答。众以其素讷，故不为怪，或推之，或挽之以归。至家，直上床卧，终日不起，冥如醉，唤之不醒。家人疑其失魂，招于旷野〔16〕，莫能效；强拍问之，则矇眬应云〔17〕："我在阿宝家。"④

及细诘之，又默默不语。家人惶惑莫解。

　　初，生见女去，意不忍舍，觉身已从之行，渐傍其衿带间，人无呵者，遂从女归。坐卧依之，夜辄与狎，意甚得。然觉腹中奇馁〔18〕，思欲一返家门，而迷不知路⑤。女每梦与人交，问其名，曰："我孙子楚也。"心异之，而不可以告人。

　　生卧三日，气休休若将澌灭〔19〕。家人大恐，托人婉告翁，欲一招魂其家〔20〕。翁笑曰："平昔不省往还〔21〕，何由遗魂吾家？"家人固哀之，翁始允。巫执故服、草荐以往〔22〕。女诘得其故，骇极，不听他往，直导入室，任招呼而去。巫归至门，生榻上已呻。既醒，女室之香奁什具、何色何名，历言不爽〔23〕。女闻之，益骇，阴感其情之深。

　　生既离床寝，坐立凝思，忽忽若忘。每伺察阿宝，希幸一再遘之。浴佛节〔24〕，闻将降香水月寺，遂早旦往候道左，目眩睛劳。日涉午，女始至。自车中窥见生，以掺手搴帘〔25〕，凝睇不转。生益动，尾从之。女忽命青衣来诘姓字。生殷勤自展，魂益摇。车去，始归。归复病，冥然绝食，梦中辄呼宝名。每自恨魂不复灵⑥。

　　家旧养一鹦鹉，忽毙，小儿持弄于床。生自念：倘得身为鹦鹉，振翼可达女室。心方注想，身已翩然鹦鹉⑦，遽飞而去，直达宝所。女喜而扑之，锁其肘，饲以麻子〔26〕。大呼曰："姐姐勿锁，我孙子楚也。"女大骇，解其缚，亦不去。女祝曰："深情已篆中心〔27〕。今已人禽异类，姻好何可复圆？"鸟云："得近芳泽，于愿已足。"他人饲之，不食，女自饲之，则食。女坐，则集其膝；卧，则依其床⑧。如是三日。女甚怜之，阴使人瞰生。生则僵卧气绝，已三日，但心头未冰耳。女又祝曰："君能复为人，当誓死相从。"鸟云："诳我。"女乃自矢。鸟侧目若有所思。少间，女束双弯〔28〕，解履床上，鹦鹉骤下，衔履飞去。女急呼之，飞已远矣。

　　女使妪往探，则生已寤。家人见鹦鹉衔绣履来，堕

⑤古代作家写离魂，很少有像蒲松龄对离魂后灵魂和肉体做分体描写。孙的灵魂追随阿宝，很得意，又总觉肚饿，似乎灵魂跟常人一样需要吃饭。躯体待在家中，明明可以解决饿肚偏偏不吃，还造在阿宝家的舆论。阿宝已知孙为痴已离魂，但两人要形成婚姻还欠火候。双方家庭差距太大。离魂拉近了二人距离。

⑥倘若再次离魂，孙子楚之痴固然深化，小说家岂非成缺少变化的笨伯？

⑦痴的第三步：化鸟。构思妙手天成，魂附飞鸟，振翼可达心上人身边，天马行空任往来。倘化为一般鸟，有语言障碍，纵然化鸟有何用？孙痴偏偏化为会说话的鸟，可跟恋人同解相思之苦。妙哉！

⑧在他人眼中，是小姐爱鹦鹉；对恋人来说，是形影相随、魂梦相依。此前离魂，是以孙子楚为主体的形体语言，阿宝被动接受。究其本质，是懵懵懂懂低层次性爱。孙子楚化鸟后，恋人感情从单纯浮浅的性爱升华为浓重深沉的情爱。恋人间虽人鸟有别，却更谐和、亲密，阿宝明确表达出之死靡它的承诺。

地死，方共异之。生既苏，即索履。众莫知故。适妪至，入视生，问履所在。生曰："是阿宝信誓物。借口相覆：小生不忘金诺也〔29〕。"妪反命，女益奇之，故使婢泄其情于母。母审之确，乃曰："此子才名亦不恶，但有相如之贫〔30〕。择数年，得婿如此，恐将为显者笑。"女以履故，矢不他。翁媪乃从之。驰报生，生喜，疾顿瘳。翁议赘诸家。女曰："婿不可久处岳家。况郎又贫，久益为人贱。儿既诺之，处蓬茅而甘藜藿〔31〕，不怨也。"生乃亲迎成礼，相逢如隔世欢。自是生家得奁妆〔32〕，小阜〔33〕，颇增物产。而生痴于书，不知理家人生业。女善居积，亦不以他事累生。居三年，家益富。生忽病消渴〔34〕，卒。女哭之痛，泪眼不晴〔35〕，至绝眠食。劝之不纳，乘夜自经〔36〕。婢觉之，急救而苏，终亦不食。三日，集亲党，将以殓生〔37〕。闻棺中呻以息，启之，已复活。自言："见冥王，以生平朴诚，命作部曹〔38〕。忽有人白：'孙部曹之妻将至。'王稽鬼录〔39〕，言：'此未应便死。'又白：'不食三日矣。'王顾谓：'感汝妻节义，姑赐再生。'因使驭卒控马送余还〔40〕。"由此体渐平。

值岁大比〔41〕，入闱之前〔42〕，诸少年玩弄之，共拟隐僻之题七，引生僻处与语，言："此某家关节〔43〕，敬秘相授。"生信之，昼夜揣摩，制成七艺〔44〕。众隐笑之。时典试者虑熟题有蹈袭弊〔45〕，力反常径〔46〕。题纸下，七首皆符。生以是抡魁〔47〕。明年，举进士，授词林〔48〕。上闻其异，召问之，生具启奏。上大嘉悦。后召见阿宝，赏赉有加焉〔49〕。

异史氏曰："性痴则其志凝〔50〕，故书痴者文必工，艺痴者技必良。世之落拓而无成者，皆自谓不痴者也。且如粉花荡产，卢雉倾家〔51〕，顾痴人事哉！以是知慧黠而过〔52〕，乃是真痴，彼孙子何痴乎！"⑨

集痴类十：窖镪贫；对客辄夸儿慧；爱儿不忍教读；讳病恐人知；出资赚人嫖；窃赴饮会赚人赌；倩人作文

⑨ "痴"是古代文人喜欢的话题。许多名家认为，以"痴"或"癖"的个性出现者，不仅比圆滑的"完美"者更令人喜爱，且其实质不是"痴"，反而是绝顶聪明。张潮《幽梦影》说："情必近于痴而真，才必兼乎趣而始化"；张岱《陶庵梦忆》说："人无癖，不可与交，以其无深情也"；袁宏道《瓶史》说："余观世上语言无味、面目可憎之人，皆无癖之人耳。"

欺父兄；父子账目太清；家庭用机械；喜子弟善赌。

校勘

底本：康熙本。参校：二十四卷本、异史、铸雪斋本、青柯亭本。

注释

〔1〕粤西：今广西壮族自治区一带。〔2〕枝（qí）指：骈指，大拇指旁多长个手指头，俗称"六指"。《庄子·骈拇》："骈拇枝指，出乎性哉。"〔3〕迂讷（nè）：迂拙不善言辞。〔4〕赪（chēng）颜彻颈：脸红到脖子。赪，红。〔5〕相邮传做丑语：互相传说，当笑话来讲。〔6〕大贾（gǔ）：大商人。〔7〕埒（liè）：同样。〔8〕委禽妆：送订婚礼物，引申为要求与之订婚。〔9〕失俪：死了妻子。〔10〕殊不自揣：很不自量力。〔11〕濒死：差点儿死了。〔12〕哗辨：大声辩解。〔13〕恣其月旦：肆意评头论足。〔14〕可人：意中人。〔15〕物色：访求。〔16〕招：招魂。〔17〕矇眬（méng lóng）：同"蒙眬"，将睡将醒时眼半闭，看东西模糊的样子。〔18〕奇馁：特别饥饿。〔19〕气休（xǔ）休若将澌（sī）灭：呼吸微弱似乎将要断气。休，轻微喘气声。澌灭，消失。〔20〕招魂：叫魂。旧时认为人病可能是失魂，使巫者到其去过的地方招魂。〔21〕不省（xǐng）往还：从没见过两家来往。〔22〕巫执故服、草荐：巫师拿着孙子楚的旧衣和用过的草席。按迷信说法，招魂需用本人用过的东西施行。巫，巫师。〔23〕历言不爽：一件一件说来没有错误。〔24〕浴佛节：纪念释迦牟尼生日的节日。传说释迦牟尼诞生时龙降香雨。浴佛节一般在农历四月初八日。届时举行诵经法会并以香料浸成的香水浴洗佛像。〔25〕掺（shān）手：纤细柔美的小手。〔26〕麻子：芝麻。〔27〕篆：铭刻。〔28〕束双弯：缠足。旧时女子缠足后弯曲如弓，故称"弯"。〔29〕金诺：金口玉言的承诺。〔30〕相如之贫：像司马相如那样贫穷。〔31〕处蓬茅而甘藜藿：住茅草房、吃粗茶淡饭也甘心。〔32〕奁妆：嫁妆。〔33〕小阜：稍微富裕一些。〔34〕消渴：糖尿病。〔35〕泪眼不晴：流泪不止。〔36〕自经：自缢。〔37〕殓：给死者穿寿衣入棺。〔38〕部曹：明清时六部的司官如主事、郎中。此处指阴司官员。〔39〕鬼录：生死簿。〔40〕驭卒：马夫。〔41〕大比：明清三年一次乡试称"大比"。〔42〕入闱：进入乡试考场。〔43〕关节：行贿勾通官吏，此指通过行贿考官获得考题。〔44〕七艺：乡试首场七篇八股文。〔45〕典试者：主持考试的考官。

蹈袭弊：沿袭前人文章的弊端。〔46〕力反常径：极力打破出题的常规，出偏题。〔47〕抢魁：乡试第一名，解元。〔48〕词林：翰林。〔49〕赏赉：赏赐。〔50〕性痴则其志凝：执着者意志专一。〔51〕粉花荡产，卢雉倾家：因为嫖娼和赌博而荡尽家产。〔52〕慧黠：机智灵巧。

点评

　　"离魂"是中国古代小说的特殊构思模式，是文坛高手佳作迭出的舞台剧和妙笔生花的竞技场。耐人深思的是，前辈作家的名作中因情痴而离魂者，都是女性。而《阿宝》却写男子因情痴而魂游。冯镇峦点评《阿宝》："此一情痴与杜丽娘之于柳梦梅，一女悦男，一男悦女，皆以梦感，俱千古一对情痴。"蒲松龄以"男悦女"的天才妙想，将千百年"女悦男"的传统改变过来，使"离魂"故事进入新境界。"生以痴感，女以痴应"是本文的重要内容，伴随着孙子楚的断指、离魂、变鸟，阿宝对孙子楚的情爱渐渐觉醒且日益坚定。阿宝本来对孙子楚的追求作玩笑看，但精诚所至，金石为开，孙子楚魂从阿宝后，阿宝的态度骤变，从揶揄取笑到"阴感其情之深"。孙子楚化为鸟后，阿宝明确发出誓死相随的誓言。阿宝的情痴还后来者居上。孙子楚病死后，阿宝绝食而死，"以痴报痴，至以身殉"（但明伦语）。一对男女情痴，可谓相辅相成、相得益彰。

阿寶

倩女貪郎
枕上魂疲邪
情惡夭溫存
阿儂休說人
舍去鸚鵡有
生卻推孫

九山王

曹州李姓者〔1〕，邑诸生，家素饶，而居宅故不甚广。舍后有园数亩，荒置之。一日，有叟来税屋，出直百金〔2〕。李以无屋为辞，叟曰："请受之，但无烦虑。"李不喻其意，姑受之①，以觇其异。越日，村人见舆马眷口入李家，纷纷甚夥，共疑李第无安顿所，问之。李殊不自知，归而察之，并无迹响。过数日，叟忽来谒，且云："庇宇下已数晨夕〔3〕，事事都草创，起炉作灶，未暇一修客子礼〔4〕。今遣儿女辈作黍，幸一垂顾〔5〕。"②李从之，则入园中，欻见舍宇华好，崭然一新；入室，陈设芳丽。酒鼎沸于廊下，茶烟袅于厨中③。俄而行酒荐馔，备极甘旨〔6〕。时见庭下少年人往来甚众。又闻儿女喁喁，帘幕中作笑语声。家人婢仆，似有数十百口。李心知其狐。席终而归，阴怀杀心④。每入市，市硝硫〔7〕，积数百斤，暗布园中殆满。骤火之，焰亘霄汉〔8〕，如黑灵芝〔9〕。燔臭灰眯不可近〔10〕；但闻鸣啼嗥动之声，嘈杂聒耳。既熄，入视，则死狐满地，焦头烂额者不可胜计。方阅视间〔11〕，叟自外来，颜色惨恸，责李曰："夙无嫌怨，荒园岁报百金，非少；何忍遂相族灭〔12〕？此奇惨之仇，无不报者！"⑤忿然而去。疑其掷砾为殃〔13〕，而年余无少怪异。

时顺治初年，山中群盗窃发〔14〕，啸聚万余人〔15〕，官莫能捕。生以家口多，日忧离乱。适村中来一星者〔16〕，自号"南山翁"，言人休咎〔17〕，了若目睹，名大噪。李召至家，求推甲子〔18〕。翁愕然起敬，曰："此真主也〔19〕！"李闻大骇，以为妄。翁正容固言之〔20〕。李疑信半焉，乃曰："岂有白手受命而帝者乎？"翁谓："不然。自古帝王，类多起于匹夫〔21〕，谁是生而天子者？"生惑之，前席而请

---

① 李某心理阴暗，明明家里没房子，却见钱眼开，收人租金。

② 叟礼貌周全，反客为主。

③ 一派家庭和乐、热诚待客景象。

④ 此人太残忍。即狐，于你何害？

⑤ 狐叟之言有理有力。

⑥李某先"大骇",继而半信半疑,然后为"天子"幻想所迷前席而请,利令智昏,心理变化一步步写来。

⑦先把"臣"称上了,诱惑。翁必然要让李某先尝甜头儿,然后才让他遭受惨败。

⑧狐叟是天才的心理学家,他从李某残忍杀害与他毫无怨仇的狐狸精全家,断定他有"盗根",有造反念头。

〔22〕⑥。翁毅然以"卧龙"自任〔23〕。请先备甲胄数千具、弓弩数千事〔24〕。李虑人莫之归。翁曰:"臣请为大王连诸山⑦,深相结。使哗言者谓大王真天子〔25〕,山中士卒,宜必响应。"李喜,遣翁行。发藏镪〔26〕,造甲兵。

翁数日始还,曰:"借大王威福,加臣三寸舌,诸山无不愿执鞭鞯〔27〕,从戏下〔28〕。"浃旬之间〔29〕,果归命者数千人。于是拜翁为军师,建大纛〔30〕,设彩帜若林,据山立栅〔31〕,声势震动。邑令率兵来讨,翁指挥群寇,大破之。令惧,告急于兖〔32〕。兖兵远涉而至,翁又伏寇进击,兵大溃,将士杀伤者甚众。势益震,党以万计,因自立为"九山王"。翁患马少,会都中解马赴江南,遣一旅要路篡取之〔33〕。由是九山王之名大噪。加翁为"护国大将军"。高卧山巢,公然自负,以为黄袍之加〔34〕,指日可俟矣。东抚以夺马故〔35〕,方将进剿,又得兖报,乃发精兵数千,与六道合围而进〔36〕。军旅旌旗,弥漫山谷。九山王大惧,召翁谋之,则不知所往。九山王窘极无术,登山而望曰:"今而知朝廷之势大也!"山破,被擒,妻孥戮之〔37〕。始悟翁即老狐,盖以族灭报李也。

异史氏曰:"夫人拥妻子,闭门科头〔38〕,何处得杀?即杀,亦何由族哉?狐之谋亦巧矣。而壤无其种者,虽溉不生〔39〕;彼其杀狐之残,方寸已有盗根〔40〕,故狐得长其萌而施之报⑧。今试执途人而告之曰:'汝为天子!'未有不骇而走者。明明导以族灭之为,而犹乐听之,妻子为戮,又何足云?然人之听匪言也〔41〕,始闻之而怒,继而疑,又既而信,迨至身名俱殒,而始悟其误也,大率类此矣。"

校勘

底本:康熙本。参校:二十四卷本、异史、铸雪斋本、青柯亭本。

注释

〔1〕曹州：今山东省菏泽市。〔2〕直：值。〔3〕庇宇下：在您的房屋庇护下。〔4〕客子礼：异乡为客的礼数。〔5〕垂顾：光临。〔6〕行酒荐馔，备极甘旨：一次次斟酒，进献各种精美可口的菜肴。〔7〕硝硫：芒硝与硫黄。〔8〕焰亘霄汉：火焰绵延到云霄。〔9〕黑灵芝：火药爆炸的蘑菇状云。〔10〕燔（fán）臭灰眯：焦臭扑鼻，烟尘迷目。燔，焚烧。〔11〕阅视：查看。〔12〕族灭：灭族。〔13〕掷砾为殃：抛掷小石块捣乱。砾，碎石。殃，祸患。〔14〕群盗：蒲松龄受时代局限对农民起义的说法。〔15〕啸聚：在山林聚众造反。〔16〕星者：算命先生。〔17〕休咎：吉凶祸福。〔18〕推甲子：考察生辰八字以推算命运的好坏。〔19〕真主：真龙天子。〔20〕正容固言之：面容严肃地坚持这样说。〔21〕类：大多数。〔22〕前席而请：向前移动坐席，靠近请教。〔23〕卧龙：帮助刘备成就霸业的诸葛亮人称"卧龙"。〔24〕甲胄数千具、弓弩数千事：甲胄，铠甲和头盔；弓弩，进攻用的武器。事，件。〔25〕哗言者：喧哗传播浮言的人。〔26〕藏镪（qiǎng）：珍藏的银子和钱币。镪，钱币、银锭。〔27〕执鞭靮（dí）：替（李秀才）驾驭车马。意思是乐意跟从造反。〔28〕从戏（huī）下：从麾下，听从指挥。"戏"通"麾"。〔29〕浃旬：十天。〔30〕大纛（dào）：大旗。〔31〕据山立栅：占据山头，建立营寨。〔32〕兖：兖州。〔33〕遣一旅要路篡取之：派一支军队拦路夺取。〔34〕黄袍之加：穿皇袍登基称帝。〔35〕东抚：山东巡抚。〔36〕六道：山东省下辖的六个道。道，或称道台。〔37〕妻孥：妻儿。〔38〕科头：不戴帽子，指自由自在，闲散随意。〔39〕壤无其种者，虽溉不生：土壤里没有种子，再浇水也不会发芽。〔40〕方寸已有盗根：心中已经有做强盗的念头。〔41〕匪言：异端邪说。

点评

法国大仲马的《基督山恩仇记》写基督山伯爵年轻时为人陷害而入狱。在漫长的监狱生活中，向一位神父学到许多知识，越狱后拿到巨额财富，针对仇人的弱点，一一复仇。《九山王》是《基督山恩仇记》的异国先声。狐叟全家被李某残忍杀害，狐叟并没像一般狐狸精那样对李某来点儿小打小骚扰，而是针对李某的残忍本性，诱使他造反，令其被灭族。狐叟之智，不亚于二百年后的基督山伯爵。

九山王

啸聚山林一念
痴老人不走帝
王师妻孥骈
戮东郊日记
石园中缑犬時

遵化署狐

①此人刚烈只是对待狐，可能还有下级和百姓，对待上级则是一副巴结狗样子，见后文。

②心狠手辣。

③《聊斋》里的狐颇像西方小说里可以看穿人屋顶的"瘸腿的魔鬼"，能揭穿一般百姓掌握不了但可以想象出来的官场黑暗。

④作者将用意讲得明明白白，如果不是官员有贪污行贿的污行，即使有一百只狐又能如何？

诸城丘公为遵化道〔1〕，署中故多狐，最后一楼，绥绥者族而居之〔2〕，以为家。时出殃人〔3〕，遣之益炽〔4〕。官此者惟设牲祷之〔5〕，无敢迕〔6〕。丘公莅任，闻而怒之。狐亦畏公刚烈①，化一妪告家人曰："幸白大人〔7〕，勿相仇。容我三日，将携细小避去。"公闻，亦嘿不言〔8〕。次日，阅兵已，戒勿散，使尽扛诸营巨炮骤入，环楼千座并发。数仞之楼，顷刻摧为平地，革肉毛血，自天雨而下〔9〕②。但见浓尘毒雾之中，有白气一缕，冒烟冲空而去，众望之曰："逃一狐矣。"而署中自此遂安。

后二年，公遣干仆赍银如干数赴都〔10〕，将谋迁擢〔11〕。事未就，姑窖藏于班役之家。忽有一叟诣阙声屈〔12〕，言妻子横被杀戮；又讦公克削军粮〔13〕，夤缘当路，现顿某家〔14〕，可以验证。奉旨押验。至班役家，冥搜不得，叟惟以一足点地。悟其意，发之，果得金；金上镌有"某郡解"字。已而觅叟，则失所在。执乡里姓名以求其人，竟亦无之。公由此罹难。乃知叟即逃狐也③。

异史氏曰："狐之祟人，可诛甚矣。然服而舍之〔15〕，亦以全吾仁。公可云疾之已甚者矣〔16〕。抑使关西为此〔17〕，岂百狐所能仇哉！"④

校勘

底本：康熙本。参校：二十四卷本、异史、铸雪斋本。

注释

〔1〕诸城：山东东部的县城。丘公：丘志充，字左臣，万历四十一年（1613）

进士，曾任山西布政使司右布政使。据《国榷》卷八十八记载：明天启七年（1627）"以饷金三千托太医院吏目王家栋营京堂，东厂迹之，论死"。遵化道：河北遵化的道员，亦称"观察"。道，明代地方上的布政使司、按察使司系统的派出机构，或专负责某类事务，或分区负责部分府县的事务。丘志充任遵化道在明天启五年（1625）十月至次年七月。〔2〕绥绥者：绥绥，狐的代称。《诗经·卫风·有狐》："有狐绥绥。"绥绥，原为舒行相随之意。〔3〕殃人：为害于人。〔4〕遣之益炽：越是驱赶越是作怪。〔5〕设牲祷之：供奉整只的牛、羊、猪，向狐祈祷。牲，祭祀用的牛、羊、猪。〔6〕迕：违拗。〔7〕幸白：希望禀告。〔8〕嘿（mò）：沉默，不说话。同"默"。〔9〕自天雨而下：像天上下雨一样地落下。〔10〕干仆：干练的仆人。赍银如干数：带了若干银子。〔11〕迁擢：提升官职。〔12〕诣阙声屈：到朝廷宫门外喊冤。〔13〕讦（jié）公克削军粮：揭发丘公克扣军粮。〔14〕顿：安顿。〔15〕服而舍之：服罪了就可以宽恕。〔16〕疾之已甚：痛恨不仁者过头。〔17〕抑使关西为此：假设"关西孔子"杨震这样做。关西，有"关西孔子"之称的杨震（？—124），汉安帝时官至太尉，一生廉洁奉公，因直言忤权贵，愤而自杀。《后汉书·杨震传》写杨震任州郡官，路经昌邑，"故所举荆州茂才王密为昌邑令，谒见，至夜怀金十斤以遗震，震曰：'故人知君，君不知故人，何也？'密曰：'暮夜无知者。'震曰：'天知，神知，我知，子知，何谓无知！'密愧而出"。

> **点评**

　　本文和《九山王》是同类作品，但思想价值还在其上。丘某对狐赶尽杀绝，表面上看似乎除恶务尽，实际上，他自己就是"恶"，是更大的恶，是涉及国计民生的恶。狐全家被杀，就用揭露丘某克削军粮，夤缘当路以求升官来报复之。老百姓对黑暗官场恨之入骨却束手无策，想象让狐来惩罚恶官。这是浪漫的幻想，也是局限性的幻想，狐惩罚了丘某，丘所钻营的"当路"还在，金钱至上的社会风气还在。

张诚

①张翁结发妻为清兵掳去是伏笔。小说安排明末清初时代背景极具匠心。

②小小年纪如此友爱、细心。不让兄言，是怕母亲变本加厉迫害兄长。

③兄爱小弟，细心呵护。

豫人张氏者，其先齐人〔1〕。明末齐大乱，妻为北兵掠去〔2〕①。张常客豫，遂家焉。娶于豫，生子讷。无何，妻卒，又娶继室，生子诚。继室牛氏悍，每嫉讷，奴畜之，啖以恶草〔3〕，且使樵，日责柴一肩，无则挞楚诟詈〔4〕，不可堪。隐蓄甘脆饵诚〔5〕，使从塾师读。诚渐长，性孝友，不忍兄劬，阴劝母，母弗听。一日，讷入山樵，未终，值大风雨，避身岩下。雨止而日已暮，腹中大馁，遂负薪归。母验之少，怒不与食。饥火烧心，入室僵卧。诚自塾中来，见兄嗒然，问："病乎？"曰："饿耳。"问其故，以情告。诚惨然便去。移时，怀饼来饵兄。兄问其所自来。曰："余窃面倩邻妇为之〔6〕，但食勿言也②。"讷食之，嘱弟曰："后勿复然，事泄累弟。且日一啖，饥当不死。"诚曰："兄故弱，乌能多樵！"

次日食后，窃赴山，至兄樵处。兄见之，惊问："将何作？"答："将助樵采。"问："谁之遣？"曰："我自来耳。"兄曰："无论弟不能樵，纵或能之，且犹不可。"于是速之归〔7〕。诚不听，以手足断柴助兄，且云："明日当以斧来。"兄近止之，见其指已破，履已穿〔8〕，悲曰："汝不速归，我即以斧自刭死〔9〕！"③诚乃归。兄送之半途，方复回樵。既归，诣塾，嘱其师曰："吾弟年幼，宜闭之〔10〕，山中虎狼恶。"师曰："午前不知何往，业夏楚之〔11〕。"归谓诚曰："不听吾言，遭笞责矣！"诚笑曰："无之。"明日，怀斧又去。兄骇曰："我固谓子勿来，何复尔？"诚不应，刈薪且急〔12〕，汗交颐不少休〔13〕，约足一束，不辞而返。师又责之，乃实告之。师叹其贤，遂不之禁。兄屡止之，终不听。

一日，与数人樵山中，欻有虎至。众惧而伏。虎竟衔诚去。虎负人行缓，为讷追及，讷力斧之，中胯。虎痛狂奔，莫可寻逐，痛哭而返。众慰解之，哭益悲，曰："吾弟，非犹夫人之弟〔14〕，况为我死，我何生焉！"遂以斧自刎其项。众急救之，入肉者已寸许，血溢如涌，眩瞀殒绝〔15〕。众骇，裂之衣而约之〔16〕，群扶以归。母哭骂曰："汝杀吾儿，欲剸颈以塞责耶〔17〕④！"讷呻云："母勿烦恼，弟死，我定不生！"置榻上，创痛不能眠，惟昼夜依壁坐哭。父恐其亦死，时就榻少哺之，牛辄诟责。讷遂不食，三日而毙。

④此妇真铁石心肠！

村中有巫走无常者〔18〕，讷途遇之，缅诉曩苦〔19〕，因询弟所。巫言不闻，遂反身导讷去。至一都会，见一皂衫人自城中出〔20〕。巫要遮代问之〔21〕。皂衫人于佩囊中捡牒审顾〔22〕，男妇百余，并无犯而张者〔23〕。巫疑在他牒。皂衫人曰："此路属我，何得差逮！"讷不信，强巫入内城。城中新鬼故鬼，往来憧憧〔24〕，亦有故识〔25〕，就问，迄无知者。忽共哗言："菩萨至〔26〕⑤！"仰见云中有伟人，毫光彻上下，顿觉世界通明。巫贺曰："大郎有福哉〔27〕！菩萨几十年一入冥司，拔诸苦恼，今适值之。"便捽讷跪〔28〕。众鬼因纷纷籍籍〔29〕，合掌齐诵，"慈悲""救苦"之声哄腾震地。菩萨以杨柳枝遍洒甘露，其细如尘。俄而雾收光敛，遂失所在。讷觉颈上沾露，斧处不复作痛。巫乃导与俱归，望见里门，始别而去。

⑤《聊斋》中好人遇难，常有菩萨出现，特别是观音菩萨。

讷死二日，豁然竟苏，悉述所遇，谓诚不死。母以为撰造之诬〔30〕，反诟骂之。讷负屈无以自伸，而摸创痕良瘥，自力起，拜父曰："行将穿云入海往寻弟，如不可见，终此身勿望返也。愿父犹以儿为死。"翁引空处与泣，无敢留之。讷乃去。每于冲衢访弟耗〔31〕，途中资斧断绝，丐而行。逾年，达金陵，悬鹑百结〔32〕，伛偻道上〔33〕⑥。偶见十余骑过，走避路侧。内一人如官长，年四十以来，健卒怒马〔34〕，腾踔前

⑥悬鹑百结、伛偻道上，形容艰难行进之状，生动。

271

⑦天上落下！踏破铁鞋无觅处，得来全不费工夫。

⑧兽中王是菩萨派来的？是小说家派来的！老虎衔了人不吃，放到早年失散兄长经过的路上，世间可有此善解人意之虎？

⑨小说开头称张翁"张氏"，此时真名浮出水面。名字成为张家劫后相逢的标志。倘若张诚早就把家世讲清，哪有阴差阳错以弟为子的有趣情节？

后〔35〕。一少年乘小驷〔36〕，屡顾讷。讷以其贵公子，未敢仰视。少年停鞭少驻，忽下马，呼曰："非吾兄耶？"讷举首审视，诚也⑦，握手大痛失声。诚亦哭，曰："兄何漂落一至于此？"讷言其情，诚益悲。骑者并下问故，以白官长，官命脱骑载讷，连辔归诸其家〔37〕，始详诘之。

初，虎衔诚去，不知何时置路侧，卧途中竟宿〔38〕⑧。适张别驾自都中来〔39〕，过之，见其貌文，怜而抚之，渐苏。言其里居，则相去已远，因载与俱归。又药敷伤处，数日始痊。别驾无长君〔40〕，子之。盖适从游瞩也〔41〕。诚具为兄告。言次，别驾入，讷拜谢不已。诚入内捧帛衣出〔42〕，进兄，乃置酒燕叙〔43〕。别驾问："贵族在豫，几何丁壮？"讷曰："无有。父少齐人，流寓于豫。"别驾曰："仆亦齐人，贵里何属？"答曰："曾闻父言，属东昌辖。"惊曰："我同乡也！何故迁豫？"讷曰："明季清兵入境，掠前母去。父遭兵燹〔44〕，荡无家室，先贾于西道〔45〕，往来颇稔，故止焉。"又惊问："君家尊何名〔46〕？"讷告之。别驾瞠而视〔47〕，俯首若疑，疾趋入内。

无何，太夫人出〔48〕，共罗拜，已，问讷曰："汝是张炳之之子耶⑨？"曰："然。"太夫人大哭，谓别驾曰："此汝弟也。"讷兄弟莫能解。太夫人曰："我适汝父三年，流离北去，身属黑固山〔49〕。半年，生汝兄。又半年，固山死。汝兄补秩旗下迁此官〔50〕，今解任矣〔51〕。每刻刻念乡井，遂出籍〔52〕，复故谱〔53〕。屡遣人至齐，殊无所觅耗，何知汝父西徙哉！"乃谓别驾曰："汝以弟为子，折福死矣！"别驾曰："曩问诚，诚未尝言齐人，想幼稚不忆耳。"乃以齿序：别驾四十有一，为长；诚十六，最少；讷二十二，则伯而仲矣〔54〕。别驾得两弟，甚欢，与同卧处，尽悉离散端由，将作归计。太夫人恐不见容。别驾曰："能容，则共之；否则，析之。天下岂有无父之国？"

⑩张翁神情写得极有层次感。先是见张讷非常欢喜，后是见张诚喜欢得说不出话来，最后是见到压根儿不知其存在的长子而目瞪口呆。文笔出神入化，真是语经百炼，笔有化工。

⑪妻卒安排得好，否则天上飞来结发妻，张诚母打翻醋瓮，喜事岂不变成忧事？

⑫蒲松龄对他听来的这个故事特别感兴趣，晚年又将《张诚》改编成俚曲《慈悲曲》。

⑬王士禛评《张诚》："一本绝妙传奇，叙次文笔亦工。"

于是鬻宅办装，刻日西发。既抵里，讷及诚先驰报父。父自讷去后，妻亦寻卒，块然一老鳏，形影自吊。忽见讷入，暴喜，恍恍以惊〔55〕；又睹诚，喜极，不复作言，潸潸以涕。又告以别驾母子至，翁辍涕愕然，不能喜，亦不能悲，蚩蚩以立〔56〕⑩。未几，别驾入，拜已，太夫人把翁相向哭。既见婢媪厮卒，内外盈塞，坐立不知所为。诚不见母，问之，方知已死⑪，号嘶气绝，食顷始苏。别驾出资建楼阁，延师教两弟。马腾于槽，人喧于室，居然大家矣。

异史氏曰："余听此事至终，涕凡数堕⑫：十余岁童子，斧薪助兄，慨然曰：'王览固再见乎〔57〕！'于是一堕。至虎衔诚去，不禁狂呼曰：'天道愦愦如此！'于是一堕。及兄弟猝遇，则喜而亦堕。转增一兄，又益一悲，则为别驾堕。一门团圞，惊出不意，喜出不意，无从之涕，则为翁堕也。不知后世亦有善堕如某者乎？"⑬

校勘

底本：康熙本。参校：二十四卷本、异史、铸雪斋本、青柯亭本。

注释

〔1〕豫：河南。齐：今山东泰山以北及胶东半岛为战国时齐地。〔2〕北兵：清兵。明崇祯十一年（1638）后清兵对山东多次进扰，山东受祸惨烈，民不聊生。〔3〕恶草：即"恶草具"，粗劣的食物。典出《史记·陈丞相世家》：项羽派使臣至汉，"汉王为太牢具，举进。见楚使，即佯惊曰：'吾以为亚父使，乃项王使。'复持去，更以恶草具进楚使"。〔4〕挞楚诟谇：又打又骂。〔5〕甘脆：好吃的食物。〔6〕倩：恳请。〔7〕速：催促。〔8〕履已穿：鞋已破。〔9〕自刭（jǐng）：自杀。〔10〕闭之：管制他。〔11〕夏（jiǎ）楚：体罚。古代学校用荆条等制成用具以惩罚学生。〔12〕刈（yì）：砍柴。〔13〕交颐：满腮。〔14〕非犹夫人之弟：不像是其他人的弟弟，意为我弟弟特别贤良。〔15〕眩瞀（mào）殒绝：眼睛看不清物体，昏死过去。〔16〕约：包扎。〔17〕劙（lí）：浅割。塞责：推卸责任。〔18〕巫走无常：巫师在阳世和阴间走无常。巫，民间

273

行巫术、为人祈祷治病的巫师。走无常，阴司勾魂使者不够用时，常摄取人间的人代替，称为"走无常"。走无常者可再返回人间。〔19〕缅诉：尽情追述。〔20〕皂衫：黑色单衣，衙门差役的服色。〔21〕要遮：拦住。〔22〕牒：阴司勾摄阳世人的公文。审顾：仔细察看。〔23〕犯而张者：姓张的应死之人。〔24〕憧（chōng）憧：来往不绝。〔25〕故识：原来认识的人。〔26〕菩萨：梵文"菩提萨埵"简称，此处指传说救苦救难的观世音。〔27〕大郎：巫师对张讷的尊称。〔28〕捽（zuó）：揪着。〔29〕纷纷籍籍：众人纷乱吵嚷。〔30〕撰造之诬：编造虚妄之词。〔31〕冲衢：交通要道。耗：消息。〔32〕悬鹑百结：衣衫褴褛。〔33〕伛偻（yǔ lǚ）：低头弯腰。〔34〕怒马：健壮的马。〔35〕腾踔：凌空跳起状。〔36〕小驷：小马。〔37〕连辔：骑马并行。辔，马缰绳。〔38〕竟宿：整夜。〔39〕别驾：通判别称。〔40〕长君：成年儿子。〔41〕游瞩：游览。〔42〕帛衣：丝绸衣服。〔43〕燕叙：设宴招待话家常。〔44〕兵燹（xiǎn）：战乱造成灾难。〔45〕贾于西道：到西边经商。〔46〕君家尊：您父亲。〔47〕瞠而视：惊奇地瞪大眼睛看。〔48〕太夫人：老夫人，旧时官吏之母可称太夫人。〔49〕黑固山：黑，姓；固山，即满语"固山额真"，为旗主。〔50〕补秩：补缺。秩，官职。〔51〕解任：不再担任原来职务。〔52〕出籍：脱离旗籍。〔53〕复故谱：认祖归宗，恢复张姓。〔54〕伯而仲：由老大变成老二。〔55〕恍恍以惊：因吃惊而精神恍惚。恍恍，恍恍惚惚，神不守舍。〔56〕蚩蚩以立：呆呆站着。蚩蚩，同"痴痴"。〔57〕王览：据《晋书》，王览母亲虐待王览的异母兄王祥，王览千方百计维护兄长。母亲给王祥吃的食物，王览怕母亲下毒，一定亲口尝过，才让哥哥吃。

点评

　　这是一个催人泪下的动人故事。张氏兄弟都是讲究"孝友"，即珍视兄弟情谊者。张诚以一片赤子之心对异母兄长百般呵护，偷饼饷兄，手足断柴助兄，都是精彩细节。张讷不辞万苦地寻找幼弟，悬鹑百结，感人至深。蒲松龄所处的时代，世风日下，人心不古，兄弟阋墙，同室操戈。蒲松龄精心创作《张诚》这样一个大力弘扬"孝友"精神的故事，意在以善规人。故事情节起伏跌宕，曲曲折折。猛虎衔弟，他乡遇兄，无依无靠的老鳏夫突然有三个儿子一起回拜，且有结发妻回归，真是意出望外、喜出望外，大起大落、大悲大喜。作者对人情世故的描绘生动真切、栩栩如生。此文既是感人至深的世情故事，也是写作范文。

張誠

手斧揮芟助玉
昆仮穿指破復行論
天教神帝衛之
去千戸歸來慶一門

汾州狐

①舌底生莲，回眸一笑百媚生。这句话经常被《聊斋》研究者作为精彩语言引用。

汾州判朱公者〔1〕，居廨多狐〔2〕。公夜坐，有女子往来灯下，初谓是家人妇，未遑顾瞻，及举目，竟不相识，而容光艳绝。心知其狐，而爱好之，遽呼之来，女停履笑曰："厉声加人，谁是汝婢媪耶〔3〕？" ① 朱笑而起，曳坐谢过。遂与款密〔4〕，久如夫妻之好。忽谓曰："君秩将迁〔5〕，别有日矣。"问："何时？"答曰："目前。但贺者在门，吊者即在闾〔6〕，不能官也。"三日迁报果至，次日即得太夫人讣音〔7〕。公解任，欲与偕旋〔8〕。狐不可，送之河上，强之登舟。女曰："君自不知，狐不能过河也。"朱不忍别，恋恋河畔。女忽出，言将一谒故旧。移时归，即有客来答拜。女别室与语。客去乃来，曰："请便登舟，妾送君渡。"朱曰："向言不能渡，今何以云？"曰："曩所谒非他，河神也。妾以君故，特请之。彼限我十天往复，故可暂依耳。"遂同济。至十日，果别而去。

校勘

底本：康熙本。参校：二十四卷本、异史、铸雪斋本、青柯亭本。

注释

〔1〕汾州判：汾州通判。汾州，今山西汾阳市。〔2〕居廨（xiè）：居住的官衙。〔3〕婢媪：丫鬟、老妈子。〔4〕款密：密友。〔5〕君秩将迁：你要升官。秩，俸禄。〔6〕吊者在闾：吊唁的人也在门口。〔7〕讣音：报丧消息。〔8〕偕旋：一起回朱的故乡。

点评

狐未卜先知，前辈作家写过，未足为奇。狐不能过河，是《聊斋》创造的限制，而恋恋于情的狐却请示河神，开恩令其过河送情人。狐有很浓的人情味儿。相比之下，朱某开始很没礼貌，后来又强人所难，人不如狐。

汾州狐

绝艳容光
一笑过汾州道
判奈愁何故人
情比桃潭水浅
说从来不渡河

巧娘①

①天阉之人遇因夫天阉而死的女鬼，巧而又巧，故曰"巧娘"。

②"天阉"在封建时代最主要的问题是导致宗绪断绝。

③极其偶然的机会到琼，更巧。

④景物如画，心情如绘。凿空不等于杜撰。写鬼狐故事，细节却和生活贴近。

　　广东有缙绅傅氏，年六十余，生一子名廉，甚慧而天阉〔1〕，十七岁阴才如蚕。遐迩闻知，无以女者〔2〕。自分宗绪已绝②，昼夜忧恫，而无如何。

　　廉从师读。师偶他出，适门外有猴戏者，廉视之，废学焉。度师将至而惧，遂亡去。离家数里，见一白衣女郎，偕小婢出其前。女一回首，妖丽无比，莲步蹇缓〔3〕，廉趋过之。女回顾婢曰："试问郎君，得无欲如琼否〔4〕？"婢果呼问，廉诘其何为，女曰："倘之琼也，有尺一书〔5〕，烦便道寄里门。老母在家，亦可为东道主。"廉出本无定向，念浮海亦得，因诺之③。女出书付婢，婢转付生。问其姓名居里，云："华姓，居秦女村，去北郭三四里。"生附舟便去。至琼州北郭，日已曛暮，问秦女村，迄无知者。望北行四五里，星月已灿，芳草迷目，旷无逆旅，窘甚。见道侧一墓，思欲傍坟栖止，大惧虎狼，因攀树猱升〔6〕，蹲踞其上。听松声谡谡〔7〕，宵虫哀奏〔8〕，中心忐忑，悔至如烧④。

　　忽闻人声在下，俯瞰之，庭院宛然，一丽人坐石上，双鬟挑画烛〔9〕，分侍左右。丽人左顾曰："今夜月白星疏，华姑所赠团茶〔10〕，可烹一盏，赏此良夜。"生意其鬼魅，毛发森竖，不敢少息。忽婢子仰视曰："树上有人！"女惊起曰："何处大胆儿，暗来窥人！"生大惧，无所逃隐，遂盘旋下，伏地乞宥〔11〕。女近临一睇〔12〕，反恚为欢，曳与并坐。睨之，年可十七八，姿态艳绝，听其言，亦非土音。问："郎何之？"答云："为人作寄书邮。"女曰："野多暴客，露宿可虞〔13〕。不嫌蓬荜〔14〕，愿就税驾〔15〕。"邀生入。室惟一榻，命婢展两被其上。生自惭形秽，愿在下床。

279

⑤围绕一个"天阉"大做文章,但明伦谓:"拈一'阉'字,巧弄笔墨。"

⑥天阉者忽成伟男,心理描绘生动。

女笑曰:"佳客相逢,女元龙何敢高卧〔16〕?"生不得已,遂与共榻,而惶恐不敢自舒。未几,女暗中以纤手探入,轻捻胫股,生伪寐若不觉知。又未几,启衾入,摇生,迄不动,女便下探隐处。乃停手怅然,悄悄出衾去,俄闻哭声。生惶愧无以自容,恨天公之缺陷而已。女呼婢篝灯。婢见啼痕,惊问所苦。女摇首曰:"我自叹吾命耳。"婢立榻前,耽望颜色。女曰:"可唤郎醒,遣放去。"生闻之,倍益惭怍,且惧宵半,茫茫无所复之⑤。

筹念间,一妇人排闼入〔17〕。婢曰:"华姑来。"微窥之,年约五十余,犹风格〔18〕。见女未睡,便致诘问,女未答。又视榻上有卧者,遂问:"共榻何人?"婢代答:"夜一少年郎寄此宿。"妇笑曰:"不知巧娘谐花烛。"见女啼泪未干,惊曰:"合卺之夕,悲啼不伦,将勿郎君粗暴也?"女不言,益悲。妇欲捋衣视生,一振衣,书落榻上。妇取视,骇曰:"我女笔意也!"拆读叹咤。女问之。妇云:"是三儿家报,言吴郎已死,茕无所依,且为奈何?"女曰:"彼固云为人寄书,幸不遣之去。"妇呼生起,究询书所自来,生备述之。妇曰:"远烦寄书,当何以报?"又熟视生,笑问:"何迕巧娘?"生言:"不自知罪。"又诘女,女叹曰:"自怜生适阉寺〔19〕,殁奔椓人〔20〕,是以悲耳。"妇顾生曰:"慧黠儿,固雄而雌者耶?是我之客,不可久溷他人〔21〕。"遂导生入东厢,探手于裤而验之。笑曰:"无怪巧娘零涕。然幸有根蒂,犹可为力。"挑灯遍翻箱簏,得黑丸授生,令即吞下,秘嘱勿哗〔22〕,乃出。生独卧筹思,不知药医何症。比五更初醒,觉脐下热气一缕,直冲隐处,蠕蠕然似有物垂股际,自探之,身已伟男。心惊喜,如乍膺九锡〔23〕⑥。

榇色才分〔24〕,妇即入,以炊饼纳生,叮嘱耐坐,反关其户。出语巧娘曰:"郎有寄书劳,将留招三娘来与订姊妹交。且复闭置,免人厌恼。"乃出门去。生回旋无聊,时近门隙,如鸟窥笼。望见巧娘,辄欲招呼自呈，惭讪而止。延及夜分〔25〕，妇始携女归。发扉曰："闷煞郎君矣！三娘可来拜谢。"途中人逡巡入，向生敛衽。妇命相呼以兄妹，巧娘笑曰："姊妹亦可。"并出堂中，团坐置饮。饮次，巧娘戏问："寺人亦动心佳丽否〔26〕？"生曰："跛者不忘履，盲者不忘视。"相与粲然。巧娘以三娘劳顿，迫令安置。妇顾三娘，俾与生俱。三娘羞晕不行。妇曰："此丈夫而巾帼者，何畏之？"敦促偕去。私嘱生云："阴为吾婿，阳为吾子，可也。"生喜，捉臂登床，发硎〔27〕新试，其快可知，即于枕上问女："巧娘何人？"⑦曰："鬼也。才色无匹，而时命蹇落。适毛家小郎子，病阉，十八岁而不能人，因邑邑不畅，赍恨入冥。"生惊，疑三娘亦鬼。女曰："实告君，妾非鬼，狐耳。巧娘独居无耦，我母子无家，借庐栖止。"生大愕。女云："无惧，虽故鬼狐，非相祸者。"由此日共谈宴。虽知巧娘非人，而心爱其娟好，独恨自献无隙。生蕴藉，善谀噱〔28〕，颇得巧娘怜。

　　一日，华氏母子将他往，复闭生室中。生闷气绕室，隔扉呼巧娘；巧娘命婢历试数钥，乃得启。生附耳请间〔29〕，巧娘遣婢去，生挽就寝榻，偎向之，女戏搦脐下，曰："惜可儿此处阙然〔30〕。"语未竟，触手盈握。惊曰："何前之渺渺，而遽累然〔31〕！"生笑曰："前羞见客，故缩；今以诮谤难堪，聊作蛙怒耳。"⑧遂相绸缪。已而恚曰："今乃知闭户有因。昔母子流荡栖无所，假庐居之。三娘从学刺绣，妾曾不少秘惜。乃妒忌如此！"生劝慰之，且以情告，巧娘终衔之。生曰："密之！华姑嘱我严。"语未及已，华姑掩入，二人皇遽方起。华姑瞋目，问："谁启扉？"巧娘笑逆自承。华姑益怒，聒絮不已。巧娘故哂曰："阿姥亦大笑人！是丈夫而巾帼者，何能为？"三娘见母与巧娘苦相抵〔32〕，意不自安，以一身调停两间，始各挹怒为喜〔33〕。巧娘言虽愤烈，然自是屈意事三娘。但华姑昼夜闲防〔34〕，两情不得自展，眉目含情而已。

⑦由三娘口道出巧娘身世。巧妙。

⑧巧妙而文雅的亵语。

281

一日，华姑谓生曰："吾儿姊妹皆已奉事君，念居此非计，君宜归告父母，早订永约。"即治装促生行。二女相向，容颜悲恻。而巧娘尤不可堪，泪滚滚如断贯珠，殊无已时。华姑排止之〔35〕，便曳生出。至门外，则院宇无存，但见荒冢。华姑送至舟上，曰："君行后，老身携两女僦屋于贵邑〔36〕。倘不忘夙好，李氏废园中，可待亲迎。"生乃归。

时傅父觅子不得，正切焦虑，见子归，喜出非望。生略述崖末〔37〕，兼至华氏之订。父曰："妖言何足听信？汝尚能生还者，徒以阉废故。不然，死矣！"生曰："彼虽异物，情亦犹人，况又慧丽，娶之亦不为戚党笑。"父不言，但哂之。生乃退而技痒，不安其分，辄私婢，渐至白昼宣淫⑨，意欲炫闻翁媪。一日为小婢所窥，奔告母，母不信，薄观之〔38〕，始骇。呼婢研究，尽得其状。喜极，逢人宣暴，以示子不阉，将论婚于世族。生私白母："非华氏不娶。"母曰："世不乏美妇人，何必鬼物？"生曰："儿非华姑，无以知人道〔39〕，背之不祥。"傅父从之，遣一仆一妪往觇之。出东郭四五里，寻李氏园。见败垣竹树中，缕缕有炊烟。妪下乘〔40〕，直造其闼，则母子拭几濯溉，似有所伺。妪拜致主命。见三娘，惊曰："此即吾家小主妇耶？我见犹怜，何怪公子魂思而梦绕之。"便问阿姊。华姑叹曰："是我假女，三日前，忽殂谢去。"因以酒食饷妪及仆。妪归，备道三娘容止，父母皆喜。末陈巧娘死耗，生恻恻欲涕。至亲迎之夜，见华姑亲问之。答云："已投生北地矣。"生欷歔久之。迎三娘归，而终不能忘情巧娘，凡有自琼来者，必召见问之。或言秦女墓夜闻鬼哭，生诧其异，入告三娘。三娘沉吟良久，泣下曰："妾负姊矣！"诘之，答云："妾母子来时，实未使闻。兹之怨啼，将无是？向欲相告，恐彰母过。"生闻之，悲已而喜。即命舆，宵昼兼程，驰诣其墓，叩墓木而呼曰："巧娘！巧娘！某在斯！"俄见女郎绷婴儿，自穴中出，举

⑨带表演性质。

⑩以实证幻,用真实的人物为鬼狐故事张目。蒲松龄生平唯一一次南游到过高邮。

首酸嘶,怨望无已;生亦涕下。探怀问谁氏子,巧娘曰:"是君之遗孽也,诞三月矣。"生叹曰:"误听华姑言,使母子埋忧地下,罪将安辞!"乃与同舆,航海而归。抱子告母。母视之,体貌丰伟,不类鬼物,益喜。二女谐和,事姑孝。后傅父病,延医来。巧娘曰:"疾不可为,魂已离舍。"督治冥具,既竣而卒。儿长,绝肖父,尤慧,十四游泮。

高邮翁紫霞〔41〕,客于广而闻之。地名遗脱,亦未知所终矣。⑩

校勘

底本:康熙本。参校:二十四卷本、异史、铸雪斋本、青柯亭本。

注释

〔1〕天阉:性器天生发育不全。〔2〕无以女者:没有人肯把女儿嫁给他。〔3〕莲步蹇缓:三寸金莲走路走得很慢,很困难。〔4〕得无欲如琼:是不是要到海南岛?琼,海南琼山。〔5〕有尺一书:有一封信。〔6〕攀树猱升:像猴一样爬到树上。〔7〕谡谡:风声。〔8〕宵虫哀奏:夜虫哀鸣。〔9〕双鬟:两个丫鬟。画烛:有画饰的蜡烛。〔10〕团茶:用圆模制成的茶块。〔11〕乞宥:乞求宽恕。〔12〕睇(dì):斜着眼看。〔13〕虞:忧虑。〔14〕蓬荜:蓬门荜户,即草舍陋室。〔15〕税驾:停车,留宿。〔16〕元龙高卧:元龙,陈登字,汉末孝廉,建安中为广陵太守。《三国志·魏书·吕布张邈臧洪传》载许汜称:"昔遭乱过下邳,见元龙。元龙无客主之意,久不相与语,自上大床卧,使客卧下床。"故傅廉表示:自己愿意卧下床。〔17〕排闼入:推开门进来。〔18〕犹风格:风韵犹存。〔19〕阉寺:宦官。〔20〕椓人:没有性能力的人。椓(zhuó),宫刑。〔21〕溷:打扰。〔22〕吪(é):行动。〔23〕乍膺九锡:如同大臣刚刚受到皇帝"九锡"之封赏。"九锡"是古代帝王给大臣的赏赐,包括车马、衣服、弓矢、铁钺等。〔24〕棂色才分:窗户上刚刚有了光亮。〔25〕夜分:夜半。〔26〕寺人:古代宫廷的太监。〔27〕发硎(xíng):刚刚磨过的刀。〔28〕善谀噱:擅长说一些好听的笑话讨好人。〔29〕请间:请求单独交谈。〔30〕可儿:称心如意的人。《世说新语·赏誉》:"桓温行经王敦墓边过,望之云:'可儿!可儿!'"阙然:

空缺。〔31〕累然：悬垂。〔32〕苦相抵：苦苦地互相责备。〔33〕拗怒：抑制愤怒。〔34〕闲防：防闲。〔35〕排止之：排解劝止悲伤。〔36〕僦屋：租房。〔37〕崖末：事情前后经过。〔38〕薄观：逼近观察。〔39〕知人道：懂得男女性爱。〔40〕下乘：下车。〔41〕高邮：明清州名，今属江苏省扬州市。高邮翁紫霞：姓名生平不详，紫霞应为其字或号。蒲松龄于康熙九年（1670）应任宝应知县的同乡孙蕙之邀做其幕宾，有诗歌记载，"途中寂寞姑言鬼"，《莲香》《巧娘》等应是这个时期或稍后的作品。

点评

　　一女鬼一狐女，二美共一夫，而这一"夫"本来是丈夫亦巾帼，《聊斋》"性"小说，此篇为最。作者围绕着一个"阉"字大做文章，写天阉者低人一等的心理，天阉者乍成伟男的狂喜，以及其父母得知儿子能"人道"时的狂喜，都极其生动，且有一定的思想认识价值。以"巧娘"为篇名，处处都巧，时时都巧，充分显示出作者布局谋篇、驾驭文字的功底。

巧娘

煙前何苦署
中々感
羅袂甚怨積
薪弄怪
華家舍柘志
黃金要
鑄尚夫人

吴令

吴令某公〔1〕，忘其姓字，刚介有声〔2〕。吴俗最重城隍之神，木肖之〔3〕，衣以锦，藏机如生。值神寿节〔4〕，则居民敛资为会，辇游通衢。建诸旗幢，杂卤簿，森森部列，鼓吹行且作，阗阗咽咽然〔5〕，一道相属也〔6〕①。习为俗，岁无敢懈。公出，适相值，止而问之，居民以告；又诘知所费颇奢。公怒，指神而责之曰："城隍实主一邑。如冥顽无灵，则淫昏之鬼，无足奉事。其有灵，则物力宜惜，何得以无益之费，耗民脂膏？"②言已，曳神于地，笞之二十。从此习俗顿革。

公清正无私，惟少年好戏。居年余，偶于廨中梯檐探雀鷇〔7〕③，失足而堕，折股，寻卒。人闻城隍祠中，公大声喧怒，似与神争，数日不止。吴人不忘公德，群集祝而解之，别建一祠祠公，声乃息。祠亦以城隍名，春秋祀之，较故神尤著。吴至今有二城隍云。

① 言简意赅，有声有色，一幅明丽的风俗画。

② 一番话句句是理，口齿绝顶好，思路绝顶妙。

③ 少年好戏是毛病，也是其可爱之处，倘若老气横秋，有何意趣？

校勘

底本：康熙本。参校：二十四卷本、异史、铸雪斋本、青柯亭本。

注释

〔1〕吴令：苏州县令。〔2〕刚介有声：有刚直耿介的官声。〔3〕木肖之：用木头刻出其肖像。〔4〕神寿节：城隍诞辰节日。〔5〕阗（tián）阗咽咽：鼓乐声。〔6〕一道相属：连成一路。〔7〕雀鷇（kòu）：小鸟儿。

点评

按习俗，人即使不怕鬼，也必定怕神，年轻的吴令却愣是敢和城隍斗，振振有词地数落城隍浪费百姓钱财的罪责，将"淫昏之神"狠揍一顿，其初衷，出于爱民。他死了又要取城隍而代之，自然也是想给老百姓办更多实事。此人太有个性，在封建社会中，这样的官员恐怕绝无仅有！他应该做更大的清官，但偏偏掏鸟窝摔死，死得可惜，又死得更有个性。作者用打神、抢神位、掏鸟窝三个细节，写活一个人物，一个既刚正不阿又顽皮嬉耍的年轻官员。语言生动精彩而富有表现力。

口技

村中来一女子，年二十有四五，携一药囊，售其医。有问病者，女不能自为方，俟暮夜请诸神。晚洁斗室，闭置其中。众绕门窗，倾耳寂听，但窃窃语，莫敢欬〔1〕。内外动息俱冥〔2〕。至半更许〔3〕，忽闻帘声。女在内曰："九姑来耶？"一女子答云："来矣。"又曰："腊梅从九姑来耶？"似一婢答云："来矣。"三人絮语间杂，刺刺不休〔4〕。俄闻帘钩复动，女曰："六姑至矣。"乱言曰："春梅亦抱小郎子来耶？"一女曰："拗哥子〔5〕，鸣之不睡〔6〕，定要从娘子来。身如百钧重，负累煞人！"旋闻女子殷勤声，九姑问讯声，六姑寒暄声，二婢慰劳声，小儿喜笑声，猫子声，一齐嘈杂。即闻女子笑曰："小郎君亦大好耍，远迢迢抱猫儿来。"既而声渐疏。帘又响，满室俱哗，曰："四姑来何迟也？"有一小女子细声答曰："路有千里且溢〔7〕，与阿姑走尔许时始至。阿姑行且缓。"遂各各道温凉〔8〕，并移坐声，唤添坐声，参差并作，喧繁满室，食顷始定〔9〕。即闻女子问病。九姑以为宜得参，六姑以为宜得芪，四姑以为宜得术〔10〕。参酌移时，即闻九姑唤笔砚。无何，折纸戢戢然〔11〕，拔笔掷帽丁丁然〔12〕，磨墨隆隆然①。既而投笔触几，震震作响，便闻撮药包裹苏苏然〔13〕。顷之，女子推帘，呼病者授药并方。反身入室，即闻三姑作别，三婢作别，小儿哑哑，猫儿唔唔，又一时并起。九姑之声清以越〔14〕，六姑之声缓以苍〔15〕，四姑之声娇以婉〔16〕，以及三婢之声，各有态响，听之了了可辨②。群讶以为真神。而试其方，亦不甚效。

此即所谓口技，特借之以售其术尔。然亦奇矣！

王心逸尝言〔17〕："在都偶过市廛〔18〕，闻弦

①采用一系列排比句，极力展现声音的多种多样、千变万化、高低抑扬。声音有分有合，又进一步写出口技艺人同时发出几种声音的高超技艺。

②这样的音响描写像白居易写《琵琶行》，以贴切形象的语言，把虚幻的声音物象化、实体化了，活灵活现。

歌声〔19〕，观者如堵。近窥之，则一少年，曼声度曲〔20〕，并无乐器，惟以一指捺颊际，且捺且讴〔21〕。听之铿铿，与弦索无异。亦口技之苗裔也。"

校勘

底本：康熙本。参校：二十四卷本、异史、铸雪斋本、青柯亭本。

注释

〔1〕欶（sòu）：同"嗽"，咳嗽。〔2〕冥：沉寂。〔3〕半更：初更之半，相当于晚七到九时。〔4〕刺刺不休：不停地说话。〔5〕拗（niù）：固执、任性。〔6〕呜之：抚慰、亲吻声。〔7〕千里且溢：一千多里路。〔8〕各各道温凉：互相嘘寒问暖。〔9〕食顷：一顿饭功夫。〔10〕"九姑"三句：口技者虚拟的人物纷纷提出应该用的药：人参、黄芪、白术。〔11〕戢（jí）戢然：折纸声。〔12〕丁丁然：铜笔帽掷桌面声。〔13〕苏苏然：撮药包声。〔14〕清以越：清脆悠扬。〔15〕缓以苍：舒缓苍老。〔16〕娇以婉：娇细婉转。〔17〕王心逸：即王居正，蒲松龄曾在王家坐馆，与其弟王观正（如水）关系好。〔18〕市廛（chán）：商铺集中的市区。〔19〕弦歌：伴随乐器唱歌。〔20〕曼声度曲：按照乐曲舒缓悠扬唱着。〔21〕且捺且讴：一边按着一边唱着。

点评

这是一段精彩的民俗描写。一女子以口技博取人们的信任，靠卖药谋生。她一人可以模仿多人说话的声音，可以变换音量、音色、腔调，可以模仿自然界各种声响，使听者以假乱真，以为她真的从天上请来了仙姑处方，而这些仙姑又携猫将雏，在那儿认真地讨论如何处方。读之如亲历其境，亲闻其声。这段描写口技的文字，字法整齐，音韵铿锵，绘声绘色，惟妙惟肖，真是"妙品辞令"（但明伦语）。

纱窗月上夜迢迢，曾罥珠帘胜管箫。真是幻邪莫辨，但闻娇语亦魂销。

狐联

焦生，章丘石虹先生之叔弟也〔1〕。读书园中，宵分，有二美人来，颜色双绝。一可十七八，一约十四五，抚几展笑。焦知其狐，正色拒之。长者曰："君髯如戟，何无丈夫气〔2〕？"焦曰："仆生平不敢二色。"女笑曰："迂哉！子尚守腐局耶〔3〕？下元鬼神〔4〕，凡事皆以黑为白，况床笫间琐事乎？"①焦又咄之。女知不可动，乃云："君名下士，妾有一联，请为属对〔5〕，能对我自去：戊戌同体，腹中止欠一点〔6〕。"焦凝思不就。女笑曰："名士固如此乎？我代对之可矣：己巳连踪，足下何不双挑〔7〕。"②一笑而去。长山李司寇言之〔8〕。

①讽世也。本来应该给人赐福、赦罪、解厄的鬼神颠倒黑白，谁还管床头那点子小事。

②但明伦："联雅而趣，笑煞名士。真是可人。"
王士禛："才狐也，乃不谐平仄。"

> 校勘

底本：康熙本。参校：二十四卷本、异史、铸雪斋本、青柯亭本。

> 注释

〔1〕石虹先生：焦毓瑞，别号石虹，顺治四年（1647）进士，官至侍郎。〔2〕君髯如戟，何无丈夫气：你的胡子硬得像戟，怎么一点儿也不像个男子汉大丈夫？此处用的是褚彦回典故。《南史·褚彦回传》载，南朝淫乱的山阴公主看上褚彦回，皇帝命褚住到皇宫，公主晚上逼褚就范，褚穿戴整齐，从晚上站到早上，不为公主移志。公主恼怒地说："君须髯似戟，何无丈夫意？"〔3〕腐局：陈腐的规矩。〔4〕下元鬼神：道教以正月、七月、十月之望（十五日）为天、地、水府三元日，能为人赐福、赦罪、解厄。床笫（zǐ）：原意为床上的竹席，引申为男女房中之事。〔5〕属对：对出下联。〔6〕戊戌同体，腹中止欠一点：表面说两个字的不同，内涵寓男女性器的不同，有挑逗意味。〔7〕已巳连踪，足下何不双挑：草书写己巳二字，往往为求变化，前一字挑钩，后一字不挑钩。这两句表面是讨论书法，暗寓双方调戏之意。〔8〕长山李司寇：即李化熙（1594—1669），长山县人。明崇祯七年（1634）进士，曾任陕西总督、兵部右侍郎，降

清后官至太子太保、刑部尚书。清代称刑部尚书为大司寇,侍郎为少司寇。"长山李司寇言之"一句,现存各抄本都不全,据青柯亭刻本补入。

点评

　　二百字短文,写活了迂腐的书生和调皮的狐女。焦生执着而迂阔,狐女才思敏捷又幽默风趣。本文是作者借狐女之名,炫才做奇对,可惜对联被王士禛瞅出毛病。

振聯

来如飛燕去如鴻雅難
成聯句絕工屬
對來能卻羨唉而今名
士陋雕蟲

潍水狐

潍邑李氏有别第〔1〕，忽一翁来税居，岁出直金五十，诺之。既去无耗，李嘱家人别租。翌日，翁至，曰："租宅已有关说〔2〕，何欲更僦他人〔3〕？"李白所疑。翁曰："我将久居是，所以迟迟者，以涓吉在十日之后耳〔4〕。"因先纳一岁之直，曰："终岁空之，勿问也。"

李送出，问期，翁告之。过期数日，亦竟渺然。及往觇之，则双扉内闭，炊烟起而人声杂矣。讶之，投刺往谒。翁趋出，逆而入，笑语可亲。既归，遣人馈遗其家；翁犒赐丰隆〔5〕。又数日，李设筵邀翁，款洽甚欢。问其居里，以秦中对〔6〕。李讶其远，翁曰："贵乡福地也。秦中不可居，大难将作。"时方承平〔7〕，置未深问①。

越日，翁折柬报居停之礼〔8〕，供帐饮食，备极侈丽。李益惊，疑为贵官。翁以交好，因自言为狐。李骇绝，逢人辄道。邑缙绅闻其异，日结驷于门，愿纳交翁，翁无不伛偻接见〔9〕。渐而郡官亦时还往。独邑令求通，辄辞以故。令又托主人先容〔10〕，翁辞。李诘其故。翁移席近客而私语曰："君自不知，彼前身为驴，今虽俨然民上，乃饮糟而亦醉者也〔11〕②。仆固异类，羞与为伍。"李乃托词告令，谓狐畏其神明，故不敢见。令信之而罢。此康熙十一年事，未几秦罹兵燹③，狐能前知，信矣。

异史氏曰："驴之为物庞然也。一怒则踶趹嗥嘶〔12〕，眼大于盎〔13〕，气粗于牛，不惟声难闻，状亦难见。倘执束刍而诱之〔14〕，则帖耳辑首〔15〕，喜受羁勒矣〔16〕。以此居民上，宜其饮糟而亦醉也。愿临民者以驴为戒，而求齿于狐，则德日进矣。"④

①此翁必须是狐才能预知兵灾，必须是狐才能知道县令前身，宣布自己为狐是必要的，此狐温文蕴藉，与人为善，完全是位有身份、有地位、有阅历的现实中人。托言为狐，假语讽世也。

②妙语解颐，骂杀天下贪官。但明伦评："大令而不齿于狐……此令终身为驴矣。"

③康熙十二年（1673）冬天吴三桂兵变，次年陕西提督王辅臣起兵追随吴。

④嬉笑怒骂，寓意绝佳。写驴的形体和动作，实际骂潍县县令。怒状、气粗状，都是平时对付百姓的情状也。"束刍"者，银钱也。

校勘

底本：康熙本。参校：二十四卷本、异史、铸雪斋本、青柯亭本。

注释

〔1〕潍邑：潍县，今山东潍坊市。别第：自己住宅之外的房子。〔2〕关说：协议。〔3〕僦：租赁。〔4〕涓吉：选择黄道吉日。〔5〕犒赐丰隆：犒劳赏赐十分丰盛。〔6〕秦中：陕西中部。〔7〕承平：太平。〔8〕折柬居停之礼：写信给房子的主人。〔9〕伛偻接见：恭敬地接见。伛偻，躬身状。〔10〕先容：事先推荐。〔11〕饮䭔（duī）而亦醉者：吃蒸饼也能醉的人，比喻贪财无耻者。据唐代《教坊记》：苏五奴妻张四娘善歌舞，张四娘应邀外出表演时，其夫总跟着，人欲其速醉，劝他喝酒，他说：只要多给钱，我吃蒸饼一样能醉倒。䭔，蒸饼，即今馒头。〔12〕踶跪（dì guì）嗥嘶：用前腿踢，用后腿尥蹶子，大声嘶鸣。〔13〕盎（àng）：类似于盆的容器。〔14〕束刍：一把草。〔15〕帖耳辑首：俯首帖耳。〔16〕羁勒：管束。

点评

绝佳的讽刺小说。狐翁可以跟任何人交往，唯独不理睬"父母官"，因为他前身是驴。这自然是诙谐玩世之话，既然是驴，就完全按驴的道德观念行事，有草就是娘。饮䭔而亦醉，更把潍县县令的无耻讽刺到登峰造极的程度。篇名"潍水狐"，实际写"潍水令"，表面上写有非凡气度的狐翁，骨子里观照俨然民上的县大老爷。一个县大老爷不仅不齿于人，还不齿于狐，需要以驴为戒，这样的父母官奈老百姓何？

潍水狐

得朋重盍簪交燕
于离乡搞别渠邑今
靡然徒自大竟难折
节订狐交

红玉

①红玉初次露面，带一般狐狸精的特点，甚至有青楼色彩，对男女之事较随便。

②正人君子训子经。恐丧德，严父之心；恐促寿，慈父之爱。

③《孟子·滕文公下》："不待父母之命，媒妁之言，钻穴隙相窥，逾墙相从，则父母国人皆贱之。"

④红玉被冯翁教训，羞愧离去，但她不是一走了之，而是帮冯生娶到美丽的良家女子卫氏。由此可见红玉多善良，也看出她未卜先知的神通。

广平冯翁者〔1〕，一子字相如，父子俱诸生。翁年近六旬，性方鲠〔2〕，而家屡空〔3〕。数年间，媪与子妇又相继逝，井臼自操之〔4〕。一夜，相如坐月下，忽见东邻女自墙上来窥。视之，美；近之，微笑；招以手，不来亦不去；固请之，乃梯而过，遂共寝处。问其姓名，曰："妾邻女红玉也。"①生大爱悦，与订永好，女诺之。夜夜往来，约半年许。翁夜起，闻子舍笑语，窥之，见女。怒唤生出，骂曰："畜产〔5〕！所为何事？如此落寞〔6〕，尚不刻苦，乃学浮荡耶？人知之，丧汝德；人不知，亦促汝寿！"②生跪自投〔7〕，泣言知悔。翁叱女曰："女子不守闺戒，既自玷，而又以玷人。倘事一发，当不仅贻寒舍羞！"骂已，愤然归寝。女流涕曰："亲庭罪责〔8〕，良足愧辱！我二人缘分尽矣。"生曰："父在不得自专〔9〕。卿如有情，尚当含垢为好〔10〕。"女言词决绝，生乃洒涕。女止之曰："妾与君无媒妁之言，父母之命，逾墙钻隙〔11〕③，何能白首？此处有一佳偶，可聘也。"生告以贫。女曰："来宵相俟，妾为君谋之。"

次夜，女果至，出白金四十两赠生，曰："去此六十里，有吴村卫氏，年十八矣，高其价，故未售也。君重赂之，必合谐允。"④言已，别去。生乘间语父，欲往相之，而隐馈金不敢告。翁自度无资，以是故，止之。生又婉言："试可乃已。"翁颔之。生遂假仆马，诣卫氏。卫故田舍翁，生呼出，引与间语。卫知生望族〔12〕，又见仪采轩豁〔13〕，心许之，而虑其靳于资。生听其词意吞吐，会其旨〔14〕，倾囊陈几上。卫乃喜，浼邻生居间，书红笺而盟焉〔15〕。

生入拜媪，居室偪侧〔16〕，女依母自幛。微睨之，虽荆布之饰〔17〕，而神情光艳，心窃喜。卫借舍款婿，

297

便言："公子无须亲迎。待少作衣妆，即合舁送去。"生与订期而归。诡告翁，言卫爱清门，不责资。翁亦喜。至日，卫果送女至。女勤俭，有顺德，琴瑟甚笃。逾二年，举一男，名福儿。

会清明抱子登墓，遇邑绅宋氏。宋官御史，坐行赇免〔18〕，居林下〔19〕，大煽威虐〔20〕。是日亦上墓归，见女，艳之，问村人，知为生配。料冯贫士，诱以重赂，冀可摇，使家人风示之。生骤闻，怒形于色，既思势不敌，敛怒为笑。归告翁，大怒，奔出，对其家人指天画地，诟骂万端。家人鼠窜而去。宋氏亦怒⑤，竟遣数人入生家，殴翁及子，汹若沸鼎。女闻之，弃儿于床，披发号救。群篡舁之〔21〕，哄然便去。父子伤残，吟呻在地，儿呱呱啼室中。邻人共怜之，扶置榻上。经日，生杖而能起。翁忿不食，呕血，寻毙。生大哭，抱子兴词〔22〕，上至督抚〔23〕，讼几遍，卒不得直〔24〕。后闻妇不屈死，益悲，冤塞胸吭〔25〕，无路可伸。每思要路刺杀宋，而虑其扈从繁〔26〕，儿又罔托〔27〕，日夜哀思，双睫为之不交〔28〕。

忽一丈夫吊诸其室，虬髯阔颔〔29〕，曾与无素〔30〕。挽坐，欲问邦族，客遽曰："君有杀父之仇，夺妻之恨，而忘报乎？"生疑为宋人之侦，姑伪应之。客怒，眦欲裂〔31〕，遽出曰："仆以君人也，今乃知不足齿之伧〔32〕！"生察其异，跪而挽之，曰："诚恐宋人诪我〔33〕，今实布腹心〔34〕：仆之卧薪尝胆者〔35〕，固有日矣。但怜此褓中物，恐坠宗祧〔36〕。君义士，能为我杵臼否〔37〕？"客曰："此妇人女子之事，非所能。君所欲托诸人者，请自任之；所欲自任者，愿得而代庖焉。"生闻，崩角在地〔38〕。客不顾而去。生追问姓字。曰："不济，不任受怨；济，亦不任受德。"⑥遂去。生惧祸及，抱子亡去。至夜，宋家一门俱寝，有人越重垣入，杀御史父子三人及一媳一婢。宋家具状告官，官大骇。宋执谓相如，

⑤ 无法无天，令人发指。一个退休官员竟猖狂横行如此，倘若在台上不知如何！

⑥ 红玉既为狐仙，干脆由她把坏人"做"了，岂不一了百了？《聊斋》偏偏要侠客出面，官场已黑暗到须侠客干预。

于是遣役捕生。生遁不知所之，于是情益真。宋仆同官役诸处冥搜，夜至南山，闻儿啼，迹得之，系缧而行〔39〕。儿啼愈嗔，群夺儿抛弃之。生冤愤欲绝。见邑令，问："何杀人？"生曰："冤哉！某以夜死，我以昼出，且抱呱呱者，何能逾垣杀人？"令曰："不杀人，何逃乎？"生辞穷，不能置辨，乃收诸狱。生泣曰："我死无足惜，孤儿何罪？"令曰："汝杀人子多矣！杀汝子，何怨？"生既褫革〔40〕，屡受梏惨〔41〕，卒无词。令是夜方卧，闻有物击床，震震有声，大惧而号。举家惊起，集而烛之，一短刀，铦利如霜〔42〕，剁床入木者寸余，牢不可拔。令睹之，魂魄丧失，荷戈遍索，竟无踪迹。心窃馁，又以宋人死，无可畏惧，乃详诸宪〔43〕，代生解免，竟释生。

生归，瓮无升斗，孤影对四壁。幸邻人怜，馈食饮，苟且自度。念大仇已报，则辄然喜；思惨酷之祸，几于灭门，则泪潜潜堕；及思半生贫彻骨，宗支不续，则于无人处，大哭失声，不复能自禁。如此半年，捕禁益懈。乃哀邑令，求判还卫氏之骨。既葬而归，悲怛欲死，辗转空床，竟无生路。忽有款门者，凝神寂听，闻一人在门外，咻咻与小儿语。生急起窥觇，似一女子。扉初启，便问："大冤昭雪，可幸无恙？"其声稔熟，而仓卒不能追忆，爇火烛之，则红玉也。挽一小儿，嬉笑跨下。生不暇问，抱女鸣哭⑦。女亦惨然。既而推儿曰："汝忘而父耶？"儿牵女衣，目灼灼视生，细审之，福儿也。大惊，泣问："儿那得来？"女曰："实告君，昔言邻女者，妄也。妾实狐。适宵行，见儿啼谷中，抱养于秦。闻大难既息，故携来与君团聚耳。"生挥涕拜谢。儿在女怀，如依其母，竟不复能识父矣。

天未明，女即遽起，问之，答曰："奴欲去。"生裸跪床头，涕不能仰。女笑曰："妾诳君耳。今家道新创，非夙兴夜寐不可〔44〕。"乃剪莽拥篲〔45〕，类男子操作。生忧贫乏，不能自给，女曰："但请下帷读

⑦冯生家破人亡，秀才除名，穷到极点，没了儿子，没了活路。怎么改变处境？冯生只知啼哭，一点儿办法甚至一点儿想法没有。这时，红玉来到他身边。

⑧红玉为何要冯生只管读书，为何思绪周密给学官寄钱恢复其功名？因为冯家受够当官的压迫，冯生只有读书做官，才能彻底改变命运。闺中少妇红玉把这个社会问题看得明明白白，理得清清楚楚。男子汉大丈夫冯生却似乎没想到。

⑨王士禛评："程婴、杵臼，未曾闻诸巾帼，况狐耶？"

〔46〕，勿问盈歉，或当不脬饿死〔47〕。"遂出金治织具，租田数十亩，雇佣耕作。荷镵诛茅〔48〕，牵萝补屋〔49〕，日以为常。里党闻妇贤，益乐资助之。约半年，人烟腾茂，类素封家。生曰："灰烬之余，卿白手再造矣。然一事未就安妥，如何？"诘之，答曰："试期已迫，巾服尚未复也〔50〕⑧。"女笑曰："妾前以四金寄广文〔51〕，已复名在案。若待君言，误之已久。"生益神之。是科遂领乡荐。时年三十六，腴田连阡，夏屋渠渠矣〔52〕。女袅娜如随风欲飘去，而操作过农家妇；虽严冬自苦，而手腻如脂。自言二十八岁，人视之，常若二十许人。

异史氏曰："其子贤，其父德，故其报之也侠。非特人侠，狐亦侠也⑨。遇亦奇矣！然官宰悠悠〔53〕，竖人毛发。刀震震入木，何惜不略移床上半尺许哉！使苏子美读之〔54〕，必浮白曰：'惜乎击之不中！'"

校勘

底本：康熙本。参校：二十四卷本、异史、铸雪斋本、青柯亭本。

注释

〔1〕广平：今河北省邯郸市永年区南。〔2〕方鲠：方正耿直。〔3〕家屡空：经常衣食匮乏。〔4〕井臼：泛指家务。井，汲水。臼，舂米。〔5〕畜产：畜生。〔6〕落寞：境遇潦倒。〔7〕自投：以头碰地表示悔改。〔8〕亲庭：父母训教。〔9〕自专：自作主张。〔10〕含垢为好：在他人蔑视下继续相好。含垢，忍受屈辱。〔11〕逾墙钻隙：指男女私自结合。〔12〕望族：名门。〔13〕仪采轩豁：仪表体面，有身份、有风度。〔14〕会其旨：领会他的心意。〔15〕书红笺而盟焉：用红纸写下婚书。〔16〕偪（bī）侧：狭窄，拥挤。〔17〕荆布之饰：荆钗布裙的打扮。〔18〕坐行赇（qiú）免：因为行贿被罢官。〔19〕林下：山野。退隐、退休之意。〔20〕大煽威虐：大肆施展威风暴虐。〔21〕篡舁之：强力将其夺走。〔22〕兴词：起诉。〔23〕督抚：省内最高官员总督和巡抚。〔24〕卒不得直：始终不能得到公平处理。〔25〕胸吭（háng）：胸膛和喉咙。〔26〕扈从：

随从。〔27〕罔托：没有寄托。〔28〕双睫为之不交：整夜失眠。〔29〕虬（qiú）髯阔领：蜷曲的大胡子和宽阔的下巴。〔30〕无素：素不相识。〔31〕客怒，眦（zì）欲裂：客人气愤得眼眶要瞪裂。〔32〕不足齿之伧：不足挂齿的低贱匹夫。〔33〕舚（tiǎn）：试探。〔34〕腹心：真心话。〔35〕卧薪尝胆：为报仇而刻苦自励。〔36〕宗祧：宗嗣。〔37〕杵臼：指公孙杵臼，春秋时晋国赵盾、赵朔父子的门客。晋国权臣屠岸贾杀赵朔后，欲灭其全家，搜捕赵氏孤儿赵武。公孙杵臼与程婴定计救出赵武，延续赵氏后嗣。事见《史记·赵世家》。〔38〕崩角在地：在地上磕头磕得嘣嘣响。〔39〕系缧（léi）：被拘捕戴上刑具。〔40〕褫革：革去功名。〔41〕屡受梏（gù）惨：受尽酷刑。〔42〕铦（xiān）利：锋利。〔43〕详诸宪：下级向上级汇报谓"详"。宪，巡抚、布政使、按察使。〔44〕夙兴夜寐：早起晚睡，勤劳工作。〔45〕剪荠拥篲（huì）：剪除杂草，清扫垃圾。篲，扫帚。〔46〕下帷读：闭门苦读。〔47〕莩（piǎo）：饿死者。〔48〕荷镵诛茅：扛起锄头剪除杂草。〔49〕牵萝补屋：整修茅草房。〔50〕巾服：秀才的功名。〔51〕广文：儒学教官。〔52〕夏屋渠渠：屋大而深广。〔53〕官宰悠悠：当官的贪赃枉法，断案错误百出，不负责任。〔54〕苏子美：即宋代文学家苏舜钦，喜欢读《汉书》，读到张良雇人刺杀秦始皇，惋惜地说："惜乎击之不中！"然后喝一大杯酒。

点评

红玉是被冯相如父亲赶走的，但她不计较个人恩怨，只讲对所爱者的奉献。她用辛勤劳动和超人心计，完全改变了冯生的命运。红玉是狐狸精，但不是一般狐狸精，是蒲松龄所说的"狐亦侠"。传统观念里，害人祟人的狐狸精，成了"侠"，振聋发聩。对《红玉》，大文学家王士禛有重要评语："程婴、杵臼，未尝闻诸巾帼，况狐耶？"意思是，像搜孤救孤的程婴、公孙杵臼那样侠肝义胆的人物，很少能从女性中找到，何况是狐仙？红玉就是这样一个"狐亦侠"的奇绝人物。在这个故事里，做篇名的女主角红玉只占不到五分之二的篇幅，大量篇幅描写贫穷的冯生因娶了美丽的妻子而被权贵觊觎、迫害，以致家破人亡。退休御史光天化日之下公然抢夺民女，打死良民，县官与"林下"官沆瀣一气。小百姓冤沉海底，不得不靠侠客帮助。蒲松龄借这个鬼狐故事，深刻针砭了当时吏治的腐败。

红玉

胡妻杀父大
仇平义
士相连吊死
生育子
有家谁玉沙
不期中
帼有程婴

龙三则

　　北直界有堕龙入村〔1〕，其行重拙，入某绅家。其户仅可容躯，塞而入。家人尽奔。登楼哗噪，铳炮轰然〔2〕。龙乃出。门外停贮潦水〔3〕，浅不盈尺。龙入，转侧其中，身尽泥涂，极力腾跃，尺余辄堕。泥蟠三日〔4〕，蝇集鳞甲。忽大雨，乃霹雳拏空而去〔5〕。

　　房生与友人登牛山，入寺游瞩。忽椽间一黄砖堕，上盘一小蛇，细裁如蚓。忽旋一周，如指，又一周，已如带。共惊，知为龙，群趋而下。方至山半，闻寺中霹雳一声，震动山谷，天上黑云如盖，一巨龙夭矫其中〔6〕，移时始没。

　　章丘小相公庄，有民妇适野，值大风，尘沙扑面。觉一目眵，如含麦芒，揉之吹之，迄不愈。启睑而审视之，睛固无恙，但有赤线蜿蜒于肉分。或曰："此蛰龙也。"妇忧惧待死。积三月余，天暴雨，忽巨霆一声，裂眦而去，妇无少损。

　　袁宣四言〔7〕："在苏州〔8〕，值阴晦，霹雳大作。众见龙垂云际，鳞甲张动，爪中持一人头，须眉毕见；移时，入云而没。亦未闻有失其头者。"

校勘

　　前三则底本：康熙本。参校：异史、二十四卷本、铸雪斋本、青柯亭本。第四则底本：异史。参校：二十四卷本、铸雪斋本。

注释

　　〔1〕北直界：北直隶为直隶省，辖区相当于今河北省、北京市、天津市及河南、山东小部分。〔2〕铳炮：土炮。〔3〕潦（liáo）水：积水。〔4〕泥蟠三日：盘屈在泥淖中三天。〔5〕拏（ná）空：腾空。〔6〕夭矫：屈伸貌。〔7〕袁宣四：袁藩（1627—1685），号松篱，淄川人，康熙二年（1663）举人，乾隆八年（1743）《淄川县志》有传，著有《敦好堂集》，与蒲松龄是好友。蒲松龄西铺坐馆期间，受袁藩影响，有过一段热爱写词的经历。〔8〕苏州：明清苏州府，今江苏省苏州市。

点评

龙是中华民族的象征，但龙到底什么样？甚至于世界上到底有没有龙，都是问题。蒲松龄收集的四则民间传闻，真是各龙各样。龙未得风雷时，可以蛰在妇人眼中，可以像小蚯蚓、小蛇，可以困在泥中，一旦得风雷，即可腾云驾雾。也颇像人的得志与否。

龍

偶因泥塗傳淺水壅
埃詎易逞真龍一旦
霜霆擊空去雲路
騰驤第一重

龍三

相公莊外談遺事，撲面塵沙隱
蟄龍霹靂一聲，裂罅去蜿蜒
紅綫認奇踪

林四娘

①林四娘像日常清纯少女，亲切可爱；如邻家女孩俏言倩语，亲切可信，毫无"鬼气"。

②美丽聪慧，又懂音律，却不唱情爱之歌而唱亡国之音。如此婉丽的少女为何如此怏怏不乐？

③衡王是牵涉明清"鼎革"的重要人物。据《俞楼杂纂》记载：崇祯十五年，清兵入关，血洗济南。末代衡王抗清，青州得以保全。顺治元年，李自成旧部赵应元杀清朝驻山东招抚使王鳌永，想立衡王为帝，恢复明朝江山。顺治二年，清兵镇压赵应元义军，将衡王及百余宫人押解北京，宫嫔有不少人自杀，林四娘即其一。

　　青州道陈公宝钥〔1〕，闽人。夜独坐，有女子搴帏入。视之，不识，而艳绝，长袖宫装〔2〕。笑云："清夜兀坐〔3〕，得毋寂耶？"公惊问："何人？"曰："妾家不远，近在西邻。"公意其鬼，而心好之，捉袂挽坐，谈词风雅①，大悦。拥之，不甚抗拒，顾曰："他无人耶？"公急阖户，曰："无。"促其缓裳〔4〕，意殊羞怯。公代为之殷勤。女曰："妾年二十，犹处子也，狂将不堪。"狎亵既竟，流丹浃席〔5〕。既而枕边私语，自言"林四娘"。公详诘之，曰："一世坚贞，业为君轻薄殆尽矣，有心爱妾，但图永好可耳，絮絮何为？"无何，鸡鸣，遂起而去。由此夜夜必至。每与阖户雅饮，谈及音律，辄能剖悉宫商〔6〕。公遂意其工于度曲〔7〕。曰："儿时之所习也。"公请一领雅奏〔8〕，女曰："久矣不托于音〔9〕，节奏强半遗忘，恐为知者笑耳。"再强之，乃俯首击节〔10〕，唱"伊凉"之调〔11〕，其声哀婉②。歌已，泣下。公亦为酸恻〔12〕，抱而慰之曰："卿勿为亡国之音〔13〕，使人邑邑〔14〕。"女曰："声以宣意，哀者不能使乐，亦犹乐者不能使哀。"两人燕昵〔15〕，过于琴瑟〔16〕。既久，家人窃听之，闻其歌者，无不流涕。

　　夫人窥见其容，疑人世无此妖丽，非鬼必狐，惧为厌蛊〔17〕，劝公绝之。公不能听，但固诘之。女愀然曰："妾，衡府宫人也〔18〕③，遭难而死，十七年矣。以君高义，托为燕婉〔19〕，然实不敢祸君。倘见疑畏，即从此辞。"公曰："我不为嫌，但燕好若此，不可不知其实耳。"乃问宫中事。女缅述〔20〕，津津可听，谈及式微之际〔21〕，则哽咽不能成语。女不甚睡，每夜辄起诵《准提》《金刚》诸经咒〔22〕。公问："九

307

原能自忏耶〔23〕？"曰："一也。妾思终身沦落，欲度来生耳〔24〕。"又每与公评骘诗词〔25〕，瑕则疵之〔26〕；至好句，则曼声娇吟〔27〕，意绪风流〔28〕，使人忘倦。公问："工诗乎？"曰："生时亦偶为之。"公索其赠，笑曰："儿女之语，乌足为高人道？"

居三年，一夕，忽惨然告别。公惊问之，答云："冥王以妾生前无罪〔29〕，死犹不忘经咒，俾生王家。别在今宵，永无见期。"言已怆然，公亦泪下。乃置酒相与痛饮。女慷慨而歌〔30〕，为哀曼之音，一字百转，每至悲处，辄便呜咽。数停数起，而后终曲。饮不能畅，乃起，逡巡欲别。公固挽之，又坐少时，鸡声忽唱，乃曰："必不可以久留矣。然君每怪妾不肯献丑，今将长别，当率成一章〔31〕④。"索笔构成，曰："心悲意乱，不能推敲。乖音错节，慎勿以示人。"掩袂而出。公送诸门外，湮然而没。公怅悼良久。视其诗，字态端好，珍而藏之。诗曰："静锁深宫十七年，谁将故国问青天〔32〕⑤？闲看殿宇封乔木〔33〕，泣望君王化杜鹃〔34〕。海国波涛斜夕照〔35〕，汉家箫鼓静烽烟。红颜力弱难为厉〔36〕，蕙质心悲只问禅。日诵菩提千百句〔37〕，闲看贝叶两三篇〔38〕，高唱梨园歌代哭〔39〕，请君独听亦潸然。"诗中重复脱节，疑传者有错误。

④林四娘本如雾中观花，迷离恍惚，身份已明，迷雾散去。知书达理、纯洁善良的少女原来是无辜牺牲于国难的冤魂。如泣如诉的诗句写出林四娘不幸身世，表达她的愤怒和哀怨。深沉哀婉的诗句最后确立林四娘形象。

⑤诗歌具体交代林四娘遇难的时间，明确点出"故国""汉家"等字样，直抒亡国之痛。用蜀王杜宇死后化杜鹃泣血等典故表达对故国的怀念，强烈批判清兵滥杀无辜。

校勘

底本：康熙本。参校：异史、二十四卷本、铸雪斋本、青柯亭本。

注释

〔1〕青州道陈公宝钥：陈宝钥，福建人，康熙二年（1663）任职青州道台。〔2〕宫装：宫女服装。〔3〕兀坐：孤零零坐着。〔4〕缓裳：脱衣服。〔5〕流丹：流血。浃：漫透。〔6〕剖悉宫商：懂得剖析音律，擅长音乐。"宫商"指"宫商角徵羽"五音中的宫音商音，泛指乐曲。〔7〕工于度曲：善于按谱填词，唱曲儿。〔8〕雅奏：对他人演奏的客气叫法。〔9〕久矣不托于音：很长时间

不唱了。〔10〕击节：打拍子。〔11〕"伊凉"之调：悲凉的曲调。伊、凉，唐代的伊州和凉州，其地曲调哀婉。〔12〕酸恻：悲伤，凄恻。〔13〕亡国之音：国家将要灭亡时的悲凉乐曲。《礼记·乐记》："亡国之音哀以思，其民困。"〔14〕邑邑：心情忧郁。〔15〕燕昵：亲昵，亲热。〔16〕过于琴瑟：超过夫妻感情。〔17〕厌盅：以巫术害人。〔18〕衡府：衡王府。明代成化年间衡王封于青州。〔19〕燕婉：夫妻或情人之爱。〔20〕缅述：详细追述。〔21〕式微之际：衰败灭亡的时候。〔22〕《准提》《金刚》：佛教经典。〔23〕九原：九泉，阴司。〔24〕度来生：佛教认为以今世的善行解脱困厄，求来生幸福。〔25〕评骘（zhì）：评论。〔26〕瑕则疵之：看到诗词不理想的地方就指出毛病。瑕，玉上的斑点，比喻事物的缺点或不足。〔27〕曼声：舒缓柔美的声音。〔28〕意绪风流：风度优雅，情致翩翩。〔29〕冥王：阎王。〔30〕慷慨：感慨。〔31〕率成：不假思索写成。〔32〕故国：指明朝衡王府。〔33〕"闲看"一句：衡王府隐藏在高大的树木中。〔34〕君王化杜鹃：用蜀王杜宇死后化为子规（杜鹃）的故事。〔35〕"海国"两句：意思是南明在东南沿海抗击清兵的势力已风平浪静，汉家臣民也歌舞升平，忘记了战争和灾难。海国，近海，隐指南明政权。烽烟，边地报警的烟火。静烽烟，即战火熄灭。〔36〕厉：厉鬼。〔37〕菩提：梵文，佛教名词，彻悟成佛之意。〔38〕贝叶：印度贝多罗树的叶子，制作后可代替纸抄佛经，故佛经亦称"贝叶经"。〔39〕梨园：唐玄宗训练歌舞艺人和乐工的地方，此指宫中乐曲。

点评

林四娘故事，清初名家屡写不厌。王士禛《池北偶谈》与林西仲《林四娘记》，都写林四娘是衡王宠姬。蒲松龄别出心裁，不仅写林四娘多才多艺，温柔恬静，懂音律，擅诗词，且写她是纯洁少女，用心良苦。他就是要将美好的、纯洁的东西毁灭给人们看。林四娘像洁白的羔羊一样柔弱无辜，却在改朝换代的腥风血雨中死于非命。风雅女鬼并不控诉什么，她只是用优雅的诗句缅怀"故国"，只是对不幸的命运逆来顺受，只是念佛经以求来生。蒲松龄同情为前朝死节的衡王宫人，借鬼魂写兴亡之叹。

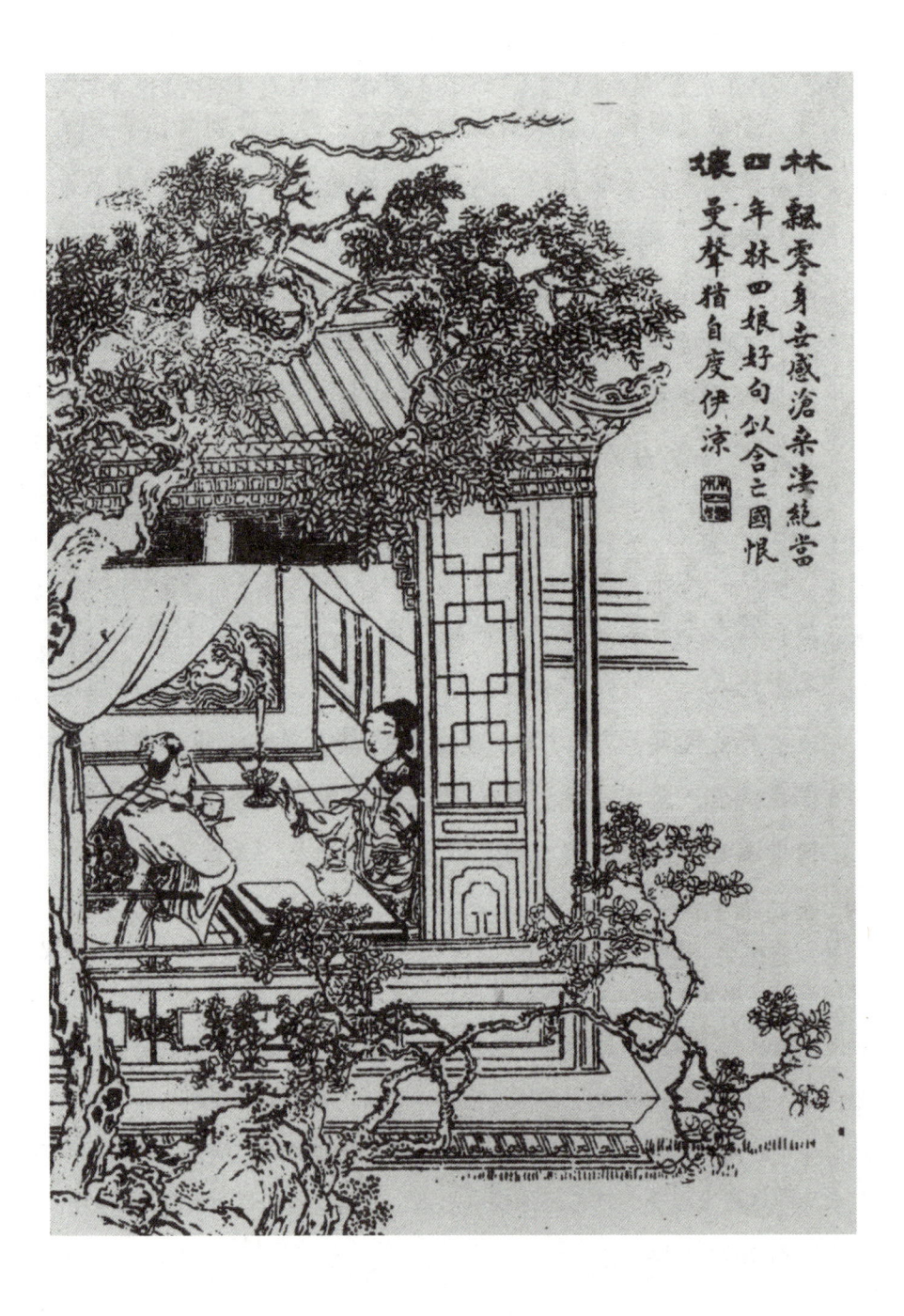

林四娘 飘零身世感沦桑，凄绝当年林四娘。好句似含之国恨，曼声犹自度伊凉。

卷二

江中

王圣俞南游[1]，泊舟江心，既寝，视月明如练[2]，未能寐，使僮为之按摩。忽闻舟顶如小儿行，踏芦席作响，远自舟尾来，渐近舱户。虑为盗，急起问童，童亦闻之。问答间，见一人伏舟顶上，垂首窥舱内。大愕，按剑呼诸仆[3]，一舟俱醒。告以所见。或疑错误。俄响声又作。群起四顾，渺然无人[4]，惟疏星皎月，漫漫江波而已。众危坐舟中[5]，旋见青火如灯状①，突出水面，随水浮游，渐近船，则火顿灭。即有黑人骤起，屹立水上，以手攀舟而行。众哗曰："必此物也！"欲射之。方开弓，则遽伏水中不可见矣。问舟人，舟人曰："此古战场，鬼时出没，其无足怪。"

①有学者认为此文记述的是某种藻类在南方水中过度繁殖而出现的赤潮现象。可供参考。

校勘

底本：康熙本。参校：异史、二十四卷本、铸雪斋本、青柯亭本。

注释

[1]王圣俞：即王纳谏，字圣俞，号观涛，扬州人。明万历三十五年（1607）进士，曾任行人、吏部主事。著有《会心言》等，乾隆元年（1736）《江南通志》有传。《聊斋文集》收有《六月为沈德甫与王圣俞启》。蒲松龄曾在沈家坐馆，此见闻可能是沈德符（甫）转述。[2]月明如练：明月下的江水好像一匹白练。此处化用谢朓《晚登三山还望京邑》诗句"澄江净如练"。[3]按剑：手抚剑把，准备出击。[4]渺然：水天远阔之貌。[5]危坐：正身而坐。

点评

因为蒲松龄喜欢写志怪小说，他的许多朋友常把他们遇到、听到的怪事告诉他。因此《聊斋》中有许多出自某某的见闻。这"某某"经常是真实的人物，但所记之事却常常荒诞不经。《江中》是稀奇古怪之事，但作者的写景状物，细致形象：月明如练，疏星皎月，鬼火明灭，都给人身临其境之感。"黑人"参与的战争，历史上向来没有记载，可谓怪而又怪，完全是离奇想象。

江中

長江天塹
渡無梁
南北中分
此戰場
無限青燐
明復滅
一抔我欲
吊蒼茫

鲁公女

①张生对鲁公女一见生情，是个情痴情种。

②拟话本小说《乐小舍拼生觅偶》有类似情节。

③按传统小说，男女必得相悦才能相爱，而鲁公女生前对张生一无所知，张生的食必祭感动她，真是天下无不可通之诚，无不可感之人。

招远张于旦〔1〕，性疏狂不羁〔2〕，读书萧寺〔3〕。时邑令鲁公，三韩人〔4〕，有女好猎。生适遇诸野，见其风姿娟秀，着锦貂裘，跨小骊驹，翩然若画。归忆容华，极意钦想〔5〕；后闻女暴卒，悼叹欲绝。①

鲁以家远，寄柩寺中，即生读所。生敬礼如神明，朝必香，食必祭②，每酹而祝曰："睹卿半面，长系梦魂，不图玉人〔6〕，奄然物化〔7〕。今近在咫尺，而邈若河山，恨如何也！然生有拘束，死无禁忌，九泉有灵，当珊珊而来〔8〕，慰我倾慕。"日夜祝之，几半月。

一夕，挑灯夜读，忽举首，则女子含笑立灯下，生惊起致问。女曰："感君之情，不能自已，遂不避私奔之嫌。"生大喜，挽坐，遂共欢好。③自此无虚夜。谓生曰："妾生好弓马，以射獐杀鹿为快，罪孽深重，死无归所。如诚心爱妾，烦代诵《金刚经》一藏数〔9〕，生生世世不忘也。"生敬受教，每夜起，即柩前捻珠讽诵〔10〕。偶值节序〔11〕，欲与偕归，女忧足弱，不能跋履。生请抱负以行，女笑从之。如抱婴儿，殊不重累，遂以为常，考试亦载与俱，然行必以夜。生将赴秋闱〔12〕，女曰："君福薄，徒劳驰驱。"遂听其言而止。

积四五年，鲁罢官，贫不能舆其榇〔13〕，将就窆之〔14〕，苦无葬地。生乃自陈："某有薄壤近寺，愿葬女公子。"鲁公喜。生又力为营葬。鲁德之而莫解其故。鲁去，二人绸缪如平日。

一夜，侧倚生怀，泪落如豆，曰："五年之好，于今别矣！受君恩义，数世不足以酬！"生惊问之。曰："蒙惠及泉下人，经咒藏满，今得生河北卢户部家。如不忘今日，过此十五年，八月十六日，烦一往会。"生泣下曰："生三十余年矣，又十五年，将就木焉，会将

④鲁公女的痴情后来居上,她并没考虑约张生重新相聚时二人的年龄差距,尽管张生理智地提醒"行将就木",她仍坚持,只认"情"字。

⑤这是蒲松龄创造的转世模式之一,鬼魂根据投胎后家庭地位的区别,骑不同的马,坐不同的车,鲁公女坐的是镶金花的豪华车,象征她将到富贵人家做小姐。

⑥世间好事难成时,菩萨来也,这是蒲松龄解决难题的法宝。

⑦卢户部就是姓卢在户部做官。可能是尚书、侍郎、主事、郎中、员外郎,总之不会低于五品,比县令级别高。听声音,鲁公女和卢公女一样,音同字不同意思也不同。"卢"是赌徒"呼雉喝卢"之"卢"。赌具骰子有两个面,黑面画牛犊,白面画野鸡,"卢"是一掷五子皆黑,为赌博最胜彩。蒲松龄给转世爱情女主角安排这姓氏,也安排了她满堂彩的人生。

何为?"女亦泣曰:"愿为奴婢以报。"④少间曰:"君送妾六七里,此去多荆棘,妾衣长难度。"乃抱生项,生送至通衢,见路旁车马一簇,马上或一人,或二人;车上或三人、四人、十数人不等;独一钿车绣缨朱幰〔15〕,仅一老媪在焉⑤。见女至,呼曰:"来乎?"女应曰:"来矣。"乃回顾生云:"尽此,且去!勿忘所言。"生诺。女行近车,媪引手上之,展軨〔16〕即发,车马阗咽而去。

生怅怅而归,志时日于壁。因思经咒之效,持诵益虔。梦神人告曰:"汝志良嘉,但须要到南海去。"问:"南海多远?"曰:"近在方寸地。"醒而会其旨,念切菩提〔17〕,修行倍洁。三年后,次子明、长子政,相继擢高科〔18〕。生虽暴贵,而善行不替。夜梦青衣人邀去,见宫殿中坐一人,如菩萨状,逆之,曰:"子为善可喜,惜无修龄,幸得请于上帝矣。"生伏地稽首。唤起,赐坐;饮以茶,味芳如兰。又令童子引去,使浴于池。池水清洁,游鱼可数,入之而温,掬之有荷叶香。移时,渐入深处,失足而陷,过涉灭顶〔19〕。惊寤,异之。由此身益健,目益明。自捋其须,白者尽簌簌落;又久之,黑者亦落。面纹亦渐舒。至数月后,颔秃童面〔20〕,宛如十五六时,兼好游戏事,亦犹童。⑥过饰边幅〔21〕,二子辄匡救之〔22〕。未几,夫人以老病卒,子欲为求继室于朱门。生曰:"待吾至河北来而后娶。"

屈指已及约期,遂命仆马至河北。访之,果有卢户部⑦。先是,卢公生一女,生而能言,长益慧美,父母最钟爱之。贵家委禽〔23〕,女辄不欲,怪问之,具述前生约。共计其年,大笑曰:"痴婢!张郎计今年已半百,人事变迁,其骨已朽。纵其尚在,发童而齿齾矣〔24〕。"女不听。母见其志不摇,与卢公谋,戒阍人勿通客,过期以绝其望。未几,生至,阍人拒之,退返旅舍,怅恨无所为计。闲游郊郭,因循而暗访之。女谓生负约,涕不食。母言:"渠不来,必已殂谢。即不然,

315

⑧情之所至，可以逾越年龄界限，鲁公女看到年轻的美男不动心，务求"老张生"，可叹。

背盟之罪，亦不在汝。"女不语，但终日卧。卢患之，亦思一见生之为人，乃托游遨，遇生于野。视之，少年也，讶之。班荆略谈〔25〕，甚倜傥。公喜，邀至其家。方将探问，卢即遽起，嘱客暂独坐，匆匆入内告女。女喜，自力起，窥审其状不符，零涕而返，怨父欺罔，公力白其是，女无言，但泣不止。公出，意绪懊丧，对客殊不款曲〔26〕。生问："贵族有为户部者乎？"公漫应之。首他顾，似不属客〔27〕。生觉其慢，辞出。女啼数日，竟卒。⑧

生夜梦女来，曰："下顾者果君耶〔28〕？年貌舛异〔29〕，觌面遂致违隔〔30〕。妾已忧愤死。烦向土地祠速招我魂〔31〕，可得活，迟则无及矣。"既醒，急探卢氏之门，果有女亡二日矣。生大恸，进而吊诸其室，已而以梦告卢。卢从其言，招魂而归，启其衾，抚其尸，呼而祝之，俄闻喉中咯咯有声。忽见朱樱乍启〔32〕，坠痰块如冰，扶移榻上，渐复吟呻。卢公悦，肃客出〔33〕，置酒宴会。细展官阀，知其巨家，益喜，择吉成礼。居半月，携女而归，卢送至家，半年乃去。夫妇居室，俨如小耦〔34〕，不知者多误以子妇为姑嫜焉〔35〕。卢公逾年卒。子最幼，为豪强所中伤，家产几尽。生迎养之，遂家焉。

校勘

底本：异史。参校：康熙本、二十四卷本、铸雪斋本、青柯亭本。

注释

〔1〕招远：山东东部的县。〔2〕疏狂不羁：性格放纵，不拘礼法。〔3〕萧寺：寺院。〔4〕三韩：朝鲜的古名。〔5〕钦想：爱慕、想念。〔6〕玉人：容貌美丽皮肤细腻的人。〔7〕奄然物化：突然死了。〔8〕珊珊：原指佩玉的敲击声，比喻美人的优雅步履。〔9〕《金刚经》：佛经名。一藏数：即五千四十八遍。〔10〕捻珠讽诵：手捻佛珠，在佛前朗诵。〔11〕节序：节气时令。〔12〕秋闱：

乡试，在农历子、午、卯、酉年八月举行。〔13〕舆其榇：运走棺材。〔14〕将就窆（biǎn）之：就地掩埋。〔15〕绣缨朱幰（xiǎn）：挂着大红车帘、绣花穗子。〔16〕展輽（líng）：车轮转动。〔17〕念切菩提：一心一意领悟佛理。〔18〕擢高科：取得高一级功名（指进士）。〔19〕过涉灭顶：进入深水，水没头顶。〔20〕颔秃童面：下巴无胡须，面容像少年。〔21〕过饰边幅：过于喜欢装饰打扮。〔22〕匡救：矫正。〔23〕委禽：下聘礼。古代求婚纳采用雁。〔24〕发童而齿鲑：头发秃了，牙齿掉了。〔25〕班荆：坐在草地上。〔26〕款曲：殷勤酬应。〔27〕属客：专注于客人。〔28〕下顾：敬辞，称人来访。〔29〕舛（chuǎn）异：错误，不符合。〔30〕违隔：隔世不能相见。〔31〕土地祠：供奉土地爷的祠堂。传说土地神为守护一方民众的神灵。〔32〕朱樱乍启：红红的樱桃小嘴张开说话。〔33〕肃客：引导客人。〔34〕小耦：少年夫妻。〔35〕子妇：儿子媳妇。姑嫜：婆婆公公。

点评

问世间情为何物，竟教人生死相许？前人小说戏剧写了大量"情种"，蒲松龄笔下的张生和鲁公女，置于倩娘、杜丽娘的行列中，也毫不逊色。他们痴迷、执着，认死理，上天入地，今生来世，只认一个"情"字。张生慕美丽的鲁公女，情痴之极；鲁公女感张生之情，痴情更甚。为了情，可以生，可以死，可以死而复生，可以再世相聚，可以不计贫富、不计年龄，唱响一曲"愿天下有情人生生世世永成眷属"的情歌。蒲松龄以"撮合山"的周到和细致，构思出精诚所至、金石为开、返老还童、还魂再生的浪漫情节。人物生动，情节新颖，相映生辉。

鲁公女

石上三生事
渺茫癡
情竟欲待
張郎紅
顏白髮知
多少堪
得神偉挨
骨方

道士

韩生，世家也〔1〕，好客，同村徐氏常饮于其座。会宴集，有道士托钵门外〔2〕，家人投钱及粟皆不受，亦不去，家人怒归，不顾。韩闻击剥之声甚久〔3〕，询之家人，以情告。言未已，道士竟入，韩招之坐。道士向主客皆一举手，即坐。略致研诘，始知其初居村东破庙中。韩曰："何日栖鹤东观〔4〕，竟不闻知，殊缺地主之礼〔5〕。"①答曰："野人新至，无交游，闻居士挥霍〔6〕，深愿求饮焉。"韩命举觞〔7〕。道士能豪饮。徐见其衣服垢敝，颇淹蹇〔8〕，不甚为礼②。韩亦海客遇之〔9〕。道士倾饮二十余杯，乃辞而去。

自是每宴会，道士辄至，遇食则食，遇饮则饮，韩亦稍厌其频。饮次，徐嘲之曰："道长日为客，宁不一作主？"道士笑曰："道人与居士等，惟双肩承一喙耳〔10〕。"③徐惭不能对。道士曰："虽然，道人怀诚久矣，会当竭力作杯水之酬〔11〕。"饮毕，嘱曰："翌午幸赐光宠〔12〕。"

次日，相邀同往，疑其不设〔13〕④。行去，道士已候于途，且语且步，已至寺门。入门，则院落一新，连阁云蔓〔14〕。大奇之，曰："久不至此，创建何时？"道士答："峻工未久。"比入其室，陈设华丽，世家所无。二人肃然起敬⑤。甫坐，行酒下食〔15〕，皆二八狡童〔16〕，锦衣珠履〔17〕。酒馔芳美，备极丰渥〔18〕。饭已，另有小进〔19〕。珍果多不可名，贮以水晶玉石之器，光照几榻。酌以玻璃盏，围尺许。

道士曰："唤石家姊妹来。"⑥僮去少时，二美人入，一细长，如弱柳，一身短，齿最稚，媚曼双绝〔20〕。道士即使歌以侑酒〔21〕。少者拍板而歌，长者和以洞箫，其声清细。既阕〔22〕，道士悬爵促釂〔23〕，又命遍酌。

---

① 韩某开头还想做好客之状，但此人是个银样镴枪头。

② 徐某属于既没有能力又不知天高地厚的人物，明明自己是食客，还对其他客人居高临下。

③ 反唇相讥，语言锋利。

④ 所谓"狗眼看人低"是也。

⑤ 脸变得倒蛮快。

⑥ "石"字要紧。石家姐妹是美人，也是石头。或者说对道士是温暖的美人，对势利眼的二位就成了冰凉的石头。细长而弱柳者是长石，身短者为遗屙之石，妙哉。

⑦亭台楼阁，美酒佳肴，美人歌舞，温玉软香，道士创造各种诱惑考验韩、徐二人。

⑧双肩承一喙者自我感觉良好，不能忍受道士与美人同榻，自己却迫不及待和美人上床，还劝韩某同拥美人，何其鄙也。韩、徐二人卑劣程度不同，所受惩罚也有区别，韩拥长石阶下，徐枕厕石涸中。妙哉！

顾问："美人久不舞，尚能之否？"遂有僮仆展氍毹于筵下〔24〕，两女对舞，长衣乱拂，香尘四散。舞罢，斜倚画屏。二人心旷神飞，不觉醺醉。道士亦不顾客，举杯饮尽，起谓客曰："姑烦自酌，我少憩，即复来。"即去，屋南壁下，设一螺钿之床〔25〕，女子为施锦裀，扶道士卧。⑦道士乃曳长者共枕，命少者立床下为之爬搔〔26〕。二人睹此状，颇不平。徐乃大呼："道士不得无礼！"往将挠之，道士急起而遁。见少女犹立床下，乘醉拉向北榻，公然拥卧。视床上美人，尚眠绣榻。顾韩曰："君何太迂？"⑧韩乃径登南榻，欲与狎亵，而美人睡去，拨之不转；因抱与俱寝。天明，酒梦俱醒，觉怀中冷物冰人，视之，则抱长石卧青阶下。急视徐，徐尚未醒，见其枕遗屙之石〔27〕，酣寝败厕中。蹶起，互相骇异。四顾，则一庭荒草，两间破屋而已。

校勘

底本：异史。参校：康熙本、二十四卷本、铸雪斋本、青柯亭本。

注释

〔1〕世家：数世显贵的人家。〔2〕托钵：托着化缘的钵盂。〔3〕击剥：敲门声，剥，剥啄。〔4〕栖鹤：道人的止息。道教认为修炼得道者可以贺鹤而行。〔5〕地主之礼：地主之谊，当地主人接待客人的礼节。〔6〕居士：对在家修行者的尊称。〔7〕举觞：举杯饮酒。〔8〕淹蹇：艰难困窘。〔9〕海客遇之：把道士当成一般走江湖的人对待。〔10〕双肩承一喙：两个肩膀托着一张嘴。意思是只能白吃白喝他人的，不会自己做主人请客。〔11〕杯水之酬：微薄的酬谢。〔12〕翌午幸赐光宠：明天中午希望让我有招待您的荣幸。〔13〕不设：没有筵席。〔14〕连阁云蔓：一座座高楼相连。〔15〕行酒下食：依次斟酒，摆设食物。〔16〕二八狡童：十来岁、善解人意的僮儿。〔17〕珠履：鞋子上装饰着珠子。〔18〕丰渥：丰盛。〔19〕小进：饭后甜点、水果、小吃。〔20〕媚曼：面容娇美秀丽。〔21〕歌以侑酒：唱歌劝酒。〔22〕既阕：唱完一支曲子。〔23〕悬爵促釂（jiào）：举杯敬酒，请客人干杯。〔24〕氍毹（qú shū）：地毯。〔25〕

螺钿之床：镶嵌着金银饰品、贝壳图案的床。〔26〕爬搔：挠痒。〔27〕遗屙（ē）之石：搁在粪坑边的踏脚石。

点评

　　真人不露相的道士点化仙境诲人劝世。韩、徐俗不可耐，道士让他们尽享美酒佳肴，是对韩某待客的答谢，让他们观美人歌舞，是考察二人是否真雅士。道士拥美人眠榻，则考验二人品格。二人果然见色起意，结果出个大洋相。故事虽短，却写得有层次、有寓意，将势利眼和巧伪人讽入骨髓。

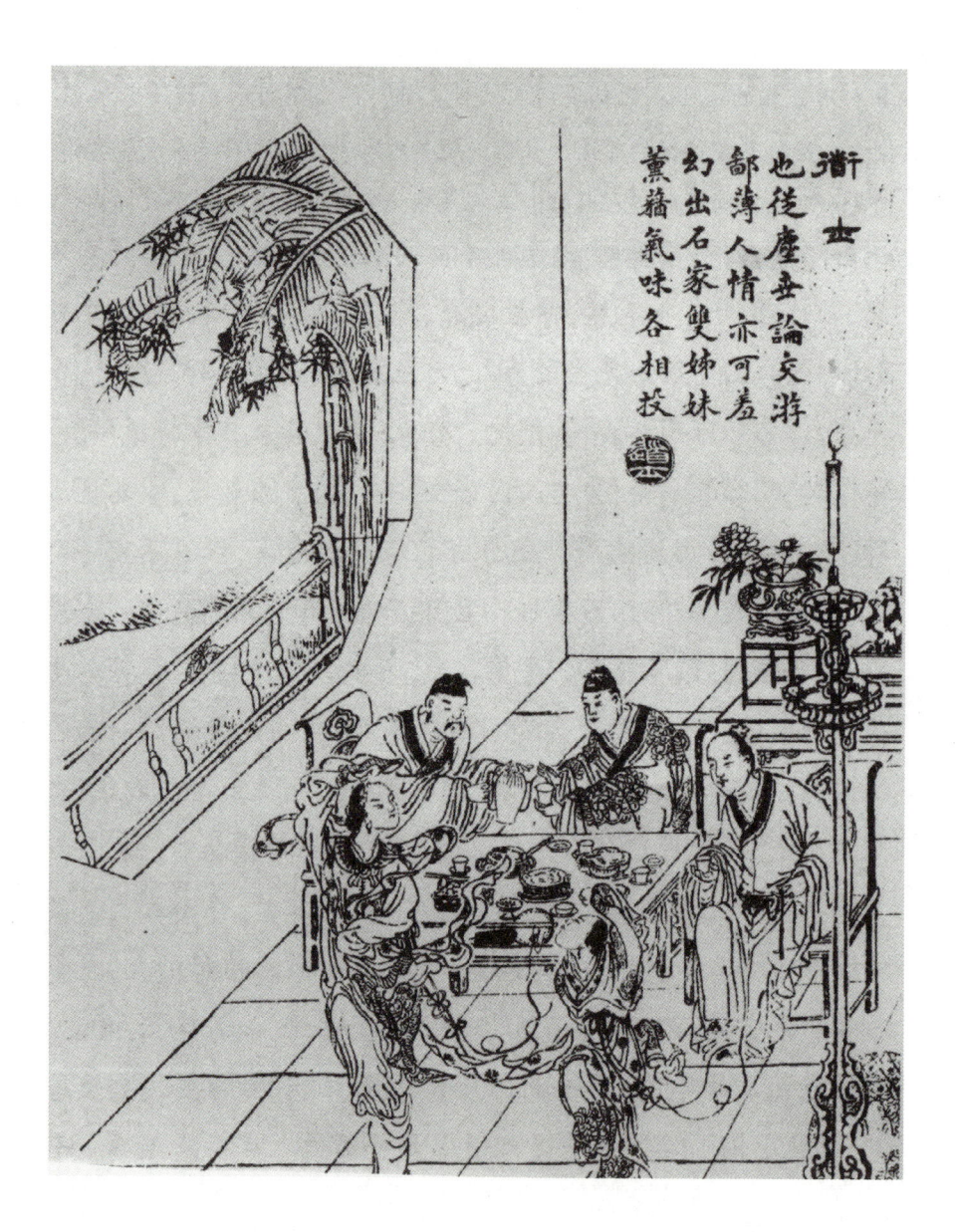

衙士也從塵垡論交游
鄙薄人情亦可羞
幻出石家雙姊妹
薰籍氣味各相投

胡氏

①巨家主人有气度，社会经验丰富，擅长处理难题，开头对狐师见怪不怪，就决定了二者关系不可能深度交恶。

②主人极善辞令，几句话多层意思：一是好友不必结亲；二是借口女儿已定亲而不是拒绝；三是谢胡氏好意，既坚守自己的立场，又照顾到胡氏的面子，可谓面面俱到，滴水不漏。

③此篇狐的"武器"与其他篇完全不同，都带有搞笑或"恶搞"性质。不像你死我活争斗，倒像朋友之间恶作剧。

　　直隶有巨家欲延师〔1〕，忽一秀才踵门自荐〔2〕，主人延之。词语开爽〔3〕，遂相知悦。秀才自言胡氏，遂纳贽馆之〔4〕。胡课业良勤，渰洽非下士等〔5〕。然时出游，辄昏夜始归，扃闭俨然，不闻款叩，而已在室中矣。遂相惊以狐。然察胡意固不恶，优重之〔6〕，不以怪异废礼〔7〕。①

　　胡知主人有女，求为姻好，屡示意，主人伪不解。一日胡假而去。次日有客来谒，挚黑卫于门，主人逆而入。年五十余，衣履鲜洁，意甚恬雅〔8〕。既坐，自达〔9〕，始知为胡氏作冰〔10〕。主人默然良久，曰："仆与胡先生，交已莫逆〔11〕，何必婚姻？且息女已许字矣〔12〕，烦代谢先生。"②客曰："确知令媛待聘〔13〕，何拒之深？"再三言之，而主人不可，客有惭色，曰："胡亦世族，何遽不如先生？"主人直告曰："实无他意，但恶非其类耳。"客闻之怒，主人亦怒，相侵益亟〔14〕。客起抓主人，主人命家人杖逐之，客乃遁。遗其驴，视之毛黑色，批耳修尾〔15〕，大物也。牵之，不动，驱之，则随手而蹶，嘤嘤然草虫耳〔16〕。③

　　主人以其言忿，知必相仇，戒备之。次日果有狐兵大至，或骑或步，或戈或弩，马嘶人沸，声势汹汹。主人不敢出，狐声言火屋，主人益惧。有健者率家人噪出，飞石施箭，两相冲击，互有夷伤〔17〕。狐渐靡，纷纷引去。遗刀地上，亮如霜雪，近拾之，则高粱叶也。众笑曰："技止此耳。"然恐其复至，益备之。明日众方聚语，忽一巨人，自天而降，高丈余，身横数尺，挥大刀如门，逐人而杀。群操矢石乱击之，颠踣而毙，则刍灵耳〔18〕。众益易之。狐三日不复来，众亦少懈。主人适登厕，俄见狐兵，张弓挟矢而至，乱射之，矢集于臀。

④草虫为驴，高粱叶为刀，草编巨人，蒿梗为箭且射向主人臀部，宣布要烧屋，偏偏就是不烧。纯属调皮捣蛋，喜剧色彩浓厚。

⑤胡氏对自己"逼婚"亦觉尴尬，主人看出，立即主动做起工作来。主人真外交家也。

⑥多么周到聪明的外交词令？

⑦化干戈为玉帛的妙计。婚姻者，结两姓之好也，胡氏为好成仇，主人变仇为好，真是强中自有强中手。

⑧主人雅量。

⑨一场争斗，一场闹剧，以主人之人财两得的完胜结束。胡氏赔了夫人又折兵，心甘情愿。主人既得美妇又发财，世事纷纭，情商高者得利。

大惧，急喊众奔斗，狐方去。拔矢视之，皆蒿梗④。如此月余，去来不常，虽不甚害，而日日戒严，主人患苦之。

一日，胡生率师至，主人身出，胡望见，避于众中。⑤主人呼之，不得已，乃出。主人曰："仆自谓无失礼于先生，何故兴戎〔19〕？"群狐欲射，胡止之。主人近握其手，邀入故斋，置酒相款，从容曰："先生达人〔20〕，当相见谅。以我情好，宁不乐附婚姻？但先生车马、宫室，多不与人同，弱女相从，即先生当知其不可。且谚云：'瓜果之生摘者，不适于口〔21〕。'先生何取焉？"⑥胡大惭。主人曰："无伤，旧好故在。如不以尘浊见弃〔22〕，在门墙之幼子年十五矣〔23〕，愿得坦腹床下〔24〕。不知有相若者否〔25〕？"⑦胡喜曰："仆有弱妹少公子一岁，颇不陋劣，以奉箕帚，如何？"主人起谢，胡答拜。于是酬酢甚欢〔26〕，前隙俱忘〔27〕，命罗酒浆，遍犒从者，上下欢慰。乃详问居里，将以奠雁〔28〕，胡辞之。日暮继烛，醺醉乃去。由是遂安。

年余，胡不至，或疑其约妄，而主人坚持之⑧。又半年，胡忽至，既道温凉已，乃曰："妹子长成矣。请卜良辰，遣事翁姑。"主人喜，即同订期而去。至夜果有舆马送新妇至，奁妆丰盛，设室中几满。新妇见姑嫜，温丽异常。主人大喜。胡生与一弟来送女，谈吐俱风雅，又善饮。天明乃去。新妇且能预知年岁丰凶，故谋生之计，皆取则焉〔29〕。胡生兄弟以及胡媪，时来望女，人人皆见之。⑨

校勘

底本：异史。参校：康熙本、二十四卷本、铸雪斋本、青柯亭本。

注释

〔1〕巨家：豪富之家。延师：请私塾老师。〔2〕踵门：登门。〔3〕词语开爽：

说话开朗爽快。〔4〕纳赘馆之：付给胡秀才聘金把他留下做家庭教师。〔5〕淹洽非下士等：才识渊博不像那些才德差的人。〔6〕优重：优待敬重，优礼相待。〔7〕不以怪异废礼：不因为胡秀才是狐狸精而缺少对老师的礼貌。〔8〕恬雅：安静文雅。〔9〕自达：自己表达来意。〔10〕作冰：作媒。〔11〕交已莫逆：已经是莫逆之交。〔12〕息女：亲生女儿。〔13〕令媛：令爱，对对方女儿的尊称。〔14〕相侵益亟：互相冒犯更厉害。〔15〕批耳修尾：双耳高耸，长尾巴。〔16〕喓喓（yāo）然草虫：俗称"蝈蝈"。喓喓，虫鸣声。〔17〕夷伤：创伤。〔18〕刍灵：茅草扎成的送葬物。〔19〕兴戎：引起争端。〔20〕达人：通情达理的人。〔21〕瓜果之生摘者，不适于口：意同"强扭的瓜不甜"。〔22〕尘浊：凡俗。〔23〕在门墙：在师门，意即"您的学生"。〔24〕坦腹床下：做胡家的女婿。用晋代王羲之东床坦腹故事。〔25〕相若者：年貌差不多的。〔26〕酬酢（zuò）：主客互相敬酒。〔27〕前隙：原来的情感裂痕。〔28〕奠雁：古代举行婚礼时，新郎到新娘家亲迎，献雁为礼。〔29〕取则：当作准则。

点评

　　一则令人喷饭的小故事，以虚幻的形式写出婚姻上的真实人生。胡氏和主人，字面上是人和狐，实际像地位不同的现实中人。胡氏明知门不当户不对，偏要强人所难。主人不接受胡氏为婿，是为女儿终身考虑，就像现实中地位高的人不乐意将女儿嫁给地位低的人，也像父母不希望女儿嫁到边远地区、贫穷之家、异族他乡。但主人乐意娶胡家女儿，按传统观念，嫁鸡随鸡，主人家可以改造胡家女儿，侯门一入深如海，从此娘家是路人。同样是联姻，巨家主人以智慧、雅量、口齿，取得最佳结局。"狐兵大至"是《聊斋》最有谐趣的场面，意想不到的武器，意想不到的战法，像网上的"恶搞"，像电子游戏，令人百读不厌。

胡氏

欲因西席附东床
秦晋搭拟几战场
片语挥戈卸鞍来
龙快壻立门墙

戏术

有桶戏者，桶可容升，无底，中空，亦如俗戏〔1〕。戏人以二席置街上，持一升入桶中，旋出，即有白米满升，倾注席上，又取又倾，顷刻两席皆满。然后一一量入，毕而举之，犹空桶。奇在多也。

利津李见田〔2〕①，在颜镇闲游陶场〔3〕，欲市巨瓮，与陶人争直，不成而去。至夜，窑中未出者六十余瓮，启视一空。陶人大惊，疑李，踵门求之。李谢不知，固哀之，乃曰："我代汝出窑，一瓮不损，在魁星楼下非与〔4〕？"如言往视，果一一俱在。楼在镇之南山，去场三里余。佣工运之，三日乃尽。

① 康熙十二年（1673）《利津县新志》"仙伎"记载李见田预言明末清初事数则。王士禛《池北偶谈》"李神仙"条记载李见田为沾化李呈祥卜前程事。

校勘

底本：康熙本。参校：异史、二十四卷本、铸雪斋本、青柯亭本。

注释

〔1〕俗戏：即魔术，幻术。《史记》已有记载，是杂技的骨干部分，后成为道教神化其教的手段。〔2〕李见田：即李登仙（1591—1672），利津人，传说他能未卜先知，号"李神仙"。《利津县志》及王士禛《池北偶谈》对他都有记载。〔3〕颜镇：益都颜神镇，毗邻淄博博山。陶场：陶瓷场。〔4〕魁星楼：祀主管文运文章的魁星的楼阁。

点评

这是作者对当时魔术表演的记载，这种戏术古已有之。李见田一夜之间将整座窑出空并运到数里外，应该是传闻。

戏术

脱然揭竿见
神通白粲量来
竟不穷偶使贫
家传此法无须
更烦饭颗生

丐僧

济南一僧，不知何许人。赤足衣白衲[1]，日于芙蓉、明湖诸馆[2]，诵经抄募。与以酒食、钱、粟皆弗受；叩所需，又不答。终日未尝见其餐饭。或劝之曰："师既不茹荤酒，当募山村僻巷中，何日日往来于膻闹之场[3]？"僧合眸讽诵，睫毛长指许，若不闻。少选，又语之，僧遽张目厉声曰："要如此化！"又诵不已。久之，自出而去，或从其后，固诘其必如此化之故，走不应。叩之数四，又厉声曰："非汝所知！老僧要如此化！"积数日，忽出南城，卧道侧，如僵，三日不动。居民恐其饿死，贻累近郭，因集劝他徙。欲饭，饭之，欲钱，钱之，僧瞑然不应，群摇而语之。僧怒，于衲中出短刀，自剖其腹，以手入内，理肠于道，而气遂绝。众骇，告郡，藁葬之[4]。异日为犬所穴[5]，席见；踏之似空，发视之，席封如故，犹空茧然[6]。

校勘

底本：康熙本。参校：异史、二十四卷本、铸雪斋本、青柯亭本。

注释

[1]白衲：白色僧衣。[2]芙蓉、明湖：芙蓉街，大明湖。[3]膻闹之场：吃酒肉的名利喧闹之场。[4]藁（gǎo）葬：芦席裹尸埋葬。[5]穴：挖开。[6]"席封"二句：草席包裹完好，里边没尸体。

点评

佛教宣传要跳出三界，要净心。"苦修"成为许多佛教徒的日课。丐僧可谓"净"到顶点，苦修到顶点，不吃不喝只知念经，最后僵卧路边，自剖其腹。僧人尸体不见，是为犬所食，还是已飘然离去、到别处"要如此化"？僧人是超脱生死的高僧，还是走火入魔？迷离恍惚。

巧僧

诵经男见焚修
若剥刀无捶楚
既逞兽性老僧
便如此化老僧
原不欲人知

伏狐

①晋干宝《搜神记》："狐者，先古之淫妇也，其名曰'阿紫'。""狐魅"之词因骆宾王《代徐敬业讨武氏檄》著名："入门见嫉，蛾眉不肯让人；掩袖工谗，狐媚偏能惑主。"《聊斋》狐媚故事一般较简略，详尽描写的是与前辈作家笔下迥然不同的狐女。

太史某为狐所魅〔1〕①，病瘵〔2〕。符禳既穷〔3〕，乃乞假归，冀可逃避。太史行，而狐从之，大惧，无所为谋。一日止于涿〔4〕，门外有铃医〔5〕。自言能伏狐，太史延之入。投以药，则房中术也〔6〕。促令服讫，入与狐交，锐不可当。狐辟易〔7〕，哀而求罢，不听，进益勇。狐展转营脱〔8〕，苦不得去。移时无声，视之，现狐形而毙矣。

余乡某生者，素有嫪毒之目〔9〕，自言生平未得一快意。夜宿孤馆，四无邻，忽有奔女，扉未启而已入，心知其狐，亦欣然乐就狎之。衿襦甫解，贯革直入。狐惊痛，啼声吱然，如鹰脱韝〔10〕，穿窗而去。某犹望窗外作狎昵声，哀唤之，冀其复回，而已寂然矣。此真讨狐之猛将也！宜榜门"驱狐"〔11〕，可以为业。

校勘

底本：二十四卷本。参校：康熙本、异史、铸雪斋本、青柯亭本。

注释

〔1〕太史：原为史官之名，西周、春秋时太史掌记史事、编写史书、起草文告、管理典籍和天文历法。明清将修史的职务归于翰林院，故俗称翰林为太史。〔2〕病瘵：精气亏损，奄奄一息。〔3〕符禳既穷：用符咒驱逐不能奏效。〔4〕涿：清代属直隶顺天府，今河北涿州市。〔5〕铃医：游方郎中，走街串巷摇铃行医。〔6〕房中术：原本是道士、方士节欲养生保全气血之术，后世造为满足淫欲的春药，如明代皇宫盛行的红丸和秋石方。〔7〕辟易：逃避、退缩。〔8〕营脱：想法脱身。〔9〕嫪毒（lào ǎi）之目：有大阴男子的名声。嫪毒（？—前238），战国末年吕不韦的舍人，与秦始皇母私通，封长信侯。后因谋反被杀。《史记·吕不韦列传》记其事，后成为善淫男子的代称。〔10〕如鹰脱韝（gōu）：

331

好像猎鹰摆脱羁绊。韝，狩猎者的臂套。〔11〕榜门：在门上贴广告。

> 点评

　　古人认为狐是妖兽，女狐祟人，需要以法术驱逐，房中术成为驱狐佳计，奇闻，亦亵闻。

伏狐

珥筆丹墀眾侍從,每因春恨欺逄窮。
鈴醫新授房中藥,玉碎花殘一瞬中。

蛰龙

① 曲迁乔是淄博地区著名官员。他做地方官有均徭赋、清冤狱、分黄导淮之名,自撰《志铭》:"姓虽曲则直,事亲竭力,事君尽职,一夫一妇,始终靡忒。"

於陵曲银台公〔1〕①,读书楼上。值阴雨晦暝〔2〕,见一小物,有光如荧,蠕蠕登几,过处则黑如蚰迹〔3〕,渐盘卷上,卷亦焦。意为龙,乃捧卷送之,至门外,持立良久,蠖曲不少动〔4〕。公曰:"将无谓我不恭?"执卷返,仍置案上,冠带长揖而后送之〔5〕。方至檐下,但见昂首乍伸,离卷横飞,其声嗤然,光一道如缕。数步外,回首向公,则头大于瓮,身数十围矣。又一折反,霹雳震惊,腾霄而去。回视所行处,盖曲曲自书笥中出焉〔6〕。

校勘

底本:康熙本;参校:二十四卷本、异史、铸雪斋本、青柯亭本。

注释

〔1〕於(wū)陵曲银台:於陵,长山县(今为邹平)古名,位于山东淄博西北。曲银台指曲迁乔,明代万历五年(1577)进士,曾任顺天府尹、通政使司通政史,著有《光裕堂文集》,事见嘉庆六年(1801)《长山县志·人物志》。银台,即银台司,原为宋代门下省所辖官署,掌管奏状案牍,司署在银台门内。明代通政使司所掌事务与之略同,故银台成为通政使司的别称。〔2〕晦暝:天色阴沉。〔3〕蚰(yóu):蚰蜒,俗称"鼻涕虫",无壳蜗牛,爬行后留下胶状痕迹。〔4〕蠖(huò)曲不少动:蜷曲着不动。蠖曲,蠖屈,一屈一伸地前进。〔5〕冠带长揖:穿好官服,深深作揖。〔6〕书笥:书箱。

点评

龙从远古图腾到中华民族的象征,在国人心目中一直有崇高的地位,传说中龙可以兴风兴雨,可大可小,处于休眠状态的为"蛰龙"。蛰龙可蛰于任何地方。这则蛰龙则蛰伏在曲迁乔的书箱里。曲迁乔是淄博地区颇有名气的好官。他早于蒲松龄近百年,他的书箱里有蛰龙,当然只能是不可靠的传闻,极大的可能是曲氏本人为宣扬自己的福气而造出来的:龙尚且可以蛰伏在他的书箱里,他自己该是何等样出色人物?但小说对龙从小到大、从无声无息到霹雳震天,写得形貌生动,写曲银台对龙的态度,绘声绘色。

蛰不游海国图书城岂是蛟龙
蛰未惊一旦出为天下生灵
龙教霖雨慰苍生

苏仙

①《诗经》载周人始神姜嫄履天帝足印而孕，生后稷。此处类似。

②仙儿长于椟，椟此后即为仙椟。

③灵魂升天，留在世间者，其躯体也。

　　高公明图知郴州时〔1〕，有民女苏氏，浣衣于河〔2〕，河中有巨石，女踞其上。有苔一缕，绿滑可爱，浮水漾动，绕石三匝。女视之心动。既归而娠①，腹渐大，母私诘之，女以情告，母不能解。数月，竟举一子，欲置隘巷〔3〕，女不忍也，藏诸椟而养之〔4〕②。遂矢志不嫁，以明其不二也。然不夫而孕，终以为羞。

　　儿至七岁，未尝出以见人。儿忽谓母曰："儿渐长，幽禁何可长也？去之，不为母累。"问所之。曰："我非人种，行将腾霄昂壑耳〔5〕。"女泣询归期。答曰："待母属纩〔6〕，儿始来。去后倘有所需，可启藏儿椟索之，必能如愿。"言已，拜母，径去。出而望之，已杳矣。

　　女告母，母大奇之。女坚守旧志，与母相依，而家益落。偶缺晨炊，仰屋无计〔7〕。忽忆儿言，往启椟，果得米，赖以举火。自是有求辄应。逾三年，母病卒，一切葬具皆取给于椟。

　　既葬，女独居，三十年，未尝窥户〔8〕。一日，邻妇乞火者，见其兀坐空闺〔9〕，语移时始去〔10〕。居无何，忽见彩云绕女舍，亭亭如盖〔11〕，中有一人盛服立〔12〕，审视，则苏女也。回翔久之，渐高不见。③邻人共疑之，窥诸其室，见女靓妆凝坐〔13〕，气则已绝。众以其无归〔14〕，议为殡殓。忽一少年入，丰姿俊伟，向众申谢。邻人向亦窃知女有子，故不之疑。少年出金葬母，值二桃于墓，乃别而去。数步之外，足下生云，不可复见。后桃结实甘芳，居人谓之"苏仙桃"，树年年华茂，更不衰朽。官是地者，每携实以馈亲友。

校勘

底本：康熙本。参校：二十四卷本、异史、铸雪斋本、青柯亭本。

注释

〔1〕郴（chēn）州：清代为直隶州，今湖南省郴州市。高明图：可能是沂水人高熏，道光七年（1732）《沂水县志》："高熏，由进士任湖广兴宁县，擢知郴州，多善政。"〔2〕浣衣：洗衣。〔3〕隘巷：小胡同。〔4〕藏诸椟而养之：把儿子藏到柜子里养着。〔5〕腾霄昂壑：飞黄腾达。飞腾于云霄，昂首于涧壑。〔6〕属纩：将死之时。〔7〕仰屋无计：看着房梁想不出办法。〔8〕窥户：即倚门窥户，有求于人。用唐代诗人王维《与工部李侍郎书》典故："然不敢自列于下执事者，以为贱贵有伦，等威有序，以闲人持不急之务，朝夕倚门窥户，抑亦侍郎之所恶也。"〔9〕兀坐：孤零零坐着。〔10〕移时：经历一段时间。〔11〕亭亭如盖：如车盖一般独立高耸。〔12〕盛服：穿着礼服。〔13〕靓妆凝坐：穿着装饰华美的衣服静坐。〔14〕无归：没有出嫁。

点评

苏氏遇绿滑可爱的苔藓而孕，从此不仅孤身辛苦育儿，还矢志不嫁，苦度一生。这本来是大悲剧，但她能靠象征儿子侍亲的"椟"维持生活、葬母，最后还得道升天，这是作者对人神感应寄予的浪漫希望。

蘇傳

仙人消息近如何
桃寶年年墓上多
空賸浣衣河畔石
綠苔一縷漾春波

李伯言

①"代理阎罗"是蒲松龄创造的构思手段，让正派人进入冥世审案。

②相传乃殷纣王创造的酷刑，此处成为对淫乱者的惩戒。

③阴司明察秋毫，不能有一念之私。

④一念之思，焰火顿灭。生动。

李生伯，沂水人〔1〕，抗直有肝胆〔2〕。忽暴病，家人进药，却之曰："吾病非药饵可疗。阴司阎罗缺，欲吾暂摄其篆耳〔3〕。死勿埋我，宜待之。"是日果死。①

驺从导去〔4〕，入一宫殿，进冕服〔5〕，隶胥祗候甚肃〔6〕。案上簿书丛沓〔7〕。一宗：江南某，稽生平所私良家女八十二人〔8〕，鞫之佐证不诬，按冥律，宜炮烙②。堂下有铜柱，高八九尺，围可一抱，空其中而炽炭焉，表里通赤。群鬼以铁蒺藜挞驱使登，手移足盘而上，甫至顶，则烟气飞腾，崩然一响如爆竹，人乃堕；团伏移时，始复苏。又挞之，爆堕如前。三堕，则匝地如烟而散，不复能成形矣。

又一起：为同邑王某，被婢父讼盗占生女，王即生姻家。先是一人卖婢，王知其所来非道，而利其直廉，遂购之。至是王暴卒。越日，其友周生遇于途，知为鬼，奔避斋中。王亦从入。周惧而祝，问所欲为。王曰："烦作见证于冥司耳。"惊问："何事？"曰："余婢实价购之〔9〕，今被误控，此事君亲见之，惟借季路一言〔10〕，无他说也。"周固拒之，王出曰："恐不由君耳。"未几，周果死，同赴阎罗质审。李见王，隐存左袒意〔11〕。忽见殿上火生，焰烧梁栋。③李大骇，侧足立〔12〕，吏急进曰："阴曹不与人世等，一念之私不可容。急消他念，则火自熄。"李敛神寂虑，火顿灭。④已而鞫状，王与婢父反复相苦；问周，周以实对；王以故犯论笞〔13〕。笞讫，遣人俱送回生，周与王皆三日而苏。

李视事毕，舆马而返。中途见阙头断足者数百辈，伏地哀鸣。停车研诘，则异乡之鬼，思践故土，恐关隘阻隔，乞求路引〔14〕。李曰："余摄任三日已解任矣，何能为力？"众曰："南村胡生，将建道场，代嘱可致。"李诺之。至家，驺从都去，李乃苏。

胡生字水心，与李善，闻李再生，便诣探省。李遽问："清醮何时？"胡讶曰："兵燹之后，妻孥瓦全〔15〕，向与室人作此愿心，未向一人道也，何知之？"李具以告。胡叹曰："闺房一语，遂播幽冥，可惧哉！"⑤乃敬诺而去。次日，如王所，王犹惫卧。见李，肃然起敬，申谢佑庇。李曰："法律不能宽假。今幸无恙乎？"王云："已无他症，但笞疮脓溃耳。"又二十余日始痊，臀肉腐落，瘢痕如杖者。

异史氏曰："阴司之刑，惨于阳世，责亦苛于阳世。然关说不行〔16〕，则受残酷者不怨也。谁谓夜台无天日哉〔17〕？第恨无火烧临民之堂廨耳〔18〕！"⑥

⑤所谓闺房私语，鬼神尽知。古代的迷信说法。

⑥构思出阴司公堂大火，实际要照亮比阴司黑暗的阳世。想象奔驰，寓意深刻，天才构想。

校勘

底本：康熙本。参校：二十四卷本、异史、铸雪斋本、青柯亭本。

注释

〔1〕沂水：今山东临沂。〔2〕抗直有肝胆：刚强正直，敢作敢为。〔3〕暂摄其篆：暂时代理阎王的职务。篆，官员的印信。〔4〕驺（zōu）从：达官贵人的导从人员。〔5〕冕服：阎罗的王冠和衣服。〔6〕隶胥祗（zhī）候甚肃：阴司的衙役恭恭敬敬、严肃认真地伺候着。〔7〕簿书丛沓：簿籍文件多而且乱。〔8〕稽生平所私：考察其一生所奸污的女子。〔9〕实价购之：确实是拿钱买的，不是虚钱实契的欺诈。〔10〕季路一言：借您一句实话做证。季路，孔子弟子仲由，字季路，为人实诚，孔子说他"片言可以折狱"。〔11〕隐存左袒：私下里想偏袒。〔12〕侧足立：本来坐在那儿审案，现在站起来，侧着身子，以表示敬畏。〔13〕以故犯论笞：因为明知故犯的罪名被打板子。〔14〕路引：通行证。〔15〕妻孥瓦全：妻子儿女幸好保全下来。〔16〕关说：说情。〔17〕夜台：阴司。〔18〕临民之堂廨：阳世间管理老百姓的官衙。

点评

  在蒲松龄笔下，阴司呈现各种状态：可以是阳世再版、倒影，还可以是惩恶扬善的理想所在。此篇的阴司就是公正神圣的地方。李伯言代阎罗执政，实际是借李的目光观察、描绘阴司这一理想的官衙。这里按律断案，公正量刑，铁面无私，绝不循情枉法。焰烧梁栋，是个寓意性情节：一念之私，就可以烧毁整个官衙！本应该暗无天日的"夜台"比起阳世，成了光明世界，可惜现实社会管理百姓的官衙没有这样的火，这是何等辛辣、何等巧妙的讽刺。

李伸書

抗直無阿
鬼使迎一存
私念火生檻
從知陰律難
寬假不似人
間可狗猜

黄九郎

何师参，字子萧，斋于苕溪之东〔1〕，门临旷野。薄暮偶出，见妇人跨驴来，少年从诸其后。妇约五十许，意致清越〔2〕；转视少年，年可十五六，丰采过于姝丽〔3〕。何生素有断袖之癖〔4〕，睹之，神出于舍〔5〕，翘足目送，影灭方归。①

次日，早伺之，落日冥蒙〔6〕，少年始过。生曲意承迎，笑问所来。答以"外祖家"。生请过斋少憩，辞以不暇，固曳之，乃入；略坐兴辞〔7〕，坚不可挽。生挽手送之，殷嘱便道相过，少年唯唯而去。生由是凝思如渴②，往来眺注，足无停趾。一日日衔半规〔8〕，少年欻至，大喜，要入〔9〕，命馆童行酒。问其姓字，答云："黄姓，第九。童子无字。"问："过往何频？"曰："家慈在外祖家〔10〕，常多病，故数省之。"酒数行，欲辞去；生捉臂遮留〔11〕，下管钥〔12〕。九郎无如何，赧颜复坐，挑灯共语，温若处子，而词涉游戏，便含羞，面向壁。未几，引与同衾，九郎不许，坚以睡恶为辞〔13〕。强之再三，乃解上下衣，着裤卧床上。何灭烛，少时，移与同枕，曲肘加髀而狎抱之〔14〕，苦求私昵〔15〕。九郎怒曰："以君风雅士，故与流连，乃此之为，是禽处而兽爱之也〔16〕！"未几，晨星荧荧〔17〕，九郎径去。③

生恐其遂绝，复伺之，踟蹰凝盼〔18〕，目穿北斗〔19〕。过数日，九郎始至，喜逆谢过，强曳入斋，促坐笑语，窃幸其不念旧恶。无何，解屦登床，又抚哀之。④九郎曰："缠绵之意，已镂肺膈〔20〕，然亲爱何必在此？"生甘言纠缠，但求一亲玉肌，九郎从之。生俟其睡寐，潜就轻薄，九郎醒，揽衣遽起，乘夜遁去。生邑邑若有所失，忘啜废枕，日渐委悴。⑤惟日使斋童逻

① 同性恋者的一见钟情。

② 对何生迷恋同性的丑态写得穷形尽相。

③ 何生对九郎先献殷勤，继之软磨硬泡，然后丑相毕露，被九郎直接以"禽兽"呼之。

④ 无耻之极，脸皮真厚。

⑤ 走火入魔。

侦焉。

一日，九郎过门，即欲径去，童牵衣入之。见生清癯，大骇，慰问。生实告以情，泪涔涔随声零落〔21〕。九郎细语曰："区区之意〔22〕，实以相爱无益于弟，而有害于兄，故不为也。君既乐之，仆何惜焉？"生大悦。九郎去后，病顿减，数日平复。九郎果至，遂相缱绻。曰："今勉承君意，幸勿以此为常。"既而曰："欲有所求，肯为力乎？"问之，答曰："母患心痛，惟太医齐野王先天丹可疗〔23〕。君与善，当能求之。"生诺之，临去又嘱。生入城求药，及暮付之。九郎喜，上手称谢〔24〕。又强与合。九郎曰："勿相纠缠。请为君图一佳人，胜弟万万矣。"生问："谁？"九郎曰："有表妹，美无伦，倘能垂意，当执柯斧〔25〕。"生微笑不答，九郎怀药便去。

三日乃来，复求药。生恨其迟，词多诮让。九郎曰："本不忍祸君，故疏之。既不蒙见谅，请勿悔焉。"由是燕会无虚夕〔26〕。凡三日必一乞药，齐怪其频，曰："此药未有过三服者，胡久不瘥？"因裹三剂并授之。又顾生曰："君神色黯然，病乎？"曰："无。"脉之，惊曰："君有鬼脉〔27〕，病在少阴〔28〕，不自慎者殆矣！"归语九郎。九郎叹曰："良医也！我实狐，久恐不为君福。"生疑其诳，藏其药不以尽予，虑其弗至也。居无何，果病。延齐诊视，曰："曩不实言，今魂气已游墟莽〔29〕，秦缓何能为力〔30〕？"九郎日来省侍，曰："不听吾言，果至于此！"生寻死，九郎痛哭而去。

先是，邑有某太史，少与生共笔砚〔31〕，十七岁擢翰林。时秦藩贪暴〔32〕，而赂通朝士〔33〕，无有言者。公抗疏劾其恶〔34〕，以越俎免〔35〕。藩升是省中丞〔36〕，日伺公隙。公少有英称〔37〕，曾邀叛王青盼〔38〕，因购得旧所往来札胁公，公惧，自经；夫人亦投缳死〔39〕。公越宿忽苏，曰："我何子萧也。"诘之，所言皆何家事，方悟其借躯返魂。留之不可，出奔旧舍。抚疑其诈，必欲排陷之，使人索千金于公。公伪诺，而忧闷欲绝。忽通九郎至，喜共话言，悲欢交集，既欲复狎，九郎曰："君有三命耶？"⑥公曰："余悔生劳，不如死逸。"因诉冤苦，九郎悠忧以思〔40〕，少间曰："幸复生聚。君旷无偶，前言表妹慧丽多谋，必能分君忧。"公欲一见颜色。曰："不难。明日将取伴老母，此道所经，君伪为弟也兄者，我假渴而求饮焉，君曰'驴子亡'，则诺也。"计已而别。

⑥痴迷同性恋者需要有三命，一语中的。

明日亭午，九郎果从女郎经门外过，公拱手絮絮与语，略睨女郎，娥眉秀曼〔41〕，诚仙人也。九郎索茶，公请入饮。九郎曰："三妹勿讶，此兄盟好，不妨少休止。"扶之而下，系驴于门而入。公自起瀹茗〔42〕，因目九郎曰："君前言不足以尽〔43〕。今得死所矣〔44〕！"女似悟其言之为己者，离榻起立，嘤喔而言曰〔45〕："去休！"公外顾曰："驴子其亡！"九郎火急驰出。公拥女求合。女颜色紫变，窘若囚拘，大呼："九兄！"不应。曰："君自有妇，何丧人廉耻也？"公自陈无室。女曰："能矢山河〔46〕，勿令秋扇见捐〔47〕，则唯命是听。"公乃誓以皦日〔48〕。女不复拒。事已，九郎至，女色然怒让之〔49〕。九郎曰："此何子萧，昔之名士，今之太史。与兄最善，其人可依。即闻诸姊氏，当不相见罪。"⑦日向晚，公要遮不听去，女恐姑母骇怪，九郎锐身自任，跨驴径去。居数日，有妇携婢过，年四十许，神情意致，雅似三娘〔50〕。公呼女出窥，果母也。瞥睹女，怪问："何得在此？"女惭不能对。公邀入，拜而告之。母笑曰："九郎稚气，胡再不谋？"女自入厨下，设食供母，食已乃去。

⑦何生属于"五毒俱全"者，既热衷同性恋，又见色起意，强暴美女。

公得丽偶，颇快心期，而恶绪萦怀，恒蹙蹙有忧色。女问之，公缅述颠末。女笑曰："此九兄一人可得解，君何忧？"公诘其故，女曰："闻抚公溺声歌而比顽童〔51〕，此皆九兄所长也。投所好而献之，怨可消，仇

⑧ 以暴易暴，以毒攻毒。

亦可复。"⑧公虑九郎不肯，女曰："但请哀之。"

越日，公见九郎来，肘行而逆之〔52〕，九郎惊曰："两世之交，但可自效，顶踵所不敢惜〔53〕，何忽作此态向人？"公具以谋告，九郎有难色。女曰："妾失身于郎，谁实为之？脱令中途凋丧〔54〕，焉置妾也？"九郎不得已，诺之。公阴与谋，驰书与所善之王太史，而致九郎焉。王会其意，大设，招抚公饮。命九郎饰女装，作天魔舞〔55〕，宛然美女。抚惑之，亟请于王，欲以重金购九郎，惟恐不得当。王故沉思，似难之。迟之又久。始将公命以进。抚喜，前隙顿释。⑨自得九郎，动息不相离，侍妾十余，视同尘土。九郎饮食供具如王者，赐金万计。半年，抚公病，九郎知其去冥路近也，遂辇金帛〔56〕，假归公家。既而抚公薨，九郎出资，起屋置器，畜婢仆，母子及妗并家焉。九郎出，舆马甚都，人不知其狐也。

⑨ 刻骨仇恨竟然靠一男宠摆平，可笑。

余自有"笑判"，并志之：男女居室，为夫妇之大伦〔57〕；燥湿互通，乃阴阳之正窍〔58〕。迎风待月，尚有荡检之讥〔59〕；断袖分桃，难免掩鼻之丑〔60〕。人必力士，鸟道乃敢生开〔61〕；洞非桃源，渔篙宁许误入〔62〕？今某从下流而忘返，舍正路而不由〔63〕。云雨未兴，辄尔上下其手〔64〕；阴阳反背，居然表里为奸〔65〕。华池置无用之乡，谬说老僧入定〔66〕；蛮洞乃不毛之地，遂使眇帅称戈〔67〕。系赤兔于辕门，如将射戟〔68〕；探大弓于国库，直欲斩关〔69〕。或是监内黄鳝，访知交于昨夜〔70〕；分明王家朱李，索钻报于来生〔71〕。彼黑松林戎马顿来，固相安矣〔72〕；设黄龙府潮水忽至，何以御之〔73〕？宜断其钻刺之恨，兼塞其送迎之路〔74〕。⑩

⑩ 此蒲松龄卖弄才学之处。"异史氏曰"几乎成为"同性恋典故用语大全"，其实一句话就可以说明白：同性恋害人害己，万万要不得。

校勘

底本：康熙本。参校：二十四卷本、异史、铸雪斋本、青柯亭本。

注释

〔1〕茗溪：在浙江境内。〔2〕清越：清雅脱俗。〔3〕姝丽：美女。〔4〕断袖之癖：同性恋爱好。据《汉书》记载，汉哀帝和男宠董贤共寝，哀帝欲起，衣袖压在董的身下，不欲惊动董，断袖而起。〔5〕神出于舍：灵魂离开了躯体。〔6〕落日冥蒙：太阳落山，暮色朦胧。〔7〕兴辞：站起身来告辞。〔8〕日衔半规：太阳将落时分，天上还有半个太阳。〔9〕要入：遮路邀请。〔10〕家慈：家母。〔11〕捉臂遮留：抓住胳膊，挡住路不让走。〔12〕下管钥：关门上锁。〔13〕睡恶：睡觉不老实。〔14〕狎抱：戏谑搂抱。〔15〕私昵：私下亲近（指同性恋行为）。〔16〕禽处而兽爱：按禽兽的方式相爱。〔17〕荧荧：微亮。〔18〕蹀躞（dié xiè）：往来徘徊。〔19〕目穿北斗：不分昼夜急切盼望。〔20〕镂肺膈：刻骨铭心。〔21〕涔涔：眼泪不断流。〔22〕区区：自称谦辞。〔23〕野王先天丹：虚构的药名。〔24〕上手称谢：举手感谢。〔25〕执柯斧：做媒。〔26〕燕会无虚夕：每天晚上亲密相会。〔27〕鬼脉：人将死的脉象。〔28〕少阴：中医认为少阴脉为心病。〔29〕魂气已游墟莽：灵魂耗散，生命将结束。〔30〕秦缓：春秋时秦国的良医，名"缓"。"病入膏肓"一词即由他起。〔31〕共笔砚：同学。〔32〕秦藩：秦地藩司，即陕西布政使。〔33〕朝士：朝廷之士。〔34〕抗疏劾其恶：向皇帝奏本揭发其罪恶。〔35〕以越俎免：因越俎代庖的罪名被罢官。翰林无谏官之职守。〔36〕中丞：巡抚。〔37〕少有英称：少年成名，英名出众。〔38〕邀叛王青盼：曾得到叛王的欣赏。叛王，疑指清初曾背叛清廷的吴三桂、耿精忠、尚之信之类。〔39〕投缳死：自缢而死。〔40〕悠忧：忧伤貌。〔41〕娥眉：女子美丽的眉毛，代指美女。秀曼：秀丽柔美。〔42〕瀹（yuè）茗：沏茶。〔43〕前言不足以尽：指黄九郎之前所说还没淋漓尽致道出三娘之美。〔44〕今得死所：得到表妹死也值得。〔45〕嚶喔：娇细柔美的声音。〔46〕矢山河：对着山川河流发誓。〔47〕秋扇见捐：不要让我像秋天的扇子一样被抛弃。〔48〕誓以皦（jiǎo）日：指着明亮的太阳发誓。〔49〕色然怒让之：变了脸色愤怒地指责。〔50〕雅似：很相似。〔51〕溺声歌而比顽童：沉溺声色，喜欢玩娈童。〔52〕肘行而逆之：以肘拄地行走迎接。有"五体投地"之意。〔53〕顶踵所不敢惜：不惜身躯，全力而为。《孟子·尽心上》："摩顶放踵，利天下而为之。"

〔54〕凋丧：丧亡。〔55〕天魔舞：元代宫廷舞蹈。天魔，即"天子魔"，佛教传说中的欲界第六天之主，常现身阻碍修行。〔56〕辇金帛：用车运送金银丝绸。〔57〕男女居室，为夫妇之大伦：夫妻情事，是五伦（父子、君臣、夫妇、长幼、朋友）的重要方面。〔58〕燥湿互通，乃阴阳之正窍：燥湿、阴阳，指男女。正窍，指性器。〔59〕迎风待月，尚有荡检之讥：像张生和莺莺那样私会，已经逾越礼法。"迎风待月"，引用《西厢记》张生、莺莺约会的诗句"待月西厢下，迎风户半开"。〔60〕断袖分桃，难免掩鼻之丑：搞同性恋是臭不可闻的事。断袖、分桃，代指同性恋。断袖典故见本篇前注。分桃典故出自《说苑》：春秋时卫君的同性恋伙伴弥子瑕把吃了一半的桃子给卫君吃。〔61〕人必力士，鸟道乃敢生开：此句为亵语。谐用李白《蜀道难》的诗句"西当太白有鸟道，可经横绝峨眉巅"，"地崩山摧壮士死，然后天梯石栈相钩连"。此处之"鸟"谐指俗话男人性器。"生开"指男人间发生性关系的不合理。〔62〕洞非桃源，渔篙宁许误入：此语亦亵语。"桃源"借陶渊明《桃花源记》的美好景色寓女性性器，"渔篙"误入非桃源之"洞"，谐指跟男人发生性关系。〔63〕从下流而忘返，舍正路而不由：舍弃正常的男女情事而搞不正常的同性恋，是陷入下流、走邪道。〔64〕云雨未兴，辄尔上下其手：云雨，指男女性事。上下其手，指搞错了对象。〔65〕阴阳反背，居然表里为奸：同性间发生不正常的关系。〔66〕华池置无用之乡，谬说老僧入定：华池，指女性性器。好男宠的人置妻妾于不顾，还假装清心寡欲。〔67〕蛮洞乃不毛之地，遂使眇帅称戈：热心于同性间的苟合。蛮洞，人迹罕至的偏远山洞。"眇帅"，指唐五代李克用，一目失明，但善于用兵。称戈，称雄用兵。〔68〕系赤兔于辕门，如将射戟：亵语。赤兔，吕布的坐骑。俗语称男宠为"兔子"，"辕"谐"圆"，隐语。〔69〕探大弓于国库，直欲斩关：亵语。春秋时鲁国季孙家臣阳虎私入鲁公之宫，"窃宝玉、大弓以出"。斩关，破门入关。〔70〕监内黄鳣（zhān），访知交于昨夜：同性恋典故。明代南京国子监王祭酒与一监生搞同性恋。监生梦到黄鳣出自胯下，告诉别人。有人开玩笑造一趣诗："某人一梦最跷蹊，黄鳣钻臀事可疑。想是监中王学士，夜深来访旧相知。"〔71〕王家朱李，索钻报于来生：搞两世同性恋，也生不出一个后代。此句典故出自《世说新语》：王戎有好李，卖之，恐人得其核，辄钻之。钻报，亵语。〔72〕彼黑松林戎马顿来，固相安矣：此句亦亵语，指痴恋男宠。〔73〕设黄龙府潮水忽至，何以御之：此句亦亵语，指女人到来。〔74〕宜断其钻刺之恨，兼塞其送迎之路：此两句意为坚决断绝同性之恋。

点评

  黄九郎是何子萧的同性恋伙伴。何子萧是挂着"名士"招牌的流氓，他对狐少年黄九郎见色起意，百般纠缠，受狐蛊而死后，魂附到本来正直的翰林身上，继续痴迷同性恋。正直的翰林与巡抚结怨甚深，巡抚百计迫害，翰林水深火热，一旦翰林将黄九郎割爱相送，立释前嫌。而黄九郎靠了做男宠，过起王侯一样的日子。何子萧鲜廉寡耻，荒淫无度，巡抚倚势渔色，无耻之尤，真是丑中更有丑中高手。做篇名的"黄九郎"不过是串起两个丑恶人物的引线。作者对同性恋形态的描写客观、细致，何子萧如何在同性之中猎艳，绘声绘色，巡抚受黄九郎声色之诱，鬼迷心窍，入骨三分。"异史氏曰"成为古代同性恋的"性典"，格调不高。

黄九郎

休说狐媒事来访何
生色胆太猖狂世间
尚有今挑舜盍使相
逢黄九郎

金陵女子

沂水居民赵某，以故自城中归，见女子白衣哭路侧，甚哀。睨之，美；悦之，凝注不去，女垂涕曰："夫夫也，路不行而顾我〔1〕！"赵曰："我以旷野无人，而子哭之恸，实怆于心。"女曰："夫死无路〔2〕，是以哀耳。"赵劝其复择良匹。曰："渺此一身〔3〕，其何能择？如得所托，媵之可也。"赵忻然自荐，女从之。赵以去家远，将觅代步。女曰："无庸。"乃先行，飘若仙奔。

至家，操井臼甚勤。积二年余，谓赵曰："感君恋恋，猥相从〔4〕，忽已三年，今宜且去。"赵曰："曩言无家，今焉往？"曰："彼时漫为是言耳，何得无家？身父货药金陵。倘欲再晤，可载药往，可助资斧。"赵经营，为贳舆马。女辞之，出门径去，追之不及，瞬息遂杳。①

居久之，颇涉怀想，因市药诣金陵。寄货旅邸，访诸衢市〔5〕，忽药肆一翁望见，曰："婿至矣。"延之入，女方浣裳庭中，见之不言，亦不笑，浣不辍。赵衔恨遽出，翁又曳之返，女不顾如初。翁命治具作饮，谋厚赠之。女止之曰："渠福薄，多将不任；宜少慰其苦辛，再检十数医方与之，便吃着不尽矣。"翁问所载药，女云："已售之矣，直在此〔6〕。"翁乃出方付金，送赵归。②

试其方，有奇验。沂水尚有能知其方者。以蒜臼接茅檐雨水，洗瘰疬〔7〕，其方之一也，良效。

① 王士禛评："女子大突兀。"

② 何垠评："有方无药不可，有药无方周济。方以配药，药以配方。有方无药，则必求药；有药无方，则须求方。"

校勘

底本：康熙本。参校：二十四卷本、异史、铸雪斋本、青柯亭本。

注释

〔1〕"夫夫也，路不行而顾我"：那个男人，不好好走你的路，看我做什么？两个"夫"，前一个是代词，"那个"，后一个是"男子"。〔2〕夫死无路：死了丈夫，无路可走。〔3〕渺此一身：茫茫人海中，孤身一人。〔4〕猥相从：姑且跟了你。〔5〕衢市：街道、市场。〔6〕直在此：卖的钱在这里。直，价钱。〔7〕瘊赘：瘊子。

点评

金陵女子和沂水男子的关系不像男女恋情的主角，倒像某种事业上的伙伴，互补有缺，互利互惠。沂水男子在金陵女子流落失所时给她一个安身立命的家，金陵女子恪尽妇责。他们有一时的举案齐眉，但不能白头偕老。金陵女子突兀而来，突兀而走。沂水男子为金陵女子送药，金陵女子给沂水男子送方，各得其所。女子到底是鬼，是仙，是狐？都没写，王士禛认为此女"大突兀"。其他点评家则认为此文写的是医药和方剂缺一不可。

画壁女子

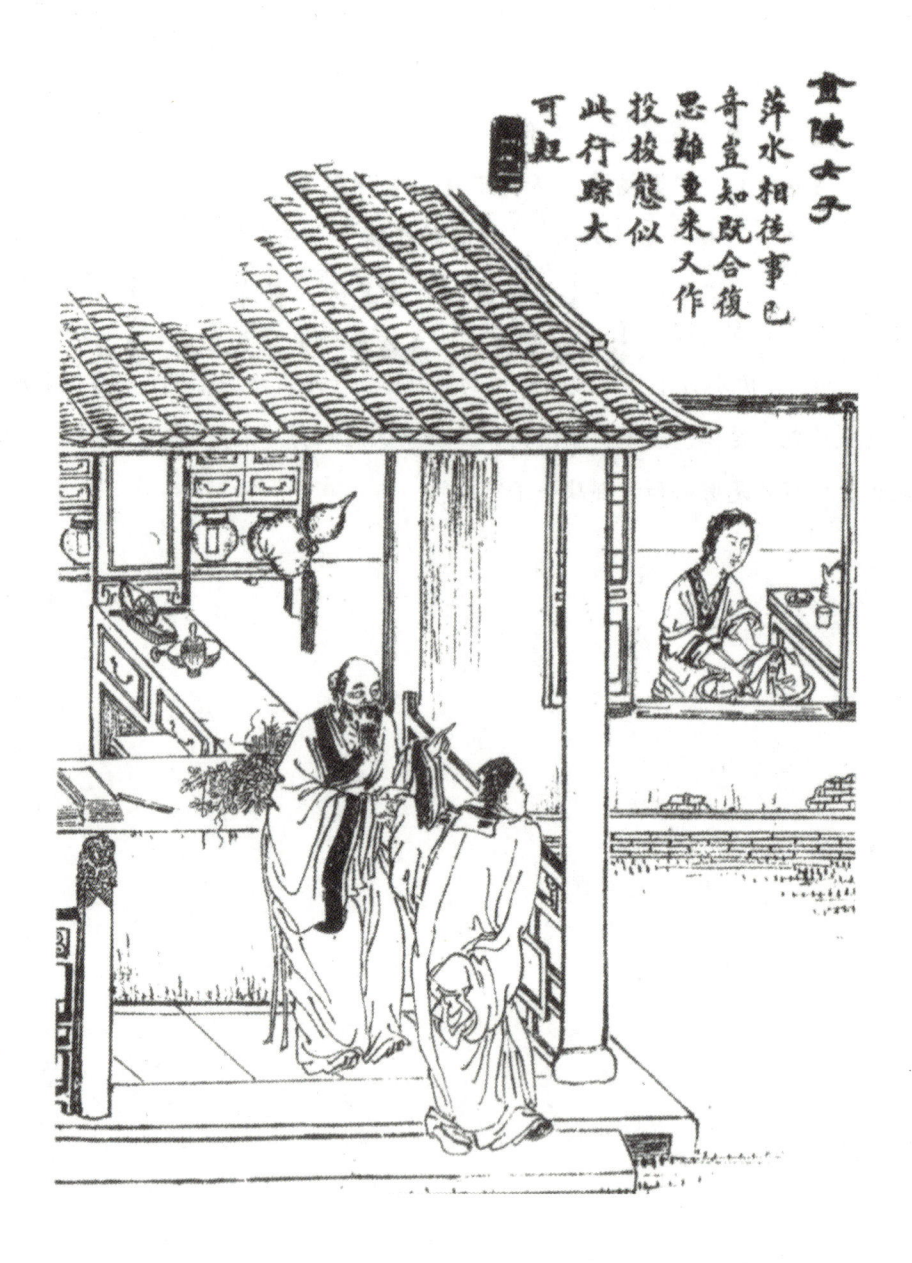

萍水相逢事已奇
岂知既合复
思离重来天作
投梭愁似
此行踪大
可起

汤公

汤公名聘[1]，辛丑进士[2]。抱病弥留，忽觉下部热气，渐升而上，至股则足死，至腹则股又死，至心，心之死最难。凡自童稚以及琐屑久忘之事，都随心血来，一一潮过。如一善，则心中清静宁帖；一恶，则懊恼烦燥[3]，似油沸鼎中，其难堪之状，口不能肖似之。犹忆七八岁时，曾探雀雏而毙之，只此一事，心头热血潮涌，食顷方过[4]。直待平生所为，一一潮尽，乃觉热气缕缕然，穿喉入脑，自顶颠出，腾上如炊，逾数十刻期，魂乃离窍，忘躯壳矣。①而渺渺无归，漂泊郊路间。一巨人来，高几盈寻[5]，掇拾之，纳诸袖中。入袖，则叠肩压股，其人甚夥，薅恼闷气[6]，殆不可过。公顿思惟佛能解厄，因宣佛号[7]，才三四声，飘堕袖外。巨人复纳之，三纳三堕，巨人乃去之。②

公独立彷徨，未知何往之善。忆佛在西土，乃遂西。无何，见路侧一僧趺坐，趋拜问途。僧曰："凡士子生死录，文昌及孔圣司之[8]，必两处销名，乃可他适。"公问其居，僧示以途，奔赴，无几，至圣庙，见宣圣南面坐[9]，拜祷如前。宣圣言："名籍之落，仍得帝君。"③因指以途，公又趋之。见一殿阁，如王者居，俯身入，果有神人，如世所传帝君姿状。伏祝之，帝君检名曰："汝心诚正，宜复有生理。但皮囊腐矣，非菩萨莫能为力。"因指示令急往，公从其教。

俄见茂林修竹，殿宇华好。入，见螺髻庄严[10]，金容满月[11]，瓶浸杨柳，翠碧垂烟。④公肃然稽首，拜述帝君言。菩萨难之，公哀祷不已，旁有尊者白言[12]："菩萨施大法力，撮土可以为肉，折柳可以为骨。"菩萨即如所请，手断柳枝，倾瓶中水，合净土为泥，拍附公体。使童子携送灵所，推而合之。棺中呻动，

① 临终情形，按照佛教的善恶观念描写。前辈作家写人死后到阴司做总清算，蒲松龄则加上人自己临终的"心灵总结算"。似乎是死而复生者的回忆。

② 人入幽冥，在《聊斋》有各种载体，经常是车，此文却用巨人纳袖中并拥挤难堪，念佛可解。宣传佛教理念。

③ 汤聘死而复生一事，清人陆次云有记载，其复生缘故是"孝思"，蒲松龄改为"心正"。读书人心正与否，全由文昌、孔子决定。这是文人化的改写。

④ 蒲松龄是观世音的忠诚崇拜者，观世音在其笔下有多种美丽、崇高形象。

霍然病已[13]，家人骇集，扶而出之。计气绝已断七矣[14]。⑤

⑤断七尚不埋葬，怪哉。

校勘

底本：康熙本。参校：二十四卷本、异史、铸雪斋本、青柯亭本。

注释

[1]汤公名聘：汤聘，江宁人，顺治十八年（1661）进士，曾任平山知县。据说他曾死而复生。光绪《平山县志》有传。[2]辛丑：即顺治十八年。[3]懊憹（náo）：懊恼烦闷。[4]食顷：吃一顿饭的时间。[5]寻：八尺为一寻。[6]薅（hāo）恼：烦恼。[7]宣佛号：高声念"阿弥陀佛"。[8]文昌及孔圣：文昌，即文曲星，文昌帝君，道教尊为主功名之神。孔圣，即孔子。[9]宣圣：孔子。汉平帝追谥孔子"褒成宣尼公"，后称"宣圣"。[10]螺髻：螺壳状的高髻。[11]金容满月：面容丰满而有光彩。[12]尊者：梵语"阿梨耶"，有德行和智慧的僧人。[13]霍然：迅速。[14]断七：七七四十九天。

点评

据传闻写死而复生，目的在于宣传佛法无边、善恶观念。死而复生的描写无任何人可核对，哪个是死过的？但其描述之真切似由亲身经历者所述。人死自足死，股死，到心死，也似乎可信，颇类现代医学描述的循环次序。至于人在临终前的忏悔意识，则是明显带有说教性的。死而复生者靠观音的柳枝和泥土，和《封神演义》描写相似。

楊公

田頭瑣事記當年
善惡分明在眼前
只吐性靈留一
點蒼龍那得
不毒憐

阎罗

莱芜秀才李中之[1]，性直谅不阿[2]。每数日辄死去，僵然如尸，三四日始醒。或问所见，则隐秘不泄。时邑有张生者，亦数日一死。语人曰："李中之，阎罗也，余至阴司亦其属曹[3]。"其门殿对联，俱能述之。或问："李昨赴阴司何事？"张曰："不能具述，惟提勘曹操[4]，笞二十。"

异史氏曰："阿瞒一案[5]，想更数十阎罗矣。畜道、剑山[6]，种种具在，宜得何罪，不劳挹取[7]；乃数千年不决，何也？岂以临刑之苦，快于速割[8]，故使之求死不得也？异已[9]！"

王阮亭云："中州有生而为河神者，曰黄大王。鬼神以生人为之，此理不可晓。"

校勘

底本：康熙本。参校：二十四卷本、异史、铸雪斋本、青柯亭本。

注释

[1]莱芜：山东县名，位于山东中部。[2]直谅不阿：正直无私，不循情。直谅，取自《论语》："益者三友，损者三友。友直，友谅，友多闻，益矣。"[3]属曹：部下。[4]提勘：提审。曹操：东汉人，是杰出的文学家、政治家，位至丞相，封魏王。其子曹丕称帝后，追尊他为魏武帝。因为《三国演义》的影响，曹操在人民心目中成为奸诈化身。[5]阿瞒：曹操小名阿瞒，蒲松龄称其小名，以示蔑视。[6]畜道、剑山：阴司惩罚，按生前的罪过罚做畜牲、上刀山。[7]不劳挹取：按照罪行轻重根据约定俗成的法帖给予惩罚，不需要过于费心思考虑。[8]快于速割：被执行死刑的人盼望死得快一点。[9]异已：表示惊奇的感叹语。

点评

因为《三国演义》的影响，曹操在人民心目中是坏人恶德的标志，蒲松龄也持这样的观点。常人代做阎罗也是蒲松龄喜欢采用的构思方式。蒲松龄用这一怪异模式表达对曹操的深恶痛绝：让他永远在地狱里遭受惩罚，永远不能超生。

閻羅

秀才未必盡迂儒
生作閻羅或不誣
試問阿瞞應懼記
浮當年毛老
即真無

连琐①

① 女主人公名字"连琐",有"玉声珂珂"之意,似美玉的敲击声,轻轻的,柔柔的。《聊斋》女鬼有比人间少女更俊美的外貌、更灵秀的心智,柔弱、美丽,向往爱情、向往人世。

② 明知是鬼,却仍然仰慕。柔曼的声音引起杨生对吟诗者形体联想,凄苦的诗句触动男子汉心灵柔软的角落。

③《连琐》写生命的忧伤,写女鬼敏锐的感情触觉,尖锐而莫名的痛苦,怅惘生命的痛苦,以及对美好生活遥遥无期的无望期待,感动着读者。这些弱不禁风、忧愁伤感、以泪洗面的女鬼,总会引起人间书生怜香惜玉的柔情,并为她们负弩前驱,帮她们脱离苦海。美丽、柔弱、惧冷、忧愁、爱诗,是《聊斋》女鬼俘获人间书生的"尚方宝剑"。蒲松龄之前的作家写女鬼,谁都没写到这份上。

　　杨于畏,移居泗水之滨〔1〕。斋临旷野,墙外多古墓,夜闻白杨萧萧〔2〕,声如涛涌。夜阑秉烛〔3〕,方复凄断〔4〕,忽墙外有人吟曰:"玄夜凄风却倒吹〔5〕,流萤惹草复沾帏〔6〕。"反复吟诵,其声哀楚。听之,细婉似女子,疑之。明日,视墙外,并无人迹,惟有紫带一条,遗荆棘中。拾归,置诸窗上。向夜二更许,又吟如昨。杨移机登望〔7〕,吟顿辍〔8〕。悟其为鬼,然心向慕之。

　　次夜,伏伺墙头。一更向尽,有女子珊珊自草中出〔9〕,手扶小树,低首哀吟。杨微嗽,女急入荒草而没。杨由是伺诸墙下,听其吟毕,乃隔壁而续之曰:"幽情苦绪何人见〔10〕?翠袖单寒月上时〔11〕。"②久之,寂然。杨乃入室,方坐,忽见丽者自外来,敛衽曰:"君子固风雅士,妾乃多所畏避。"杨喜,拉坐,瘦怯凝寒〔12〕,若不胜衣。问:"何居里,久寄此间?"答曰:"妾陇西人,随父流寓。十七暴疾殂谢,今二十余年矣。九泉荒野,孤寂如鹜〔13〕。所吟,乃妾自作以寄幽恨者,思久不属〔14〕,蒙君代续,欢生泉壤〔15〕。"杨欲与欢,蹙然曰:"夜台朽骨〔16〕,不比生人。如有幽欢,促人寿数。妾不忍祸君子也。"杨乃止。戏以手探胸,则鸡头之肉〔17〕,依然处子。又欲视其裙下双钩〔18〕,女俯首笑曰:"狂生太罗唣矣〔19〕!"杨把玩之,则见月色锦袜,约彩线一缕;更视其一,则紫带系之。问:"何不俱带?"曰:"昨宵畏君而避,不知遗落何所。"杨曰:"为卿易之。"遂即窗上取以授女。女惊问何来,因以实告,女乃去线束带。既翻案上书,忽见《连昌宫词》〔20〕,慨然曰:"妾生时最爱读此,今视之殆如梦寐。"与谈诗文,慧黠可爱③,剪烛西窗

〔21〕，如得良友。

自此，每夜但闻微吟，少顷即至，辄嘱曰："君秘勿宣。妾少胆怯，恐有恶客见侵〔22〕。"杨诺之。两人欢同鱼水〔23〕，虽不至乱，而闺阁之中，诚有甚于画眉者〔24〕。女每于灯下为杨写书，字态端媚④。又自选宫词百首，录诵之。使杨治棋枰〔25〕，购琵琶，每夜教杨手谈〔26〕。不则挑弄弦索，作"蕉窗零雨"之曲〔27〕，酸人胸臆；杨不忍卒听，则为"晓苑莺声"之调〔28〕，顿觉心怀畅适。挑灯作剧〔29〕，乐辄忘晓。视窗上有曙色，则张皇遁去。

一日，薛生造访，值杨昼寝。视其室，琵琶、棋局俱在，知非所善。又翻书得宫词，见字迹端好，益疑之。杨醒，薛问："戏具何来〔30〕？"答："欲学之。"又问诗卷，托以假诸友人。薛反复捡玩，见最后一叶细字一行云："某月日连琐书⑤。"笑曰："此是女郎小字，何相欺之甚？"杨大窘，不能置词。薛诘之益苦，杨不以告，薛执卷挟之，杨益窘，遂告之。薛求一见，杨因述所嘱。薛仰慕殷切，杨不得已，诺之。夜分，女至，为致意焉，女怒曰："所言伊何〔31〕？乃已喋喋向人〔32〕！"杨以实情自白。女曰："与君缘尽矣！"杨百词慰解，终不欢，起而别去，曰："妾暂避之。"明日，薛来，杨代致其不可。薛疑支托，暮与窗友二人来〔33〕，淹留不去〔34〕，故挠之〔35〕，恒终夜哗，大为杨生白眼〔36〕，而无如何。众见数夜杳然，浸有去志〔37〕，喧嚣渐息。忽闻吟声，共听之，悽婉欲绝。薛方倾耳神注，内一武生王某，掇巨石投去，大呼曰："作态不见客，甚得好句，呜呜恻恻〔38〕，使人闷损〔39〕！"吟顿止。众甚怨之。杨恚愤见于词色〔40〕。次日，始共引去。

杨独宿空斋，冀女复来，而殊无影迹⑥。逾二日，女忽至，泣曰："君致恶宾，几吓煞妾！"杨谢过不遑。女遽出曰："妾固谓缘分尽也，从此别矣！"挽之已渺。由是月余，更不复至。杨思之，形销骨立，莫可追挽。

---

④蒲松龄之前的作家写女鬼祟人，摄取人间男子精气获复生，世间男子因此丧命。连琐跟传统祟人的女鬼不同，公开拒绝祟人，以"文友""腻友"身份跟杨生交往。出现寻常小说不曾出现的场面：一对青年男女相处、相知、相爱。杨生既像得到贤惠妻子，更像得到志同道合好友。两个情窦初开的年轻人，一起读诗、写字、下棋、弹琴。连琐善解人意、多才多艺、聪慧妩媚，令杨生精神愉悦。古代小说如此妙趣横生写红颜知己、闺房之乐，又不写性爱，真是少见。

⑤女主角名字巧妙带出。

⑥恋爱中的青年男女常会"分手"。人鬼恋竟也出现有趣的"分手"！连琐跟杨生分手，要的是二人自由的天地，是杨生朋友对自己的尊重。连琐虽是"夜台枯骨"，但其自尊、自重、自爱，一点儿不比人间少女差。这正是女鬼连琐在读者中特别有人缘的缘故。

⑦人借助梦境进入鬼的世界，跟鬼打交道，是六朝作家常用手法。数人同梦，则是唐传奇构思模式。蒲松龄采取拿来主义，为我所用。

⑧短篇小说应该故事尽量简练，小说家如果在短篇小说中突然加进某个人物，总会有其出现的必要性、必然性。王生就是如此。倘若这个爱情故事没有似乎多余的王生，连琐的故事就很难往下发展，也没这么好看、这么有味。

⑨连琐与杨生分手原因是因为朋友，导致两人最后结合的还是朋友，构思绵密。

⑩喜欢吟诗的文弱女子竟然有宝刀！原来是父亲给女儿的陪葬品。宝刀赠王生，得其所哉。小说中出现一把刀，也用得如此"双效益"，既推动情节，又描写人物，还合情合理摆平人物关系，文学巨匠太高明了。

一夕，方独酌，忽女子搴帏入。杨喜极，曰："卿见宥耶？"女涕垂膺，默不一言。亟问之，欲言复忍，曰："负气去，又急而求人，难免愧怍〔41〕。"杨再三研诘，乃曰："不知何处来一龌龊隶〔42〕，逼充媵妾。顾念清白裔，岂屈身舆台之鬼〔43〕？然一线弱质，乌能抗拒？君如齿妾在琴瑟之数〔44〕，必不听自为生活〔45〕。"杨大怒，愤将致死，但虑人鬼殊途，不能为力。女曰："来夜早眠，妾邀君梦中耳。"于是复共倾谈，坐以达曙。

女临去，嘱勿昼眠，留待夜约。杨诺之。因于午后薄饮〔46〕，乘醺登榻，蒙衣偃卧。忽见女来⑦，授以佩刀，引手去。至一院宇，方阖门语，闻有人挞石挝门〔47〕。女惊曰："仇人至矣！"杨启户骤出，见一人赤帽青衣〔48〕，猬毛绕喙〔49〕。怒咄之。隶横目相仇〔50〕，言词凶谩。杨大怒，奔之。隶捉石以投，骤如急雨，中杨腕，不能握刀。方危急所，遥见一人，腰矢野射〔51〕。审视之，王生也⑧，大号乞救。王生张弓急至，射之，中股；再射之，殪〔52〕。杨喜，感谢。王问故，具告之。王自喜前罪可赎，遂与共入女室。女战惕羞缩，遥立不作一语。案上有小刀，长仅尺余，而装以金玉，出诸匣，光芒鉴影。王叹赞不释手⑨。与杨略话，见女惭惧可怜，乃出，分手去。

杨亦自归，越墙而仆，于是惊寤，听村鸡已乱唱矣。觉腕中痛甚，晓而视之，则皮肉赤肿。亭午，王生来，便言夜梦之奇。杨曰："未梦射否？"王怪其先知。杨出手示之，且告以故。王忆梦中颜色，恨不真见；自幸有功于女，复请先容。夜间，女来称谢。杨归功王生，遂达诚恳。女曰："将伯之助〔53〕，义不敢忘。然彼赳赳，妾实畏之。"既而曰："彼爱妾佩刀，刀实妾父出使粤中〔54〕，百金购之。妾爱而有之⑩，缠以金丝，瓣以明珠。大人怜妾夭亡，用以殉葬。今愿割爱相赠，见刀如见妾也。"次日，杨致此意，王大悦。至夜，女果携刀来，曰："嘱伊珍重，此非中华物也〔55〕。"

由是往来如初。

积数月，忽于灯下笑而向杨，似有所语，面红而止者三。生抱问之。答曰："久蒙眷爱，妾受生人气，日食烟火〔56〕，白骨顿有生意，但须生人精血，可以复活。"杨笑曰："卿自不肯，岂我故惜之？"女曰："交接后，君必有二十余日大病，然药之可愈。"遂与为欢。既而着衣起，又曰："尚须生血一点，能拚痛以相爱乎？"杨取利刃，刺臂出血；女卧榻上，使滴脐中⑪。乃起曰："妾不来矣。君记取百日之期，视妾坟前有青鸟鸣于树头〔57〕，即速发冢。"杨谨受教。出门又嘱曰："慎记勿忘，迟速皆不可。"乃去。

越十余日，杨果病，腹胀欲死。医师投药，下恶物如泥，浃辰而愈〔58〕。计至百日，使家人荷锸以待〔59〕。日既西，果见青鸟双鸣。杨喜曰："可矣！"乃斩荆发圹〔60〕，见棺木已朽，而女貌如生。摩之，微温，蒙衣舁归，置暖处，气咻咻然，细于属丝。渐进汤酏〔61〕，半夜而苏。每谓杨曰："二十余年如一梦耳。"⑫

⑪ 根本不可能复活的女鬼竟然复活，而且被天才作家写得煞有介事、令人信服。"血滴脐中"，颇像现代白血病患者接受骨髓移植；百日等待，颇像等待特效药发挥作用后的排异过程。

⑫ 是连琐做梦吗？不。是古今中外亿万读者身不由己被穷秀才蒲松龄牵着鼻子走，听从他艺术魔杖指挥，做爱情可以起死回生的白日梦。
王士禛点评："结尽而不尽，甚妙。"

校勘

底本：康熙本。参校：二十四卷本、异史、铸雪斋本、青柯亭本。

注释

〔1〕泗水：泗河，位于山东省泗水县。〔2〕萧萧：风吹草木声。〔3〕夜阑：夜深。〔4〕凄断：凄凉之极。〔5〕玄夜凄风却倒吹：黑夜阴冷的风吹呀、吹呀，翻来覆去吹。玄夜，黑夜。倒吹，翻来覆去吹。〔6〕流萤惹草复沾帏：飞动的萤火虫沾到草棵上，落到衣裙上。流萤，飞动的萤火虫儿。惹草，沾惹着草棵。复沾帏，飞到衣裙上。〔7〕杌（wù）：凳子。〔8〕辍：停止。〔9〕珊珊：衣裙玉佩声，即佩戴玉器的女性走动发出的响声，借指女子优雅步态、柔弱慢行。〔10〕幽情苦绪何人见：你隐秘的悲苦情绪哪个看得见？幽情苦绪，隐秘

的感情与悲苦的情绪。〔11〕翠袖单寒月上时：只有刚刚升起的月亮照着绿裙飘飘的少女。翠袖单寒，青绿色单薄的衣袖。〔12〕瘦怯凝寒：身材瘦削，举止胆怯，身上凝聚一股寒气。〔13〕孤寂如鹜：孤独寂寞像离群的野鸭。〔14〕思久不属（zhǔ）：怎么也想不起来后边的诗句。〔15〕欢生泉壤：九泉之下感到高兴。〔16〕夜台：坟墓，也可指阴间。〔17〕鸡头之肉：喻女子乳头。鸡头，芡实别名。据《开元天宝遗事》，杨贵妃浴后梳妆，露一乳，唐玄宗"指妃乳曰：'软温新剥鸡头肉。'"〔18〕双钩：妇女所缠小脚。〔19〕罗唣：纠缠，骚扰。〔20〕《连昌宫词》：唐代诗人元稹写的长篇叙事诗，通过连昌宫里老人叙述，描写唐玄宗与杨贵妃在连昌宫通宵取乐及安史之乱后连昌宫荒败情况。连昌宫，唐代宫殿，位于今河南宜阳。〔21〕剪烛西窗：剪烛花于西窗之下，夫妇或朋友亲密挑灯夜话。唐李商隐《夜雨寄北》："何当共剪西窗烛，却话巴山夜雨时。"〔22〕恶客：粗鲁的客人。〔23〕欢同鱼水：鱼水相得，喻夫妇和美。〔24〕甚于画眉：感情比丈夫为妻子画眉更进一步。《汉书·张敞传》：张敞宣帝时为京兆尹，喜欢为妇画眉，被告到皇帝跟前。帝召问，张对曰："臣闻闺房之内，夫妇之私，有过于画眉者。"〔25〕棋枰（píng）：棋盘。〔26〕手谈：下围棋。〔27〕蕉窗零雨：以冷雨敲窗为意境的乐曲。〔28〕晓苑莺声：以清晨园林中黄莺啼鸣为意境的乐曲。〔29〕作剧：开玩笑，做游戏。〔30〕戏具：游戏用具。〔31〕所言伊何：我是怎么对你说的？〔32〕喋喋：多嘴多舌。〔33〕窗友：同学，同窗。〔34〕淹留不去：故意羁留不走。〔35〕故挠之：故意扰乱。〔36〕白眼：用白眼球看人表示不满。〔37〕浸有去志：渐渐有离开的意思。浸，渐渐。〔38〕呜呜恻恻：语调低沉悲凉。〔39〕闷损：烦闷之极。〔40〕恚（huì）愤见于词色：愤怒情绪通过语言表达出来。恚愤，愤怒，恼怒。〔41〕愧恧（nù）：惭愧，惴惴不安。〔42〕龌龊（wò chuò）隶：下贱的衙役。〔43〕舆台之鬼：舆和台，是古代两个低微的等级。《左传·昭公七年》："故王臣公，公臣大夫，大夫臣士，士臣皂，皂臣舆，舆臣隶，隶臣僚，僚臣仆，仆臣台。"〔44〕琴瑟之数：有妻子身份的人。〔45〕自为生活：自己苦苦挣扎。〔46〕薄饮：少量饮酒。〔47〕搦（nuò）石挝（zhuā）门：拿起石头砸门。〔48〕赤帽青衣：红帽子青衣衫，为官府衙役的服装。〔49〕猬毛绕喙：嘴边长满刺猬毛一样的胡须。〔50〕横目相仇：怒目相视。〔51〕腰矢野射：腰挂弓箭在野外打猎。〔52〕殪（yì）：死。〔53〕将（qiāng）伯之助：请他人救助自己。将，请。伯，对男士的尊称。《诗经·小雅·正月》："将伯助予。"〔54〕粤中：今广东、广西一带。〔55〕非中华物：当为进口的宝刀。〔56〕烟火：指熟食。〔57〕青鸟：神话传说中为西王母传信的信使。〔58〕浃辰：十二天。古代以干支纪日，自"子"至"亥"一周十二天为"浃辰"。〔59〕荷锸（chā）以待：拿着铁锹等待。〔60〕斩荆发圹：披荆斩棘，掘开坟墓。〔61〕汤酏（yǐ）：稀粥。

点评

  《聊斋志异》创造了许多生动精彩的女鬼群像。忧愁和伤感是《聊斋》女鬼常见的感情模式，也最能吸引读者眼球。连琐是《聊斋》著名女鬼之一。她美丽绝伦，优美文雅，有诗人气质。杨生遭遇女鬼连琐，无丝毫恐怖气氛，倒像以诗会友。连琐与杨生建立起欢乐的、没有性爱有情爱的二人世界。杨生的朋友偏偏要加入进来，一个无意中棒打鸳鸯的莽撞汉，却最终与杨生进入同一个梦境，对危难中的连琐拔刀相助，把横行不法的恶鬼杀了。连琐也在杨生的爱情呵护下复活。《聊斋志异》称赏爱情"起死人而肉白骨"的力量。本篇将一个人鬼相恋的故事写得曲折起伏、妙趣横生。

莱州垂杨农气昏
吟怀悲楚
月无唐十年一觉
泉壹参同
必真尔始返魂

单道士

韩公子，邑世家。有单道士工作剧[1]，公子爱其术，以为座上客。单每与人行坐，辄忽不见。公子欲传其法，单不肯。公子固恳之，单曰："我非吝吾术，恐坏吾道也。所传而君子则可，不然，有借此以行窃者矣。公子固无虑此，然或出见美丽而悦，隐身入人闺闼，是济恶而宣淫也[2]。不敢从命。"①

公子不能强，而心怒之，阴与仆辈谋挞辱之。恐其遁匿，因以细灰布麦场上，思左道能隐形，而履处必有印迹，可随印处急击之。于是诱单往，使人执牛鞭立挞之。单忽不见，灰上果有履迹，左右乱击，顷刻已迷。②

公子归，单亦至。谓诸仆曰："吾不可复居矣！向劳服役，今且别，当有以报。"袖中出旨酒一盛，又探得肴一簋[3]。并陈几上；陈已复探，凡十余探，案上已满。遂邀众饮，俱醉，一一仍内袖中。③

韩闻其异，使复作剧。单于壁上画一城，以手推挞，城门顿辟。因将囊衣箧物，悉掷门内，乃拱别曰："我去矣！"跃身入城，城门遂合，道士顿杳。④

后闻在青州市上，教儿童画墨圈于掌，逢人戏抛之，随所抛处，或面或衣，圈辄脱去，落印其上。又闻其善房中术，能令下部吸烧酒，尽一器。公子尝面试之。

① 洁身自好。

② 公子甚聪明，但聪明用得不是地方。

③ 道士向仆人演示更大的本事，旨在向公子炫耀，却就是不肯教他。

④ 道士飘然而去，居然对伤害自己的韩公子未做报复，可能出于"鬼怕恶人"考虑。

● 校勘

底本：康熙本。参校：二十四卷本、异史、铸雪斋本、青柯亭本。

● 注释

[1]工作剧：擅长魔术。[2]济恶而宣淫：助长罪恶和淫乱。[3]簋（guǐ）：有双耳的盛器。

367

点评

　　这位世家子弟的韩生有可能跟此前《道士》里边的韩生是一个人。王士禛《渔洋文集》有《贞烈韩孺人传》写道："韩为淄川著姓,自嘉靖以来,冠盖相望。"韩公子想学道士幻术受到拒绝,就设法伤害之。道士惹不起,躲得起,敬鬼神而远之,韩生未得恶报,可能因韩氏是淄川大族,蒲松龄不好写得太过。

單衒士

妙術不傳紈絝子神
仙游戲本無求城門
頓開人蹤查去到青
州市上游

白于玉

①吴筠，字青庵，开头持入世思想，向往功名、美人。但其字已经暗寓出世之想。

吴青庵筠，少知名。葛太史见其文，每嘉叹之，托相善者邀至其家，领其言论风采〔1〕。曰："焉有才如吴生，而长贫贱者乎？"因俾邻好致之曰〔2〕："使青庵奋志云霄〔3〕，当以息女奉巾栉。"时太史有女绝美，共知之，生闻大喜，确自信。既而秋闱被黜〔4〕，使人谓太史："富贵所固有，不可知者迟早耳，请待我三年，不成而后嫁。"于是刻志益苦〔5〕。①

一夜，月明之下，有秀才造谒，白皙短须，细腰长爪。诘所来，自言："白氏，字于玉。"略与倾谈，豁人心胸〔6〕。悦之，留同止宿。迟明欲去〔7〕，生嘱便道频过。白感其情殷，愿即假馆〔8〕，约期而别。至日，先一苍头送炊具来〔9〕，少间白至，乘骏马如龙。生另舍舍之。白命奴牵马去。遂共晨夕〔10〕，忻然相得。

生视所读书，并非常所见闻。亦绝无时艺，讶而问之，白笑曰："士各有志，仆非功名中人也。"夜每招生饮，出一卷授生，皆吐纳之术，多所不解，因以迂缓置之〔11〕。他日谓生曰："曩所授，乃《黄庭》之要道〔12〕，仙人之梯航〔13〕。"生笑曰："仆所急不在此，且求仙者必断绝情缘，使万念俱寂〔14〕，仆病未能也。"白问："何故？"生以宗嗣为虑，白曰："胡久不娶？"笑曰："'寡人有疾，寡人好色〔15〕。'"白亦笑曰："'王请无好小色〔16〕。'所好何如？"生具以情告，白疑未必真美，生曰："此遐迩所共闻，非小生之目贱也〔17〕。"白微哂而罢。②

②白于玉笑吴见之不广，暗伏下文诸仙女。

次日，忽促装言别，生凄然与语，刺刺不能休〔18〕。白乃命童子先负装行，两相依恋。俄见一青蝉鸣落案间，白辞曰："舆已驾矣，请自此别。如相忆，拂我榻而卧之。"方欲再问，转瞬间白小如指，翩然跨蝉背上，③嘲哳而飞〔19〕，杳入云中。生乃知其非常人，错愕良久，怅怅自失。

逾数日，细雨忽集，思白綦切。视所卧榻，鼠迹碎琐，慨然扫除，设席即寝。无何，见白家僮来相招，忻然从之。俄有桐凤翔集〔20〕，僮捉谓生曰："黑径难行，可乘此代步。"生虑细小不能胜任，僮曰："试乘之。"生如所请，宽然殊有余地，僮亦附其尾上。戛然一声，凌升空际。未几，见一朱门，僮先下，扶生亦下。问："此何所？"曰："此天门也。"门边有巨虎蹲伏，生骇俱，僮以身障之。见处处风景，与世殊异。僮导入广寒宫，内以水晶为阶，行人如在镜中。桂树两章〔21〕，参空合抱。花气随风，香无断际。亭宇皆红窗，时有美人出入，冶容秀骨〔22〕，旷世并无其俦。④僮言："王母宫佳丽尤胜。"然恐主人伺久，不暇留连，导与趋出。移时，见白生已候于门，握手入，见檐外清水白沙，涓涓流溢，玉砌雕阑，殆疑桂阙〔23〕。甫坐，即有二八妖鬟〔24〕，来荐香茗。少间命酌，有四丽人，敛衽鸣珰〔25〕，给事左右〔26〕。才觉背上微痒，丽人即纤指长甲，探衣代搔。生觉心神摇曳，罔所安顿。既而微醺，渐不自持，笑顾丽人，兜搭与语〔27〕，美人辄笑避。白令度曲侑觞〔28〕，一衣绛绡者引爵向客〔29〕，便即筵前，宛转清歌。诸丽者笙管敖曹〔30〕，呜呜杂和，既阕〔31〕，一衣翠裳者亦酌亦歌。尚有一紫衣人，与一淡白软绡者，吃吃笑暗中，互让不肯前。白令一酌一唱，紫衣人便来把盏，生托接杯，戏挠纤腕。女笑失手，酒杯倾堕。白谯呵之〔32〕，女拾杯含笑，俯首细语云："'冷如鬼手馨，强来捉人臂〔33〕。'"⑤白大笑，罚令自歌且舞。舞已，衣淡白者又飞一觥，生辞不能釂，女捧酒有愧色，乃强饮之。细视四女，风致翩翩，无一非绝世者。遽谓主人曰："人间尤物〔34〕，仆求一而难之，君集群芳，能令我真个销魂否〔35〕？"白笑曰："足下意中自有佳人，此何足当巨眼之顾〔36〕？"生曰：

③此道家招鹤术。

④仙境之美无与伦比。前人《洞冥记》《神仙记》《十洲记》写神仙，从无人写到《聊斋》这样如诗如画的仙境。世间没有的美人开始出现。

⑤四仙女描写美妙之极。有四人合写，有个人单写，有二人同写，有静态，有动态，含笑娇羞之状，活灵活现，待人接物之态，千娇百媚，千姿百态，妍丽妩媚，眼花缭乱，应接不暇。紫衣仙女尤为佳妙，美丽活泼，善解人意，似有清新兰花气息。

⑥ 吴被点化矣。

⑦ 天宫亦有此人间俗态？与尘世何异？

⑧ 仙凡衔接。构思妙。

⑨ 仙女居然代人间俗人生子！这是蒲松龄根深蒂固的观念：子嗣第一。

⑩ 有此既贤且美的妻子，寻仙何为？

"吾今乃知所见之不广也。"⑥白乃尽招诸女，俾自择，生颠倒不能自决。白以紫衣人有把臂之好，遂使襥被奉客。既而衾枕之爱，极尽绸缪。生索赠，女脱金腕钏付之。

忽僮人曰："仙凡路殊，君宜即去。"女急起，遁去。生问主人，僮曰："早诣待漏〔37〕⑦，去时嘱送客耳。"生怅然从之，复寻旧途。将及门，回视童子，不知何时已去。虎哮骤起，生惊窜而去，望之无底，而足已奔堕。⑧

一惊而寤，则朝暾已红〔38〕。方将振衣，有物腻然坠襆间〔39〕，视之，钏也。心益异之。由是前念灰冷，每欲寻赤松游〔40〕，而尚以胤续为忧〔41〕。

过十余月，昼寝方酣，梦紫衣姬自外至，怀中绷婴儿，曰："此君骨肉。天上难留此物，敬持送君。"乃寝诸床，牵生衣覆之。匆匆欲去。生强与为欢。乃曰："前一度为合卺，今一度为永诀，百年夫妇尽于此矣。君倘有志，或有见期。"生醒，见婴儿卧襆褥间，绷以告母。母喜，佣媪哺之，取名梦仙。⑨

生于是使人告太史，自己将隐，令别择良匹，太史不肯，生固以为辞。太史告女，女曰："远近无不知儿身许吴郎矣。今改之，是二天也〔42〕。"因以此意告生。生曰："我不但无志于功名，兼绝情于燕好。所以不即入山者，徒以有老母在。"太史又以商女，女曰："吴郎贫，我甘其藜藿；吴郎去，我事其姑嫜，定不他适！"⑩使人三四返，迄无成谋〔43〕，遂诹日备车马妆奁嫔于生家〔44〕。生感其贤，敬爱臻至。女事姑孝，曲意承顺，过贫家女。逾二年，母亡，女质奁作具〔45〕，罔不尽礼。生曰："得卿如此，吾何忧！顾念一人得道，拔宅飞升〔46〕。余将远逝，一切付之于卿。"女坦然，殊不挽留，生遂去。

女外理生计，内训孤儿，井井有法。梦仙渐长，聪慧绝伦。十四岁，以神童领乡荐〔47〕，十五入翰林。每褒封〔48〕，不知母姓氏，封葛母一人而已。值霜露之辰〔49〕，辄问父所，母具告之，遂欲弃官往寻。母曰："汝父出家，今已十有余年，想已仙去，何处可寻？"

后奉旨祭南岳〔50〕。中途遇寇。窘急中，一道人仗剑入，寇尽披靡，围始解⑪。德之，馈以金，不受。出书一函，付嘱曰："余有故人，与大人同里，烦一致寒暄。"问："何姓名？"答曰："王林。"因忆村中无此名，道士曰："草野微贱，贵官自不识耳。"临行，出一金钏：曰："此闺阁物，道人拾此，无所可用，即以奉报。"视之，嵌镂精绝。怀归以授夫人，夫人爱之，命良工依式配造，终不及其精巧。遍问村中，并无王林其人者。私发其函，上云："三年鸾凤，分拆各天〔51〕；葬母教子，专赖卿贤〔52〕。无以报德，奉药一丸；剖而食之，可以成仙。"后书"琳娘夫人妆次〔53〕"。读毕，不解何人，持以告母。母执书以泣。曰："此汝父家报也。琳，我小字。"始恍然悟"王林"为拆白谜也〔54〕，悔恨不已。又以钏示母，母曰："此汝母遗物。而翁在家时，尝以相示。"又视丸，如豆大，喜曰："我父仙人，啖此必能长生。"母不遽吞，受而藏之。会葛太史来视甥，女诵吴生书，便进丹药为寿。太史剖而分食之，顷刻精神焕发。太史时年七旬，龙钟颇甚〔55〕，忽觉筋力溢于肤革，遂弃舆而步，其行健速，家人夺息始能及焉。

逾年，都城有回禄之灾〔56〕，火终日不熄，夜不敢寐，毕集庭中，见火势拉杂，浸及邻舍〔57〕，一家徊徨，不知所计。忽夫人臂上金钏，戛然有声，脱臂飞去。望之，大可数亩。团覆宅上，形如月阑〔58〕，钏口降东南隅〔59〕，历历可见。众大愕。俄顷，火自西来，近阑则斜越而东。追火势既远，窃意钏亡不可复得，忽见红光乍敛，钏铮然堕足下。都中延烧民舍数万间，左右前后，并为灰烬，独吴第无恙。惟东南一小阁化为乌有，即钏口漏覆处也。葛母年五十余，或见之，犹似二十许人。

⑪ 世人只道神仙好，唯有儿孙忘不了。

校勘

底本：康熙本。参校：二十四卷本、异史、铸雪斋本、青柯亭本。

注释

〔1〕领：观察，领略。〔2〕致之：传达自己的意思。〔3〕奋志云霄：奋发科举取得功名。〔4〕秋闱被黜：乡试落榜。〔5〕刻志益苦：更加刻苦、磨砺志气。〔6〕豁人心胸：豁然开朗。〔7〕迟明：黎明。〔8〕假馆：借住。〔9〕苍头：汉代把奴仆称为"苍头"，后延续下来。〔10〕共晨夕：一起读书。〔11〕迂缓置之：认为是迂腐的、不能马上对现实起作用的东西，把它放一边。〔12〕《黄庭》之要道：道家修炼养生的重要原理。《黄庭》，即道教经典《黄庭经》。〔13〕仙人之梯航：成仙的梯子和渡船，喻成仙的必经之路。〔14〕万念俱寂：一切世俗的杂念全部消失。〔15〕寡人有疾，寡人好色：语出《孟子·梁惠王下》，是梁惠王对孟子所说的话。〔16〕王请无好小色：孟子回答梁惠王的话。〔17〕目贱：目光浅陋。〔18〕刺刺不能休：话语繁多，不能停止。〔19〕嘲哳：蝉鸣声。〔20〕桐凤翔集：桐花凤飞来。桐凤即桐花凤，是一种非常美丽的小鸟。据唐李德裕《桐花凤扇赋序》："成都夹岷江，矶岸多植紫桐。每至暮春，有灵禽五色，小于玄鸟，来集桐花，以饮朝露。及华落则烟飞雨散，不知其所往。"〔21〕两章：两棵。〔22〕冶容秀骨：美丽的面容，超凡的气质。〔23〕桂阙：月宫。〔24〕二八妖鬟：十五六岁的艳丽丫鬟。〔25〕敛袿鸣珰：整理衣襟行礼时身上的佩玉互相碰撞发出响声。〔26〕给事：侍奉。〔27〕兜搭：设法与对方接近。〔28〕度曲侑觞：唱歌劝酒。〔29〕引爵：斟酒。〔30〕笙管敖曹：乐器发出嘈杂的响声。〔31〕既阕：唱完一支曲。〔32〕谯诃：大声呵斥。〔33〕"冷如鬼手馨，强来捉人臂"：手凉得像鬼的手，硬要来抓人的臂膀。语出《世说新语》。馨，语助词，相当于"然"。〔34〕尤物：美女。〔35〕真个销魂：指男女交合。〔36〕巨眼：眼力好，眼光高。〔37〕待漏：早上臣子在朝堂等候上朝。〔38〕朝暾（tūn）巳红：太阳已经露出红色的光芒。〔39〕腻然：软绵绵、光滑润泽。〔40〕寻赤松游：即寻仙。赤松子，传说中的仙人。〔41〕胤续：后代香火。〔42〕二天：嫁两个丈夫，古代妇女以丈夫为天。〔43〕迄无成谋：并没有达成协议。〔44〕诹（zōu）日：商量选择黄道吉日。诹，商量。〔45〕质奁作具：把嫁妆卖了买棺材。〔46〕一人得道，拔宅飞升：传说东晋道士许逊得道后，全家四十二口，连同住宅和鸡犬一起升天。〔47〕以神童领乡荐：以儿童的身份参加乡试中举人。〔48〕褒封：皇帝的封赏。〔49〕霜露之辰：父母先人生日祭祖

的日子。〔50〕南岳：湖南衡山。〔51〕分拆各天：分别后天各一方。〔52〕专赖卿贤：完全靠您的贤惠。〔53〕妆次：书信中对女性的尊称。〔54〕拆白谜：拆白道字，文字游戏。通过分析字形和字的组成部分来推测其意思，如"王林"合起来就是葛女的闺名"琳"。〔55〕龙钟：衰老状。〔56〕回禄之灾：火灾。回禄，传说中的火神。〔57〕浸（jìn）：逐渐。〔58〕月阑：月亮周围的光环。〔59〕钏口降东南隅：金钏的钏口对应在东南方向。

点评

功名美人是入世，寻仙访道是出世。吴青庵被白于玉点化，游历仙境，同仙女销魂，尘世之想尽除，成为修道中人。而当吴生仙游时，葛女留在家中，替吴完成人生一切"世俗"任务：孝敬老人，抚养儿子。吴生的仙游是以葛女的辛苦为代价，最终葛女也得到报答，这样的仙境是蒲松龄希望摆脱人生痛苦的伊甸园。

白于玉　偶然假馆涴红尘，跨青虬返玉宸。预为居停谋嗣续，尊前留得紫衣人。

夜叉国

　　交州徐姓〔1〕，泛海为贾，忽被大风吹去。开眼至一处，深山苍莽。冀有居人，遂缆船而登，负糗腊焉〔2〕。方入，见两崖皆洞口，密如蜂房，内隐有人声。至洞外，伫足一窥，中有夜叉二〔3〕，牙森列戟〔4〕，目闪双灯，爪劈生鹿而食，惊丧魂魄，急欲奔下，则夜叉已顾见之，辍食执入。二物相语，类鸟兽鸣，争裂徐衣，似欲啖噉。徐大惧，取橐中糗糒〔5〕，并牛脯进之。分啖，甚美。复翻徐橐，徐摇手以示其无，夜叉怒，又执之。徐哀之曰："释我。我舟中有釜甑可烹饪〔6〕。"夜叉不解其语，仍怒。徐再与手语，夜叉似微解。从至舟，取具入洞，束薪燃火，煮其残鹿，熟而献之。二物啖之，喜。①夜以巨石杜门，似恐徐遁，徐曲体遥卧，深惧不免。天明，二物出，又杜之。少顷，携一鹿来付徐，徐剥革，于洞深处取流水，汲煮数釜。俄有数夜叉至，群集吞啖讫，共指釜，似嫌其小。过三四日，一夜叉负一大釜来，似人所常用者。于是群夜叉各致狼麏〔7〕。既熟，呼徐同啖。居数日，夜叉渐与徐熟，出亦不施禁锢，聚处如家人。

　　徐渐能察声知意，辄效其音，为夜叉语。夜叉益悦，携一雌来妻徐。徐初畏惧，莫敢伸，雌自开其股就徐，徐乃与交，雌大欢喜。每留肉饵徐，若琴瑟之好。

　　一日诸物早起，项下各挂明珠一串，更番出门，若伺贵客。命徐多煮肉，徐以问雌，雌云："此天寿节〔8〕。"雌出，谓众夜叉曰："徐郎无骨突子〔9〕。"众各摘其五，并付雌。雌又自解十枚，共得五十之数，以野苎为绳〔10〕，穿挂徐项。徐视之，一珠可直百十金。俄顷俱出。徐煮肉毕，雌来邀去，云："接天王。"至一大洞，广阔盈亩，中有石滑平如几，四圈俱有石座，上一座蒙以豹革，余皆以鹿。夜叉二三十辈，列坐满中。

①洪迈《夷坚志》有"猩猩八郎"，写商人到荒岛与遍体生毛的猩猩结合生一子，其子后逃回。此篇对此有所借鉴。

少顷，大风扬尘，张皇都出。见一巨物来，亦类夜叉状，竟奔入洞，踞坐鹗顾〔11〕。群随入，东西列立，悉仰其首，以双臂作十字交。大夜叉按头点视。问："卧眉山众〔12〕，尽于此乎？"群哄应之。顾徐曰："此何来？"雌以"婿"对，众又赞其烹调。即有二三夜叉，奔取熟肉陈几上，大夜叉掬啖尽饱，极赞嘉美，且责常供。又顾徐云："骨突子何短？"众曰："初来未备。"物于项上摘取珠串，脱十枚付之，俱大如指顶，圆如弹丸，雌急接，代徐穿挂，徐亦交臂作夜叉语谢之。②物乃去，蹑风而行，其疾如飞。众始享其余食而散。

居四年余，雌忽产，一胎而生二雄一雌，皆人形，不类其母。众夜叉皆喜其子，辄共拊弄〔13〕。一日皆出攫食，惟徐独在，忽别洞来一雌，欲与徐私，徐不肯。夜叉怒，扑徐踣地上。徐妻自外至，暴怒相搏，龁断其耳。少顷，其雄亦归，解释令去。自此雌每守徐，动息不相离。

又三年，子女俱能行步，徐辄教以人言，渐能语，啁啾之中有人气焉〔14〕，虽童也，而奔山如履坦途，依依有父子意。一日，雌与一子一女出，半日不归，而北风大作。徐恻然念故乡，携子至海岸，见故舟犹存，谋与同归。子欲告母，徐止之。父子登舟，一昼夜达交。至家，妻已醮。出珠二枚，售金盈兆〔15〕③，家颇丰。子取名彪，十四五岁，能举百钧〔16〕，粗莽好斗。交帅见而奇之〔17〕，以为千总〔18〕。值边乱，所向有功，十八为副将〔19〕。

时一商泛海，亦风飘至卧眉，方登岸，见一少年，视之而惊。知为中国人，便问居里，商以告。少年乃曳入幽谷一小石洞，洞外皆丛棘，且嘱勿出。去移时，挟鹿肉来啖商。自言："父亦交人。"商问之，而知为徐，商在客中尝识之。因曰："我故人也。今其子为副将。"少年不解何名。商曰："此中国之官名。"又问："何以为官？"曰："出则舆马，入则高堂，上一呼而下百诺，见者侧目视，侧足立〔20〕，此名为官。"④少年

② 夜叉国也有完整的国家机构，有上下等级，有统治者和被统治者。

③ 穷秀才常有暴富幻想。

④ 用调侃口气非常精彩地写出封建官吏骑在人民头上作威作福、百姓敢怒而不敢言的事实。

甚歆动〔21〕。商曰："既尊君在交，何久淹此？"少年以情告。商劝南旋，曰："余亦常作是念。但母非中国人，言貌殊异，且同类觉之，必见残害，用是辗转〔22〕。"乃出曰："待北风起，我来送汝行。烦于父兄处，寄一耗问〔23〕。"

商伏洞中几半年。时自棘中外窥，见山中辄有夜叉往还，大惧，不敢少动。一日，北风策策〔24〕，少年忽至，引与急奔。嘱曰："所言勿忘却。"商应之。又以肉置几上，商乃归。径抵交，达副总府，备述所见。彪闻而悲，欲往寻之。父虑海涛妖薮〔25〕，险恶难犯〔26〕，力阻之。彪抚膺痛哭〔27〕，父不能止。乃告交帅，携两兵至海内。逆风阻舟，摆簸海中者半月。四望无涯，咫尺迷闷〔28〕，无从辨其南北。忽而涌波接汉〔29〕，乘舟倾覆，彪落海中，逐浪浮沉。久之，被一物曳去，至一处竟有舍宇。彪视之，一物如夜叉状。彪乃作夜叉语，夜叉惊讯之，彪乃告以所往。夜叉喜，曰："卧眉，我故里也，唐突可罪〔30〕。君离故道已八千里。此去为毒龙国，向卧眉非路。"乃觅舟来送彪。夜叉在水中，推行如矢，瞬息千里，过一宵已达北岸，见一少年临流瞻望。彪知山无人类，疑是弟，近之，果弟，因执手哭。既而问母及妹，并云健安。彪欲偕往，弟止之，仓忙便去。回谢夜叉，则已去。未几，母妹俱至，见彪俱哭。彪告其意，母曰："恐去为人所凌。"彪曰："儿在中国甚荣贵，人不敢欺。"归计已决，苦逆风难度。母子方徜徨间，忽见布帆南动，其声瑟瑟。彪喜曰："天助吾也！"相继登舟，波如箭激〔31〕，三日抵岸，见者皆奔。彪向三人脱分袍裤。抵家，母夜叉见翁怒骂，恨其不谋，徐谢过不遑。家人拜见主母，无不战慄。彪劝母学作华言，衣锦，厌粱肉，乃大欣慰。母女皆男儿装，类满制〔32〕⑤。数月稍辨语言，弟妹亦渐白皙。弟曰豹，妹曰夜儿，俱强有力。彪耻不知书，教弟读，豹最慧，经史一过辄了〔33〕。又不欲操儒业，仍使挽

⑤有的研究者认为此篇写到夜叉国女性皆男儿装，类满制，带有民族思想，是影射清。

强弩,驰怒马[34],登武进士第,聘阿游击女,夜儿以异种,无与为婚。会标下袁守备失偶,强妻之。夜儿开百石弓,百余步射小鸟,无虚落。袁每征辄与妻俱,历任同知将军[35],奇勋半出于闺门。豹三十四岁挂印,母尝从之南征,每临巨敌,辄擐甲执锐[36],为子接应,见者莫不辟易[37],诏封男爵[38]。豹代母疏辞[39],封夫人。

异史氏曰:"夜叉夫人,亦所罕闻,然细思之而不罕也。家家床头有个夜叉在。"⑥

⑥ 这是调侃,也是蒲松龄的一贯观点,他认为家庭中贤妇百分之十,泼妇百分之九十。这是他对自己家族、朋友及坐馆家庭观察的结果。

校勘

底本:康熙本。参校:二十四卷本、异史、铸雪斋本、青柯亭本。

注释

[1]交州:古地名。汉武帝时设置,辖五岭以南今广东、广西至中南半岛。[2]糗(qiǔ)腊:干粮、肉干。[3]夜叉:佛教中天龙八部之一,印度神话中的小神灵。后人用来指恶魔。此文则是对海外异族带有误解和想象成分的描写。[4]牙森列戟:尖利的牙齿像一排排长戟一样。列戟,宫设、官府、显贵门前排列戟为仪仗。[5]糗糒(bèi):干粮。[6]甑(zèng):瓦制炊具,与釜同为古代炊具名。[7]狼麋:狼和麋鹿。[8]天寿节:夜叉王的生日。[9]骨突子:挂在胸前的装饰珠串,大珍珠。[10]野苎:野生苎麻。[11]踞坐鹗顾:呈傲慢之态地坐着,像老鹰一样四顾。[12]卧眉山众:卧眉国为蒲松龄虚构的海外国。[13]拊(fǔ)弄:同"抚弄"。[14]喁啾:形容像婴儿语般的夜叉语言。人气:人的气质。[15]盈兆:十亿为兆。极言钱多。[16]百钧:三百斤,一钧为三十斤。此非确数,指举得重。[17]交帅:驻守交州的军事长官,亦称"总镇"。[18]千总:中级武官的一种。[19]副将:副将参将,位列总镇之下的高级武官。[20]侧目视,侧足立:不敢正视,不敢正立。[21]歆动:欢喜、动心。[22]用是辗转:因此反复思索不能决定。[23]耗问:信息。[24]北风策策:秋风刮枯叶的响声。[25]妖薮:妖怪集聚的地方。[26]险恶难犯:险恶而难以接近。[27]抚膺:捶打胸膛。[28]迷闷:神志不清。[29]涌

波接汉：汹涌的波浪连天。〔30〕唐突：冒犯。〔31〕波如箭激：船破浪疾驶，像离弦之箭。〔32〕满制：满洲的服装样式。〔33〕辄了：马上明白。〔34〕挽强弩，驰怒马：拉得开硬弓，骑得了健壮难驯的马。〔35〕同知将军：副总兵。〔36〕擐（huàn）甲执锐：穿上甲胄拿着锋利的武器。〔37〕辟（bì）易：退避，躲开。〔38〕男爵：古代五等爵位的第五等。〔39〕疏辞：给皇帝上奏章辞去（男爵）的职位。

点评

异乡他国在上古神话已有过描述。《山海经》就写过各种奇国。宋代洪迈也写过商人飘游到异国与当地妇人结合生子，其子后来逃回中华。夜叉国茹毛饮血，但夜叉间是个完整模拟人世的社会。蒲松龄借小夜叉不知"官"为何物，解释所谓官是出门耀武扬威地坐车骑马，进门则住在高楼广厦，前呼后拥，令百姓不敢正视。在似乎滑稽的描绘中蕴含了深刻的哲理，给封建官场以针砭。

夜叉國

深山蒼莽少人蹤，習俗幾疑類毒龍。
不是徐生還故國，安知海外卧眉峯。

小髻

　　长山居民某暇居，辄有短客来，久与扳谈〔1〕。素不识其生平，颇注疑念。客曰："三数日将便徙居，与君比邻矣。"过四五日，又曰："今已同里，旦晚可以承教。"问："乔居何所？"亦不详告，但以手北指。自是，日辄一来，时向人假器具，或吝不与，则自失之。群疑其狐，村北有古冢，陷不可测，意必居此，共操兵杖往。伏听之，久无少异。一更向尽，闻穴中戢戢然，似数十百人作耳语。众寂不动。俄而尺许小人连遱而出〔2〕，至不可数。众噪起，并击之。杖杖皆火，瞬息四散。唯遗一小髻，如胡桃壳然，纱饰而金线，嗅之，骚臭不可言。

校勘

　　底本：青柯亭本。参校：二十四卷本、异史、铸雪斋本。

注释

　　〔1〕扳谈：主动交谈。〔2〕连遱（lóu）：络绎不绝。

点评

　　本文之狐，与一般《聊斋》之狐不同，与人交往，多显怪异，缺乏道德，穴居，有骚臭味儿，更是动物特点的明写，因而此篇仅仅是掇拾怪异之作。

小猎

邑城穴社
计求安首
鼠相遭竟
脱冠数许
顿颡空自
挣令人
笑作沐
猴观

西僧

两僧自西域来[1]，一赴五台[2]，一卓锡泰山[3]。其服色言貌，俱与中国殊异。自言历火焰山[4]，山童童[5]，气熏腾若炉灶，凡行必于雨后，心凝目注，轻迹步履之，误蹴山石，则飞焰腾灼焉[6]。又经流沙河[7]，河中有水晶山，峭壁插天际，四面莹澈，似无所隔。又有隘，可容单车，二龙交角对口把守之。过者先拜龙，龙许过，则口角自开。龙色白，鳞鬣皆如晶然。僧言："途中历十八寒暑矣。离西域者十有二人，至中国仅存其二。西土传中国名山四：一泰山，一华山[8]，一五台，一落伽也[9]。相传山上遍地皆黄金，观音、文殊犹生。能至其处，则身便是佛，长生不死。"① 听其所言状，亦犹世人之慕西土也。倘有西游人，与东渡者中途相值，各述所有，当必相视失笑，两免跋涉矣。②

①冯镇峦评：纪晓岚曰："灵鹫山在今之拔达克善，诸佛菩萨骨塔俱存，有石室六百间，即大雷音寺也。回部游牧者居之。我兵追剿波罗泥都霍集占，至其地，亦无他异。"六祖惠能曰："东方人造罪念佛，求生西方；西方人造罪念佛，又求生何国？"妙哉斯言。

②冯评：贫贱者慕富贵者之享荣华，富贵者慕贫贱者之得清闲，彼此相羡，都忘本来面目。

校勘

底本：异史。参校：二十四卷本、铸雪斋本、青柯亭本。

注释

[1]西域：玉门关以西、巴尔喀什湖以东地区，古称西域。广义上包括中亚、西亚、印度半岛及欧洲东部。[2]五台：即山西五台山。佛教四大名山之一，为文殊菩萨道场，因五峰耸峙故名，又名清凉山。[3]卓锡：僧人投宿、落脚。卓，竖立；锡，锡杖。[4]火焰山：《西游记》中山名，位于新疆吐鲁番，山体褚红，绝无草木。[5]童童：光秃状。[6]腾灼：火势猛烈。[7]流沙河：《西游记》中的河名，传说中与弱水相关。《后汉书·大秦国传》："或云其国西有弱水、流沙，近西王母所居处。"[8]华山：又名太华山，古称西岳，位于陕西东部。[9]落伽：普陀山，位于浙江省舟山市普陀区，佛教四大名山之一。

点评

　　钱锺书《围城》写的是婚姻的情况，婚姻之外的人想象婚姻的美好，婚姻之内的人想象独身的美好。此文写东西方求佛上的"围城"。都以为佛在远方，都相信一些荒诞不经的传说，为了虚幻的想象吃尽苦头，到头来发现幸福本来就在身边，已经晚了。这是则有趣的寓言，意在言外，简洁深刻。

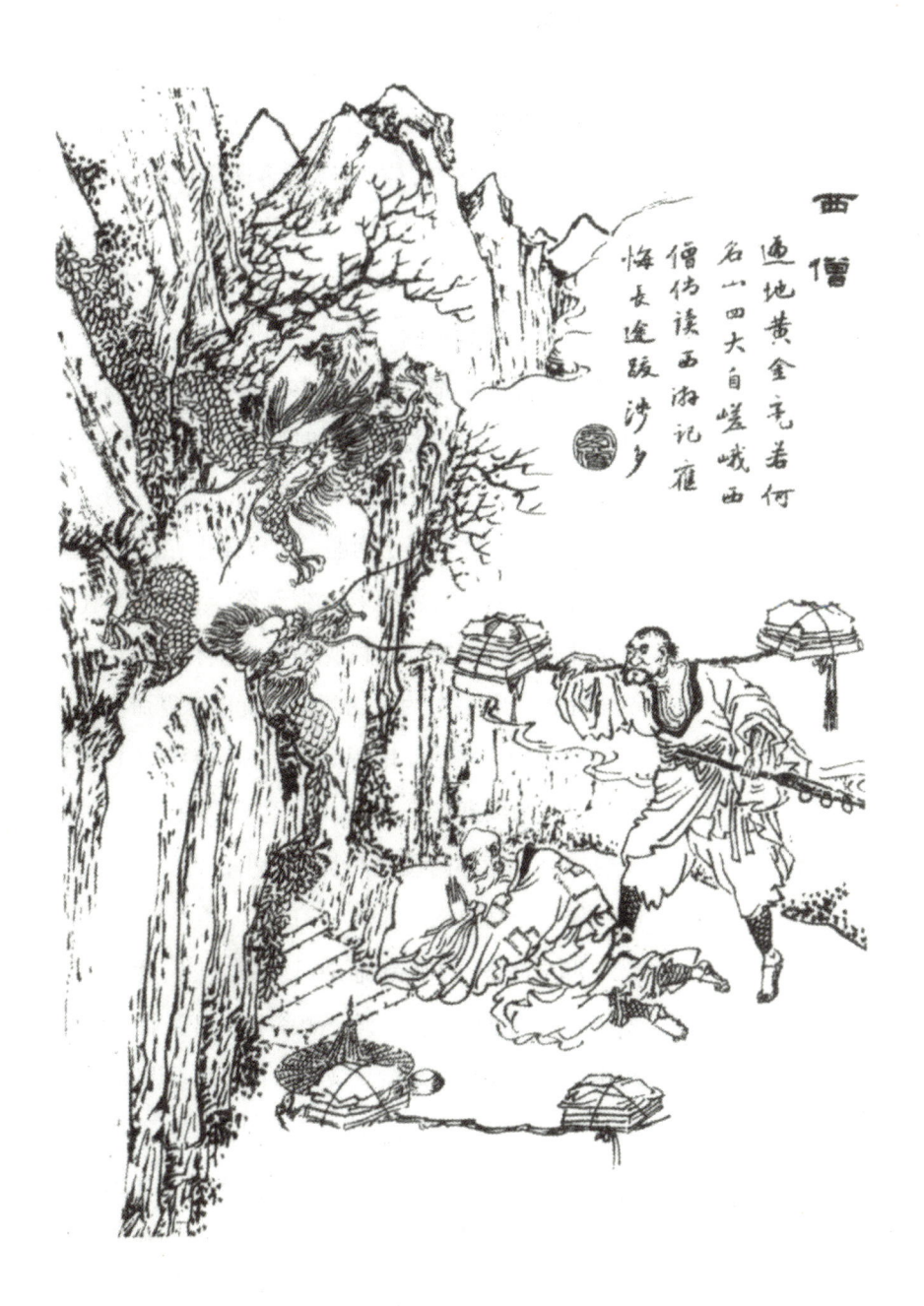

西僧

遍地黄金亮若何
名山四大自嵯峨西
僧偽讀西游記誰
悔長途跋涉多

老饕〔1〕

邢德，泽州人〔2〕，绿林之杰也，能挽强弓，发连矢〔3〕，称一时绝技。而生平落拓，不利营谋〔4〕，出门辄亏其资。两京大贾〔5〕，往往喜与邢俱，途中恃以无恐。会冬初，有二三估客薄假以资〔6〕，邀同贩鬻〔7〕，邢复自罄其囊，将并居货〔8〕。有友善卜，因诣之，友占曰："此爻为'悔'〔9〕，所操之业，即不母而子亦有损焉〔10〕。"邢不乐，欲中止，而诸客强速之行。至都，果符所占。腊将半，匹马出都门，自念新岁无资，倍益怏闷。时晨雾蒙蒙，暂趋临路店，解装觅饮。见一颁白叟共两少年酌北牖下〔11〕，一僮侍，黄发蓬蓬然。邢于南座，对叟休止〔12〕。僮行觞，误翻栲具〔13〕，污叟衣。少年怒，立摘其耳〔14〕。持巾捧帨，代叟揩拭。既见僮手拇俱有铁箭镮〔15〕，厚半寸强，每一镮约重二两余。食已，叟命少年于革囊中探出镪物〔16〕，堆累几上，称秤握算〔17〕，可饮数杯时，始缄裹完好〔18〕。①少年于枥下牵一黑骡来，扶叟乘之，僮亦跨羸马相从〔19〕，出门去。两少年各腰弓矢，捉马俱出。

邢窥多金，穷睛旁睨〔20〕，馋焰若炙，辍饮，急尾之。视叟与僮犹款段于前，乃下道斜驰，出叟前，紧衔关弓，怒相向。叟俯脱左足靴，微笑云："而不识得老饕也？"邢满引一矢去。叟仰卧鞍上，伸其足，开两指如钳，夹矢住。笑曰："技但止此，何须而翁手敌〔21〕？"②邢怒，出其绝技，一矢刚发，后矢继至。叟手掇一，似未防其连珠，后矢直贯其口，踣然而堕，衔矢僵眠。僮亦下。邢喜，谓其已毙，近临之。叟吐矢跃起，鼓掌曰："初会面，何便作此恶剧？"邢大惊，马亦骇逸，以此知叟异，不敢复返。③

① 艺高人胆大，如果没有大本领，哪敢在大庭广众中这样做？邢居然不懂此理，所以上当。

② 动作敏捷，语言顽劣，带地痞习气。动辄称"而翁""乃翁"，即俗谓"你爹"，是这类人的语言特点。

③ 邢初尝败果，知强中更有强中手。

走三四十里，值方面纲纪囊物赴都〔22〕，要取之〔23〕，略可千金，意气始得扬。方疾骛间〔24〕，闻后有蹄声，回首则僮易跛骡来，驶若飞。叱曰："男子勿行！猎取之货宜少瓜分。"邢曰："汝识'连珠箭邢某'否？"僮云："适已承教矣。"邢以僮貌不扬，又无弓矢，易之④。一发三矢，连遝不断，如群隼飞翔。僮殊不忙迫，手接二，口衔一。笑曰："如此技艺，辱寞煞人〔25〕！乃翁偬遽〔26〕，未暇寻得弓来，此物亦无用处，请即掷还。"遂于指上脱铁镮，穿矢其中，以手力掷，呜呜风鸣。邢急拨以弓，弦适触铁镮，铿然断绝，弓亦绽裂。邢惊绝，未及觑避，矢过贯耳，不觉翻坠。僮下骑，便将搜括，邢以弓卧挞之，僮怒，夺弓去，拗折为两，又复总折为四，抛置之。已，乃一手握邢两臂，一足踏邢两股，臂若缚，股若压，极力不能少动。腰中束带双叠，可骈三指许〔27〕，僮以一手捻之，随手断如灰烬。⑤取金已，乃超乘〔28〕，作一举手，致声"孟浪"，霍然径去。

邢归，卒为善士，每向人述往事不讳。此与刘东山事盖仿佛焉〔29〕。

④ 一波刚平，一波又起，此僮即前此因倒了菜盎被揪耳朵者，邢德可能看到其软弱可欺，故轻视之。笔法顿挫有致。

⑤ 极度夸张。

校勘

底本：二十四卷本。参校：异史、铸雪斋本、青柯亭本。

注释

〔1〕饕：恶兽饕餮（tāo tiè），食物最多，性贪。常用来称呼贪食者。〔2〕泽州：在今山西晋城。〔3〕强弓：力量很大的弓。连矢：连发之箭。〔4〕不利营谋：不善于经营。〔5〕两京：北京和南京。〔6〕薄假以资：借给少量的资本。〔7〕贩鬻（yù）：贩卖。〔8〕自罄其囊，将并居货：拿所有的钱财和借来的钱放一起积存货物。〔9〕此爻为"悔"：占卦的结果为"悔卦"，是不吉利的。〔10〕不母而子亦有损：不能以本求利而且必定亏本。〔11〕颁白叟：须发半白的老头儿。颁，同"斑"。〔12〕对叟休止：面对老头儿坐下。〔13〕袢（bàn）

具：盛菜的托盘。〔14〕立摘其耳：立即揪住黄发僮的耳朵。〔15〕铁箭镮：板指，射箭用的工具。〔16〕锖（qiǎng）物：银子或成串的钱。〔17〕称秤握算：秤量银子，拿算盘计算。〔18〕缄裹：捆扎包裹。〔19〕羸（léi）马：瘦弱的劣马。〔20〕穷睛旁睨：用贪婪的眼光在一旁盯着。〔21〕而翁：你老子。是对邢的蔑称。〔22〕方面纲纪：地方大员的管家。〔23〕要取之：拦路抢走银子。〔24〕疾骛：纵马疾驰。〔25〕辱寞煞人：丢死人。〔26〕偬（zǒng）遽：匆促。〔27〕骈三指许：并拢三指的宽度。〔28〕超乘：跳上骡背。〔29〕刘东山：明嘉靖时"三辅捉盗人"，弓马娴熟，能发连弩箭，傲视群雄。他贩驴马得百金，途中为一黄衫少年劫，银两俱失，遂弃绝武艺，与妻卖酒。三年后有壮士饮于肆，内中有当年黄衫少年，解千金为酬。事见宋幼清《九龠别集·刘东山》及《初刻拍案惊奇·刘东山夸技顺城门》。

点评

饕，即《山海经》所说饕餮，是多毛的恶兽。人们用来称呼贪得无厌者。邢德自恃武功高强，没想到他遇到的强人比他更强，射箭的手被挖苦成不如脚丫子，抢人反而被抢。口口声声以"老子"（"尔翁""乃翁"）自称的老饕和黄发僮子，武艺高强得令人难以想象，其"黑社会"性质也非常明显，因而不能算是古代作家常写的"侠盗"。邢德和老饕黄发僮只不过是强盗和更加厉害的强盗。蒲松龄借鉴刘东山的故事，较之前人，写得更加精致生动，细节出色，文采斐然。

老饕

老饕真是綠林雄卻敵
從容數掌中一
發三矢無用家更看絕
技出吳僮

连城

①乔生一出场就以"有肝胆"定型。两件善事有三个作用：一写乔生"重义"；二说明乔生贫穷的原因是仗义疏财；三为后来乔生在阴世复活得顾生相助埋伏笔。侠肝义胆将始终伴随乔生的情爱之旅。乔生的爱不是卿卿我我、缠绵悱恻，而是坦荡磊落、潇洒倜傥。

②女主角连城命名显然与《史记》中和氏璧故事有关。"倦绣"是连城怀春情的写真。乔生献诗写得风流蕴藉，情切意浓而不轻佻。不仅对连城的绣工表示赞赏，还表达对连城渴望幸福爱情的共鸣。乔生读懂了倦绣图的图面意义，更读懂连城的心。

③割膺肉寓意性很强，乐意为少女牺牲心头肉的男子，把少女看得比自己的生命重要。割膺肉其实是作者为个人选择和父母之命孰优孰劣设置的试金石。把父母之命选的"女婿"和青年男女自主选择的对象作比较，看哪个是"金刚不坏之身"，哪个是"鹰嘴鸭子脚"。

乔生，名年，字大年，晋宁人〔1〕。少负才名，年二十余，犹淹蹇〔2〕，为人有肝胆①。与顾生善，顾卒，时恤其妻子。邑宰以文相契重〔3〕，宰终于任，家口淹滞不能归〔4〕，生破产扶柩，往返二千余里。以故士林益重之〔5〕，而家由此日替〔6〕。

史孝廉有女，字连城②，工刺绣，知书。父娇爱之，出所刺"倦绣图"，征少年题咏，意在择婿。生献诗云："慵鬟高髻绿婆娑〔7〕，早向兰窗绣碧荷〔8〕。刺到鸳鸯魂欲断，暗停针线蹙双蛾〔9〕。"又赞挑绣之工云："绣线挑来似写生，幅中花鸟自天成。当年织锦非长技〔10〕，幸把回文感圣明〔11〕。"女得诗喜，对父称赏。父贫之。女逢人辄称道，又遣媪矫父命赠金〔12〕，以助灯火。生叹曰："连城我知己也。"倾怀结想，如饥思啖。

无何，女许字于鹾贾之子王化成〔13〕。生始绝望，然梦魂中犹佩戴之也〔14〕。未几，女病瘵，沉痼不起。有西域头陀自谓能疗〔15〕，但须男子膺肉一钱〔16〕，捣合药屑。史使人诣王家告婿。婿笑曰："痴老翁！欲我剜心头肉耶？"使返。史怒，言于人曰："有能割肉者妻之。"③生闻而往，自出白刃，刲膺授僧〔17〕，血濡袍裤〔18〕，僧敷药始止。合药三丸，三日服尽，疾若失。史将践其言，先告王。王怒，忿欲讼官。史乃设筵招生，以千金列几上，曰："重负大德，请以相报。"因具白背盟之由。生怫然曰〔19〕："仆所以不爱膺肉者，聊以报知己耳，岂货肉哉！"拂袖而归。

女闻之，意良不忍，托媪慰谕之。且云："以彼才华，当不久落。天下何患无佳人？我梦不祥，三年必死，不必与人争此泉下物也〔20〕。"生告媪曰："士为知己者死，不以色也。诚恐连城未必真知我，但得真知我，不谐何害？"媪代女郎矢诚自剖〔21〕，生曰："果尔，相逢时，当为我一笑，死无憾！"媪既去，逾数日，生偶出，遇女自叔氏归，睨之。女秋波转顾，启齿嫣然。生大喜曰："连城真知我者！"④会王氏来议吉期，女前症又作，数月寻卒。生往临吊〔22〕，一痛而绝。史异送其家。

生自知已死，亦无所戚，出村去，犹冀一见连城。遥望南北一道，行人连绪如蚁，因亦混身杂迹其中。俄顷，入一廨署〔23〕，值顾生，惊问："君何得来？"即把手将送令归。生太息，言："心事殊未了。"顾曰："仆在此典牍〔24〕，颇得委任。倘可效力，不惜也。"生问连城，顾即导生，旋转多所，见连城与一白衣女郎，泪睫惨黛〔25〕，藉坐廊隅〔26〕。见生至，骤起，似喜，略问所来。生曰："卿死，仆何敢生！"连城泣曰："如此负义之人，尚不吐弃之〔27〕，身殉何为？然已不能许君今生，愿矢来世耳。"生告顾曰："有事君自去，仆乐死不愿生矣。但烦稽连城托生何里，行与俱去耳。"顾诺而去。

白衣女郎问生何人，连城为缅述之。女郎闻之，若不胜悲。连城告生曰："此妾同姓，小字宾娘，长沙史太守女。一路同来，遂相怜爱。"生视之，意态怜人，方欲研问，而顾已返，向生贺曰："我为君平章已确〔28〕，即教小娘子从君返魂，好否？"两人各喜。方将拜别，宾娘大哭曰："姊去，我安归？乞垂怜救，妾为姊捧帨耳〔29〕。"连城凄然，无所为计，转谋生，生又哀顾。顾难之，峻辞以为不可。生固强之。乃曰："试妄为之〔30〕。"去食顷而返，摇手曰："何如？诚万分不能为力矣！"宾娘闻之，宛转娇啼，惟依连城肘下，恐其即去。惨怛无术〔31〕，相对默默，而睹其愁颜戚容，使人肺腑酸柔〔32〕。顾生愤然曰："请携宾娘去，脱有愆尤〔33〕，小生拚身受之。"宾娘乃喜，从生出。

④有人以为宝黛爱情是"知己之爱"滥觞，其实蒲松龄已借《连城》将"知己之恋"写得如泣如诉、如诗如画。警幻仙子所说的不同于皮肉滥淫的"意淫"，在《连城》中初露端倪。

⑤乔生并无二美兼得之意。

⑥恋人像火中凤凰涅槃获得新生。一对恋人在人世间相爱,一个为爱而死,另一个相从地下。他们活着时知己相爱,做鬼倒有了肉体关系。但明伦评:"生以肉报,女以魂报,一报于生前,一报于死后;一报于将死之际,一报于将生之前。是真可以同生,可以同死;可以生而复死,可以死而不生。只此一情,充塞天地,感深知己。"

⑦以封建家长和强大夫权以及官府为一边,以真心相爱的青年男女为一边,白热化相拼,几番风雨,两历生死。在金钱不能诱、威武不能屈、生死不能阻的恋人面前,父母之命为之让步,凶悍夫权为之却步,强大官府为之止步,《连城》是一曲顽石为之点头的"知己之恋"颂歌。

⑧王士禛评:"雅是情种,不意《牡丹亭》后复有此人。"

⑨凭空加个太守小姐!小说以史孝廉不允婚始,以史太守送女成亲终,得前呼后应之妙。乔生双美俱得,是蒲松龄热衷的好结局。其实画蛇添足,将"二美一夫"的枯枝朽木,嫁接到知己之恋绿意婆娑、匀称圆润的树上。蒲松龄肯定知道太守千金是多余的陪衬,否则他怎么给她取这么个名字:宾娘——做陪衬的姑娘?

生忧其道远无侣。宾娘曰:"妾从君去,不愿归也。"生曰:"卿大痴矣,不归,何以得活?他日至湖南,勿复走避,为幸多矣。"⑤适有两媪摄牒赴长沙〔34〕,生嘱之,宾娘泣别而去。途中,连城行蹇缓〔35〕,里余辄一息;凡十余息,始见里门。连城曰:"重生后,惧有翻覆,请索妾骸骨来。妾以君家生,当无悔也。"生然之。偕归生家,女惕惕若不能步〔36〕,生伫待之。女曰:"妾至此,四肢摇摇,似无所主。志恐不遂,尚宜审谋;不然,生后何能自由?"相将入侧厢中,嘿定少时,连城笑曰:"君憎妾耶?"生惊问其故,赧然曰:"恐事不谐,重负君矣。请先以魂报也。"生喜,极尽欢恋。因徘徊不敢遽出,寄厢中者三日。连城曰:"谚有之:'丑妇终须见姑嫜〔37〕。'戚戚于此,终非久计。"乃促生入。才至灵寝〔38〕,豁然顿苏。家人惊异,进以汤水。生乃使人要史来〔39〕,请得连城之尸,自言能活之。史喜,从其言。方舁入室,视之已醒。告父曰:"儿已委身乔郎〔40〕,更无归理。如有变动,但仍一死!"⑥史归,遣婢往役给奉。王闻,具词申理〔41〕。官受赂,判归王。生愤懑欲死,亦无奈之。连城至王家,忿不饮食,惟乞速死。室无人,则带悬梁上。越日,益惫,殆将奄逝。王惧,送归史。史复异归生⑦。王知之,亦无如何,遂安焉。⑧

连城起,每念宾娘,欲遣信往侦之〔42〕,以道远而艰于往。一日,家人入白:"门有车马。"夫妇出视,则宾娘已至庭中矣。相见悲喜。太守亲诣送女,生延入。太守曰:"小女子赖君复生,誓不他适,今从其志⑨。"生叩谢如礼。孝廉亦至,叙宗好焉〔43〕。

异史氏曰:"一笑之知,许之以身。世人或议其痴。彼田横五百人〔44〕,岂尽愚哉!此知希之贵〔45〕,贤豪所以感结而不能自已也。顾茫茫海内,遂使锦绣才人,仅倾心于蛾眉之一笑也。亦可慨矣!"

校勘

底本：异史。参校：二十四卷本、铸雪斋本、青柯亭本。

注释

〔1〕晋宁：今云南省昆明市晋宁区。〔2〕淹蹇：科举不得志。〔3〕契重：因感情深厚而器重。〔4〕淹滞：受到困阻而久留。〔5〕士林：读书界。〔6〕替：衰落。〔7〕慵鬟高髻绿婆娑：发髻乌黑发亮。慵鬟，发髻蓬松。高髻，高高盘绕的发髻。绿婆娑，头发乌黑发亮，飘拂蓬松。〔8〕兰窗：用香木制作的窗子。碧荷：绿莹莹的荷叶和红艳艳的荷花。〔9〕蹙双蛾：皱起眉头暗自哀伤。蛾，美女的眉毛。〔10〕织锦：据《晋书·列女传》，前秦刺史窦滔因罪被流放，其妻苏蕙思念他，织锦为《回文璇玑图诗》送给他，上边的文字可以纵横往复读，都成诗句。〔11〕圣明：指武则天。武则天有《璇玑图诗序》，称赞苏蕙。〔12〕矫父命：假托父亲的命令。〔13〕醝（cuó）贾：盐商。〔14〕佩戴：念念不忘。〔15〕西域头陀：西域来的行脚乞食僧人。〔16〕膺（yīng）肉：胸部肌肉。〔17〕刲（kuī）：割。〔18〕濡（rú）：沾湿。〔19〕怫（fú）然：愤怒。〔20〕泉下物：死人。〔21〕矢诚自剖：发誓表明心迹。〔22〕临吊：临，临丧哭吊死者。吊，慰问亲属。〔23〕廨（xiè）署：官署。〔24〕典牍：掌管文书。〔25〕泪睫惨黛：愁眉紧锁，泪眼婆娑。〔26〕藉坐廊隅：席地坐廊下一角。〔27〕吐弃：唾弃。〔28〕平章已确：已经商量办理妥当允许乔生携连城重返人间的事。〔29〕捧帨（shuì）：侍奉梳洗，意即乐意做侍妾。〔30〕试妄为之：姑且试着办一下。〔31〕惨怛（dá）：极其悲痛。〔32〕酸柔：辛酸同情。〔33〕脱有愆尤：假如有罪责。〔34〕摄牒：带着公文。〔35〕蹇缓：步履缓慢。〔36〕惕惕：警戒恐惧。〔37〕丑妇终须见姑嫜：即俗话"丑媳妇总得见公婆"。〔38〕灵寝：灵床。〔39〕要：邀请。〔40〕委身：原意为女子嫁人，此处为连城与乔生已有夫妇之实。〔41〕具词申理：写状纸申请依法判决。〔42〕信：送信人。〔43〕叙宗好焉：叙同宗族谊。孝廉、太守皆姓史。〔44〕田横：据《史记·田儋列传》，刘邦称帝后，让秦末自立为齐王的田横归降。田横自杀，跟随他的五百壮士全部自杀。〔45〕希之贵：语出《老子》第七十章："知我者希，则我者贵。"意思是世界上的知己最难遇到。

点评

《连城》是古代写爱情故事的最佳篇章之一。连城乔生通过诗歌的表现形

395

式取得感情契合时，还不曾见面。这建立在"知己"基础上的爱和传统小说以貌取人及"一见倾心"的爱有本质区别。乔生对连城的感情经过了生死考验、金钱考验，以及连城"三年必死"的考验。他明确表示，他爱连城为的是"知己"，只要二人同心，婚姻是可有可无的形式。直到这时，乔生和连城才第一次相见。会面一笑，是知己相逢会心的笑，是对爱情充满信心的笑，绝对不是"色授"，而是"魂与"。何等富有诗意和现代色彩！在乔生和连城有了同生死的知己往返后，连城果然信守忠诚，在王家逼婚时郁郁而死。乔生前往吊唁，一痛而绝。乔生感天动地的痴情感动了挚友，顾生为连城争得随乔生复活的机会。《聊斋志异》点评家冯镇峦认为蒲松龄超过了汤显祖："《牡丹亭》丽娘复生，柳生未死也，此固胜之。"《牡丹亭》男女主角固然是情种，但他们的爱反映的是讴歌个性自由、要求两性自然发展的情结，而乔生连城的知己之恋既超越世俗婚姻，也超越"颠倒衣裳"的性爱，体现爱情的高尚化、精神化。

连吟将新句献妆台 博得倾
城一笑 暂开眉黛 何是
城惜多情 还自约青春

霍生

文登霍生与严生少相狎[1]，长相谑也，口给交御[2]，惟恐不工。霍有邻妪，曾与严妻导产[3]，偶与霍妇语，言其私处有两赘疣，妇以告霍。霍与同党者谋，窥严将至，故窃语云："某妻与我最昵。"众故不信。霍因捏造端末，且云："如不信，其阴侧有双疣。"严止窗外，听之既悉，不入径去。至家，苦掠其妻[4]，妻不服，榜益残，妻不堪虐，自经死。霍始大悔，然亦不敢向严而白其诬矣。

严妻既死，其鬼夜哭，举家不得宁焉。无何，严暴卒，鬼乃不哭。霍妇梦女子披发大叫曰："我死得良苦，汝夫妇何得欢乐耶！"既醒而病，数日寻卒。霍亦梦女子指数诟骂[5]，以掌批其吻。惊而寤，觉唇际隐痛，扪之高起，三日而成双疣，遂为痼疾[6]。不敢大言笑，启吻太骤，则痛不可忍。

异史氏曰："死能为厉[7]，其气冤也。私病加于唇吻，神而近于戏矣。"

邑王氏，与同窗某狎。其妻归宁，王知其驴善惊，先伏丛莽中，伺妇至，暴出，驴惊妇堕，惟一僮从，不能扶妇乘。王乃殷勤抱控甚至，妇亦不识谁何。王扬扬以此得意，谓僮逐驴去，因得私其妇于莽中，述袮服裤履甚悉[8]。某闻，大惭而去。少间，自窗隙中，见某一手握刃，一手捉妻来，意甚怒恶。大惧，逾垣而逃。某从之，追二三里地，不及，始返。王尽力极奔，肺叶开张，以是得吼疾[9]，数年不愈焉。

校勘

底本：异史。参校：二十四卷本、铸雪斋本、青柯亭本。

注释

[1]文登：今属烟台市，清代时为登州府。[2]口给交御：互相斗嘴，开玩笑。[3]导产：接生。[4]掠：拷打。[5]指数诟骂：指责、数落、痛骂。[6]痼疾：久治不愈的病。[7]厉：恶鬼。[8]袮(nì)服：贴身的衣服。[9]吼疾：哮喘。

点评

男人间互相轻薄的结果是女人付出生命代价。以果报的形式惩恶，足为胡言乱语者戒。内容可笑，亦不免低俗。古人认为"谑而不虐"是开玩笑的规则，如果不遵守这样的底线，就难免给双方给家庭带来危害。

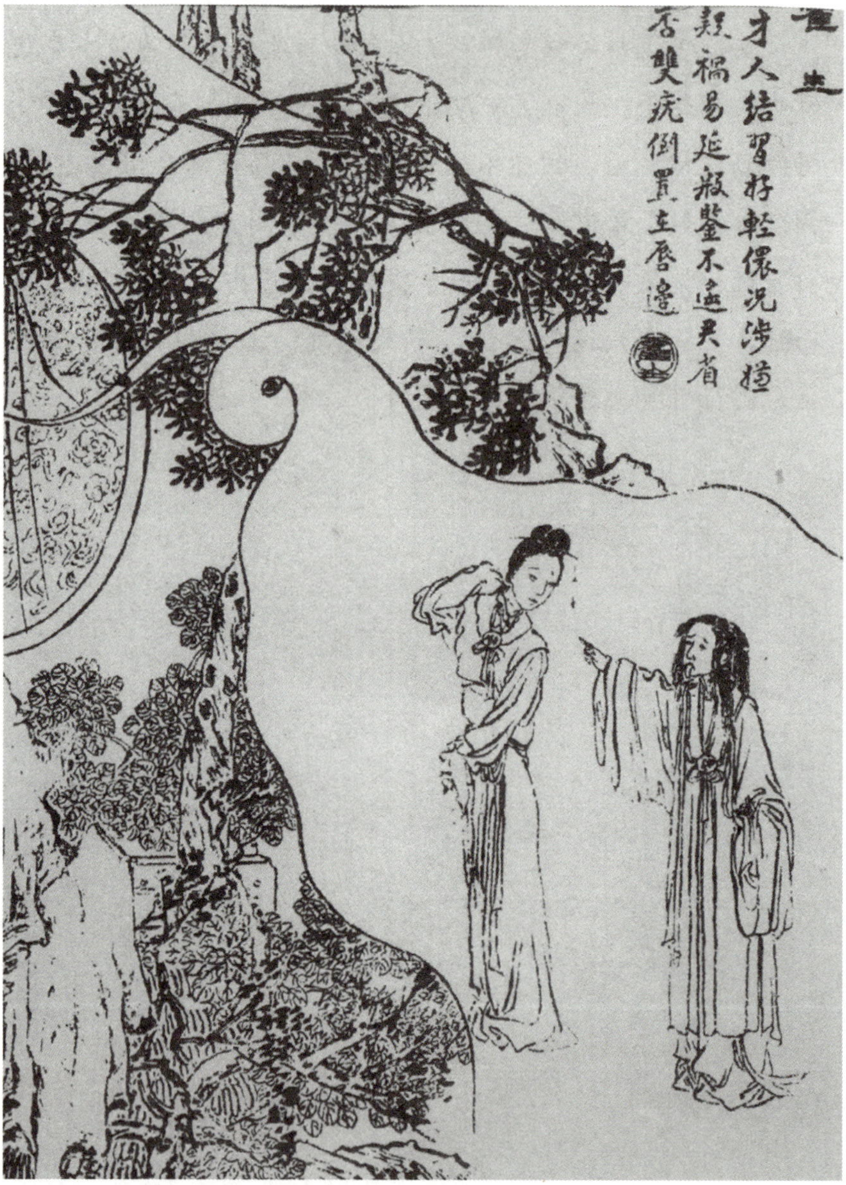

汪士秀

①伏笔两条：一是汪家人善于踢球；二是汪父殁于钱塘江。

②月光下看物的特点准确得很，"似"字用得好，侍者皆黑褐衣，伏下边的"小乌皮"，处处细致。居然能看到唐代的活动，说明"黄衣人"不是人而是妖。

③如此神奇的足球可以在世界杯上展示矣。是球，又带有"水"的特点，这"水"还不是一般的水，是带有点儿诗意的水，如水银。

④叟因此估计可能来者是儿子。鱼妖不懂，故发怒，说"胫股当有椎吃"，说明汪父的悲惨处境。

　　汪士秀，庐州人[1]，刚勇有力，能举石春[2]，父子善蹴鞠[3]。父四十余，过钱塘，溺焉。①
　　积八九年，汪以故诣湖南，夜泊洞庭，时望月东升[4]，澄江如练[5]。方眺瞩间，忽有五人自湖中出，携大席，平铺水面，略可半亩。纷陈酒馔，馔器磨触作响，然声温厚不类陶瓦[6]。已而三人践席坐[7]，二人侍饮。坐者一衣黄，二衣白。头上巾皆皂色，峨峨然下连肩背[8]，制绝奇古[9]，而月色微茫，不甚可晰。侍者俱黑褐衣，其一似童，其一似叟也。但闻黄衣人曰："今夜月色大佳，足供快饮。"白衣者曰："此夕风景，大似广利王宴梨花岛时[10]。"②三人互劝，引醽竞浮白[11]。但语略小，即不可闻，舟人隐伏不敢动息。汪细审侍者，叟酷类父，而听其言，非父声。
　　二漏将残[12]，忽一人曰："趁此月明，宜一击毬为乐[13]。"即见僮没水中，取一圆出[14]，大可盈抱，中如水银满贮，表里通明。③坐者尽起。黄衣人呼叟共蹴之。蹴起丈余，光摇摇射人眼。俄而砉然远起[15]，飞堕舟中。汪技痒[16]，极力踏去，觉异常轻软。踏猛似破，腾寻丈[17]，中有漏光，下射如虹，蛪然疾落[18]。又如经天之彗[19]，直投水中，滚滚作沸泡声而灭。
　　席中共怒曰："何物生人，败我清兴！"叟笑曰："不恶不恶，此吾家流星拐也[20]。"④白衣人嗔其语戏，怒曰："都方厌恼，老奴何得作欢？便同小乌皮捉得狂子来[21]，不然，胫股当有椎吃也[22]！"汪计无所逃，即亦不畏，捉刀立舟中。俟见僮叟操兵来，汪注视，真其父也，疾呼："阿翁！儿在此！"叟大骇，相顾凄断[23]。僮即反身去。叟曰："儿急作匿。不然都死矣！"言未已，三人忽已登舟，面皆漆黑，睛大于榴〔24〕，攫叟出。汪力与夺，摇舟断缆。汪以刀截其臂。臂落，黄衣者乃逃。一白衣人奔汪，汪剁其颅，堕水有声，哄然俱没。方谋夜渡，旋见巨喙出水面，深阔若井，四面湖水奔注，砰砰作响。俄一喷涌，则浪接星斗，万舟簸荡。湖人大恐。舟上有石鼓二，皆重百斤⑤，汪举一以投，激水雷鸣，浪渐消。又投其一，风波悉平。

　　汪疑父为鬼，叟曰："我固未尝死也。溺江中者十九人，皆为妖物所食，我以蹴圆得全〔25〕。物得罪于钱塘君〔26〕，故移避于洞庭耳。三人鱼精，所蹴鱼胞也〔27〕。"父子聚喜，中夜击棹而去〔28〕。天明，见舟中有鱼翅，径四五尺许，乃悟是夜间所断臂也。⑥

⑤篇首介绍汪士秀可以举起石舂，也是伏笔。此处对应起来。

⑥鱼翅是臂膀，将鱼妖和人联系起来。

校勘

底本：异史。参校：二十四卷本、铸雪斋本、青柯亭本。

注释

〔1〕庐州：清代府名，今安徽省合肥市。〔2〕石舂（chōng）：舂米的石臼。〔3〕善蹴鞠（cù jū）：擅长踢足球。鞠，古代用革缝制的球。蹴鞠，起源于齐国临淄。〔4〕望月：农历十五的圆月。〔5〕澄江如练：明净的江水好像一条白色的绸绢。语取自谢朓《晚登三山还望京邑》"澄江净如练"。蒲松龄喜欢六朝诗，多次化用谢朓诗句。〔6〕陶瓦：陶器，瓦器。〔7〕践席：入席。〔8〕峨峨然：高耸貌。连肩背：帽子连接着肩膀。〔9〕制绝奇古：表面意思是，服装样式奇奇怪怪，不是当时的样子，而是古代人的服装。真正内涵是，根本不是人的帽子，而是鱼的头。〔10〕广利王：南海神的封号。唐天宝年间封南海神为广利王。梨花岛：可能是海南岛。因岛上有梨山，与南海神的地域接近。〔11〕引釂竞浮白：喝干杯中酒后，争先给对方斟酒。〔12〕二漏：二更。〔13〕毬：即"球"。〔14〕圆：即"毬"。〔15〕訇（hōng）然：踢球的声音。〔16〕技痒：急于表现自己的特长。〔17〕寻丈：八尺到一丈的距离。〔18〕蚩（chī）：同"嗤"，象声词。〔19〕经天之彗：划过天空的彗星。〔20〕流星拐：蹴鞠的一种技法，腾起左脚，以右脚从后踢球。〔21〕小乌皮：此处指好像是童子的侍

者,穿黑衣,应该是一条小墨鱼。〔22〕胫股当有椎吃:屁股上要挨棒槌。〔23〕凄断:非常伤心。〔24〕睛大于榴:眼睛比石榴还大。〔25〕蹋圆:踢球。〔26〕钱塘君:钱塘江神。唐传奇《柳毅传》称钱塘江龙王为钱塘君。〔27〕鱼胞:鱼脬。〔28〕中夜:半夜。击棹:驾船。

点评

  一篇绝美绝佳的小小说。"蹴鞠"即踢球为由,为情节发展引线,为父子感情纽带,亦为如诗美景、如画奇景。汪父因踢球落水不死成鱼妖之奴,汪士秀因"流星拐"夜月湖上与父亲相认。鱼妖踢足球的场面,宛如一场酣畅淋漓的世界杯大赛,球如水银,如射虹,如经天之彗。踢球背景亦美。汪士秀的"流星拐"、举石鼓,写其既勇敢无畏又好奇有趣的个性。悠闲的饮酒、美妙的踢球续之以殊死战斗,惊心动魄。情节前有伏笔,后有照应,场面丰富多变,松紧有致,时而圆月东升、澄江如练,时而浪接星斗、万舟簸荡,文字既俊美又雄奇,气象万千。

汪士秀

神勇能将石鼓投 喜擒阿
父桴归舟 𥥆囵克克江鱼
胜莫怪人间爱击球

商三官

①夫家要求从权，不按常规办事。按封建礼法，父丧未满三年，子女不得嫁娶。三官回答有理、有力、有节。礼貌而又坚决地拒绝婿家要求，柔中带刚，出语不凡。

②商三官的见识高于两个迂腐兄长，说此话时，已成竹在胸，放弃对官府的幻想，让老父入土为安，自己为父报仇。两段斩钉截铁的话语，写出其刚强果决性格。

③商三官接近仇人的过程用生动传神的实写，杀仇人的过程用虚写，虚实相生。

故诸葛城有商士禹者[1]，士人也。以醉谑忤邑豪，豪嗾家奴乱捶之。舁归而毙。禹二子，长曰臣，次曰礼；一女，曰三官，年十六，出阁有期[2]，以父故不果。两兄出讼，经岁不得结。婿家遣人参母，请从权毕姻事[3]。母将许之，女进曰："焉有父尸未寒而行吉礼？彼独无父母乎①？"婿家闻之，惭而止。无何，两兄讼不得直，负屈归。举家悲愤。兄弟谋留父尸，张再讼之本[4]。三官曰："人被杀而不理，时事可知矣。天将为汝兄弟专生一阎罗包老[5]耶？骸骨暴露，于心何忍矣②！"二兄服其言，乃葬父。葬已，三官夜遁，不知所往。母惭怍，惟恐婿家闻，不敢告族党。但嘱二子冥冥侦察之[6]。几半岁，杳不可寻。

会豪诞辰，招优为戏。优人孙淳携二弟子往执役。其一王成，姿容平等，而音词清彻，群赞赏焉；其一李玉，貌韶秀如好女[7]。呼令歌，辞以不稔；强之，所度曲半杂儿女俚谣[8]。合座为之鼓掌。孙大惭，白主人："此子从学未久，只解行觞耳。幸勿罪责。"即命行酒。玉往来给奉，善觑主人意向。豪悦之，酒阑人散，留与同寝。玉代豪拂榻解履，殷勤周至，醉语狎之，但有展笑[9]。豪益惑之，尽遣诸仆去，独留玉③。

玉俟诸仆出，阖扉下楗焉。诸仆就别室饮，移时，闻厅事中格格有声[10]。一仆往觇之，见室内冥黑，寂不闻声；行将旋踵[11]，忽有响声甚厉，如悬重物而断其索；亟问之[12]，并无应者。呼众排阖入，烛之则主人身首两断；玉自经死，绳绝，堕地上。梁间颈际，残绠俨然[13]。众大骇，传告内阃，群集莫解。

众移玉尸于庭，觉其袜履，虚若无足，解之，则素舄如钩[14]，盖女子也。益骇，呼孙淳研诘之，淳骇极，

405

④死后惩罚恶徒的非礼，明显受孝女报仇必然既孝且烈的陈腐道德束缚，从艺术上看，有狗尾续貂之嫌。

⑤荆轲在商三官前相形见绌。著名剑客紧要关头慌了手脚，壮志未酬。闺中弱女则有大将风度，做了官府不肯做、兄长不能做的事。

⑥王士禛将商三官与历史上两位著名孝女并列："庞娥、谢小娥，得此鼎足矣。"庞娥是三国时人，事见《三国志》；谢小娥是唐代人，事见李公佐《谢小娥传》，她们是历史上著名的为父报仇的孝女。王士禛将商三官与她们并列，评价很高。

不知所对。但云："玉月前投作弟子，愿从寿主人，实不知所自来。"以其服凶〔15〕，疑是商家刺客，暂以二人逻守之。女貌如玉，抚之，肢体温软，二人窃谋淫之。一人抱尸转侧，方将缓其结束〔16〕，忽脑如物击，口血暴注，顷刻已死④。其一大惊，告众，众敬若神明焉。旦以告郡，郡官问臣及礼，并言："不知。但妹亡去，已半载矣。"俾往验视，果三官。官奇之，判二兄领葬，敕豪家勿仇〔17〕。

异史氏曰："家有女豫让而不知〔18〕，则兄之为丈夫者可知矣。然三官之为人，即萧萧易水〔19〕⑤，亦将羞而不流；况碌碌与世浮沉者耶！愿天下闺中人，买丝绣之〔20〕，其功德当不减于奉壮缪也〔21〕。"⑥

王阮亭云："庞娥、谢小娥，得此鼎足矣。"

校勘

底本：异史。参校：二十四卷本、铸雪斋本、青柯亭本。

注释

〔1〕诸葛城：可能是今山东省泰安市新泰。蒲松龄根据《商三官》改编的俚曲《寒森曲》说商三官故事发生的地点是山东济南府新泰县诸葛村。〔2〕出阁：出嫁。〔3〕从权毕姻事：权宜变通办婚事，允许丧服未满的女儿出嫁。〔4〕张再讼之本：为下次讼诉提供依据。〔5〕阎罗包老：像阎罗那样无私的包青天包老爷。〔6〕冥冥：暗中。〔7〕韶秀：文雅秀丽。〔8〕所度曲半杂儿女俚谣：所唱的曲子掺杂了一半儿民间通俗歌谣。〔9〕展笑：露出迷人的笑容。〔10〕厅事：正厅。〔11〕旋踵：转身回来。〔12〕亟：连忙，赶紧。〔13〕残缏：自缢扯断的绳索。〔14〕素舄如钩：女人服丧的尖尖的白鞋。〔15〕服凶：穿着丧服。〔16〕缓其结束：解开她的衣扣。〔17〕敕：下令。〔18〕豫让：春秋末著名的刺客。晋人，智伯的门客。据《史记》记载，智伯被赵襄子杀害，豫让就用漆涂身毁容，吞炭把嗓子变哑，让众人认不出他。然后去刺杀赵襄子，几次都没成功，最后在赵襄子面前自杀而死。商三官为父报仇，所以称"女豫让"。〔19〕

萧萧易水：代指荆轲。荆轲刺秦王前告别太子丹时高唱"风萧萧兮易水寒，壮士一去兮不复还"。〔20〕买丝绣之：刺绣商三官的像供奉起来。〔21〕壮缪：指关羽。蜀汉后主景耀三年（260）追封关羽为壮缪侯。

点评

  商三官为父报仇表现出机智、聪明的特点，更可贵的是她对黑暗时世有清醒认识，知道官府黑暗、兄长无能，决定自己为父报仇。她女扮男装深入虎穴，一步一步迷惑仇人，使之放松警惕，在取得跟仇人单独相处的机会后，把仇人一刀两断。一个闺中弱女头脑清醒，性格刚强，举止果断，取得了古代某些大刺客所不能取得的功绩。人物语言老辣，行动果敢，有血有肉，顾盼生辉。

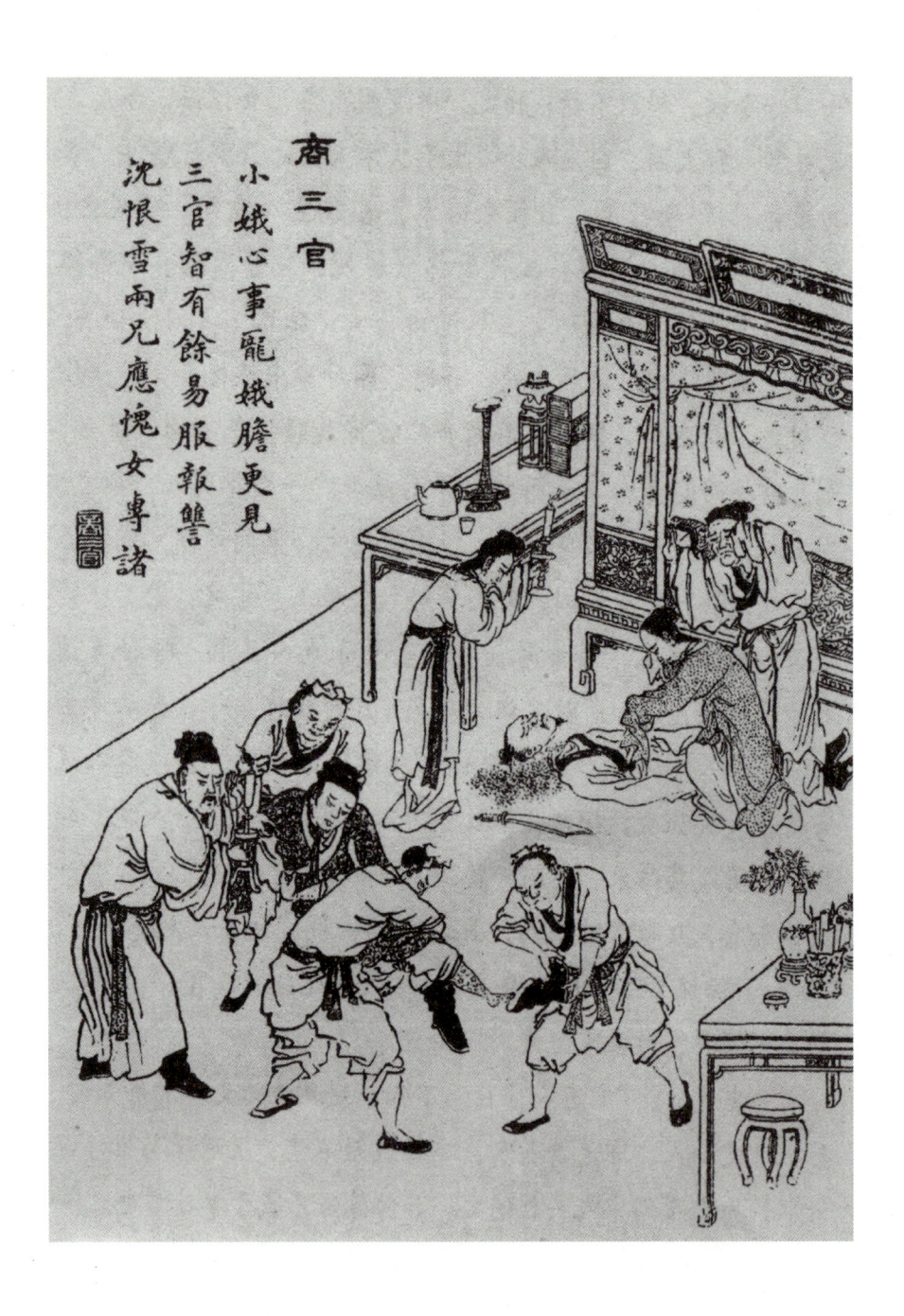

商三官

小娥心事罷娥膽更見
三官智有餘易服報讐
沈恨雪兩兄應愧女專諸

于江

乡民于江，父宿田间，为狼所食。江时年十六，得父遗履，悲恨欲死。夜俟母寝，潜持铁锤去，眠父死处，冀报父仇。少间，一狼来，逡巡嗅之，江不动。无何，摇尾扫其额，又渐俯首舐其股〔1〕，江迄不动。既而欢跃直前，将龁其领〔2〕。①江急以锤击狼脑，立毙。起置草中。少间，又一狼来，如前状，又毙之。卧至中夜，杳无至者。忽小睡，梦父曰："杀二物，足泄我恨。然首杀我者〔3〕，其鼻白，此都非是。"江醒，坚卧以伺之②，既明，无所复得。欲曳狼归，恐惊母③，遂投眢井而归〔4〕。至夜，复往，亦无至者。如此三四夜。忽一狼来，啮其足，曳之以行。行数步，棘刺肉，石伤肤，江若死者。狼乃置之地上，意将龁腹，江骤起锤之，仆，又连锤之，毙。④细视之，真白鼻也。大喜，负之以归。始告母，母泣从去，探眢井，得二狼焉。

异史氏曰："农家者流，乃有此英物耶？义烈发于血诚〔5〕，非直勇也，智亦异焉。"

①狼凶残且狡猾，一再试探，于江沉着老练。但明伦评："诱敌而不为敌所动，老成持重，是谓将才。"小小少年似懂兵法，诱敌深入。

②坚忍不拔，妙！藏好死狼，再待他狼，心机绵密。

③既勇且孝。为父报仇，勇；怕惊母，孝。

④棘刺肉、石伤肤而不动，有勇有谋！此狼比前两狼更狡猾、更可怕。而于江之对待，更沉稳。但明伦评："较前更凶险，更老气，即强有力者，未能辨此，况童稚乎？"

校勘

底本：异史。参校：二十四卷本、铸雪斋本、青柯亭本。

注释

〔1〕舐（shì）：舔。〔2〕领：脖子。〔3〕首杀我者：带头吃我的狼。〔4〕眢（yuān）井：枯井。〔5〕义烈发于血诚：忠义节烈出自与父亲血浓于水的亲情和为父报仇的真诚心意。

点评

真是自古英雄出少年！一个农家少年替父报仇，连杀三只凶恶之极的狼，既勇敢无畏、随机应变，又智慧过人、稳健沉着。三只狼，一只比一只凶残，于江则一次比一次老练，像大将诱敌深入，待狼不备时，后发制人，猛烈攻击，致狼死地。更可贵的是，少年将报仇重任一肩扛，不惊母亲。在整个报仇过程，于江表现出过人的镇定，像老成持重的智谋家。短文不管是写狼写人都写得形象逼真，字字佳妙。

江子

父仇何敢片時忘竟
殺山中白鼻狼自有
孝心通夢語旁人休
認蕎兒郎

小二

滕邑赵旺夫妻奉佛〔1〕，不茹荤血〔2〕，乡中有"善人"之目。家称小有〔3〕。一女小二，绝慧美，赵珍爱之。年六岁，使与兄长春并从师读，凡五年而熟五经焉〔4〕。同窗丁生，字紫陌，长于女三岁，文采风流，颇相倾爱，私以意告母，求婚赵氏。赵期以女字大家，故弗许。未几，赵惑于白莲教〔5〕，徐鸿儒既反〔6〕，一家俱陷为贼。小二知书善解，凡纸兵豆马之术〔7〕，一见辄精。小女子师事徐者六人，惟二称最，因得尽传其术。赵以女故，大得委任。

时丁年十八，游滕泮矣〔8〕，而不肯论婚，意不忘小二也，潜亡去，投徐麾下。女见之喜，优礼逾于常格。女以徐高足，主军务，昼夜出入，父母不得闲。丁每宵见，尝斥绝诸役〔9〕，辄至三漏〔10〕。丁私告曰："小生此来，卿知区区之意乎？"女云："不知。"丁曰："我非妄意攀龙〔11〕，所以故，实为卿耳。左道无济〔12〕，止取灭亡。卿慧人，不念此乎？能从我亡，则寸心诚不负矣。"女怃然为间〔13〕，豁如梦觉，曰："背亲而行不义，请告。"二人入陈利害，赵不悟，曰："我师神人，岂有舛错？"

女知不可谏，乃易髻而髺〔14〕。出二纸鸢〔15〕，与丁各跨其一，鸢肃肃展翼〔16〕，似鹣鹣之鸟〔17〕比翼而飞。质明，抵莱芜界〔18〕。女以指拈鸢项，忽即敛堕，遂收鸢。更以双卫，驰至山阴里，托为避乱者，僦屋而居。二人草草出，斋于装〔19〕，薪储不给〔20〕，丁甚忧之。假粟比舍〔21〕，莫肯贷以升斗。女无愁容，但质簪珥〔22〕。闭门静对，猜灯谜，忆亡书〔23〕，以是角低昂〔24〕，负者骈二指击腕臂焉。①

① 一幅小夫妇闲趣图。

②雅趣。"鳖"字并非食、水、酉偏旁，故丁不服；但"鳖人"的典故却是与饮酒相关的著名典故，他又不得不服。

西邻翁姓，绿林之雄也〔25〕。一日猎归，女曰："'富以其邻〔26〕'，我何忧？暂假千金，其与我乎！"丁以为难。女曰："我将使彼乐输也。"乃剪纸作判官状，置地下，覆以鸡笼。然后握丁登榻，煮藏酒，检《周礼》为觞政〔27〕，任言是某册第几页第几行，即共翻阅。其人得食旁、水旁、酉旁者饮，得酒部者倍之。既而女适得"酒人〔28〕"，丁以巨觥引满促釂。女乃祝曰："若借得金来，君当得饮部〔29〕。"丁翻卷，得"鳖人〔30〕"。女大笑曰："事已谐矣！"滴沥授爵〔31〕。丁不服。女曰："君是水族，宜作鳖饮〔32〕。"②方喧竞时，闻笼中戛戛〔33〕，女起曰："至矣。"启笼验视，则布囊中有巨金，累累充溢。丁不胜愕喜。

后翁家媪抱儿来戏，窃言："主人初归，篝灯夜坐。地忽暴裂，深不可底。一判官自内出，言：'我地府司隶也〔34〕。太山帝君会诸冥曹〔35〕，造暴客恶录〔36〕，须银灯千架，架计重十两。施百架，则消灭罪愆。'主人骇惧，焚香叩祷，奉以千金。判官荏苒而入，地亦遂合。"

夫妻听其言，故啧啧诧异之。而从此渐购牛马，蓄厮婢，自营宅第。里无赖子窥其富，纠诸不逞〔37〕，逾垣劫丁。丁夫妇始自梦中醒，则编菅爇照〔38〕，寇集满屋。二人执丁，又一人探手女怀。女袒而起〔39〕，戟指而呵曰："止，止！"盗十三人，皆吐舌呆立，痴若木偶。女始着裤下榻〔40〕，呼集家人，一一反接其臂，逼令供吐明悉。乃责之曰："远方人埋头涧谷〔41〕，冀得相扶持，何不仁至此！缓急人所时有，窭急者不妨明告，我岂积殖自封者哉？豺狼之行，本合尽诛，但吾所不忍，姑释去，再犯不宥！"诸盗叩谢而去。

居无何，鸿儒就擒，赵夫妇妻子俱被夷诛〔42〕。生赍金往赎长春之幼子以归。儿时三岁，养为己出，使从姓丁，名之承祧。于是里中人渐知为白莲戚裔〔43〕。

适蝗害稼，女以纸鸢数百翼放田中，蝗远避，不入其陇，以是得无恙。里人共嫉之，群首于官，以为鸿儒余党。官瞰其富，肉视之，收丁；丁以重赂啖令，始得免。③女曰："货殖之来也苟〔44〕，固宜有散亡。然蛇蝎之乡〔45〕，不可久居。"因贱售其业而去之，止于益都之西鄙。

女为人灵巧，善居积〔46〕，经纪过于男子。尝开琉璃厂，每进工人而指点之。一切棋灯，其奇式幻采，诸肆莫能及，以故直昂得速售。居数年，财益称雄。而女督课婢仆严〔47〕，食指数百无冗口〔48〕。暇辄与丁烹茗着弈，或观书史为乐。钱谷出入以及婢仆业，凡五日一课，女自持筹〔49〕，丁为之点籍唱名数焉〔50〕。勤者赏赉有差〔51〕，惰者鞭挞罚膝立〔52〕。是日，给假不夜作，夫妇设肴酒，呼婢辈度俚曲为笑。女明察如神，人无敢欺。而赏辄浮于其劳，故事易办。村中二百余家，凡贫者俱量给资本，乡以此无游惰。④

值大旱，女令村人设坛于野，乘舆野出，禹步作法〔53〕，甘霖倾注，五里内悉获沾足。人益神之。女出未尝障面，村人皆见之，或少年群居，私议其美，及觌面逢之，俱肃肃无敢仰视者。每秋日，村中童子不能耕作者，授以钱，使采茶蓟〔54〕，几二十年，积满楼屋。人窃非笑之。会山左大饥〔55〕，人相食。女乃出菜杂粟赡饥者，近村赖以全活，无逃亡焉。

异史氏曰："二所为，殆天授，非人力也。然非一言之悟，骈死已久〔56〕。由是观之，世抱非常之才，而误入匪僻以死者〔57〕，当亦不少，焉知同学六人中〔58〕，遂无其人乎？使人恨不遇丁生耳。"

③官逼民反，如此官府焉得不反？

④一幅难得的清初商品经济图画。小二靠了自己才能成为真正的女人，不再依附男人，而是杰出的女企业家。

校勘

底本：异史。参校：二十四卷本、铸雪斋本、青柯亭本。

注释

〔1〕滕邑：今山东省滕州市。〔2〕不茹荤血：不吃葱、蒜、韭之类蔬菜和肉食。〔3〕小有：小康。〔4〕五经：儒家经典《诗》《书》《易》《礼》《春秋》。〔5〕白莲教：流行于元明清三代的民间宗教，原为佛教净土宗流派之一，常被用来发动农民起义。如元末刘福通、明末徐鸿儒的起义。〔6〕徐鸿儒：原名徐诵（？—1622），明末农民起义领袖。山东巨野人，曾攻陷巨野、邹县、滕县，后被镇压。〔7〕纸兵豆马：剪纸为兵，撒豆成马。据说是白莲教的法术。〔8〕游滕泮：成为滕县的秀才。古代学宫前有泮水，故称学宫为泮宫。童生经过考试，取入县、府、州学为生员（秀才），叫"游泮"。〔9〕斥绝诸役：把在场的仆人和兵丁打发走。〔10〕三漏：三更。〔11〕攀龙：靠投奔有志图王者求取富贵。〔12〕左道：旁门邪道。〔13〕怃然为间：茫茫然，停顿不说话。〔14〕易髫而髻：把少女发型改梳为少妇发型。髫，少女垂发；髻，少妇发髻。〔15〕纸鸢（yuān）：鹞鹰状纸鸟，原意为风筝。鸢，鹞鹰。〔16〕肃肃：鸟飞声。〔17〕鹣（jiān）鹣之鸟：比翼鸟。〔18〕莱芜：山东县名，离滕县二百公里。〔19〕啬于装：带的东西不多。〔20〕薪储不给：生活储备不足。〔21〕假粟比舍：向邻居借粮。〔22〕质簪珥：把首饰卖掉。〔23〕亡书：过去看过现在不在手边的书。〔24〕角低昂：决定胜负。〔25〕绿林之雄：啸聚山林者中的出众人物。〔26〕富以其邻：因邻居致富。这是《易经·小畜》的话："九五，有孚挛如，富以其邻。"〔27〕《周礼》：原名《周官》，分天官、地官、春官、夏官、秋官、冬官六篇。觞政：酒令。〔28〕酒人：《周礼·天官》有"酒正""酒人"。〔29〕当得饮部：翻到"饮"的部首。〔30〕鳖人：《周礼·天官》有"鳖人"。鳖人，是古代掌取献甲壳类动物的官名，不属饮部，丁因此不服。〔31〕滴沥授爵：缓缓地把酒壶里的酒全部倒到酒杯里。〔32〕鳖饮：宋代文人石曼卿纵酒，与客饮酒时，用草席束身，把脑袋从中伸出，饮完再回到草束中，叫"鳖饮"。〔33〕戛戛：象声词。〔34〕地府司隶：阴曹地府主管捕盗的官。〔35〕太山帝君会诸冥曹：阴司首领泰山神和阴司各部属。〔36〕暴客恶录：犯有罪行者的名录。〔37〕不逞：不法之徒。〔38〕编菅爇（ruò）照：点亮火把照着。〔39〕袒（tǎn）：无遮盖。〔40〕袴：同"裤"。〔41〕埋头涧谷：在偏远的山沟安分守己。〔42〕夷诛：诛杀。〔43〕戚裔：近亲后裔。〔44〕货殖之来也苟：财物来源不正当。〔45〕蛇蝎之乡：人心险恶的地方。〔46〕善居积：擅长积累财富。〔47〕督课：监督、考察。〔48〕食指数百无冗口：工场里几十个人没一个吃闲饭的。食指数百：一人十指，数百指，则数十人。〔49〕持筹：拿着计数的竹筹。〔50〕点籍唱名数：

按点名册喊出每个工人生产的数目。唱，高呼，大声叫。〔51〕勤者赏赉有差：勤劳者得到的赏赐超过他的劳动。〔52〕惰者鞭挞罚膝立：懒惰者被鞭打、罚跪。〔53〕禹步作法：大禹治水时因脚受伤，拖着一条腿走路，后世的求雨巫师都模仿他。〔54〕荼蓟：一种野菜。〔55〕山左：山东。〔56〕骈死：一起被杀。〔57〕匪僻：匪帮、邪教。〔58〕同学六人：指当年追随徐鸿儒的六个女子。

点评

  这是个相当复杂的故事，是农民起义失败者创业的故事。小二在白莲教学到不少邪术，靠此劫富济贫，取得创业资本。在经营工场的过程中，小二表现出超常的管理才能，赏罚分明、有敏锐的市场眼光，因为她治理工场的能力，她在家庭中跟丈夫平起平坐，成为工场的真正主人，也成为自己的主人。小二是农民起义的失败者，又是商品经济的弄潮儿，这是中国古代小说画廊里一个崭新的人物。

卷二

全憑斤語
指迷津自
先聰明絕
要人鄰里
休驚多異
術白蓮花
現め兒身

庚娘

①名为"大用"实则无能，反讽式命名。

②漫应之也，其实没把庚娘提醒当回事。

③其形状已经入庚娘眼中并提防之。

④怪而不防，见事晚。

⑤警变异常。全家遭溺，一般女子必慌惧无智，节烈女必怒而斥敌并求死。庚娘面临全家大难，不动声色，从容自得，玩强贼于股掌之上。小不忍则乱大谋，仓猝间能定大计，大将风度！

⑥机敏聪慧，像天才演员，似乎是个只关心自己有靠无靠的弱女。

⑦婉拒之词合情合理。

⑧但明伦评："古有谈笑间却雄兵者，人皆以为奇。此则大仇大敌，近在咫尺，污在顷刻，危在须臾，以柔脆当此，惟有一死，且虑不能洁而死耳，乃谈笑而从容出之若行所无事。蜀昭烈帝谓赵子龙一身都是胆，吾于庚娘亦云。"

金大用①，中州旧家子也〔1〕，聘尤太守女，字庚娘，丽而贤，逑好甚敦。以流寇之乱，家人离逖〔2〕。金携家南窜，途遇少年，亦偕妻以逃者，自言广陵王十八，愿为前驱。金喜，行止与俱。至河上，女隐告金曰："勿与少年同舟。彼屡顾我，目动而色变〔3〕，中叵测也。"金诺之②。王殷勤觅巨舟，代金运装，勋劳臻至，金不忍却，又念其携有少妇，应亦无他。妇与庚娘同居，意度亦颇温婉。王坐船头上，与橹人倾语〔4〕，似甚熟识戚好③。未几，日落，水程迢递〔5〕，漫漫不辨南北。金四顾幽险，颇涉疑怪④。顷之，皎月初升，见弥望皆芦苇〔6〕。既泊，王邀金父子出户一豁〔7〕，乃乘间挤金入水。金父见之欲号，舟人以篙筑之〔8〕，亦溺，生母闻声出窥，又筑溺之，王始喊救。母出时，庚娘在后已微窥之。既闻一家尽溺，即亦不惊，但哭曰："翁姑俱没，我安适归⑤！"王入劝："娘子勿忧，请从我至金陵，家中田庐，颇足赡给，保勿虞也。"女收涕曰："得如此，愿亦足矣⑥。"王大悦，绐奉良殷，既暮，曳女求欢，女托体姅〔9〕⑦，王乃就妇宿。初更既尽，夫妇喧竞〔10〕，不知何由，但闻妇曰："若所为，雷霆恐碎汝顶矣！"王乃挞妇〔11〕，妇呼云："便死休〔12〕，诚不愿为杀人贼妇！"王吼怒，捽妇出，便闻骨董一声，遂哗言妇溺矣。

未几，抵金陵，导庚娘至家，登堂见媪，媪讶非故妇，王言："妇堕水死，新娶此耳。"归房，又欲犯之。庚娘笑曰："三十许男子，尚未经人道耶〔13〕！市儿初合卺，亦须一杯薄浆酒。汝沃饶〔14〕，当即不难。清醒相对，是何体段？"王喜，具酒对酌。庚娘执爵，劝酬殷勤，王渐醉，辞不饮。庚娘引巨碗，强媚劝之⑧，

418

⑨这封备述全家冤情、申明不得不杀王十八的长信，应在船上写就，弱女面临全家被杀的奇难，不惊不慌，立即定下报仇大计，还写下说明情况的书信，庚娘真奇女子！

⑩伏盗墓之由来。

王不忍拒，又饮之。于是酣醉，裸脱促寝。庚娘撤器灭烛，托言溲溺出房，以刀入，暗中以手索王项，王犹捉臂作昵声。庚娘力切之，不死，号而起，又挥之，始殪。媪仿佛有闻，趋问之，女亦杀之。王弟十九觉焉。庚娘知不免，急自刎，刀钝缺，不可入，启户而奔。十九逐之，已投池中矣。呼告居人，救之已死，色丽如生。共验王尸，见窗上一函，开视，则女备述其冤状⑨，群以为烈，谋敛资作殡。天明，集视者数千人，见其容，皆朝拜之。终日间得百金，于是葬诸南郊。好事者，为之珠冠袍服，瘗藏丰满焉⑩。

初，金生之溺也，浮片板上，得不死，将晓，至淮上，为小舟所救。舟盖富民尹翁，专设以拯溺者。金既苏，诣翁申谢，翁优厚之，留教其子。金以不知亲耗，将往探访，故不决，俄白："捞得死叟及媪。"金疑是父母，奔验果然。翁代营棺木。生方哀痛，又白："拯一溺妇，自言金生其夫。"生挥涕惊出，女子已至，殊非庚娘，乃王十八妇也。向金大哭，请勿相弃，金曰："我方寸已乱，何暇谋人〔15〕？"妇益悲。尹审得其故，喜为天报，劝金纳妇。金以居丧为辞，且将复仇，惧细弱作累〔16〕，妇曰："如君言，脱庚娘犹在，将以报仇居丧去之耶？"翁以其言善，请暂代收养，金乃许之，卜葬翁媪，妇缞绖哭泣，如丧翁姑。既葬，金怀刃托钵〔17〕，将赴广陵，妇止之曰："妾唐氏，祖居金陵，与豸子同乡。前言广陵者，诈也。且江湖水寇，半伊同党，仇不能复，只取祸耳。"金徘徊不知所谋。忽传女子诛仇事，洋溢河渠〔18〕，姓名甚悉。金闻之一快，然益悲，辞妇曰："幸不污辱。家有烈妇如此，何忍负心再娶！"妇以业有成说〔19〕，不肯中离，愿自居于媵妾。会有副将军袁公，与尹有旧，适将西发，过尹见生，大相知爱，请为记室〔20〕。无何，流寇犯顺〔21〕，袁有大勋，金以参机务，叙劳，授游击以归〔22〕。夫妻始成合卺之礼，居数日，携妇诣金陵，将以展庚娘之墓〔23〕。暂过镇江，欲登金山，漾舟中流〔24〕，欸一艇过，中有一妪及少妇，怪少妇颇类庚娘。舟疾过，妇自窗中窥金，神情益肖。惊疑，不敢追问，急呼曰："看群鸭儿飞上天耶！"少妇闻之，亦呼曰："馋猧儿欲吃猫子腥耶〔25〕！"盖当年闺中之隐谑也〔26〕。⑪金大惊，返棹近之，真庚娘也。青衣扶过舟，相抱哀哭，伤感行旅。唐氏以嫡礼见庚娘，庚娘惊问，金始备述其由。庚娘执手曰："同舟一话，心常不忘，不图吴越一家矣〔27〕。蒙代葬翁姑，所当首谢，何以此礼相向？"乃以齿序〔28〕，唐少庚娘一岁，妹之。

先是⑫，庚娘既葬，自不知几历春秋，忽一人呼曰："庚娘，汝夫不死，尚当重圆。"遂如梦醒，扪之，四面皆壁，始悟身死已葬，只觉闷闷，亦无所苦。有恶少年窥其葬具丰美，发冢破棺，方将搜括，见庚娘犹活，相共骇惧。庚娘恐其害己，哀之曰："幸汝辈来，使我得睹天日。头上簪珥，悉将去。愿鬻我为尼，更可少得直。我亦不泄也⑬。"盗稽首曰："娘子贞烈，神人共钦。小人辈不过贫乏无计，作此不仁。但无漏言幸矣，何敢鬻作尼！"庚娘曰："此我自乐之。"又一盗曰："镇江耿夫人，寡而无子，若见娘子，必大喜。"庚娘谢之，自拔珠饰⑭悉付盗。盗不敢受，固与之，乃共拜受。遂载去，至耿夫人家，托言舡风所迷。耿夫人，巨家，寡媪自度，见庚娘大喜，以为己出。适母子自金山进香归也。庚娘缅述其故，金乃登舟拜母，母款之若婿，邀至其家，留数日始归。后往来不绝焉。

异史氏曰："大变当前，淫者生之，贞者死焉。生者裂人眦〔29〕，死者雪人涕耳〔30〕。至如谈笑不惊，手刃仇雠，千古烈丈夫中，岂多匹俦哉〔31〕！谁谓女子，遂不可比踪彦云也〔32〕！"

⑪ 两船疾驰而过，如何判断是失散的夫妻？当年闺中雅谑是最好的办法。倘大呼小叫喊名字，当然也可相识，但远不如这种写法有趣。小说要写得好，更要写得趣。

⑫ 补叙法，一丝不乱。

⑬ 极擅词令，极善处理棘手难题。庚娘两度出生入死，毫发无损，皆因才智过人又兼口齿伶俐。明明怕盗墓者损害自己，偏说幸亏他们来。推心置腹，保证不泄，实际只为保全自己。

⑭ 太聪明了。

校勘

底本：异史。参校：二十四卷本、铸雪斋本、青柯亭本。

注释

〔1〕中州：河南。〔2〕离逖：离开故土。〔3〕目动而色变：眼睛不停地转悠，脸色很不正常。指贼眉鼠眼，不怀好意。〔4〕橹人：船夫。〔5〕水程迢递：水路遥远，看不到可以停船的地方。〔6〕弥望：满目所见。〔7〕一豁：出来散散心。〔8〕筑之：打，撞击。〔9〕体姅（bàn）：正在月经期内。〔10〕喧竞：喧闹争执。〔11〕挝（zhuā）：打。〔12〕死休：死了算了。〔13〕人道：男女交合之事。〔14〕沃饶：家产丰厚。〔15〕谋人：替他人谋划。〔16〕细弱：泛指妻儿。〔17〕托钵：手托钵盂扮作乞食者。〔18〕洋溢：广泛传播。〔19〕业有成说：已经确定了夫妇关系。〔20〕记室：做文字工作的幕僚。〔21〕犯顺：造反。〔22〕游击：下级武官。〔23〕展墓：扫墓。〔24〕漾舟：泛舟。〔25〕"馋猧（wō）儿"句：馋狗想吃鱼儿啦？乃夫妇床戏前的亵语。猧，小狗。〔26〕隐谑：带有暗示意味的话。〔27〕吴越一家：仇敌成为一家人。吴越，吴国、越国，春秋时结怨很深的两个诸侯国。〔28〕以齿序：按年龄论姐妹。〔29〕裂人眦：令人非常气愤，目眦欲裂。眦，眼角。〔30〕雪人涕：令人潸然泪下。雪，擦眼泪。〔31〕匹俦（chóu）：并列。〔32〕比踪彦云：跟彦云并驾齐驱。彦云，即王凌，三国魏国的杰出人物，因反对司马氏专权而被杀。《世说新语·贤媛》载，王凌之子娶诸葛诞女，认为诸葛氏太不像她父亲，诸葛氏以"大丈夫不能仿佛彦云，而令妇人比踪英杰"回击。

点评

庚娘两次面临生死考验，一次是杀人越货的强盗，一次是盗墓取宝的盗贼，她都沉着冷静，化险为夷。她针对对方的心理特点巧伏机关。对色欲熏心的贼人王十八，她像耍弄木偶一样摆布之，像大将临阵，既保住了自己的清白，又报了仇。对盗墓贼，她以友善求友善，换取自己安全。正如蒲松龄所说，在大变故面前，淫乱的女性可以活着，贞节的女性只能死，像庚娘这样谈笑不惊，亲手杀死仇人，千古轰轰烈烈的大丈夫里边，有几个能比？谁说女子不能跟英武刚烈的男人并驾齐驱呢？

庚娘

风波忽地
起同舟莅
骄蛾眉
竟复雠想
见苍苍怜节烈
三星重许赋绸缪

宫梦弼

柳芳华，保定人[1]，财雄一乡[2]，慷慨好客，座上常百人；急人之急，千金不靳；宾友假贷常不还。惟一客宫梦弼，陕人，生平无所乞请，每至，辄经岁，词旨潇洒[3]，柳与寝处时最多。柳子名和，时总角[4]，叔之，宫亦喜与和戏。每和自塾归，辄与发贴地砖，埋石子，伪作藏金为笑。屋五架，掘藏几遍。众笑其行稚，而和独悦爱之，尤较诸客昵。①

后十余年，家渐虚，不能供多客之求，于是客渐稀，然十数人彻宵谈宴，犹是常也。年既暮，日益落，尚割亩得直[5]，以备鸡黍[6]。和亦挥霍，学父结小友，柳不之禁。无何，柳病卒，至无以治凶具[7]。宫乃自出囊金，为柳经纪[8]。和益德之，事无大小，悉委宫叔。宫时自外入，必袖瓦砾，至室则抛掷暗陬[9]，更不解其何意。和每对宫忧贫，宫曰："子不知作苦之难[10]。无论无金；即授汝千金，可立尽也。男子患不自立，何患贫？"②一日，辞欲归，和泣嘱速返，宫诺之，遂去。和贫不自给，典质渐空[11]，日望宫至，一为纪理，而宫灭迹匿影，去如黄鹤矣。

先是，柳生时为和论亲于无极黄氏[12]，素封也，后闻柳贫，阴有悔心。柳卒，讣告之，即亦不吊，犹以道远曲原之。和服除[13]，母遣自诣岳所定婚期，冀黄怜顾。比至，黄闻其衣履敝穿[14]，斥门者不纳。寄语云："归谋百金，可复来；不然，请自此绝。"和闻，痛哭。对门刘媪，怜而进之食，赠钱三百，慰令归。母亦哀愤无策，因念旧客负欠者，十常八九，俾择富厚者求助焉。和曰："昔之交我者为我财耳，使儿驷马高车，假千金亦即匪难。如此景象，谁犹念曩恩，忆故好耶？③且父与人金资，曾无契保[15]，责负亦难凭也。"

① 宫梦弼，异人。作者设置此人的目的是与那些势利眼的食客对比。

② 但明伦评："今之不知以此教子者多矣。况父执乎？教和数语，千金一字，如此父执，只合于神仙中求之。顾神仙不可多得，奈何。"

③ 柳和自从贫穷之后，对世态的看法越来越深刻，也越来越冷峻。

423

母固强之，和从教，凡二十余日，不能致一文。惟优人李四旧受恩恤，闻其事，义赠一金。④母子痛哭，自此绝望矣。

④上百食客不如一个优人。一两银子重如千金。

黄女年已及笄，闻父绝和，窃不直之〔16〕。黄欲女别适，女泣曰："柳郎非生而贫者也。使富倍他日，岂仇我者所能夺乎？今贫而弃之，不仁！"黄不悦，曲谕百端〔17〕，女终不摇。翁妪并怒，且夕唾骂之，女亦安焉。

无何，夜遭寇劫，黄夫妇炮烙几死，家中席卷一空。荏苒三载，家益零替。⑤有西贾闻女美，愿以五十金致聘。黄利而许之，将强夺其志。女察知其谋，毁装涂面，乘夜遁去，丐食于途。阅两月始达保定，访和居址，直造其家。母以为乞人妇，故咄之，女呜咽自陈，母把手泣曰："儿何形骸至此耶〔18〕！"女又惨然而告以故，母子俱哭。便为盥沐，颜色光泽，眉目焕映〔19〕，母子俱喜。然家三口，日仅一啖，母泣曰："吾母子固应尔；所怜者，负吾贤妇！"女笑慰之曰："新妇在乞人中，稔其况味〔20〕，今日视之，觉有天堂地狱之别。"母为解颐。

⑤势利眼的下场。

女一日入闲舍中，见断草丛丛，无隙地，渐入内室，尘埃积中，暗陬有物堆积，蹴之迕足〔21〕，拾视皆朱提〔22〕。惊走告和，和同往验视，则宫嚢日所抛瓦砾，尽为白金。因念儿时，常与瘗石室中，得毋皆金？而故第已典于东家，急赎归。断砖残缺，所藏石子俨然露焉，颇觉失望，及发他砖，则灿灿皆白镪也。顷刻间，数巨万矣。由是赎田产，市奴仆，门庭华好过昔日。因自奋曰："若不自立，负我宫叔！"⑥刻志下帷〔23〕，三年中乡选〔24〕。

⑥纨绔子弟梦醒。

乃躬赍白金，往酬刘媪。鲜衣射目，仆十余辈皆骑怒马如龙。媪仅一屋，和便坐榻上。人哗马腾，充溢里巷。

黄翁自女失亡，西贾逼退聘财，业已耗去殆半，售居宅，始得偿，以故困窭如和曩日。闻旧婿烜耀〔25〕，闭户自伤而已。媪沽酒备馔款和，因述女贤，且惜女遁。

问和："娶否？"和曰："娶矣。"食已，强媪往视新妇，载与俱归。至家，女华妆出，群婢簇拥若仙。相见大骇，遂叙往旧，殷问父母起居。居数日，款洽优厚，制好衣，上下一新，始送令返。媪诣黄，许报女耗，兼致存问〔26〕，夫妇大惊。媪劝往投女，黄有难色。既而冻馁难堪，不得已如保定。既到门，见闬闳峻丽，阍人怒目张，终日不得通，一妇人出，黄温色卑词〔27〕，告以姓氏，求暗达女知。少间，妇出，导入耳舍〔28〕，曰："娘子极欲一觐〔29〕，然恐郎君知，尚候隙也。翁几时来此？得毋饥否？"黄因诉所苦。妇人以酒一盛、馔二簋，出置黄前，又赠五金，曰："郎君宴房中，娘子恐不得来。明旦宜早去，勿为郎闻。"黄诺之。早起趣装，则管钥未启〔30〕，止于门中，坐襆囊以待〔31〕。忽哗主人出，黄将敛避〔32〕，和已睹之，怪问谁何，家人悉无以应。和怒曰："是必奸宄〔33〕，可执赴有司。"众应声出，短绠绷系树间，黄惭惧不知置词。未几，昨夕妇出，跪曰："是某舅氏。以前夕来晚，故未告主人。"和命释缚。妇送出门，曰："忘嘱门者，遂致参差〔34〕。娘子言：相思时，可使老夫人伪为卖花者，同刘媪来。"黄诺，归述于妪。妪念女若渴，急以告刘媪，媪果与俱至和家，凡启十余关，始达女所。女着岐顶髻〔35〕，珠翠绮纨〔36〕，香气扑人。嘤咛一声〔37〕，大小婢媪奔入满侧，移金椅床，置双夹膝〔38〕。⑦慧婢瀹茗，各以隐语道寒暄〔39〕，相视泪荧。至晚，除室安二媪，裀褥温奥，并昔年富时所未经。居三五日，女意殷渥〔40〕。媪辄引空处，泣白前非。女曰："我子母有何过不忘〔41〕？但郎忿不解，防他闻也。"每和至，便走匿。一日方促膝，和遽入，见之，怒诟曰："何物村妪〔42〕，敢引身与娘子接坐！宜撮鬓毛令尽！"刘媪急进曰："此老身瓜葛，王嫂卖花者，幸勿罪责。"和乃上手谢过。即坐曰："姥来数日，我大忙，未得展叙。黄家老畜产尚在否？"答曰："都在，但是贫不可过。

⑦极写尊贵。

官人大富贵，何不一念翁婿情也？"⑧和击桌曰："曩年非姥怜赐一瓯粥，更何得旋乡土！今欲得而寝处之〔43〕，何念焉！"言至忿际，辄顿足起骂。女恚曰："彼即不仁，是我父母，我迢迢远来，手皴瘃〔44〕，足趾皆穿，亦自谓无负郎君。何乃对子骂父，使人难堪？"和始敛怒，起身去。黄妪愧丧无色，辞欲归，女以二十金私付之。

既归，旷绝音问，女深以为念。和乃遣人招之，夫妻至，惭怍无以自容。和谢曰："旧岁辱临，又不明告，遂是开罪良多。"黄但唯唯。和为更易衣履。留月余。黄心终不自安，数告归。和遗白金百两，曰："西贾五十金，我今倍之。"黄汗颜受之⑨。和以舆马送还，暮岁称小封焉。

异史氏曰："雍门泣后，朱履杳然，令人愤气杜门，不欲复交一客〔45〕。然良朋葬骨，化石成金，不可谓非慷慨好客之报也。闺中人坐享高奉〔46〕，俨然如嫔嫱〔47〕，非贞异如黄卿，孰克当此而无愧者乎？造物之不妄降福泽也如是。"

乡有富者，居积取盈〔48〕，搜算入骨〔49〕。窖镪数百，唯恐人知，故衣败絮。啖糠秕以示贫〔50〕。亲友偶来，亦曾无作鸡黍之事。或言其家不贫，便目作努〔51〕，其仇如不共戴天。暮年，日餐榆屑一升，臂上皮折垂一寸长，而所窖终不肯发。后渐尫羸〔52〕。濒死，两子环问之，犹未遽告；迨觉果危急，欲告子，子至，已舌蹇不能声〔53〕，惟爬抓心头，呵呵而已。死后，子孙不能具棺木，遂藁葬焉。呜呼！若窖金而以为富，则大帑数千万〔54〕，何不可指为我有哉？愚已！⑩

⑧刘媪故意说这些。

⑨尴尬之极却不得不汗颜受之。

⑩柳宗元评《史记》，认为主要特点是"洁"，是"明于体要"，"所载之事不杂"。用典型细节写人，三刀两斧，肝胆俱现；寥寥数语，须眉毕张。缩七尺精神于寸眸之中。此吝啬鬼，即是如此。笔墨经济，人物栩栩如生。

校勘

底本：异史。参校：二十四卷本、铸雪斋本、青柯亭本。

注释

〔1〕保定：今河北保定市。〔2〕财雄一乡：财力在整个乡数第一。〔3〕词旨潇洒：言词洒脱。〔4〕总角：少年。古时男女十五岁前在头顶两旁束两个小发髻，名为"总角"。〔5〕割亩得直：把地卖了换钱。〔6〕备鸡黍：为客人准备的饭菜。〔7〕凶具：棺材。〔8〕经纪：料理。〔9〕暗陬：墙角。〔10〕作苦之难：劳作理家的难处。〔11〕典质：以物抵押借钱，在限期内赎回。〔12〕无极：今河北无极县。〔13〕服除：守孝三年期满，除掉孝服。〔14〕衣履敝穿：即衣敝履穿。衣服是破的，鞋子磨穿底。〔15〕曾无契保：没有写下借债的文书，也没有作保的中人。〔16〕窃不直之：私下对父亲不以为然。〔17〕曲谕百端：想方设法、转弯抹角地说了许多道理。〔18〕形骸至此：狼狈到这个地步。〔19〕焕映：光彩照人。〔20〕稔其况味：了解、熟悉乞讨的滋味。〔21〕迕足：绊脚，碍脚。〔22〕朱提（shū shí）：佳银。据《汉书》，朱提本是山名，在云南，因出佳银，后来把好银子称为"朱提"。〔23〕刻志下帷：笃志读书下帷，放下书房的窗帷，专心读书。〔24〕中乡选：乡试中举。〔25〕烜（xuǎn）耀：显赫光彩。〔26〕存问：问候。〔27〕温色卑词：赔着笑脸用谦卑的语气说话。〔28〕耳舍：正房旁边的小屋。〔29〕觐：拜见。〔30〕管钥：锁。〔31〕橐囊：被囊，行李。〔32〕敛避：退避。〔33〕奸宄（guǐ）：歹徒。〔34〕参差（cēn cī）：差错。〔35〕帔顶髻：身着华丽的便服，头挽高髻。帔，绣着团花、长及膝盖的便服。〔36〕珠翠绮纨：满头珠翠，身穿绸衣。〔37〕嘤咛一声：娇滴滴地发一声话。〔38〕双夹膝：躺椅边的小型竹具。类似于扶手。〔39〕以隐语道寒暄：母女未相认，守着丫鬟、老妈子，不以母女相呼，用自己懂的隐蔽的语言问候。〔40〕殷渥：殷勤深厚。〔41〕我子母有何过不忘：我们是亲母女关系，有什么过错不能记忆？〔42〕何物村妪：哪儿来的乡下老婆子。〔43〕寝处之：剥其皮而当坐垫。〔44〕皴瘃（cūn zhú）：两手皴裂，长了冻疮。〔45〕"雍门泣后"四句：有钱的人家败落之后，过去受其恩惠的门客都不上门了，这样的情况令人伤心，宁可闭门索居，也不交一个所谓的朋友。〔46〕坐享高奉：安享优厚的待遇。〔47〕俨然如嫔嫱：好像是做了宫廷女官。〔48〕居积取盈：以囤积居奇的办法致富。〔49〕搜算入骨：搜刮盘算到登峰造极。〔50〕糠秕：谷皮之类粗劣食物。〔51〕目作努：瞪起眼睛发怒。〔52〕尪羸（wāng léi）：瘦弱到极点。〔53〕舌謇：舌头僵硬。〔54〕大帑（tǎng）：国家收藏金帛的库房。

点评

"宫梦弼"作篇名，却仅仅是小说中一闪而过的人物，它说明人生有操纵一切的力量：钱。世态炎凉，人情冷暖。有钱的时候，有朋友，有亲家；没钱的时候，没朋友，也没了亲家。柳和贫穷时被岳父驱赶，他一夜暴富，对曾经帮助过自己的刘媪豪爽地报答，对曾经羞辱过自己的岳父母百般羞辱，颠倒的历史被金钱颠倒过来。真是少了什么也不能少了钱！神人宫梦弼的出现体现了作者惩恶扬善的理想，行善的柳家得到善报。嫌贫爱富的黄某家产冰消，受尽女婿的揶揄。作者写世态入木三分。柳和大事张扬报答刘媪的场面，柳女故意摆谱儿接见母亲的场面，柳和当着岳母面大骂的场面，尤为精彩热闹。

宮寧弼

今日慶沙氾
濟貧昔年金
玉等沙塵平
原好客成虛
話毛遂
應推弟
一人

马瑞芳 新校新评 聊斋志异

鸲鹆〔1〕①

① 聂石樵《聊斋志异本事考证》引《可如之》为此篇本事："沪南有秦吉了者，能人言。贾夷将以钱三十万鬻以归，主人告之曰：'吉了，我贫愿卖汝于夷。'吉了曰：'我汉禽也，不欲入夷。'主人业收其值矣。听其携之行，遂绝食，数日死。"

王汾滨言：其乡有养八哥者，教以语言，甚狎习，出游必与之俱，相将数年矣。一日将过绛州〔2〕，去家尚远，而资斧已罄，其人愁苦无策。鸟云："何不售我？送我王邸〔3〕，当得善价，不愁归路无资也。"其人云："我安忍？"鸟言："不妨。主人得价疾行，待我城西二十里大树下。"其人从之。

携至城，相问答，观者渐众。有中贵见之〔4〕，闻诸王。王召入，欲买之。其人曰："小人相依为命，不愿卖。"王问鸟："汝愿住否？"言："愿住。"王喜，鸟又言："给价十金，勿多予。"王益喜，立畁十金〔5〕，其人故作懊恨状而去。王与鸟语，应对便捷。呼肉啖之。食已，鸟曰："臣要浴。"王命金盆贮水，开笼令浴。浴已，飞檐间，梳翎抖羽，尚与王喋喋不休。顷之，羽燥。翩跹而起〔6〕，操晋声②曰："臣去呀！"顾盼已失所在。王及内侍仰面咨嗟〔7〕，急觅其人，则已渺矣。后有往秦中者，见其人携鸟在西安市上。毕载积先生〔8〕记。

② 入乡随俗，它又学会说山西话了，妙哉。

校勘

底本：异史。参校：二十四卷本、铸雪斋本、青柯亭本。

注释

〔1〕鸲鹆（qú yù）：八哥，能学人说话，通体黑色，性温驯。〔2〕绛州：明清州名，属平阳府，今山西新绛县。〔3〕王邸：亲王的官邸。此处当指明代灵丘王府，明太祖六子（代简王）之六子朱逊烇永乐十二年（1414）封于灵丘，为荣顺王，下传五王，至隆庆三年（1569）因罪国除。此文所写"王"应是末代王。〔4〕中贵：亲王府的宦官。〔5〕立畁（bì）：马上给。〔6〕翩跹：轻盈飞舞之状。〔7〕咨嗟：叹息。〔8〕毕载积先生：即毕际有（1623—1693），字载积，号存吾，

430

淄川西铺人。明户部尚书毕自严之子，曾任江南通州知州，著有《存吾草》。乾隆四十一年《淄川县志》有传。蒲松龄从康熙十八年（1679）开始在毕家坐馆，与毕际有同食二十几年，康熙四十九年（1710）撤帐回家。此文是毕际有捉刀代笔。

点评

　　鸟为人言是模仿，鸟设局骗人是想象，鸟和人联合起来骗权贵，而且主导者是鸟，更是奇特想象。此文并非蒲松龄所写，但写作者本来有很高的文化修养，又长期受蒲松龄影响，写得有模有样。小鸟的聪明机智跃然纸上。

　　《聊斋》故事经常写出提供故事的人，通常是与蒲松龄有比较密切来往的人物或史实可考者，但提供此故事的"王汾滨"事迹难考，估计是毕际有的朋友。

雏雏

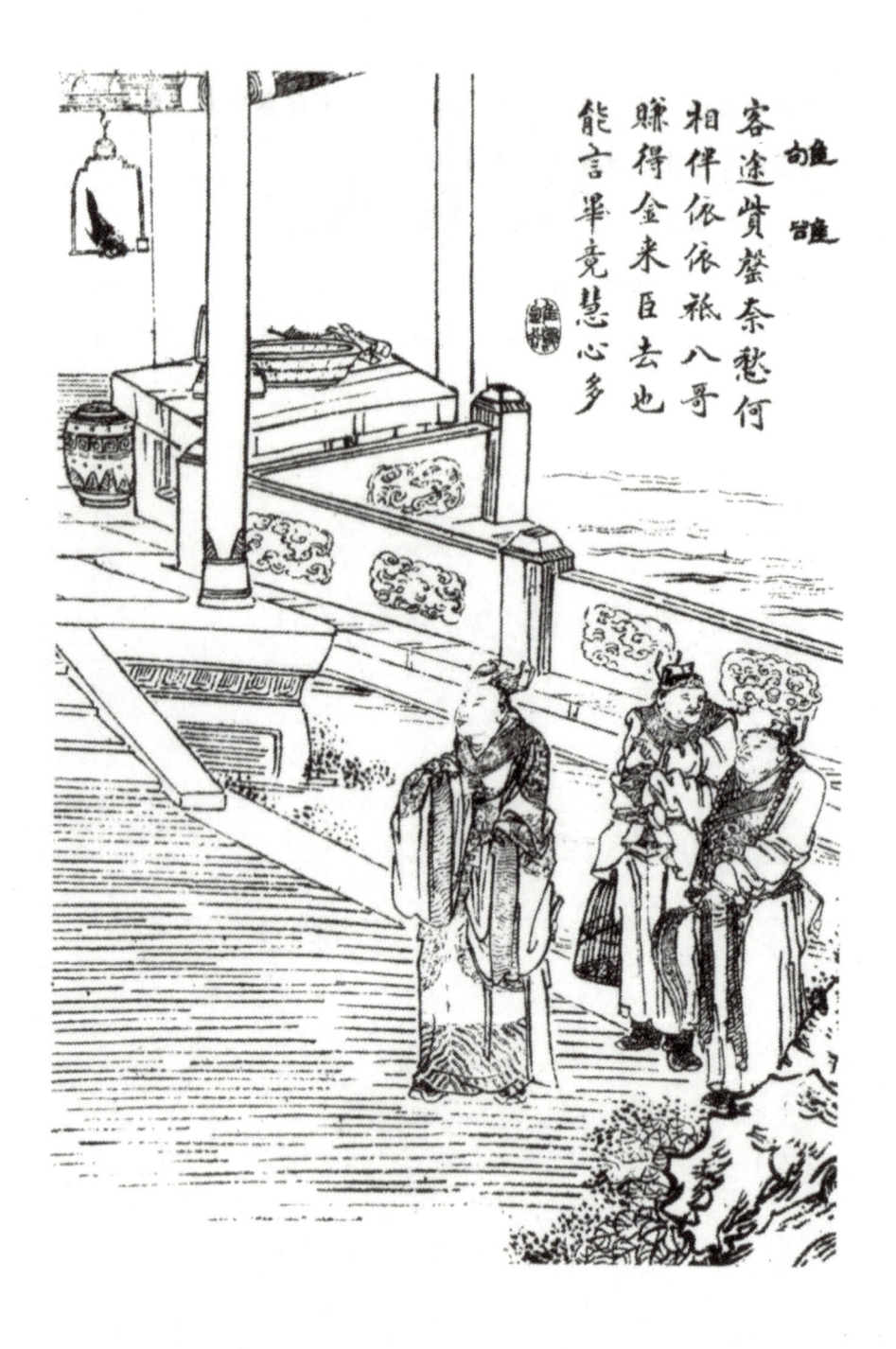

客途贳鹜奈愁何
相伴依依祇八哥
赚得金来臣去也
能言毕竟慧心多